D0666220

Caryl Férey

Haka

Édition revue

Gallimard

Caryl Férey, né en 1967, écrivain, voyageur et scénariste, s'est imposé comme l'un des meilleurs espoirs du thriller français avec la publication de *Haka* et *Utu* (prix Sang d'Encre 2005 de la ville de Vienne, prix Michel Lebrun 2005 de la ville du Mans et prix SNCF du polar 2005) consacrés aux Maoris de Nouvelle-Zélande. Cette révélation s'est confirmée en 2008 avec *Zulu*, Grand Prix de littérature policière 2008 et Grand Prix des lectrices de *ELLE* Policier 2009. Caryl Férey est également, rocker dans l'âme, le père littéraire de Mc Cash, un flic borgne sans prénom croisé dans *Plutôt crever* et dans *La jambe gauche de Joe Strummer*.

À Tom Hunt, Kieren Barry
& Francesca King,
gens de Nouvelle-Zélande.

J'ai bien reçu
Tous les messages
Ils disent qu'ils ont compris
Qu'il n'y a plus le choix
Que l'esprit qui souffle
Guidera leurs pas
Qu'arrive le dernier temps où
Nous pourrons parler
Alors soyons désinvoltes
N'ayons l'air de rien...
Quand la pluie de sagesse
Pourrit sur les trottoirs
Notre mère la Terre
Étonne-moi

TOSTAKY

EXTRAIRE LE DARD
D'UNE GUÊPE EN VOL

1

Naturellement. C'était forcément une chose vomie mille fois qui lui tordait le ventre. Et chaque matin, Jack Fitzgerald pouvait mesurer l'ampleur du chaos ; une partie d'infini qu'aucun stratagème mathématique ne comblerait jamais. Il l'avait juré.

Sa famille avait disparu. Depuis, Jack allait se réfugier dans la chambre isolée au fond du couloir, celle de la gamine. Il n'en ressortait qu'à l'aube, moribond, sans larmes, à moitié fou. Outre les photos, exposées aux murs par dizaines, il avait réuni là dossiers, ordinateurs, cartes d'état-major, témoignages divers et autres rapports de police liés à leur disparition. De cette histoire, Jack connaissait tout mais ne savait rien. Avec le temps, la chambre de la petite était devenue son bureau parallèle, une sorte de cimetière sans tombe : tant qu'on n'aurait pas retrouvé les corps, il resterait son propre fossoyeur — et accessoirement capitaine de la police d'Auckland.

Ce petit manège durait depuis bientôt vingt-cinq ans. Fitzgerald en avait aujourd'hui quarante-cinq et sombrait peu à peu vers le Pandémonium de son seul imaginaire. Car ce qui le poussait à se réfugier dans le bureau secret relevait plus du comportement psychotique que du rite obsessionnel. Dans le langage psychiatrique, la fonction était précise : il entretenait son délire.

D'après les experts, c'était la seule façon de guérir.

D'après lui, c'était la seule raison de vivre.

Jack habitait Mission Bay, une de ces agréables bicoques posées sur pilotis, en équilibre entre les flancs des collines et la baie d'Auraki. À l'image des femmes qu'il côtoyait à l'occasion, les pièces étaient reléguées à des endroits de passage : la cuisine servait à manger, le salon à recevoir — ce qui n'arrivait pas — et la chambre à coucher. Sous le préau, un vestibule stockait le bordel accumulé depuis toutes ces années (il s'agissait en majorité des affaires d'Elisabeth, affaires qu'il ne s'était jamais vraiment résolu à jeter). Il avait longtemps gardé la photo de sa femme sur la table de nuit, une photo en noir et blanc où elle semblait incroyablement jeune, et puis il l'avait jetée, un jour de grand vent…

Le jour se levait, encore timide. Jack passa un œil par la fenêtre du bureau. En contrebas, le très sélect Yacht Club de Mission Bay faisait dodeliner ses mâts enrubannés de fanions. Plus loin, la baie clapotait mollement sous les tiédeurs de décembre. Jack se leva sans un regard pour les photos accrochées aux murs, ferma la porte comme si la petite venait de s'y endormir et marcha dans ses pensées jusqu'au bar de la cuisine. Un bar américain comme on dit, avec une cafetière entartrée et des empreintes de tasses vieilles d'une semaine.

Il s'étira sous les crépitements monolithiques de la

machine. Ce soir, on fêtait Noël. Dans la maison, le silence pesait son poids d'absence.

Sept heures du matin. Fitzgerald avait beau les piétiner, ses pensées se relevaient de tout. Même d'un oubli. Il songea à sa femme : peut-être qu'à ce moment précis Elisabeth hurlait quelque part, peut-être qu'elle lui crachait ses cordes vocales à la figure pour qu'il la sauve, la sauve enfin, peut-être même qu'elle n'avait plus que des cancers dans la gorge à force d'avoir crié comme ça après lui. Peut-être.

Vingt-cinq ans, ça fait beaucoup d'échos.

Tocsin de ses mauvais pressentiments, la sonnerie du téléphone retentit dans son coin de salon. Il décrocha, une cigarette à la bouche pour ramasser les poubelles d'une nuit trop courte.

La voix du sergent Bashop s'englua dans la mélasse de vingt-cinq années de gueule de bois.

— Fitz ? On vient de trouver une fille sur la plage de Devonport. Morte.

Mauvais miracle, il retrouva tous ses esprits.

— Quand ça ?

— Au petit matin. Des promeneurs.

— Homicide ?

— On dirait. La fille a le sexe scalpé.

— Hein ?

— Le pubis a été scalpé, s'enroua Bashop. Pour le reste, faudra voir le rapport d'autopsie.

Jack réfléchit à toute allure : Elisabeth, Elisabeth… avec un peu de chance, il y avait peut-être un rapport, un lien, une chose lointaine, un espoir, n'importe quoi…

— J'arrive.

— Attendez ! Il faut d'abord que vous passiez au bureau. Le professeur Waitura vous y attend. Ordre du procureur du district. Waitura est une spécialiste en criminologie. De l'université de Christchurch.

L'île du Sud. Autant dire le trou du cul du monde.

— Bon, et elle est comment ?

— Mieux foutue que sa gueule, si vous voulez mon avis !

— Non.

Jack raccrocha ; Bashop lui laissait la sensation d'une feuille d'aluminium sur un plombage.

Une femme. N'importe quoi. Continuant de maugréer, il s'habilla d'un costume sixties acheté aux puces de Newmarket un jour de petite déprime, d'une paire de chaussures anglaises et d'un visage passe-partout, histoire de faire bonne figure. La dernière gorgée de café avait un goût de réglisse. Fitzgerald ouvrit la porte qui menait au préau, porte qu'il fit claquer comme un juron dans son dos.

Dehors, la température grimpait déjà dans le ciel malade. Le regard du policier hoqueta sur une Honda gris métallisé garée en bordure de la maison. Il allongea le cou vers le jardin où sa femme de ménage replantait quelques fleurs amochées ; avec le soleil brutal de l'été, leurs pétales colorés avaient commencé de se flétrir.

Helen aimait les fleurs vivantes. Lui, ça dépendait des fois.

Sentant qu'on l'observait, la femme se retourna. Malgré ses efforts, Jack avait sa tête des mauvais jours : les épaules renfrognées dans son mètre quatre-vingt-huit, le cheveu salé sur les tempes, les traits ciselés sur sa peau mate, la tendresse anéantie au fond de tout ça, et aussi des yeux ardents, des yeux de cinglé, vert foncé, avec de jolies taches jaunes à l'intérieur.

« Désespoir stationnaire », évalua Helen en connais-
seuse.

La femme de ménage lui adressa un signe de la
main, un sourire timide. Un pétale de rose blanche
s'était accroché à son gilet bleu. Au lieu de lui dire, il
se contenta d'un bref bonjour avant de monter dans sa
voiture, une Toyota à boîte automatique.

Jack Fitzgerald détestait les automatiques. Helen,
ça dépendait des fois — son amour l'agaçait.

*

Partant de Mission Bay, la mer vous accompagnait
jusqu'à Auckland. Après le pont de Tamaki et l'aqua-
rium de Kelly Tarltorn, sorte de Cousteau local, les
beaux quartiers de Parnell s'étendaient jusqu'à la
City : boutiques européennes du dernier chic, restaurants aux enseignes soignées, terrasses animées de gol-
den boys pas trop pressés de s'enrichir, tout était réuni
pour évoquer le bien-être discret d'un pays oublié en
bas à droite du planisphère.

Fitzgerald remonta l'avenue à vive allure, chassant
les mémères fardées contre les trottoirs, puis bifurqua à Newmarket pour atteindre le centre-ville et
ses buildings couleur ciel. Auckland s'éveillait sous
les effluves de croissanteries françaises. Traversant
les zébras de Shortland Street, un jeune avocat s'énervait après le nœud de sa cravate. Pendant que la radio
locale délirait à pleins tubes, Jack pensait à tous ces
abrutis — les gens. Pour eux, il n'était qu'un phénomène d'acculturation modèle, un Maori de seconde
souche qui aurait grandi parmi les flics jusqu'à en
définir l'élite, le symbole d'une justice pour tous, une

sorte de totem avec des squelettes vivants qui tournent autour.

Les huiles locales le prenaient sans doute pour un de ses gnomes en mal de rédemption, lui, l'activiste de l'ombre, des campus, organisateur d'émeutes pour défendre les droits de ses frères, mais tout ça c'était hier. Aujourd'hui Fitzgerald dédaignait la gloriole qui lui traînait au cul comme un chien sans maître, il avait même un franc mépris pour ceux qui l'admiraient et une sourde haine pour « Fitz », le surnom dont ils l'affublaient.

Hickok figurait parmi ceux-là. Jack se demanda pourquoi le procureur du district avait demandé l'assistance d'une criminologue. Jusqu'alors, un contrat silencieux s'était instauré entre les deux hommes. L'un devinait tout de l'autre, et inversement. Leurs méthodes différaient : ils pouvaient ainsi se mépriser poliment.

Hickok était un homme intelligent, pragmatique, il inspirait confiance à ceux qui l'avaient mis là, obtenait d'excellents résultats à la tête de la police d'Auckland et les déviances névrotiques de son flic d'élite ne l'intéressaient pas beaucoup : pour lui, Fitzgerald était un mauvais survivant, une espèce naviguant en eaux troubles qui, faute de certitudes, cultivait un mythe inutile et sinistre. Hickok, fin psychologue, savait parfaitement qu'à quarante-cinq ans la vie de Jack Fitzgerald était finie : c'est sa mort qu'il soignait tous les jours.

Il fallait faire avec.

La Toyota se gara sur Fanshawe, centre d'activités tertiaires parmi lesquelles le commissariat tirait son building flambant neuf du jeu — à savoir un business d'État très lucratif. L'avenue longeait Freemans Bay, port mythique où les monocoques de la Whitbread se refaisaient une beauté avant d'affronter le cap Horn.

Fitzgerald ne faisait plus de bateau. Pas le temps. Il grimpa les quelques marches qui le séparaient du hall marbré, croisa Osborne, son meilleur adjoint, cueillit un dossier à la volée et disparut dans un ascenseur où souriait benoîtement un vigile en uniforme. Après quoi il traversa un couloir sous les applaudissements polis des claviers d'ordinateurs et poussa la porte du bureau d'Hickok.

Luxe patiné, cuir, aquarelles, moquette sombre, bois noble, odeur de papier et d'encre fraîche, l'endroit était soigné mais clinquant.

Assise sur une chaise, une femme.

Plus loin, dans un fauteuil rotatif visiblement confortable, le procureur et ses yeux d'un bleu clair à y toucher le fond.

— Fitz, je vous présente le professeur Waitura, experte en criminologie.

— Psychopathologue experte en criminologie, rectifia la fille depuis sa chaise.

Hickok laissa dériver un filet d'ironie.

— Professeur, je vous présente le capitaine Fitzgerald…

— Capitaine, fit-elle en tendant sa main droite.

Jack la serra mollement. Il détestait ça. Avec un peu de chance, elle aussi.

— Fitz, vous allez travailler avec le professeur Waitura, annonça le procureur.

— Je n'ai besoin de personne. Pas jusqu'à présent…

Sous ses airs revêches, il voulait bien risquer son

existence mais pas celle d'une femme. Tout, mais pas
les femmes. Elles lui avaient appris à pleurer mais il
les aimait bien. Il n'avait jamais su leur dire mais ça
n'avait rien à voir. Aujourd'hui, Hickok jouait avec le
feu, vent de face.

C'est elle qui intervint la première :

— Ma fonction n'est pas de vous freiner dans vos
investigations mais simplement de vous aider à retrouver le coupable.

— Ah oui ? fit-il en regardant sa montre, une
Swatch pourrie, démodée depuis mille ans.

— Je continue mon bla-bla ?

— Je vous en prie.

— Je peux vous éclairer dans vos recherches. Mon
travail consiste à repérer les malades afin de les soigner. Le tueur est vivant. Je veux le trouver. Avec ou
sans vous. Le meurtre de cette nuit ressemble comme
deux gouttes d'eau à celui commis sur Irène Nawalu
et je connais bien le dossier. Je peux vous aider.

Las du cliché du loup et de la brebis, Jack se tut. De
toute façon, il trouverait bien un moyen de dégoûter
cette jeune aventurière. Tout était une question de
temps. Il écouta peu le discours volontaire de la criminologue mais observa ses traits : un visage dur, sans
fantaisie, une bouche un peu sèche, une bouche pas
habituée à rire mais avec de belles lèvres, quelques
taches de rousseur égarées çà et là, des cheveux châtain clair qu'elle avait attachés pour se vieillir, des
sourcils sombres, pas commodes, une peau mate sans
fond de teint et des yeux noisette tout croquants d'intelligence. C'était son seul charme.

Waitura cessa de parler, épousseta le pli de sa jupe
qui n'en avait nul besoin et regarda le policier dans les

yeux. Il la trouva assez insolente. C'était plutôt bon signe.

— Bien, je vois que vous avez fait connaissance, conclut Hickok depuis son siège pivotant. Vous avez une semaine pour trouver le sauvage qui commet ces crimes. Je compte sur votre entente.

La jeune femme s'était levée et, à sa plus grande surprise, Jack constata que le sergent Bashop n'avait pas tort : Ann Waitura était bel et bien mieux foutue que sa gueule.

2

Au large le soleil avait l'eau à la bouche. Même les ferries cherchaient un peu de fraîcheur sous les docks où quelques Maoris s'évaporaient en rotant leur première bière. La dernière s'échangerait avec quelques gnons dans un des hangars bruyants du port, quand la Steinlager a parfois un goût de dent cassée.

La Toyota quitta le motorway et prit la direction de Devonport. Waitura lisait ses notes sans prendre garde aux mèches blondes de son chignon qui tentaient de s'enfuir par la vitre ouverte. Experte en criminologie, Ann Waitura avait l'habitude des affections les plus bizarres : s'entendre avec un flic comme Fitzgerald ne l'émouvait donc pas outre mesure. D'ailleurs, ce type n'avait pas l'air si méchant. La carapace ôtée, il resterait un homme comme un autre, c'est-à-dire capable du meilleur en se débattant pour éviter le pire.

Il alluma une cigarette.

— Qu'en pensez-vous, doc ?

— Je ne suis pas docteur, capitaine : tout ce que je sais, c'est qu'on n'a jamais retrouvé le meurtrier d'Irène Nawalu et qu'aujourd'hui une fille a été assassinée dans des conditions similaires. Les mêmes atrocités sur le même type de femme.

— Type ?

— Des Polynésiennes. Âge similaire. Retrouvées toutes les deux sur une plage. La première du côté d'Arapawa, sur l'île du Sud, et aujourd'hui Devonport, île du Nord. Soit cinq ans et quatre cents kilomètres d'écart entre les deux meurtres. Étrange. Normalement, ce genre de tueur récidive dans l'année qui suit. Pourquoi avoir attendu si longtemps ?

— Vous m'avez l'air bien renseignée…

— J'ai fait ma thèse sur l'affaire Nawalu.

— Vous aviez quel âge ?

— Vingt-quatre ans. J'en ai vingt-six, si c'est ça que vous voulez savoir. J'espère que ça ne vous gêne pas ?

Il haussa les épaules. Bizarre. Waitura était jeune, dynamique, ambitieuse, un cerveau plein de diplômes et de mentions s'imaginant détenir le pouvoir exclusif du pragmatisme médical, mais quelque chose le dérangeait chez elle. Jack ne savait pas quoi. Et ça l'agaçait. Il dit :

— Vous qui semblez connaître le dossier de la première victime, que pensez-vous du tueur ?

— Il y a différents cas de figure, dit-elle : notre homme peut être un déséquilibré mental, un fou sanguinaire frappant au hasard de ses rencontres. Mais je ne le crois pas : un maniaque n'aurait pas attendu cinq ans pour renouveler ses exploits. Entre les deux, un chemin de croix… (Ses yeux noisette brillèrent à l'éclat du soleil.) Si vous voulez mon avis, je pense que les victimes sont pour lui des symboles. Il y a trop de similitudes dans ces homicides, et forcément une explication rationnelle…

Une passionnée. C'était déjà ça.

— Tout ça c'est de la théorie. Vous êtes sûre de ce que vous avancez ?

— Je ne suis pas une femme d'hypothèse. J'en ai émis une seule dans ma vie, concernant mon mari, et il m'a fallu la révoquer au bout de trois mois. Depuis, je fuis les hypothèses, si vous voyez ce que je veux dire…

— Vous êtes mariée ?

— J'étais, rectifia-t-elle d'un ton égal.

— Ah.

La chaleur semblait figer les véhicules sur l'asphalte. Décidément, cette petite avait la repartie facile. Une garde, peut-être. Waitura n'était vraiment pas le genre de femme à se tromper de mari. Elle trancha au beau milieu de ses supputations :

— L'homme que nous recherchons peut très bien être quelqu'un de socialement élevé, spirituel, drôle même…

— J'en doute.

Jack n'avait qu'un seul doute : il concernait la disparition de sa famille.

Waitura n'avait pas un millième de ses certitudes.

— Et pourquoi donc ?

— Mon instinct de flic. Ou n'importe quoi d'autre qui crie dans la tête pour qu'on l'écoute. Pourquoi avoir choisi d'étudier ce dossier ?

Waitura avait trop de choses à cacher pour se laisser surprendre.

— La mutilation du sexe a une signification précise. Je veux la trouver. Celui qui a fait ça n'est peut-être pas un monstre mais un homme malade, victime d'un traumatisme. Cet homme a souffert. Je peux l'aider. Platon, pour ne citer que lui, a bien différencié le coupable incorrigible qu'il faut isoler et le coupable récupérable qu'il s'agit d'amender avant de le rééduquer.

— Je me fous de Platon.

— Vous avez tort. Savez-vous par exemple que les grands drogués ont en majorité souffert d'inceste durant leur enfance ?

— Et alors ?

— Vous traitez l'effet. Moi, la cause. Appelez ça de la tolérance idéaliste si ça vous chante. Je n'aime pas la répression. (Une colère discrète rougissait le front de la criminologue.) Quand vous aurez la preuve de sa culpabilité, vous vous empresserez d'éliminer notre homme ?

— C'est l'idée que je vous inspire ?

— Dois-je vous rappeler le contenu de votre dossier et les tueries qui y figurent ?

Il lui montra une paire de canines.

— Et que dit-il d'autre, ce dossier ?

— Secret professionnel, vous le savez tout aussi bien que moi, capitaine ! railla-t-elle.

— Faut pas croire tout ce qu'on dit.

— Heureusement, autrement je vous prendrais pour un psychopathe du crime commis en toute impunité !

Waitura venait de remarquer les croûtes de sang sur les jointures de ses mains.

— Quoi d'autre ?

— Je peux être franche ?

— Je vous le conseille presque amicalement.

— Vous avez des collaborateurs, des rats de bureau qui vous mâchent le travail, mais vous évoluez sans filet sur le terrain, ce qui vous dispense de rendre des comptes quant à votre attitude jugée aujourd'hui discutable. Comme tous les hommes qui souffrent mal, vous vous vengez. Mais méfiez-vous, capitaine : on vous a à l'œil et, depuis quelque temps, vous êtes sur le gril… (Elle continua de divulguer le secret professionnel dont elle n'avait que faire.) Dernièrement, vous avez tué trois hommes et…

— Légitime défense ! gronda-t-il comme si ces deux mots étaient capables de camoufler ses vagues remords.

— C'est ainsi qu'on vous a sorti de la panade mais cela risque d'être la dernière fois.

Jack tenait bon le volant de sa voiture. Ses escapades nocturnes, ses cognes arbitraires, ses coups de folie destructrice, Hickok savait tout. Ses mâchoires écrasaient de l'ivoire par blocs entiers mais mine de rien, cette jeune provinciale venait de lui rendre un sacré service… Il alluma une nouvelle cigarette. C'était la troisième depuis Auckland.

— Vous fumez trop, capitaine.

— Oui, et des fortes, de celles qui défoncent les poumons. N'allez pas chercher de désir suicidaire là-dedans, ce sont simplement celles que je préfère.

Elle haussa les sourcils pour économiser un rire. Encore un petit effort et leur relation virerait à la franche camaraderie.

À la lecture de son dossier, ce type ne lui avait pas du tout plu mais Ann commençait à s'y faire : Fitzgerald avait des traits trop fins pour une brute épaisse. Son père, Maori de souche, lui avait légué le teint mat des gens des îles, un nez légèrement épaté, une carrure de All Blacks à la retraite et de puissants maxillaires qui donnaient à son visage une incontestable dureté — son centre de gravité. De sa mère, venue d'Écosse, il avait volé les yeux vert feuille et une douceur suspecte sur les lèvres.

Fitzgerald devait plaire à certaines femmes — celles qui s'imaginent qu'il y a toujours quelque chose à sauver d'un homme perdu. La violence était sa drogue, sa faiblesse, le mépris qu'il avait de lui-même. La criminologue avait parcouru son dossier : comme la plupart des Néo-Zélandais, Jack avait joué au rugby, mais son tempérament l'avait poussé à une carrière de boxeur universitaire. Il fit quelques combats avant de tomber sur un de ces Maoris de cent quarante kilos capable de vous broyer les côtes d'un seul crochet. Fitzgerald sut ce jour-là qu'il n'était pas le plus fort, l'accepta plutôt bien et vécut avec en bonne intelligence. Au début des années soixante-dix, il avait plus ou moins milité pour le parti travailliste et œuvré pour l'insertion des Maoris. Alors étudiant, ses positions gauchistes lui valurent peu d'amis bien placés. Sa rencontre avec Elisabeth avait marqué la fin de sa carrière d'émeutier. Le dossier ne disait pas grand-chose sur cette femme. On savait juste que c'était une petite étudiante de dix-huit ans avec laquelle il s'était marié à la va-vite. Ils avaient eu un enfant, Judy. Leur disparition demeurait un mystère. Le reste du dossier mentionnait ses talents d'enquêteur et son courage dans les affaires les plus sales. Ce type était incorruptible, trop détaché du matériel pour s'y complaire. Et il était malade. C'est ce qu'elle aimait chez lui. Ça et toute cette tendresse qui hurlait pour qu'on la sorte de là…

Les pancartes devinrent plus rares. En filant vers le nord, la population s'étiolait. Une succession de champs incultes défila sous leurs yeux.

— Que savez-vous des gamines ? demanda-t-il en expédiant la fumée de sa cigarette par la vitre.

— Pas grand-chose. Irène, la première victime, travaillait dans un petit magasin de fleurs. D'après les témoignages recueillis, Irène était ce qu'on appelle une pauvre fille qui réussissait à vendre des fleurs sans se tromper en rendant la monnaie. Sa patronne, une veuve âgée, la prenait plus par bon cœur que par nécessité. Irène était aussi connue pour être une fille facile avec les garçons. Une piste qui n'a jamais abouti. On a épluché l'alibi de ses petits amis mais aucun d'eux n'avait le profil d'un tueur. En fait, Irène sortait beaucoup mais couchait peu.

— Une allumeuse ?

— Plutôt une fille naïve, romantique, un peu idiote, mais pas une traînée. Son cadavre a été retrouvé environ cinq jours après sa mort, on n'a jamais pu déterminer si le meurtrier avait abusé sexuellement d'elle ou non…

— Les choses sont différentes en ce qui concerne Carol Panuula : elle a été tuée la nuit dernière.

De la dernière victime, ils ne connaissaient que le nom — on avait trouvé ses papiers sur elle — et le job qu'elle exerçait — employée à l'abattoir du coin…

Ils n'échangèrent plus le moindre mot : Devonport se profilait derrière le pare-brise moucheté d'immondices.

Au large, l'été infusait dans le Pacifique.

Devonport était une petite ville où les retraités mollissaient dans les cafés italiens durant la saison estivale. De l'autre côté de la baie, les docks d'Auckland se profilaient. Cinq mille personnes vivaient dans cette paisible station balnéaire, avec son port de pêche entouré d'arbres et de collines. Une grande rue divisait la ville touristique, flanquée de drugstores, boutiques dernier cri et autres fish'n'chips où le poisson se mange frais dans du papier gras. Quelques exilés du Tonga ou des îles Fidji regardaient passer l'ennui, assis sur le trottoir. Çà et là vaquaient des gamins en rollers, une ou deux filles à la mode et, pour la plupart, des gens coincés entre deux cultures si différentes — anglaise et polynésienne — qu'ils ne savaient toujours pas vers laquelle incliner.

Bref, on y vivait au ralenti depuis un siècle jusqu'à ce matin de décembre. La nouvelle de « la fille morte » relayée par les médias avait déjà fait le tour du comté, propageant une fièvre malsaine.

Fitzgerald traversa le hall de l'institut médico-légal. Dans son dos, les regards convergeaient sur les formes d'Ann Waitura. Après avoir montré sa carte d'un revers de la main, il fila directement au sous-sol. Ils entrèrent sans frapper dans la chambre mortuaire et découvrirent aussitôt le cadavre étendu sur le lit d'acier : Carol Panuula leur souriait. Son visage était livide, comme vidé de son sens commun.

Ann Waitura eut un brusque haut-le-cœur en voyant son sexe, torsion intestinale qu'elle réprima. Jack se contenta de respirer très fort pour remplir ses poumons au plus vite ; une violente odeur de mort flottait dans l'air.

Mc Cleary était encore penché sur la victime quand Fitzgerald fit les présentations. Remarquant enfin la présence de l'experte, le coroner arrêta la course de son scalpel.

— Dis donc, Jack, c'est pas souvent que tu sors accompagné !

Mc Cleary haussa les sourcils et sourit à la criminologue.

— Prof, je vous présente Mc Cleary, le meilleur médecin légiste du pays.

Sans gêne, le coroner admira les seins avenants de la jeune femme sous le tissu du tailleur.

— Enchantée, fit-elle en comprimant sa poitrine, trop forte à son goût.

— Rassurez-vous, je suis marié, sourit Mc Cleary dans une franche poignée de main. Mais ça n'empêche pas d'apprécier les jolies choses...

Engoncé dans une blouse blanche qui laissait peu de place à son corps d'athlète, Mc Cleary allait vers une quarantaine tranquille. C'était un de ces bons bébés élevés au lait de ferme et aux grands bols de céréales, les cheveux épais parsemés de gris, une grosse moustache qu'on qualifie de sympathique, moustache dont les longs poils se mêlaient à ceux des narines. Il aimait les enfants, surtout les siens, son métier, les sports violents, son vieux pote Jack et l'aspect pacifiste de son pays. Et par-dessus tout Mc Cleary aimait les femmes.

— Si nous passions à ce qui nous intéresse, proposa-t-elle.

— Si vous êtes capable d'entendre ce que je vais vous raconter...

Nue, Carol paraissait incroyablement jeune. La petite rigole qui entourait son lit de mort était déjà remplie de sang. La Polynésienne reposait, les membres et les seins flasques, un étrange sourire figé sur son visage sans beauté. Mises à sac, plusieurs parties du corps étaient proprement repoussantes.

— J'ai presque terminé d'examiner le corps, commenta Mc Cleary. Le meurtre se situe vers quatre heures du matin. Carol Panuula n'a pas été violée. Aucune trace de sperme dans le vagin, ni sur le reste du corps. En revanche le pubis a été découpé, et une partie des lèvres. On n'a pas retrouvé le scalp. Le clitoris a été également sectionné. Quant à l'arme, elle était tranchante : couteau, rasoir… J'ai envoyé les résidus d'acier au labo. Nous en saurons plus long après l'analyse. En revanche, l'utérus, les trompes et les cloisons vaginales n'ont pas été touchés…

Ann Waitura avait les yeux rivés sur le sexe mutilé de Carol et ne pouvait plus s'en détacher.

— Comment la fille a-t-elle été tuée ? demanda Jack.

— Étranglée.

Le policier perdit pied un court instant. Étranglement… Il réprima une grosse nausée d'adrénaline

— Elisabeth.

— Difficile de savoir si le tueur a commis ces atrocités avant ou après le meurtre, poursuivit Mc Cleary, mais il y a de fortes chances qu'il l'ait tuée d'abord : je n'ai relevé ni griffures, ni contusions, ni traces de peau sous les ongles de la victime. Je suis navré mais vous allez être déçus : pas de cheveux, pas d'empreintes, pas de sang, pas de poils, jusqu'à présent je n'ai rien trouvé.

— Et les traces de strangulation ? renchérit Fitzgerald, soudain pâle.

— Les marques d'un homme, assura le coroner. D'abord, je doute qu'une femme puisse étrangler une fille aussi robuste que Carol, et l'emplacement des doigts sur le cou est trop espacé pour qu'il puisse être l'œuvre d'une femme…

— Élabore un petit scénario, proposa Jack.

Mc Cleary fit la moue :

— Eh bien, d'après moi, Carol connaissait le meurtrier. Vu l'heure, je suppose qu'ils sont sortis ensemble. Après quoi ils se sont baladés en bord de mer. Là, le tueur l'a étranglée avant de lui infliger son petit rituel. Vous vous souvenez du meurtre d'Irène Nawalu ?

— Oui. Même crime, mêmes circonstances. Je ne m'occupais pas de cette affaire à l'époque mais le professeur Waitura est une spécialiste…

Ann décrocha enfin ses yeux de la morte. Une teinte rose colora ses joues : elle revenait à la vie.

— Oui… Oui…

Jack n'insista pas.

— Que portait la victime ?

— Un petit ensemble assez sexy, répondit Mc Cleary en reluquant ses jambes. À part ça, elle avait un sac à main. Le meurtrier n'a touché ni à l'argent, ni aux papiers. Tout est consigné dans le rapport…

— Je l'ai lu. Autre chose ?

— Pas pour le moment. Je te rappellerai dès que j'ai du nouveau concernant l'arme du crime. Mais avec les fêtes et les congés, ce ne sera pas avant demain ou après-demain.

— Hein ?

— Je suis tout seul ici et les laborantins sont tous en vacances. Ce soir, c'est le réveillon de Noël : excuse les gens d'avoir une vie de famille.

Jack saisit la perche.

— Au fait, comment va la tienne ?

— Impeccable. Les gosses n'en branlent pas une à l'école, ma femme trouve que je pue la mort et je viens de perdre mon chien.

— Lucky ?

— Oui. Enfin, pas si chanceux que ça : il s'est fait écraser en traversant la route…

Jack hocha la tête et se tourna vers Waitura. La criminologue méditait, genre sphinx face à l'armée de Marc Antoine.

— Bon, allons faire un tour sur la plage…

Elle acquiesça. Mc Cleary se frottait le menton à l'aide de son scalpel.

— Salut, Jack. Salut, mademoiselle.

— Madame, rectifia-t-elle.

Et Waitura fit un sourire narquois qui transformait radicalement son visage jusqu'alors austère.

Jack abandonna son ami d'un signe de la main et quitta les lieux après avoir laissé passer la jeune femme devant lui.

Il appelait ça de la « gentlemanie ».

3

Karekare. Une plage titanesque fouettée par les vents. Le sable était noir, les dunes rondes, les herbes d'un vert piquant. Planté dans l'océan comme une statue commémorant les noyés, un rocher s'élevait, véritable forteresse au milieu des éléments déchaînés. Et la mer, inlassable puncheuse, s'écroulait par paquets vivants sur la plage déserte. Ici, le courant était si fort que les surfeurs ne s'y aventuraient qu'à leurs risques et périls. D'ailleurs, si le décor était sauvage, les pancartes indiquaient aux novices qu'en ces lieux de démesure, mieux valait se faire tout petit…

Pour arriver chez John, une route abrupte serpentait à travers un bush épais, constitué de fougères géantes et de fleurs rarement domestiquées. Cette route, personne ne la remontait à vélo. Même la descente était dangereuse. Mais l'émotion était nette lorsqu'on découvrait la longue plage, cernée de loin par des monts fabuleux : Karekare.

En arrivant sur la droite, tel le gardien fatigué du parc naturel, une bâtisse que l'on aurait cru abandonnée faisait autrefois office de rest-house pour surfeurs suicidaires.

La maison de John : une bicoque au bois rongé par le sel. Deux pièces. Une pour manger, l'autre pour dormir. Le salon, c'était la plage. Le lit, la nuit sur la mer. La troisième pièce, sans fenêtre, était séparée du reste de la maison. Cette pièce, John l'avait construite pour peindre loin du bruit des corps, séparé par ce qu'il croyait être une armure miroitante…

John. Fils de l'âge du silence. Sans bruit, sans drame, il avait posé sa vie au bord de la société. Pas de papiers, pas d'assurances, pas de traces de factures, pas de téléphone et encore moins de fax ou d'internet. La maison appartenait à une vieille fille habitant aujourd'hui Sydney pour qui la bicoque n'avait aucune valeur. John la sous-louait à une agence de notariat qui, moyennant commission, reversait le loyer en liquide à la femme d'Australie. Cet arrangement durait depuis cinq ans : la propriétaire échappait ainsi aux impôts, l'agence prenait son pourcentage et John n'apparaissait sur aucun papier.

La maison fonctionnait grâce à un groupe électrogène, l'eau courante provenait du puits. Pour téléphoner, il allait au village — Piha, la bourgade voisine. Son seul véhicule, une moto de marque Yamaha érodée par le sel, n'avait même pas de carte grise. Quant au chauffage, la cheminée suffisait aux hivers toujours très doux.

John était seul. Seul avec sa maladie, seul avec sa conscience. Elle-même manquait cruellement de repères. Lui manquait de tout.

C'était un de ces matins radieux où le soleil, flânant encore à l'horizon, imprégnait chaque chose d'une lumière tendre et crue. Midi serait de canicule.

John, lui, travaillait dans la pièce sans fenêtre, coupé du reste du monde. Statue humaine, il observait le temps suspendu au bout de son pinceau. Bientôt, des petits dragons de lumière jaillirent de la terre, formant une épaisse toison d'argent sur le visage de femme endormie en contrebas de son esprit... Ses pensées s'articulèrent autour de la toile, vieille de quelques jours. Le visage de la fille semblait le regarder d'un air narquois : malgré la vitre teintée qui le séparait d'elle lorsqu'il l'avait peinte, c'était comme si le modèle avait saisi le tourment de l'artiste invisible. Et lui n'avait su que dégager la moue ironique de ce visage...

John souffrait d'épilepsie temporale. À l'instar de Dostoïevski ou Proust, il s'efforçait de mettre ce syndrome au service de fins créatrices. Toutefois, il lui était difficile de maîtriser ces crises : on le poursuivait, et ce « on », c'était toujours lui, avec ses angoisses, ses phobies. Rongé par la gangrène d'un ego décalcifié, John s'étiolait de jour en jour, à peine capable de marcher parmi les autres humains. À travers la peinture, une partie de sa personnalité cherchait à se procurer de manière fantasmatique des satisfactions auxquelles il n'avait plus accès dans la réalité.

John s'en rendait compte. Parfois.

Un vent glacé souffla dans son esprit, soutenu par le vacarme assourdissant des réacteurs d'un avion long, très long courrier. Qui sait ? Il le mènerait peut-être jusqu'à son passé... En attendant, l'homme observa son présent, englué dans la gouache. Le visage de la jeune fille était sans équivoque ; il ne pourrait plus se cacher longtemps. Signe annonciateur de tempêtes à venir, la commissure des lèvres se pinçait : mépris, rejet, indifférence face à la mort. Le tableau était presque achevé. Il ne manquait plus que le « John's touch ! » comme il disait en rigolant. C'est-à-dire avec un peu de lucidité.

Allégorie de l'instant. L'homme saisit son pinceau, évalua ses maigres chances de réaliser une œuvre réaliste et, d'une main fébrile, peignit les formes et les couleurs de ces quelques mots :

> *Mon pauvre amour.*
> *Tu es une sépulture*
> *Un rêve morbide :*
> *Je m'endors en rupture*
> *Et tombe dans ton vide.*

Bravo. Maintenant, le tableau était achevé.

Une pauvre chose, songea-t-il sans fausse modestie. Inutile de signer : on ne signe pas son arrêt de mort. John regarda le heï-tiki accroché au mur de la pièce, caressa ses formes sensuelles, déformées. Les yeux de nacre de la statue maorie l'observaient : des yeux de fou. Des yeux qui semblaient lui dire « Good morning, sir »…

Il passa de l'autre côté du miroir.

Encore un peu bouleversé par ce qu'il venait de voir de lui, le peintre erra un moment sur le parquet domestique de la chambre. La maison, tout occupée au silence, semblait l'écouter marcher. Derrière la vitre teintée, les yeux nacrés du heï-tiki le suivaient à travers la pièce.

On l'épiait.

John accrocha ses mains à la poutre du salon. La lame de rasoir qu'il portait autour du cou sortit sa tête coupante de sa chemise déboutonnée. Aussitôt, une nausée fit chavirer ses réminiscences et repoussa un peu plus son inconscient vers ses vieux sophismes... Le souffle court, John regarda le ciel lumineux qui soudain l'aveuglait. Une forme passa dans l'air du temps, une chose sans ailes qui disait : « Vivre, ou comment extraire le dard d'une guêpe en vol... »

4

Quand Ann Waitura passa le barrage qui bloquait l'accès à la plage de Devonport, Fitzgerald était déjà penché sur les lieux du crime. Il venait d'interroger le policier qui avait trouvé le corps mais lui et son rapport n'avaient pu lui apporter le moindre indice supplémentaire.

On avait balisé l'emplacement du cadavre à l'aide de piquets. Fitzgerald tendit une série de polaroids à la criminologue et examina les traces de sang mêlé au sable. Waitura reconnut Carol sur les photos mais son visage grimaçait d'une douleur que Mc Cleary avait su dissiper sur la table d'autopsie : les yeux exorbités de la gamine avaient vu la mort en direct.

Le Maori se releva, la mine austère : il cherchait quelque chose et ne l'avait manifestement pas trouvé.

Le soleil plombait la plage. Waitura laissa le policier suivre les traces anonymes sans dissiper son attention. Jack nota que le meurtrier avait traîné le corps sur quelques mètres : c'était la preuve qu'il avait tué Carol avant de la mutiler. À quatre pattes, il fouilla dans le sable alentour. Sa main survolait l'étendue granuleuse avec une douceur surprenante. Waitura ne savait toujours pas ce qu'il cherchait. Enfin, Jack se releva, un air de triomphe sur le visage : ses doigts tenaient un petit bout de chair.

— Qu'est-ce que c'est que ça ? demanda-t-elle.

Il lui lança un regard mauvais.

— Le clitoris.

Ann sentit grimper une sorte de reptile entre ses jambes. Très désagréable.

Il enfouit la chose dans un sachet de plastique avant d'inspecter les éventuelles traces de pas mais le sable était trop meuble pour tirer la moindre conclusion. Quand il se retourna, Waitura examinait toujours les photos. Elle releva la tête, se fendit d'un regard étonnamment doux (ses yeux noisette semblaient s'allonger à ce moment précis) et dit :

— Alors, capitaine, qu'en dites-vous ?

— Ce salaud ne l'emportera pas au paradis.

Il avait dit ça avec calme mais un inquiétant rictus déformait son visage. Pauvre diable.

*

Ils achetèrent un sandwich à la volée d'une échoppe. Midi tapait dans le temps comme une brute ordinaire. La Toyota roulait le long de champs encore verdoyants. Jack balança la fin de son sandwich au thon par la vitre ouverte. Une mouette en vol le manqua de peu. Ann avait à peine entamé le sien. Les tomates avaient un sale goût rance. Elle reprit le dossier où elle l'avait laissé.

— Carol travaillait à l'abattoir de Devonport, un endroit où j'imagine la sensualité réduite à un tablier de plastique pour éviter que le sang des bestiaux n'infeste la peau. Son premier job après le collège et une année passée à glander…

— Qui vous a raconté tout ça ?

— Katy Larsen, sa colocataire. Je l'ai eue tout à l'heure au téléphone. Quant à Carol, inutile de chercher du côté de ses parents : ils habitent Wellington et ont coupé les ponts avec leur fille depuis deux ans. C'est une famille très croyante qui avait mis tous ses espoirs dans leur fille unique. Ils n'ont jamais accepté qu'elle abandonne ses études.

— Vous leur avez téléphoné aussi ?

— Oui. J'ai jugé que cela nous ferait gagner du temps.

Fitzgerald ne protesta pas. Il en avait marre de jouer au dictateur.

Ann commençait à saisir la façon de prendre ce type : être discrète, poser les questions pertinentes au moment où il s'y attendait le moins et défendre son territoire coûte que coûte. Après quoi, il deviendrait doux comme un agneau — si aucun prédateur ne venait à traîner dans ses environs.

Ils passèrent les grilles de l'abattoir à cochons, un des rares en Nouvelle-Zélande qui, grosso modo, possède un humain par tonne de moutons.

L'usine était un endroit à la stérilité sordide où pesait l'effroyable odeur d'une mort réglementée. Plus loin, du sang coagulé faisait une pyramide gluante dans un hangar. Un vieux Maori aux paupières lourdes nettoyait les résidus d'hémoglobine à l'aide d'un Karcher. Waitura détourna les yeux pour oublier l'odeur de tripes qui lui nouait le ventre. Jack était déjà dans le bureau du petit chef, un dénommé Moorie.

Le recruteur ne connaissait pas bien Carol, et encore

moins ses éventuels ennemis. L'interrogatoire dura le temps d'une cigarette. Fitzgerald connaissait ce type. On l'avait embarqué l'année dernière parce qu'il tabassait sa femme. Et un type qui tabasse sa femme est trop lâche pour commettre des crimes. Les ouvriers, eux, faisaient la pause : Bashop se chargerait de les interroger… Dès lors, la cigarette écrasée sous sa semelle, Jack se fendit d'un direct :

— Bon, tirons-nous. Cet abruti ne nous apprendra rien de plus.

La criminologue envoya un regard stupéfait au recruteur, lequel haussa les épaules comme s'il avait l'habitude de se faire envoyer sur les roses.

Dans la cour, le policier croisa un camion rempli de bestiaux effrayés. Les groins jaillissaient entre les grilles de la remorque, cherchant l'air susceptible de les sauver.

*

Katy Larsen et Carol Panuula habitaient une maison proprette dans un lotissement aux allées fleuries : Takapuna, ville côtière sans grand intérêt au nord d'Auckland. Comme beaucoup de nouveaux arrivants sur le marché du travail, les deux gamines louaient la maison à la semaine : deux cents dollars, jardinier et charges inclus. Le fait d'habiter assez loin de la cité leur permettait de vivre dans un endroit agréable et malgré la promiscuité d'une colocation, d'être très tôt indépendantes.

Bien que sa mine fût défaite, Katy Larsen était une blonde aux yeux bleu satiné, taille moyenne, bien faite. Sa frimousse parsemée de taches de rousseur assez discrêtes pour être remarquées lui rendait en charme ce qu'elle perdait en plastique pure.

Le salon était une pièce improvisée deux ans plus tôt et jamais achevée. Une caisse retournée faisait office de table. Aux murs, quelques photos où les gamines se pavanaient aux bras de jeunes types souriants. Jamais les mêmes. Le reste était simple et sans véritable goût, avec des couleurs pastel et de la récupération.

Katy prit place sur une chaise de jardin. Jack demanda s'il pouvait fumer après avoir allumé sa cigarette. Katy poursuivait ses études de chinois à l'université ; la nouvelle du décès de Carol l'avait plongée dans un état pitoyable. Après une période de mise en confiance, la criminologue entra dans le vif du sujet :

— Carol avait-elle des amis ? Vous m'avez dit au téléphone qu'elle connaissait beaucoup d'hommes…

— Beaucoup, façon de parler… rectifia Katy sans saisir les subtilités d'un interrogatoire. Disons que Carol aimait plaire. C'est humain. Elle était jeune, pas timide, gaie et, malgré son physique plutôt commun, attirait beaucoup les hommes.

Jack sourit : décidément, les gamines ne peuvent pas s'empêcher d'assassiner leur meilleure copine.

— Quel genre d'hommes ? Des jeunes ou des gens plus âgés ?

— Des Blancs. Souvent un peu plus vieux…

— Vingt-cinq, trente ans ?

— Rarement plus vieux. Des étudiants, des avocats, des artistes parfois…

— Artistes ?

— Carol m'a raconté une histoire bizarre, un peintre qui la prenait comme modèle…

— Vous connaissez son nom ?

— Non.

— Où est son atelier ?

— Je ne me souviens pas bien, marmonna-t-elle entre ses jolies lèvres. Je crois qu'elle ne me l'a jamais dit…

— Ce peintre, c'était un grand brun ? coupa Jack au hasard (il connaissait l'étrange faculté qu'ont certaines jeunes filles à fabuler et préférait lui sabrer l'herbe sous le pied).

Katy hésita une seconde mais le policier sut qu'il ne s'agissait pas d'un mensonge : juste la déception de ne pouvoir en savoir davantage.

— Non, dit-elle, Carol ne l'avait jamais vu.

— Vous voulez dire qu'elle n'est jamais allée au rendez-vous ? poursuivit Waitura.

— Si, si ! confirma Katy. Mais quand elle posait, elle ne le voyait pas.

— Comment ça ?

— Eh bien, d'après Carol, elle n'avait qu'à se rendre à son atelier, à se déshabiller et à rester là pendant une heure. L'argent était sur la table. Cent dollars. Une somme qu'elle ne pouvait pas refuser si elle voulait quitter l'abattoir…

— Comment pouvait-elle être peinte si l'artiste ne se trouvait pas là ? s'étonna Waitura.

— Alors là, je n'en sais rien ! Peut-être qu'il l'espionnait…

— Y est-elle retournée ?

— À l'atelier ? Je crois, oui… En fait, Carol m'en a parlé la première fois. Elle avait un peu peur. Ensuite, elle ne m'en a plus jamais parlé.

— Et vous trouvez ça normal ?

Katy haussa les épaules.

— Carol aimait garder le mystère sur ses relations. Elle sortait presque tous les soirs mais elle me racontait rarement ce qu'elle avait fait ; sans doute pour aiguiser ma curiosité… J'avoue que je m'en fichais un peu.

Jack comprit qu'une certaine rivalité existait entre les deux colocataires.

— Quand a commencé ce petit manège ? demanda son équipière. Je veux parler du peintre ?

— Il y a un mois, peut-être deux…

— Savez-vous si Carol s'est rendue à l'atelier dimanche dernier ?

— Je crois. Mais je n'en suis pas sûre.

— Vous ne savez pas comment elle a rencontré ce peintre ?

— Non.

— Comment la contactait-il ?

— Je ne sais pas. Peut-être l'a-t-elle vu une fois, ou alors il l'a contacté par téléphone, je… je ne sais pas.

L'insistance de la criminologue le déstabilisait.

— Peut-être n'est-ce que le fruit de votre imagination ?

— De quoi parlez-vous ?

— De l'imagination des jeunes filles, si fertile qu'elle peut parfois déformer la réalité.

— Non, je vous dis la vérité ! s'enorgueillit la gamine, le visage boursouflé de larmes tenaces.

— Savez-vous ce que sont devenus ses tableaux ?

— Non, aucune idée.

— Carol ne s'est jamais étonnée de cet étrange manège ?

— Le fait de poser nue dans un atelier de peinture ?

Je vous répète que Carol avait abandonné ses études et travaillait dans un abattoir à cochons. Son but était d'en sortir. Pour ça, elle avait deux solutions. Gagner de l'argent ou trouver un homme qui en ait.

— Vous avez drôlement les pieds sur terre, ma petite ! siffla Jack.

— C'est la réalité, c'est tout. Et Carol n'était pas une idiote.

— Vous ne savez pas si elle avait des rapports avec ce peintre en dehors de l'atelier ? poursuivit Waitura.

— Je n'en sais rien. Carol aimait s'entourer de mystères, je vous l'ai dit.

Les enquêteurs s'adressèrent un regard entendu — ils avaient une piste.

— Bon, passons à autre chose. Qui étaient les autres hommes avec lesquels elle sortait ?

— Ça dépendait.

— De quoi ?

— Elle n'avait pas de petit ami régulier.

— Pourquoi ? insista Ann en griffonnant sur son calepin.

— Écoutez, je n'en sais rien. Carol était jeune et elle n'avait trouvé aucun homme digne de confiance.

— C'est pour ça qu'elle passait de bras en bras ?

— Comme toutes les filles. Ça ne fait pas d'elle une salope !

Et ses yeux se remplirent d'une saine colère.

— Bien sûr, bien sûr… Que savez-vous des autres hommes ? Fréquentait-elle des collègues de travail ?

— Carol me disait que les types de l'usine n'étaient qu'une bande de gros lards, d'alcooliques ou de brutes avec lesquels elle n'avait aucune envie de se mélanger.

Mais on n'était pas vraiment intimes toutes les deux, juste colocataires…

Jack imagina tout de suite l'effet que devait faire Carol à l'usine : les filles y étaient rares et son corps provocant devait exacerber certaines libidos. Ajoutez à cela son air de Carmencita en vadrouille et vous trouverez dix types un peu cinglés capables de disjoncter à la première occasion…

— S'était-elle plainte de l'attitude de certains de ses amants ?

— Oui, comme toutes les filles déçues, répondit Katy. Mais jamais de quoi attiser la haine.

— Quel était son dernier petit ami ?

La jeune fille parut hésiter une seconde. Finalement, elle dit :

— Je ne sais pas.

Jack intervint, soudain menaçant :

— Tss ! Pas de ça avec moi, petite !

Katy resta comme hypnotisée par le regard brûlant du policier. Il faisait presque peur.

— Le… le barman d'une boîte de nuit.

— Quelle boîte de nuit ?

— Le… Sirène.

— Son nom ?

— Pete, je crois.

— Le voyait-elle régulièrement ? insista Jack, relayant sa partenaire.

— Non, c'était tout frais comme relation. Et d'ailleurs, ça n'a pas duré longtemps.

— Vous voulez dire qu'elle ne sortait plus avec ?

— Oui.

— Depuis quand ?

— Depuis peu, je crois…

Les oreilles rougirent derrière ses mèches blondes. Jack avait ce qu'il voulait.

— Carol tenait-elle un journal intime ? renchérit Waitura.

— Pas que je sache.

Alors seulement, la criminologue commença par le début :

— Quand avez-vous vu Carol pour la dernière fois ?

— Hier. Elle est rentrée ici et s'est changée avant de repartir, vers sept heures. Elle ne m'a pas dit où.

— Comment était-elle habillée ?

— Une petite robe rouge, des escarpins… (La description correspondait.) Je peux vous assurer qu'elle sortait.

— Quel véhicule utilisait-elle hier soir ?

— La Ford qui est dehors.

— Vous ne l'avez pas entendue ramener la voiture ?

— Non, je dormais.

— Bon, ne touchez plus à la Ford, souffla Fitzgerald. J'envoie une équipe pour relever les empreintes.

La jeune fille acquiesça.

— Maintenant, j'aimerais voir la chambre de Carol…

— Dans le couloir, la première à droite…

Le policier se leva tandis qu'Ann engageait l'interrogatoire sur leurs habitudes respectives.

Il pénétra dans une pièce de taille moyenne où se répandaient les effluves de parfum bon marché. Si on reconnaît le caractère d'une personne à sa chambre à coucher, Carol semblait plutôt souillon pour une gamine éduquée à l'école catholique ; des vêtements traînaient sur la moquette, le lit s'étendait, draps ouverts, à même le sol. Dans un cendrier de coquillage trônaient des mégots de pétards et de cigarettes blondes. Près du lit, une revue féminine était ouverte à la page des cosmétiques : là, une jeune métisse souriait, du rouge plein les lèvres.

Sur la table de nuit, un ticket de cinéma daté de l'avant-veille, une boîte de capotes entamée et un livre d'amour à l'eau de rose écrit par une Australienne idiote. Dans les tiroirs, pas la moindre trace de carnet secret. Juste quelques photos d'elle enfant, seule sur une balançoire, vous regardant avec des yeux de gamine bientôt grande...

Jack souleva le matelas : des billets de cent dollars firent un reflet sale dans ses yeux.

Le peintre.

L'officier en compta trois. Sans doute gardait-elle cet argent pour un prochain départ...

Jack enfouit la somme dans une pochette de plastique. Le passage dans la salle de bains ne lui en apprit guère plus : Carol semblait être plus préoccupée par son tour de poitrine que par celui de son esprit. Après tout, elle connaissait ses points forts.

Dans le salon, Waitura en finissait avec Katy. Les deux femmes n'avaient que six ans de différence mais si l'une avait un visage franchement attrayant, l'autre gagnait en intelligence ce qu'elle cédait en séduction à sa jeune adversaire. Ce fut sa dernière observation notable : Jack sortit de la maison et se dirigea vers la Ford rouge que Carol avait empruntée la veille. Il revêtit des gants de plastique et fouilla l'habitacle — de nouveau sans résultat.

Il retourna vers la maison. Sur le perron, Ann remercia la jeune fille qui, au contact de la police, s'était

ressaisie. Un jour, elle oublierait Carol et une bonne
partie de son adolescence avec…

Avant de partir, Katy leur demanda de la tenir au
courant de l'affaire. Fitzgerald se taisait. Waitura le lui
promit.

Depuis Waitemata Harbour, la vue était magnifique : avec la brume de chaleur, Auckland semblait
emmêlé à la mer.

— Qu'en pensez-vous, doc ? demanda-t-il.

— Je ne suis toujours pas docteur, capitaine. À part
ce petit détail agaçant à la longue, Katy Larsen ne nous
a menti qu'une fois : lorsqu'elle a parlé de Pete, le dernier petit ami de Carol.

Jack reconnut que sa partenaire avait vu juste.

— Je connais la boîte où il travaille. J'irai ce soir.

— Je vous suivrai, si ça ne vous dérange pas. (Pas
de réponse.) Bon : et cette histoire de voiture ? ren-
chérit-elle en recalant sa barrette.

— Carol l'a déposée devant la maison avant de se
rendre sur la plage, trois kilomètres plus loin. Je ne
crois pas qu'elle ait eu le courage, ni le temps, de faire
ce chemin à pied. À mon avis, le meurtrier était déjà
avec elle. Ce qui confirme la thèse qu'ils se connaissaient…

— Je le pense aussi. Le peintre ?

— Allez savoir…

Ils passèrent l'Harbour Bridge. Jack appela le central
afin qu'une équipe relevât d'hypothétiques empreintes
dans la Ford utilisée le soir du meurtre.

— Qu'est-ce qu'on fait maintenant ? demanda Ann.

— Je vous dépose en ville. Vous êtes descen-
due où ?

— Au Debrett Hotel. Dans le centre…

— Oh ! je connais ! s'esclaffa-t-il comme s'il avait passé la majorité de ses nuits à y boire des verres sans importance.

— Et vous ?

L'œil du policier se teinta de noir.

— Je vais faire un petit tour sur mon territoire…

La Toyota stoppa au milieu de Queen Street, la plus grande avenue d'Auckland — c'est-à-dire du pays. Ici, pas d'embouteillage. Les rues étaient propres, dégagées.

Waitura propulsa sa silhouette vers l'hôtel. Un énorme Maori filtrait l'entrée du bar à l'heure où les jeunes avocats venaient boire un verre après le boulot. Les plus loufoques avaient déjà gobé des acides, prenant ainsi de l'avance sur les fêtes. Jack laissa un peu de gomme sur l'asphalte brûlant et prit la direction de Quay Street.

5

Quay Street, six heures du soir. Fitzgerald commençait à se faire une idée du personnage ambigu de Carol Panuula et le quartier était l'endroit idéal pour se renseigner : putes, maquereaux, informateurs, pervers tranquilles, ici tout le monde avait quelque chose à vendre ou à acheter.

Il longea les baraquements minables, les entrepôts et les bars louches du port. Son horizon quotidien. Tout au fond, vers les docks, les prostituées rehausseraient leur Wonderbra, suppléants modernes de dérisoires insuffisances. Ici tout se consommait pour cent dollars au mieux, cinquante en fin de droits.

Jack recherchait Kirsty — « la grosse pute », comme il disait amicalement.

Prostituée, Kirsty l'était du fond de l'âme. Là, des traces de rouge à lèvres écrasé sur le miroir poussiéreux de sa bouche, des billets échangés vite, deux, trois raclées, un type qui avait promis et jamais rien tenu, beaucoup de bites et peu de sentiments. Kirsty arrondissait ses fins de mois en collaborant avec la police. Fitzgerald la protégeait, cela ne faisait pas de mystère. Prostituée ou indic, pour elle, ça revenait à la même chose : on rend service en se couchant. Kirsty s'en fichait. Ce n'est pas à cinquante-quatre ans qu'on refait sa vie. Surtout celle d'une pute.

Malgré l'imminence du réveillon, le quartier n'avait rien perdu de son animation. Les clients rasaient les murs des bouges où des filles maussades s'exhibaient. Derrière le pare-brise de la Toyota, Fitzgerald passait sa fine troupe en revue. Kirsty roulait des seins devant un gars cherchant le fond de ses poches quand un coup de klaxon les fit sursauter. La prostituée lança un soupir sans équivoque quant à la joie éprouvée de revoir son protecteur. Le gars disparut aussitôt, laissant pour unique messager un coup de vent tiède. De dépit, Kirsty emporta son lourd fessier jusqu'à la Toyota et posa son incroyable poitrine sur la vitre ouverte. Un mamelon menaça de gicler dans l'habitacle. Elle s'écria :

— Fuck you, Fitz ! Tu viens de me faire rater une affaire en or !

— Tu parles d'une poule ! ricana son ange gardien.

Kirsty empoigna son décolleté et proféra :

— Moque-toi ! Des seins comme ça, mon vieux, ça donne envie de goûter au reste !

— Merci, je viens de manger… rétorqua-t-il d'un geste sans façon. Bon, trêve d'enfantillage, il faut que je te parle, ma grosse. Monte.

Comme Kirsty fit semblant d'avoir abîmé ses précieux bas d'argent, Jack se fendit d'un très insistant « Allez ! » Elle étala une moue caillée sur son visage laiteux et clopina jusqu'à la portière du passager, martelant le bitume de ses talons aiguilles. Enfin, elle déversa son corps sur le siège. La Toyota roula à faible allure le long de l'avenue.

— Je veux des renseignements sur Carol Panuula, dit-il.

— Carol… Oui, tout le monde en parle… Personne ne comprend…

Ces phrases toutes simples étonnèrent Jack : il était clair que Carol faisait le tapin.

— Depuis quand traînait-elle dans le secteur ?

— Six mois environ.

— Bizarre que je ne l'ai jamais vue…

— Oh ! Rien d'étonnant à ça ! s'exclama Kirsty en exhalant un parfum coriace dans la voiture. La gamine travaillait le soir et choisissait elle-même ses clients. Une star, quoi ! Elle me faisait penser à moi à l'époque où…

— Passe-moi le temps où ta taille se fournissait dans une ruche. Qui étaient ses clients ?

— Carol aimait surtout les Blancs. Les métis, parfois. Jamais de Polynésiens.

— Pourquoi ?

— J'en sais foutre rien, Fitz !

Il fit claquer son briquet sous une cigarette blonde.

— On les connaît, ces clients ?

— Certains habitués. D'autres moins.

— Qui travaillait avec elle ?

— Personne. Elle bossait en solo.

— Explique-toi, ordonna-t-il.

Kirsty tordit ses lèvres rouge vif.

— Quand on l'a vue débarquer, on a pas cherché à l'emmerder. Carol ne faisait que des extras mais on savait qu'un mac allait lui tomber dessus. On n'avait pas tort : un jour, Lamotta est venu la voir. Il voulait qu'elle travaille pour lui. Et tu connais Joe, hein ? Il a secoué un peu la petite. Eh ben, tu me croiras si tu veux mais le lendemain, il longeait les murs !

Lamotta, tiens donc.

— Pourquoi ?

— Hey ! Lamotta avait la gueule tellement défoncée qu'on l'a plus vu pendant une semaine ! railla la vieille fille, manifestement peu contrariée par l'épisode.

— Et Carol ? poursuivit Fitzgerald.

— Depuis ce jour, personne n'est jamais venu l'importuner. Elle prenait sa place environ un soir sur deux. Et les clients venaient sans que personne touche sa commission. Nous, on l'avait mauvaise, mais on s'est tues.

— Pourquoi tu ne m'en as jamais parlé ? reprocha-t-il.

— Pour la même raison que Joe Lamotta : je ne tenais pas à me retrouver avec mon beau visage tuméfié…

— Je vois… Carol est-elle venue hier soir ?

— Non. (Kirsty bougea dans la voiture : ses breloques vibrèrent dans un cliquetis de pacotille. Elle ajouta :) On m'a dit qu'elle avait un boulot fixe, c'est vrai ?

— C'est moi qui pose les questions. Il se trouve où, cet abruti ?

— Lamotta ? Oh ! à l'heure qu'il est, tu le trouveras au Corner Bar en train d'embobiner une pauvre fille et quelques Steinlager.

— O.K. Merci, ma poule.

— Je ne caquette pas encore, Fitz.

— Profites-en.

La prostituée écailla son fond de teint dans un grand sourire :

— Ce que j'aime chez toi, c'est ta délicatesse.

— C'est pas de la délicatesse, c'est de l'ethno-
logie.

— Bah! C'est pareil! et elle haussa les épaules en
claquant la portière de la Toyota derrière elle.

Kirsty louvoya sur le trottoir brûlant, ses talons
hauts s'énervaient au chevet de ses bas. Le taffetas de
son ensemble à paillettes commençait à dater.

Jack l'aimait bien.

*

Joe était surnommé Lamotta en raison des six combats livrés sous les drapeaux, ce qui lui valut la flat-
teuse réputation de champion inter-armées. Joe était
un Maori dénaturé depuis quatre générations ; avec le
temps et l'alcool, les muscles de ses bras s'étaient
enrobés d'une graisse indélébile. Il vivait sur sa réputation et tenait encore le meilleur marché de prostituées de la ville. La police le laissait faire : Lamotta
était correct avec les filles et racontait ce qu'il savait
quand il le fallait vraiment.

Jack rencontra sa face imbibée à la table du Corner
Bar local (on en trouvait un à chaque coin de rue).
Lamotta buvait une bière au milieu de types tatoués
dont l'amabilité n'avait pas traversé le visage depuis
la dernière victoire des Blacks en coupe du monde. Le
policier se tenait sur ses gardes : la crosse de son .38
lui paraissait même tiède.

Joe émit un bruit de chaudière depuis ses énormes
narines. Fitzgerald observa la scène : les petites frappes
restaient tapies dans l'ombre, Lamotta suait sous les
spots de leurs regards, l'humain sentait le rance, la

frime, la bêtise crasse. Enfin, le Maori fit craquer ses phalanges boudinées, l'œil jaune dans celui, brûlant, du flic attablé face à lui.

— Carol Panuula... posa Jack en guise de préambule.

Joe gloussa en retour :

— Connais pas.

Fitzgerald tira une sorte de pénalité sous la table. Lamotta s'affaissa : son genou gauche n'était pas un ballon. Il serra les dents et avoua dans un grognement mêlé de houblon :

— La fille retrouvée morte. Elle faisait le tapin mais j'ai rien à voir là-dedans.

— Qui t'a, disons, préconisé de ne pas te mêler de ça ?

— Connais pas ce mot. Mais si tu veux dire par là qu'on m'a forcé la main pour laisser la gamine tranquille, tu te trompes. Elle rapportait peu, c'est tout.

Cet imbécile voulait garder la face devant son public. Jack fit son petit numéro.

— Tu te fous de moi encore une fois et je t'humilie devant tes amis. Maintenant écoute-moi bien, Lamotta : ici, j'ai tous les droits. Même celui de t'embarquer. J'attends. Tu as une seconde. Ton temps est passé. Alors ?

Lamotta sentit le danger. Une seconde de plus et il pourrait dire adieu à ses dents de devant, ses préférées.

— Deux types sont venus un soir.

— Quand ?

— Il y a cinq mois environ.

— Signalement.

— Ils m'ont chopé dans une ruelle sombre, et ils portaient des cagoules.

— Quel genre de cagoules?

— Kaki. On aurait dit des trucs de l'armée. Depuis le temps, je suis pas sûr.

— Et alors? Ils t'en ont prêté une et vous avez joué à colin-maillard entre crapules?

— Heu, non… Non. Ils m'ont chopé par-derrière avant de me passer à tabac, rectifia Joe Lamotta en insistant sur le «par-derrière», fierté oblige.

— Alors comme ça, on te manque de respect?

Jack élabora une moue très impressionnée.

— Ces types ne rigolaient pas, assura le gros Maori. Ils m'ont même enfoncé un flingue dans le nez. J'ai pas pu me moucher pendant une semaine.

— Quel genre de flingue?

— Je sais pas, j'arrivais pas à faire la mise au point d'aussi près.

En un éclair, Jack dégaina son .38 et le planta dans le nez du truand:

— Un comme ça?

Les yeux du souteneur louchèrent sur le canon. Il bredouilla:

— Oui… Oui. Ça ressemblait à un .38. Mais pas sûr.

— Une idée de ces types?

— Aucune. Un grand costaud, une sorte de géant qui grognait, et un râblé, plus petit. C'est lui qui parlait.

— Qu'est-ce qu'il t'a dit au juste?

— De laisser Carol tranquille, sans quoi on me retrouverait dans la baie avec une torche enflammée dans le cul.

— C'est tout?

— C'est tout. Dans ces moments-là, on comprend

vite. Et j'ai compris qu'il ne fallait pas jouer les cadors avec ce genre de type.

— Le bel euphémisme…

— Connais pas non plus ce type-là.

— Tu le fais exprès ?

— Non, je t'assure, Fitz.

La sueur perlait sur son front bosselé.

— Et en ce qui concerne Carol ? reprit l'officier en rengainant son arme.

— Rien de précis. Tout le monde la laissait faire sa petite affaire.

— Ses clients ?

Lamotta fit la moue.

— Des autochtones. Surtout des Blancs…

— Un de ces types peut avoir fait le coup ?

— Pense pas.

— Pourquoi ?

— Comme ça… Depuis le temps, je reconnais les tarés…

Peut-être mais Lamotta avait toujours peur : Jack le devina à la lueur morte de ses prunelles.

— Depuis combien de temps Carol tapinait-elle ?

— Six mois environ. Elle venait un soir sur deux. Et puis un soir, elle est plus venue du tout…

Son front semblait maintenant pleurer de sueur. Le mâle était solide mais la peur liquide.

— Je trouve que tu as laissé tomber bien vite l'affaire avec Carol, siffla Jack en faisant celui qui pesait le pour et le contre. Jamais personne n'a marché sur tes plates-bandes. Pourquoi tu n'as pas cherché à éliminer ces types ? Tu l'as déjà fait avec d'autres…

— C'était des tueurs professionnels, assura Lamotta.

— Qu'est-ce qui te fait dire ça ?

— La façon dont ils m'ont alpagué.

— Tu mens.

L'ancien boxeur eut un geste de panique, presque indicible. Une mauvaise esquive. Le policier passa à l'attaque. Sa voix devint vraiment frigorifique :

— Maintenant, mon gros, tu vas me raconter tout ce que tu sais. Qui étaient ces types ?

— Je sais pas, gloussa le Maori.

Mais ça sentait le baratin à plein nez. La confusion grimpait au visage de Lamotta : Fitz le tenait.

Une sorte de gong inopiné sauva l'ancien boxeur du K.-O. psychologique.

— Dis donc, flicaille, qu'est-ce que tu fous là ?

C'était tellement bête que Jack se retourna pour voir quelles babines avaient régurgité tout ça.

Un grand gars dans les vingt ans gonflait ses épaules, le coude posé contre le comptoir. Il avait l'œil éméché du type qui cogne sur tout ce qui bouge à la recherche de son identité. Sur ses bras découverts, un tatouage insolite.

— Tais-toi ! C'est Fitz, le chef de la police ! souffla la voix du patron dans son dos.

Mais Bunce tenait absolument à amortir son tout nouveau mètre quatre-vingt-dix. Et derrière lui, trois jeunes Maoris roulaient ce qu'ils croyaient être des mécaniques bien huilées.

— Retourne chez toi, rétorqua Fitzgerald sans un vrai regard pour celui qui se considérait comme chef de bande.

Lamotta cherchait des yeux une porte de sortie. Jack voulut le retenir mais Bunce attrapa le bâton de guerre maori que venait de lui lancer un de ses acolytes. Il commença à agiter son arme sculptée dans l'aire de la pièce. Les pieds de chaise roulèrent sur le sol, deux filles se réfugièrent derrière le comptoir. Les autres gosses bombaient le torse sous leur tee-shirt sans manches. Le patron retint son souffle : la licence de son bouge allait se jouer dans la minute.

— Viens ! menaça Bunce entre deux incantations à peu près incompréhensibles.

— Toi, tu bouges pas ! grogna Fitzgerald à l'adresse de Lamotta.

Mais un vent violent soufflait sur lui : Jack eut à peine le temps de baisser la tête. Le bâton percuta le haut de son crâne et ripa sur le cuir, arrachant au passage une mèche de cheveux et deux larmes de sang. Petit chagrin.

Abasourdi, le policier plia l'échine. Sous les encouragements de ses sbires, le jeune Maori sentit la proie à sa merci. Il attaqua de nouveau.

Au début de la trajectoire, il y eut un bruit suspect — celui d'un flingue qu'on arrache du holster.

Au milieu du mouvement, celui d'un chien qui se tire. Un bruit mécanique, terrifiant.

Une détonation claqua avant la fin du mouvement.

Cri, poudre, fumée, silence, puis geignement.

Les clients retinrent leur souffle : le .38 de Jack pointait le reste de la bande et quelque chose leur disait qu'il avait hâte que ça recommence.

Les gosses hésitaient : au bout d'une Doc Martens usagée gisait Bunce, une balle dans le pied. Les trois Maoris échangèrent un regard flottant. Jack brandit son arme bien distinctement. Son index dansait sur la détente.

— Tu ne tireras pas : trop de témoins, s'esclaffa le

plus malin, avec une paire de bras disproportionnés pour sa taille.

Fitzgerald eut une subite bouffée de chaleur. Un peu de sang coulait de son front mais la douleur n'existait pas : pas celle-là. Car l'espace d'un instant, il crut voir les assassins de sa femme, et aussi ceux de sa fille. Des assassins par procuration. Comme ces types, là, qui avançaient vers lui…

Il hésita : les balles risquaient de traverser ces crapules avant de blesser un innocent. De dépit, il choisit de frapper le premier : la crosse du revolver percuta la glotte du plus proche, lequel s'écroula, suffoquant comme un noyé. Tandis que le second perdait deux incisives d'un revers de canon, le plus agile percuta Jack et le plaqua violemment sur le sol.

Les quatre-vingts kilos de jeunesse remuèrent la carcasse pourtant endurcie du policier. Ils roulèrent sur le sol. Très vite, Jack engagea une clé qui immobilisa son adversaire. Il serra l'étau sous les yeux ébahis des clients. Le Maori hurlait, les épaules verrouillées sous la poigne de ses avant-bras. Fitzgerald serra plus fort. Il n'entendait pas les cris. Ses lèvres tremblaient. Les épaules du gosse craquèrent.

Le dernier cri fut plus rauque. Deux luxations simultanées. Alors seulement, Fitzgerald lâcha prise.

Le jeune Maori n'était plus qu'un pantin disloqué sur le sol. Le policier haletait, défiguré par la rage. À ses pieds, trois voyous se tordaient sur le sol crasseux. Il les regardait, hébété. Il ne savait pas pourquoi il avait fait ça.

Le silence qui suivit ressemblait à un cortège de notes mortes dans la douleur d'un génie inconnu. Jack se tourna enfin vers la table : Lamotta avait disparu. Il serra les dents, ramassa son arme et traversa la porte de service dans un courant d'air.

Dehors, une ruelle exhalait ses odeurs de détritus dans la moiteur du crépuscule. En contre-jour, la silhouette de Joe Lamotta échinait ses cent trente kilos vers un hypothétique salut. Fitzgerald oublia toutes ses douleurs et partit à la poursuite du plus fameux souteneur de la cité. Ses semelles dérapèrent à l'angle de la rue, laissant sur le bitume tiède une fine pellicule de gomme. Plus loin, le Maori suait sang et eau en battant le trottoir. La sommation ne servit à rien : Lamotta fila sous un porche.

Fitzgerald pénétra dans un des rares immeubles de style victorien préservés par le temps. Lamotta n'avait pas une chance sur dix de lui échapper : Jack était plus rapide, mieux armé et sans doute plus cinglé que lui. Mais ce soir, le gros Maori n'avait pas le choix. C'était un truand de bas étage mais pas un imbécile ; il avait reconnu les types qui l'avaient tabassé. Maintenant, ils allaient bientôt savoir que Fitz était sur le coup. Cela équivalait pour lui à un arrêt de mort. Alors il joua sa chance à fond.

En atteignant le toit, le Maori ruisselait : son slip le collait sous son treillis souillé de taches de beurre de cacahuète et sa bedaine flageolait sous ses pas hors d'haleine. Dans son dos, les chaussures du flic martelaient les dernières marches qui menaient au sommet de l'immeuble.

Lamotta connaissait un passage : il l'avait utilisé maintes fois lors de sa fougueuse jeunesse. Seulement aujourd'hui, il avait vingt ans de plus et autant de kilos. L'ancien boxeur tenta quand même le coup. Il bifurqua sur la droite, souffla une seconde, reconnut le passage et prit son élan. Sous lui, un vide de six étages. En face, le toit d'une banque sans garde-corps. Entre les deux, un espace d'environ quatre mètres qu'il s'agissait de sauter. Comme au bon vieux temps.

Il fonça.

Du bout du canon, Jack cherchait le chemin emprunté par le fugitif. Deux solutions, une seule possible, et les alizés qui soufflaient sur les hauteurs de la ville ne semblaient pas du tout décidés à l'aider.

Un cri déchira le vent des toits ; suivant l'écho, Jack bondit en direction des cheminées et stoppa sa course au bord de l'immeuble. Le vide chavira dangereusement sous lui : en contrebas, Lamotta s'agrippait au parapet du toit voisin avec l'énergie du désespoir.

Le Maori venait de rater son coup : les années et le beurre de cacahuète avaient eu raison de son combat contre le temps. L'élan avait été trop lent, l'impulsion trop molle, la distance soudain trop longue. Joe n'avait dû son salut qu'à sa force exceptionnelle : maintenant, ses grosses jambes battaient dans l'air, incapables de le hisser jusqu'au toit. Lamotta pestait. Le vide tanguait sous ses pieds inutiles. Envie d'uriner. L'échine moite. Les os évoluant par frissons successifs. La peur qui gagne les épaules, raidit les doigts et menace, compresse, terrifie… Malgré la sueur qui l'aveuglait, il aperçut une ombre passer au-dessus de sa tête ; Jack venait de franchir la distance que le Maori maîtrisait si souvent dans le passé. Maintenant ses doigts lui faisaient mal. Déjà, Joe ne les sentait plus. Aspiré par ses cent trente kilos, il tiendrait encore une poignée de secondes. Pas plus.

Le policier se réceptionna sur le toit de la banque et s'agenouilla au chevet du truand, le regard inquiétant.

— Qui étaient ces types ?

— Aide-moi, putain ! implora Lamotta.

— Dépêche-toi, tu n'en as plus pour longtemps.

— Je sais pas qui c'était ! J'ai cru reconnaître une voix, je connais pas son nom mais je l'avais déjà entendue. Tu peux pas savoir ! Mais aide-moi ! Putain, je vais lâcher ! Je vais lâcher !

La peur avait gagné sur son teint mat. Jack vit la blancheur pré-mortelle ronger ses joues. Lamotta allait effectivement lâcher. Alors le policier tendit la main. Joe lâcha la sienne pour atteindre cette sorte de providence intéressée ; il voulut s'y accrocher mais la sueur qui inondait ses mains le fit glisser. Les doigts des deux hommes se lièrent une longue seconde avant de se déchirer dans un hurlement — celui de Lamotta en dégringolant les six étages qui le séparaient de la terre ferme.

Fitzgerald reçut le cri en pleine face. Les doigts de Joe venaient de fuir sa poigne salutaire et battaient désormais dans le vide, encore tendus vers lui comme d'un dieu cruel. Le visage déchiré de l'homme rapetissa au fur et à mesure qu'il se rapprochait du sol.

Jack ne le quitta pas des yeux.

La mort en face, ce n'était pas tous les jours.

Il perçut l'impact. Le corps de Joe Lamotta s'écrasa sur le bitume fumant, répandant une sinistre éclaboussure alentour. Un frisson passa, presque palpable.

Fitzgerald quitta le toit de l'immeuble. Le soir tombait comme un tas d'ordures jeté des nuages. Il leva la tête : un orage tropical menaçait.

6

« Oui, je suis gémeaux. Double personnalité, on m'a dit. C'est vrai que je discute souvent avec moi… À vrai dire, je ne m'entends pas très bien. En ce moment, je ne me parle plus. C'est mieux comme ça. Pourtant au début, je m'entendais plutôt bien ; dans la glace, il m'arrivait de me séduire, de me dire des trucs. Je m'aimais tellement que j'ai même songé à me marier avec moi. Et puis j'ai renoncé… Bon Dieu, j'ai eu raison : quand je vois ce que je suis devenu, ça me fout le cafard. Depuis, je refuse catégoriquement de me faire la vaisselle : ce serait de la soumission, et il n'est pas question que je me cède… Il m'arrive aussi de jouer du trombone. Ça dure toute la nuit. Du coup, je n'arrive pas à dormir. Le pire, c'est que je ne sais pas jouer ! Forcément, j'ai réfléchi. En fait, je suis persuadé qu'il y a quelque chose en moi qui ne colle pas avec moi. Parfois, à force de ne pas me ressembler, j'ai l'impression d'être un autre. Ça me donne un côté commun très déprimant. Alors je me parle :

« — J'ai mal partout. C'est la vie, je crois.

« — Pardon, vous avez quoi ?

« — La vie.

« — Ah bon ?

« — Oui.

« — Courage.

« — Merci.

« Oui. Mourir, c'est ma spécialité. Vous pouvez y aller, je suis calé ! Mais ce soir, c'est Noël. Noël, et l'enfance est morte. Oui… Chez moi, c'est comme une habitude… »

John dessina une vague sur le monticule de purée froide qui jonchait son assiette. Pas de sapin, pas de guirlandes, pas de Santa Claus débonnaire emporté par des rennes à travers la voie lactée des rêves de gosses. Juste lui et la purée.

La tête posée sur la table, John faisait jouer sa fourchette sur le tas de patates écrabouillées, retraçant les images célèbres de son enfance anéantie en pleine construction. Mais tout cela était de l'histoire ancienne. Enfin, c'est ce qu'il se disait pour conjurer le sort qui l'avait tiré jusque-là.

Un sachet de poudre couleur sable atterrit sur la table de la cuisine. Héroïne. De bonne qualité. Bref, une vraie saloperie. John saupoudra plusieurs grammes sur la toile cirée, puis, à l'aide de son doigt, s'appliqua à dessiner le visage d'une femme. Bien sûr, le dessin était grossier mais il avait suffisamment de talent pour rendre visible ce qui traversait son esprit. Même avec de la drogue.

Surtout avec de la drogue.

À peu près satisfait par le résultat du dessin, il donna un nom au visage poussiéreux qui le regardait depuis tant d'années. Il l'appela :

— Betty.

John ne savait pas ce qui fut d'abord : les mots ou

les choses. Les gens, eux, n'étaient que des intermédiaires. Le droit du hasard.

Il enfonça une paille dans sa narine, sniffa d'abord le front de Betty, puis les yeux. Avec un ricanement désuet, l'homme inspira la bouche et, du bout du nez, raya la petite fille de son monde.

Voilà. Maintenant, Betty était là. En lui.

Bombardement physiologique.

Betty. Un mot dans une chose, perçue par lui comme une sensation hyperbolique loin, très loin de Noël. L'image de l'adolescente ne décollait jamais longtemps de ses lobes frontaux. Il fallait s'y faire.

Il ne s'y faisait pas.

Un chien aboyait quelque part. Lentement, l'univers se transforma. Sensible aux formes et aux tons des choses, John attendit que la drogue fît son effet pour écouter. Le chant des sirènes l'attirait vers le néant. Bientôt son esprit se concentra sur les sons, sur cette mer maudite qui battait la plage. Hier…

Le pitoyable festin qu'il avait préparé était maintenant tout à fait froid :

« La mort est à côté de moi. Je lui ai dit tout à l'heure que je n'avais pas besoin d'elle, qu'elle pouvait se retirer, mais elle était coincée en moi. Je l'ai secouée, rien n'y faisait. Je n'aurais peut-être pas dû la laisser entrer. Bah ! Je ne suis pas pressé… »

John posa sa tête sur la toile cirée de la cuisine. Tout se bousculait.

Souffrant d'épilepsie temporale, l'hyperconnectivité entre les zones sensorielles et émotionnelles de son cerveau pouvait entraîner l'apparition de perceptions, d'images et de souvenirs générateurs d'émotions intenses. Même s'il s'efforçait de contrôler ses

réminiscences à des fins picturales, John ne déchif-
frait plus rien de ses énigmes. Et ce soir, une grosse
bouchée de désespoir s'engluait dans sa gorge. Accroché aux murs, des…

« Images en kaléidoscope. Admirable civilisation :
ventre de femme, sperme sur les lèvres, argent sale,
l'hymne aux mésamours — poésie des miens. Aujour-
d'hui, le vide. L'esprit défenestré dès que je me penche
sur mon passé… Betty. Oser l'aimer, c'était déjà me
suicider… Heureusement, la mort s'est endormie.
Dormez paisibles, chérubins monstrueux, je borde la
vieille ! Ce qu'elle est moche d'ailleurs ! Oh oh ! Vous
verriez la gueule de la mort, vous éclateriez de rire.
Vos dents seraient éjectées, elles partiraient avec votre
rire, vous seriez là, ébahi et sans bouche, avec vos chi-
cots répandus à vos pieds — je marcherais dessus pour
les faire craquer sous mes talons, rien que pour vous
faire grincer — vous ne sauriez pas quoi dire parce que
ce serait matériellement impossible, ou alors ce serait
ridicule… Ridicule… Finalement, tout est ridicule,
dérisoire… Mais je garde notre dîner à la poubelle au
cas où, on ne sait jamais… des fois qu'elle viendrait,
des fois que, ce soir, à manger… nous deux… des fois
qu'elle… des fois… »

Une larme tiède coula le long de son nez. Le liquide
se pencha sur sa joue, hésita un instant et décida de
finir sa course dans son cou. La lame de rasoir qu'il
portait au cou l'accueillit en ricanant. Accroché au
mur, le heï-tiki continuait de le regarder d'un mauvais
œil…

John revint lentement à lui. Le coup était passé près
mais la drogue avait pris le dessus sur la maladie.

Le dîner avait refroidi, les bougies s'étaient consumées.

Ces jours-ci, ses crises d'épilepsie avaient tendance à se resserrer dans le temps. Il se frotta le visage et murmura :

— Bon Dieu, je désespère de plus en plus mal…

L'éclat de rire qui suivit résonna dans toute la maison.

7

— Je t'aime… soupira Helen.

Elle avait parlé si bas que seuls les insectes des herbes alentour purent l'entendre. Jack pensa qu'elle exagérait un peu mais n'osa répondre — rien qu'un silence anonyme, l'ami incognito des vieux amants. D'ailleurs, Helen ne lui parlait même pas : adossée à la Terre, elle noyait ses yeux dans l'horizon monochrome. À bord d'un ciel anthracite, le soleil semblait avoir fondu dans la mollesse du crépuscule orageux.

— Qu'est-ce que tu regardes ? demanda-t-il, allongé sur l'herbe qui la portait si bien.

— Le ciel.

— Et alors ?

— Il va nous tomber sur la tête.

Le policier écrasa la fourmi qui, à deux doigts de là, prenait l'herbe pour un cheval-d'arçons :

— Il en faudra plus pour nous anéantir.

— Je sais, je sais…

Et ces derniers mots se perdirent dans l'orage après avoir voltigé un moment autour d'Helen. Jack se taisait. Ce qu'il venait de vivre l'avait secoué. On ne tue pas un homme sans penser qu'il aurait pu nous faire la même chose.

Il ne dit rien.

Helen avait cinquante-quatre ans et son corps allongé sur l'herbe avait vomi sa belle jeunesse. Du bas de sa quarantaine, Jack avait le bon rôle.

Après la disparition de sa famille, sa maison était devenue un véritable dépotoir où se mêlaient bouteilles de bière vides, mégots de cigarettes, plats cuisinés rongés par les fourmis et nids de poussière en tout genre. Quelques rats venaient même rôder dans le jardin. Devant l'étendue des dégâts domestiques causés par ses années de laisser-aller, Jack avait passé une annonce dans le *New Zealand Herald*. Helen s'était présentée le lendemain, robe discrète et menton haut. Le policier aimait la dignité : il l'avait engagée le matin même. C'est ainsi qu'Helen entra dans sa vie. Par la petite porte, celle des domestiques.

Helen se résignait alors à faire des ménages pour payer les soins de son mari pompier, gazé lors d'un feu de forêt. Le malheureux avait fini par mourir et la maigre solde qui revenait à sa femme ne suffisait plus à assurer sa retraite. Trop peu malléable pour intéresser un employeur, Helen subsistait donc comme femme de ménage.

Elle vint d'abord tous les jours pour mettre un peu d'ordre dans le bordel amassé au fil du temps, puis chaque mardi. Leurs rapports furent polis, d'employeur à employée. Mais Jack détestait la hiérarchie : à première vue, deux humains ne valaient pas mieux l'un que l'autre — jamais il n'aurait admis qu'un sentiment d'injustice motivait cette idée. Aussi se lassa-t-il du ton révérencieux qu'Helen employait à son encontre — jamais il n'aurait osé admettre qu'il aimait les yeux francs de cette étrangère et la grâce de son corps encore vigoureux.

Plus par pitié que par bonté, il invita sa femme de ménage à dîner dans un restaurant français de Ponsonby. À peine entré, Jack regrettait déjà cette stupide invitation. Mais en sortant, il se réjouissait d'avoir trouvé quelque chose qui pût ressembler à une amie. Bien sûr, il avait Mc Cleary, son vieux copain de collège avec lequel il avait partagé les mêmes pelouses et les mêmes filles, mais ils étaient trop proches, et cela depuis trop longtemps, pour régénérer leur affection. De plus, Mc Cleary faisait partie d'un univers périmé : celui de sa femme et de sa fille.

Helen fut donc pour lui l'être providentiel. Plus âgée, elle aussi marquée par les aléas de la vie et ses injustices (ce qu'on appelle volontiers de la fatalité, histoire de renoncer au combat), la femme de ménage devint sa seule confidente. Fitzgerald parlait peu, et surtout pas d'amour, mais Helen savait déchiffrer les mots perdus dans la tristesse et la laideur de cette vitalité écrasée. Ils se côtoyèrent en dehors des heures de ménage, allaient ensemble aux rares manifestations locales et s'affichaient parfois en public. C'était certes sans amour mais non sans tendresse.

Enfin, pour couper court aux racontars qui circulaient dans leur dos, ils finirent par coucher ensemble. Ce fut une drôle de nuit où ils avaient un peu bu. Pour des raisons différentes, ils avaient besoin de courage. Leur dernier véritable acte d'amour commençait à dater : Jack s'était toujours contenté de rapports succincts avec des filles du bureau. Qu'elles soient mariées ou non, ces femmes avaient de l'énergie à revendre mais peu de cœur.

Helen n'était faite que de ça. Pourtant, son parcours amoureux ne fut qu'une succession d'échecs cuisants. Après la mort de son mari, elle s'était éprise d'un Maori plus jeune qu'elle, un homme violent qui lui avait tout promis, fier d'avoir attrapé une Blanche. Deux ans plus tard, il la battait régulièrement. Femme de caractère, Helen s'était enfuie sous les menaces, elles non plus jamais tenues. Après quoi elle refusa de vivre avec des hommes et restreignit sa libido à des actes d'humiliation, quelques coucheries hâtives sur les banquettes des voitures à la sortie des boîtes pour gens de son âge. C'était dégradant et sans joie : Helen avait pourtant dépassé le stade post-adolescent où le nombre de conquêtes supplée la qualité du cheptel — et la durée de sa relation.

D'une certaine manière, Jack était tombé au bon moment. Il se montrait simple, direct, loyal et sans espoir. Helen s'y était attachée comme on s'attache à un objet convoité qu'on ne possédera jamais. D'ailleurs, Jack ne lui cachait aucune de ses aventures, de plus en plus rares il est vrai. Au moins, sa franchise lui mâchait le désespoir. Au mieux, ils mourraient côte à côte — à défaut d'avoir jamais vécu ensemble.

Jack l'aimait bien. Helen avait su rester jolie malgré ses malheurs et son sourire était si bon qu'il pouvait même gracier la mort. Bien sûr, ses combats étaient dérisoires, ses gestes les témoins muets d'un amour simplement coupable d'exister mais ses cheveux bruns avaient gardé un éclat magnifique : Jack aimait les respirer en grand, comme un bol d'air pris à la sauvette d'un coït trop souvent bâclé.

Bref, ils s'aimaient en passant, avec la politesse muette des vrais désespérés. Jusqu'à ce Noël maudit… Les deux amants étaient là, statues vivantes installées au bord du gouffre. La mer se balançait sous les yachts en contrebas, l'orage passait au large, Jack venait de voir un homme mourir, ça lui laissait un inexplicable goût d'inachevé dans la bouche, et ils regardaient le ciel comme si quelque chose allait réellement se passer.

Les yeux dans le ciel colérique, Helen confirma alors avec certitude :

— Oui. Il va nous tomber sur la tête.

Jack hocha la sienne et vida son verre de vin australien. Helen émit un sourire — chez elle un tic formidable. Et chacune de ses pensées une caresse aimable, aurait ajouté Jack s'il n'avait eu d'autres chats à fouetter.

— Tu ne voudrais pas changer de disque ? demanda-t-il.

Depuis le salon, *La Symphonie pastorale* venait de sombrer dans le lourd silence qui, paraît-il, suit les grandes émotions. Ils n'aimaient pas particulièrement la musique classique mais éprouvaient tous deux un terrible besoin d'harmonie. En fait, Fitzgerald n'aimait plus grand-chose : il n'écoutait aucune musique moderne, tout juste un peu de jazz, et détestait Sinatra. Le seul type qu'il supportait était Brel. Un Français ou un Belge, enfin, il ne comprenait pas les paroles mais la rage suffisait. « Un type qui aime Brel ne peut pas être tout à fait mauvais », c'est ce que lui avait dit Mc Cleary, européanophile et parfait bilingue. Jack sourit : Mc Cleary était surtout un ami rassurant — c'est-à-dire un homme capable d'une magnifique mauvaise foi.

Helen épousseta sa jupe striée d'herbes folles et fila jusqu'à la maison. La rêverie de son corps s'évapora dans la moiteur de l'été sous le regard de son amant ; oui, cette fille ferait mieux de garder ses intuitions au chaud et de se trouver un homme digne de ce nom…

Jack regarda passer sa vie comme une mauvaise blague dans l'horizon noir que la côte refoulait vers le Pacifique. Helen revint avec deux verres de vin blanc. Elle s'allongea près de lui et fit des gestes, tous différents. Jack les observa, les aima un à un, mais n'osa les prendre, préférant de loin les laisser en liberté. Inutile d'être possessif avec une désespérée : d'un commun et silencieux accord, ils laissaient les prismes aux chiens de la passion. Notre terre n'en manque pas et ça donne toujours l'illusion de vivre pendant un mois ou deux.

Helen offrit le verre à son ami.

— Déguste-le, c'est notre dernière bouteille.

— Déjà ?

Il insista sur ce mot comme s'il était très beau.

— Je ne voulais pas te le dire pour ne pas te saper le moral, mais la cave est vide.

Fitzgerald émit une longue plainte et sentit venir sa vocation de loup.

— Un soir de réveillon, c'est trop bête…

Elle se frotta les yeux comme si un drap s'y était introduit.

— Qu'est-ce que tu as prévu ce soir ? Si tu veux, je suis seule et on peut…

Fini les épanchements.

— J'ai rendez-vous avec Waitura. Avant, il faut que je passe chez Hickok…

— Qui c'est, ce Waitura ?

— Un professeur de criminologie. Une experte en

charabia qu'on m'envoie de Christchurch. Un coup d'Hickok. Très forte, la fille.

— Jolie?

— Helen, c'est vraiment pas le moment…

Le soupir restait vague. Elle reprit sa place, docile. L'espace d'un instant, Helen avait commis le rêve un peu absurde de passer un Noël avec Jack. Elle s'en voulut. Pareille pensée lui était absolument interdite. Elle le savait.

— Excuse-moi.

— Ne t'excuse pas. Y'a vraiment pas de quoi.

Il se leva. Le soleil tombait dans la baie d'Auckland. À la dextérité du plongeon, le gars savait nager.

Le policier finit son verre d'un trait, posa une bise fade sur la joue d'Helen et partit sans un regard superflu.

Neuf heures sonnaient quelque part comme un coup de semence. Il y avait eu un hold-up dans sa vie, un casse qui avait mal tourné, et maintenant les flics entouraient la maison. Dans le renfermé de sa conscience, ça sentait l'agonie, une méchante balle dans le foie.

Elisabeth.

8

Les écailles du Pacifique miroitaient sous la lune lisse. John erra une heure le long de la côte, flottant comme un vaisseau fantôme au guidon de sa Yamaha. Thérapeutique très personnelle, John inhalait de l'héroïne lorsqu'il pressentait l'imminence d'une crise. C'était pour lui un prétexte désabusé pour s'envoyer en l'air, se pulvériser jusqu'à l'explosion finale : au moins, là-haut, il ne blesserait personne… Après une tournée des plages chaloupé par les balancements de sa machine, il piqua sur Auckland. Il avait rendez-vous avec un type — un de ses rares clients — vers dix heures. Dealer de la dope n'était pas son hobby ; juste un moyen de peindre sans travailler. John détestait le travail, considérant la chose comme un impôt désuet sur le temps, seul trésor en ce bas monde. Il savait surtout qu'il n'aurait jamais le courage de rejoindre les autres rebuts de la société sur l'île de Great Barrier : non, il lui fallait de la vie, les lumières de la ville, Karekare et ses toiles… Il irait donc. « Mais c'était vraiment pour rendre service ! » hurla-t-il au guidon de sa SR, un modèle japonais copié sur les Triumph à l'époque où l'Angleterre avait encore les moyens de ses prétentions.

Ponsonby. Quartier chic et branché. John roulait doucement sur la grande avenue où clignotaient les façades des restaurants. Des gens défilaient sur les trottoirs déjà ivres de leurs pas. Ils avaient l'air heureux.

Lincoln, rue perpendiculaire. Vide. Il gara la moto le long d'un mur d'enceinte au-delà duquel s'esclaffait une musique. Le ciel virait au mauve. John regarda sa montre, eut un geste de satisfaction (il était bientôt dix heures), réajusta le nœud de son smoking loué pour l'occasion puis sa brosse désordonnée dans le rétroviseur. Ses cheveux châtains n'avaient pas trop souffert du trajet.

La lumière s'éteignit bientôt de l'autre côté du mur, créant une certaine agitation parmi les convives. Le signal.

Personne en vue : John grimpa sur le biplace et se hissa avec facilité au sommet du mur derrière lequel, bien que momentanément livrée à la seule lumière de la lune, une garden-party battait son plein. Il y eut un long « aaahh ! » mimant une impatience péniblement contenue. John profita du moment pour glisser de l'autre côté du mur.

Personne ne semblait avoir remarqué son intrusion : les gens se pressaient autour d'une pièce montée. Dans son délire d'héroïnomane, John songea aux gnous lors de la grande migration. Il aimait bien les gnous. Une bestiole moche, idiote, courageuse face aux lycaons et poussée par son instinct à courir droit devant dès le début de la saison sèche, deux mille kilomètres à fond, le premier qui trébuche écrabouillé par le suivant, d'autres happés par les crocodiles géants ou la boue…

John chassa ses pensées idiotes avant de se mêler aux convives.

Une femme, Mme Hickok, était alors le centre d'activité. Elle portait une robe à fleurs moulante malgré son corps ratatiné sous un châle fuchsia et se déplaçait au bras d'une infirmière en civil. En dépit du maquillage, le teint de cette femme était malade : John ne lui donna pas plus d'une semaine à vivre (et il s'y connaissait en cadavre).

Mme Hickok appela son mari (applaudissements nourris puisque le procureur du district venait d'entrer au conseil municipal de la ville) et fit un bref discours qu'on écouta poliment. Après quoi, on but à la santé des orphelins de la ville qu'Hickok sponsorisait, avant de reprendre son activité. Entre industriels, hommes de loi, d'argent ou d'audiovisuel, quelques filles échangeant des sourires bon marché contre une improbable place au soleil… John rêvait d'ailleurs quand une ombre passa dans son dos. Il attendit que la menace se retirât de ses omoplates pour se retourner : un grand Maori au costume très simple traversait un groupe de gens. Ses cheveux noirs rasés sur les tempes faisaient des reflets bleutés sous la lune. John ne connaissait pas Jack Fitzgerald mais préféra s'éloigner. Le policier venait d'atteindre sa cible : Hickok avait le sourire au front et le smoking d'un blanc impeccable…

Le jardin s'étendait sur un demi-hectare, parcelle de verdure au cœur de la ville agrémentée d'une piscine et de statues évoquant la Grèce antique. Les poches bourrées d'héroïne, John cherchait son client lorsqu'un genre étranger croisa dans ses eaux.

Une femme.

Il maugréa entre ses dents. Le monde venait de changer.

Elle fendit les rangs avec une grâce déconcertante,

une fille aux gestes lents qui avançait vers lui en souriant, presque malsaine. L'espace d'un instant, John était ce corps ondulant dans la nuit. Fantastique. Tout devint clair, clair comme du pétrole en feu. Rimbaud avait raison : l'amour est à réinventer. À chaque fois.

Mais le bonheur n'était pas pour lui. Il faut être doué pour ça. Or, John ne l'avait jamais été. Ou alors un été, il avait quinze ans, Betty quatorze, belle à hurler il disait, deux amis sur la plage que le vent d'alors flattait dans la fraîcheur de leurs commencements. Betty. Il y a presque vingt ans déjà…

Soudain, alors que rien ne laissait présager une nouvelle crise, le bruit des conversations disparut de son esprit. Après l'éclaircie entrevue, le monde devint silence. Bouffée délirante : la mer se souleva. Et le noya. John cria, mais sans bruit. Une lueur le submergeait, et dans cet éclat bleu hôpital, un crime. Il pâlit. Ses réminiscences — rêves hauts en couleur, hallucinations d'allure épileptoïde, illuminations — l'amenaient parfois à une sorte de conscience dédoublée qui induisait une telle confusion dans son esprit qu'il pouvait se trouver complètement désorienté, au point de ne même plus savoir où et quand il vivait. John subissait une nouvelle crise. C'était la première fois qu'il s'exposait ainsi en public. Ses mains s'agitaient, ses lèvres se crispaient dans un rictus amer, l'homme s'accrocha à l'air mais l'air n'avait pas de poignée. Il chancela.

C'est elle qui le rattrapa.

— Doucement mon vieux…

Sa voix était douce, presque tiède.

La main de John s'enfonça dans l'épaule découverte. La lueur bleue se dissipait, mais il ne tenait pas vraiment debout. Elle le regarda fragile, sans le juger.

Autour d'eux, les gens continuaient de discuter comme s'ils ne s'étaient jamais rencontrés. John ôta enfin sa main de l'épaule qui l'avait sauvé.

La fille était une longue rousse, ou plutôt auburn, au regard paumé, vitreux, malade, fascinant. Elle portait une robe moulante, un collier de turquoises et un air désolé dans la prunelle de ses yeux vert chlorophylle. Née vingt-six ans plus tôt, on l'avait posée quelque part comme un objet précieux dont on se lasse, objet qu'on avait fini par oublier. Eva. Rompue à tous les plaisirs, elle s'était résolue à vomir sa libido sur un homme jeune, un fils à papa les poches pleines et la tête creuse, sorte de James Dean sans drame qui l'avait amené à l'est de nulle part.

John la dévisagea avec une naïveté presque infantile. Sous la robe qu'elle portait à cru, deux seins ronds pointaient dans leur carquois de tissu. Jamais il n'avait rien désiré de semblable. Jamais. Des flammes crachaient de ses yeux : Eva lui renvoya sa foudre en pleine figure.

Il encaissa sans broncher mais l'électricité qui émanait de cette femme resta, statique, dans ses veines.

— Ça va mieux ? demanda-t-elle sans vraiment engager la conversation.

— Oui. Merci… Je crois que vous m'avez sorti d'un mauvais pas.

— Vous devriez faire attention où vous mettez les pieds.

— Pourquoi, ce n'est pas convenable ici ?

— Vous savez bien que non.

Ils étaient là, deux statues sous la lune. Eva se fissura et dit d'un ton égal :

— Je vous ai vu passer par-dessus le mur.

— Ah bon ? (Mais elle avait l'air de s'en moquer complètement.) Et vous n'avez rien dit ?

— Pourquoi ? Vous avez quelque chose à cacher ?

Sur le coup, John ne sut plus où se mettre. Même pas dans ce smoking d'opérette.

— Je n'aime pas beaucoup le style robe de cinéma, dit-il, mais celle-ci vous va plutôt bien.

— Les starlettes d'Hollywood sont des putes moins onéreuses que moi, mon cher. Vous avez à fumer ? demanda-t-elle comme ça.

— À fumer quoi ?

— Si vous étiez indien, je vous aurais demandé des bidies mais vous êtes un gentil petit Blanc et manifestement défoncé à la poudre. Je ne touche pas à ça en public mais si vous aviez un joint de n'importe quoi, je vous sauterais au cou.

— Restons simples. J'ai de l'herbe, si vous voulez…

— Banco, fit-elle mollement.

John regarda autour de lui et constata avec elle que « ça ne fumait pas des masses dans le coin ». Eva lui lança un clin d'œil d'un vert absolu : direction les haies de sapin.

Il la suivit à distance raisonnable, appréciant les ombres inquiétantes de ses jambes à travers la robe. Ils trouvèrent un banc, seul, près des sapins triangulaires, s'assirent. John brandit un stick prêt à l'emploi. Eva apprécia d'un haussement de sourcils :

— Au moins, vous êtes un homme organisé.

— Pas du tout.

— Merveilleux. Après vous…

John alluma le stick, aspira deux bouffées d'herbe

pure et le lui passa. Pas folle, Eva garda la fumée dans ses poumons pour une longue apnée. Silence d'occasion. Bientôt, l'univers devint amical, les étoiles familières et les yeux de la fille teintés d'une rougeur sans équivoque. John observait. Les pupilles étaient les mêmes mais c'était, comme... Dieu amoureux du Diable...

— Qu'est-ce que vous foutez là, mon vieux ? demanda-t-elle pour passer le temps (de fumer).

— Je dois fournir un type en dope.

— Vous trouvez ça malin ?

— Non, pas du tout. Et vous ?

— Oh ! moi, rien...

Ses yeux avalaient les étoiles quatre à quatre — la Croix du Sud. Agitant le chignon bâclé qui stationnait sur sa tête, elle dit :

— Vous êtes un naïf.

— Pourquoi ?

— La façon dont vous me regardez. C'est ça ou alors vous êtes un drogué de première !

Elle fuma jusqu'au filtre.

— Je peux vous dire ma vérité ?

— Allez-y toujours.

— Si je vous avoue que je n'ai jamais couché avec une femme, que je ne sais pas pourquoi mais que je ne me sens plus vierge, à cause de vous, vous allez me frapper avec vos perles ?

Sales gosses, leurs yeux ricanaient. Elle répondit :

— Non.

— Vous voyez que vous pouvez aussi être naïve de temps en temps, lança-t-il en guise de sous-entendu. Je ne sais pas si c'est mal, ou démodé... En tout cas, je crois que je vous aime bien.

— Ça vous surprend?

Elle avait toujours l'air de s'en foutre complètement.

— Un peu, oui…

— Ça doit être l'air conditionné, rétorqua-t-elle d'une voix légèrement éraillée. Ça n'incite pas au naturel.

— Tu parles…

Eva était grande et souple, portant la mort avec élégance — et la vie par inadvertance. Ils se reniflèrent, prêts à former la meute, mais la louve était du genre à ne pas se mélanger. Elle analysa parfaitement la situation.

— On a l'air aussi seul l'un que l'autre, pas vrai?

Comme cette fille venait de nulle part, il dit :

— Je m'appelle John.

— Eva. Eva O'Neil.

— D'origine irlandaise?

— Sans origine.

Vraiment seule.

Alors seulement John se sentit vraiment bien.

— Excusez mon emportement de tout à l'heure…

— Vous parlez de votre petite mésaventure? hasarda-t-elle.

— Non, de mon espèce d'amour.

— Oh! Ce n'est pas grave! Je vous mentirais en vous disant que je n'ai pas l'habitude.

Elle ne faisait pas la modeste.

— Convoitée?

— Conquise.

— Vous êtes mariée?

— Il paraît.

Pas plus que la mijaurée.

— Le coup de l'habitude ?

— Disons plutôt une attitude, répondit-elle avec une moue de circonstance.

— Pourquoi faites-vous ça ?

— Vous avez autre chose à me proposer, gros malin ?

Mais le ton était sympathique.

— Ça dépend… réfléchit John. Le problème avec les femmes, c'est qu'elles ont des goûts de filles.

Elle ricana doucement. Ses lèvres luisaient en une paire de lames chromées. Visiblement, il lui plaisait. John mit cette imprudence sur le compte de la solitude.

Ils se levèrent en silence. Eva semblait fragile, à se déchirer sous la lune. Elle se tourna vers la foule, nerveuse.

— Excusez-moi, mon mari nous observe depuis un moment et je n'ai pas du tout envie de me justifier devant lui.

John suivit son regard : à quelques mètres de là, un homme leur souriait, un verre de champagne à la main. Terriblement blond, la coupe en brosse, svelte, le regard d'un bleu vitreux, Edwyn White : son mari.

Les deux hommes s'observèrent. Eva n'aima pas ça du tout (elle connaissait la manœuvre), mais tempéra sa colère.

— Il est jaloux ? demanda John.

— Oh ! On voit que vous ne le connaissez pas ! siffla-t-elle.

— Pourquoi dites-vous ça ?

— Vous comprendrez quand vous le verrez… Mais ce n'est vraiment pas le moment.

— Ce n'est jamais le moment.

Elle se leva. Un mètre soixante-quinze.

— Merci pour l'herbe.

— Pas de quoi.

Ils allaient se quitter sans en avoir envie. La drogue douce commençait à leur tourner la tête, les gens devenaient flous, dérisoires, drôles même…

— À bientôt, John. Je vous trouve très original. Surtout votre prénom.

Boutade ou venin, qu'importe.

Elle allait partir quand sa main décida sans lui de la rattraper. Eva fit un bref aller-retour. Après ce piètre tango, il lança un héroïque :

— Quand nous reverrons-nous ?

— Je ne sais pas, dit-elle dans une moue ironique. Ça dépend. Qu'est-ce que vous faites dans la vie ?

— La plupart du temps, je meurs.

— Bien. Dans ce cas, plus vite que vous ne l'imaginez. (Elle accompagna le tout d'un dernier soupir mal soigné :) Au revoir. Et merci pour votre amour, il me tiendra au moins chaud pour la soirée…

Eva tourna les talons et disparut dans la foule, titubante.

Elle était belle et vulnérable mais c'était plus fort que ça : cette femme n'était pas comme les autres. John eut soudain envie de la peindre…

Dix minutes plus tard, il finit par rencontrer son «client» à qui il livra dix grammes d'héroïne en échange d'une enveloppe vivement délestée. Les choses s'étaient passées le plus naturellement du monde, à l'insu de tous. Après quoi, John s'ennuya en buvant un peu de tout. Même les fleurs exposées dans les bacs bâillaient des étamines. Eva avait disparu.

— Je crois que nous n'avons pas été présentés ? lança alors une voix dans son dos.

John se retourna : Edwyn White était venu jusqu'à lui, élaborant une longue gamme de sourires. Ce bel homme aux manières élégantes, presque précieuses, avait quelque chose de provocant sur son visage émacié.

— Nous ne nous connaissons pas, je crois ? ajouta-t-il sur un ton parfaitement engageant.

— Non, répliqua John.

Le mari d'Eva tendit la main.

— Edwyn White.

John répondit au salut mais se rétracta aussitôt. D'un doigt fuyant, Edwyn venait de lui caresser la paume de la main. Il recula, interloqué.

— Ma femme vous plaît ? demanda-t-il soudain, l'air détaché.

John inventa une moue.

— Comme ci comme ça.

— Vous avez raison : c'est une femme exception-nelle…

Edwyn White déplia un de ses fameux sourires. John ne savait plus qu'en faire quand Eva choisit de réapparaître, furibonde. Elle bondit sur son mari et étrangla des sanglots dans sa voix :

— Laisse-moi tranquille ! Putain ! Edwyn, mais laisse-moi tranquille ! ! !

Comme il adressa en retour un rictus complice à John, terriblement mal à l'aise, Eva attaqua de front. De toutes ses forces elle voulut baffer son mari mais la haine la rendait prévisible : Edwyn n'eut aucun mal à saisir ses poignets. Tandis qu'elle gesticulait, il la somma de cesser son cirque. Elle le traita d'enculé. John les regardait faire, éberlué.

La pauvre Mme Hickok tenta de calmer le jeu mais Eva était entrée dans une rage folle. Autour d'eux, des gens hochaient la tête. Rouge de honte, Edwyn serrait les dents et les poignets de sa femme. Il lui ferait payer ça.

John n'avait plus rien à faire ici.

*

Les lampadaires faisaient des ombres chinoises sur le trottoir. John démarra la moto. Première, deuxième… Quand il tourna à l'angle de la rue, les pneus d'une Jaguar sombre crissaient sur Ponsonby. La tête d'Eva contre la vitre passa dans le faisceau des phares.

Il dut griller un feu rouge pour recoller au train soutenu d'Edwyn. Le vent qui cinglait son visage lui faisait un bien fou. Ils remontèrent New North Road et bifurquèrent au niveau du Mont Albert. Enfin, la Jaguar stoppa devant la grille d'une propriété au style victorien. La moto, phares éteints, resta en retrait. Après un bip, la lourde grille s'ouvrit automatiquement. La Jaguar disparut dans le jardin où les arbres jouaient à cache-cache avec la nuit.

John attendit. Le temps d'allumer une cigarette, d'envoyer la fumée dans les buissons, et une BMW blanche débarquait à son tour : la berline pénétra à son tour dans l'enceinte et fila jusqu'au perron. Il commençait à comprendre l'attitude d'Eva envers lui, sa réaction face à son mari et les manières si raffinées de celui-ci…

La nuit crépitait d'étoiles. John regarda en l'air, persuadé qu'Eva comptait parmi elles. Alors seulement, il rentra chez lui, à fond et sans espoir de chute.

9

Jack Fitzgerald commanda une bière au comptoir du Debrett. Il sortait de chez Hickok et attendait la criminologue au bar de l'hôtel. Il regardait les jeunes s'abreuver au comptoir quand une main se posa sur son épaule : Waitura avait laissé tomber son tailleur au classicisme impersonnel pour une robe plus courte et un chemisier décontracté. Il la regarda à peine.

— Qu'est-ce que vous prenez ?

— Un gin-tonic.

— Vous aimez cette saloperie ?

— Pas beaucoup, mais il me faut un remontant, laissa-t-elle traîner avec son léger accent du Sud. Nous allons passer la soirée à fouiller dans la vie de Carol et je ne sais pas si je serai à la hauteur de votre réputation.

— L'alcool n'est sûrement pas la meilleure solution.

— Pour vous suivre, peut-être.

— Je bois peu.

— Je ne parlais pas de boire.

— Ah bon ? Alors de quoi parlez-vous ? bougonna-t-il en jouant l'innocent.

— Ne jouez pas l'innocent, rétorqua-t-elle — ce

qui le fit rigoler en douce. Vous n'aimez pas les gens qui se mêlent de vos affaires et j'en fais partie. J'imagine qu'en prenant quelques verres avec vous, je cesserai mon rôle d'emmerdeuse. Ainsi, nous ferons peut-être du bon travail ensemble.

Le barman noya le gin dans un soda quelconque. Le verre arriva au bon moment. Il y avait des sujets qu'il ne fallait pas aborder. Celui de savoir de quoi, ou plus particulièrement de qui il avait besoin en faisait partie.

— Vous avez raison : je n'ai pas besoin de grand monde, professeur Waitura.

Elle posa son tonic sur le comptoir et tendit la main.

— Je m'appelle Ann. Laissez tomber le professeur Waitura un moment, capitaine.

— Jack, c'est plus court, rectifia-t-il en lui broyant la main.

Ann la retira bien vite, craignant d'y laisser les doigts.

— Vous êtes toujours aussi doux ?

— Seulement quand on est gentil et aimable.

— Eh bien, je vous conseille de changer d'entourage, fit-elle en délassant ses doigts écrasés. Vous avez dû perdre l'habitude !

Ils rirent un moment. Ce n'était pas franchement drôle mais ils avaient besoin de ça depuis quelque temps.

— Maintenant, vous allez me dire ce que signifie cette bosse sur votre tête…

Jack se rappela le baiser de la mort offert par les petits copains de Lamotta. Helen avait bien tenté de poser un point de suture sur son crâne mais il l'avait envoyée paître : un peu d'antiseptique suffirait. Il baragouina :

— Rien d'important. Un proxénète que j'ai rencontré. Le type est mort. Lamotta, un dur. Complètement apeuré. Bizarre. J'ai mis Osborne sur le coup. On verra ça demain.

— Charmant. Bon, et maintenant, quel est le programme ? demanda-t-elle en jouant avec la tranche de citron qui naviguait dans son verre.

— J'aimerais rencontrer Pete, le barman du Sirène. Quelque chose me dit que ce gamin en sait long sur Carol…

— Qu'est-ce qui vous fait dire ça ?

— Mon intuition féminine.

Ils sourirent. Jack profita de l'ouverture pour y fourrer une large goulée de bière.

— Au fait, a-t-on interrogé les ouvriers de l'usine ?

— Le sergent Bashop est sur le coup. Aux dernières nouvelles, cet abruti n'a aucune piste.

— Je vois que vous l'appréciez beaucoup ! s'amusa-t-elle.

— Une mante religieuse est meilleure psychologue.

— Et le médecin légiste ?

— Mc Cleary ? Non, pas de nouvelles. Mais lui je l'aime bien.

— C'est votre ami ?

— Le seul.

— Vous vous connaissez depuis longtemps ?

— Les terrains de rugby. Ça forge. Et vous ?

— Oh ! j'ai quelques amis sur l'île du Sud… s'enroua-t-elle, soudain évasive.

— Pourquoi mentez-vous ?

— Pourquoi dites-vous ça ?

Mais elle s'était fait piéger au mauvais moment. Ann n'avait pas d'amis (pas le temps). De son enfance, elle gardait des impressions, mais pas beaucoup de sentiments. L'homme avec lequel elle s'était mariée trop vite était professeur à l'université de Christ-church ; à quarante ans, il avait été son guide, son mentor. Mais le succès foudroyant de sa jeune femme l'avait rendu aigri, et irascible à la longue. Alors ils s'étaient quittés. Ann lui devait tout mais lui n'avait rien voulu. Sa mission à Auckland était pour elle un nouveau départ : ses parents n'avaient jamais existé dans son esprit malade de travail. Un phénomène de compensation que la criminologue expliquait mal aujourd'hui. Compensation de quoi ? De qui ? Elle verrait ça plus tard. Quand elle serait mûre pour une analyse…

— Vous êtes une fille étrange, supputa Fitzgerald.

— Chacun ses petits secrets.

— Exact.

— Vous cherchez toujours votre famille ? risqua-t-elle sur le même ton.

— Oui.

Passionnément.

Une brève lueur avait illuminé son visage. Ann songea aux bruits qui couraient sur son compte… Pour conjurer le sort, elle demanda le plus naturellement du monde :

— Vous n'avez pas peur qu'elles soient mortes ?

— Non. J'ai juste peur que ce soit moi qui sois mort…

*

Le Sirène était une boîte de Princess Street où les jeunes branchés de la ville se retrouvaient autour d'un champagne jus d'orange. Pas de sélection raciale à l'entrée. Fitzgerald et Waitura descendirent l'escalier qui menait au sous-sol.

La jolie jeune fille qui tenait la caisse souriait déjà, signe évident d'une coopération docile.

— Qu'est-ce que je peux faire pour vous, capitaine ?

Jack placarda une photo de Carol à la face de l'Eurasienne.

— Ça vous dit quelque chose ?

— Bien sûr : les médias ne parlent que de ça. La veille de Noël, si c'est pas moche…

— Quand est-elle venue la dernière fois ?

— Hier soir.

Il avait vu juste.

— Accompagnée ?

— Je ne crois pas. Mais il y avait tellement de monde…

— Combien de temps est-elle restée ?

— Je ne sais plus… Quelques heures, je crois.

— Tu l'as vue sortir ?

Moment d'hésitation. Fatal.

— Avec qui ? Réponds tout de suite avant que je fasse fermer cette boîte pour deal et consommation illicite d'ecstasy.

— Je vous assure qu'il n'y a personne ici pour…

— Tu veux qu'on parie ? Un appel et je boucle l'endroit en un quart d'heure. Vérification d'identité, fouille. Quant à ton permis de séjour, tu peux rêver de son renouvellement, ma belle !

— Je suis en règle, capitaine ! protesta la jeune fille sans se démonter.

— Tu expliqueras ça à l'émigration. (Le visage de la fille se figea. Fitzgerald insista.) Tu es déjà très jolie, maintenant tu vas être très gentille. À quelle heure est sortie Carol, et avec qui ?

— Vers… vers trois heures, je crois. Elle était avec Pete, un des barmans.

Bien sûr : les yeux de Katy s'étaient renfrognés quand Ann lui avait posé des questions sur ce fameux Pete.

— Tu connais les ragots, alors dis-moi : ils sortaient ensemble depuis longtemps ?

— Pas assez pour que ce soit officiel, mais je crois qu'elle l'aimait bien.

— Que s'est-il passé quand ils sont sortis d'ici ?

— Eh bien… je… je crois qu'ils se disputaient, répondit la jolie Eurasienne en baissant la tête, comme si elle venait de goûter à la trahison.

— Qu'est-ce qui te fait dire ça ?

D'un rapide coup d'œil, Jack nota que sa partenaire avait profité de l'agitation pour faire un tour dans la disco.

— Ils se chamaillaient pour je ne sais quoi. Mais sans violence ! Ils sont sortis, et puis c'est tout.

— Et Pete ? D'où il sort ?

— C'est le copain d'un copain. Il travaille ici depuis trois mois. Un type sympa. Pas un violent. Plutôt un coureur de jupons.

— Des préférences ?

— Vous voulez parler des filles ? Non, pas spécialement. Un type bien, je vous dis.

Quelques clients commençaient à s'impatienter.

— Bon : donne-moi les talons des gens qui ont payé par chèque ou carte bleue hier soir.

— Tout est déjà déposé à la banque. ASB. Celle de Queen Street.

— O.K. Pete travaille ce soir ?

— Oui. Au deuxième bar. Un grand brun. Vous savez, ici c'est un endroit tranquille…

Mais le policier avait déjà disparu sous les stroboscopes de la piste. Là, des jeunes de tout poil se contorsionnaient, volontaires d'un manichéisme de computers. Jack ronchonna dans son âme passéiste : de son temps, on dansait à deux. C'était quand même plus convivial. Il avait invité Elisabeth, ils s'étaient plu tout de suite, elle avait à peine dix-huit ans, lui dix-neuf, des gamins amoureux comme des millions d'autres avant eux. Un rock les avait envoyés l'un contre l'autre (Jack expérimentait de nouvelles passes, ce qui avait eu pour conséquence de catapulter Elisabeth dans ses bras), et la jeune fille avait fini par se moquer de son énergie mal dosée…

Il se dirigea vers le comptoir où un type servait un bouquet de bières pression. Ann, adossée à un pilier, en profitait pour regarder le visage des gens.

Pete encaissa les bières qu'il venait de servir à cinq jeunots gonflés aux barres de musculation. Le boy-friend de Carol était un grand brun émacié de couleur blanche. Ses yeux sombres manquaient de vivacité sous les spots. Il portait des anneaux aux oreilles et de longs cheveux un peu crasseux retenus par une queue-de-cheval. Vêtu d'un tee-shirt à l'effigie d'un groupe de rock local, Pete maniait les verres avec une habileté de professionnel.

Profitant d'une accalmie, le barman vint prendre la commande du colosse métissé qui attendait au comptoir ; Jack sortit une carte de flic et une photo. Pete fit un geste de recul comme si le fantôme de Carol allait le mordre.

— Tu connais cette fille ? cria-t-il par-dessus la musique.

Pete eut un air évasif. Fitzgerald plongea la main de l'autre côté du comptoir, empoigna le barman par la nuque et le tira violemment vers lui. Pete fit un bond en avant. La main droite du policier le saisit sous l'aisselle et le souleva de terre avec une facilité déconcertante : dans le même mouvement, Pete passa par-dessus le comptoir et dégringola sur les tabourets avant de s'écraser sur le sol.

Fitzgerald le tira vers les toilettes annexes. Tout s'était passé en quelques secondes. Aucun client n'avait bougé.

Le jeune homme protestait, mais Jack finit par l'expédier contre les lavabos. Ici, la musique était moins forte : on pouvait discuter. Vautré sur le carrelage sale, Pete reprenait ses esprits. Fitzgerald fonça vers une porte fermée. D'un coup de pied, les gonds volèrent en éclats. Là, une gamine BCBG masturbait un type assez costaud pour catcher dans la boue avec un buffle. La fille lâcha un cri de surprise et rougit jusqu'aux oreilles. Jack esquiva le poing trop lourd qui se traînait vers lui, saisit le poignet du type au vol et tordit brutalement son pouce. Pris dans l'étau, le jeune homme leva l'autre pouce en signe de soumission.

— Ça va, ça va !

Fitzgerald le raccompagna jusqu'à la porte où la gamine épouvantée se tenait, tremblante.

— Police. Désolé les jeunes, j'ai besoin d'être seul.

— Pas la peine de brutaliser les gens comme ça ! ronchonna le type.

Jack ne contesta pas : il avait juste besoin d'une démonstration de force pour impressionner Pete. Maintenant, le gamin allait lui cracher tout ce qu'il savait sur Carol. Il se contenta d'un :

— Reboutonne ta braguette et va-t'en. Quant à toi, gamine, tu ferais mieux de rentrer chez toi…

Du haut de ses seize ans, la fille haussa les épaules. Ils sortirent sans tarder. Au pied du lavabo, le visage de Pete suintait de peur. Fitzgerald l'agrippa par les oreilles.

— Maintenant tu vas me dire pourquoi tu as tué Carol.

Une grenade dans un blockhaus.

— Mais je ne l'ai pas tuée ! Je le jure ! s'égosillait déjà le barman.

— Écoute-moi bien : il n'y a pas de peine de mort dans notre pays, alors tout est question de temps. Celui que tu passeras à croupir en prison. Tu sais ce qu'on fait aux violeurs avec homicide en prison ? Non ? Eh bien, on les met en cellule isolée pour qu'ils gambergent bien, avant de les lâcher parmi les autres fauves. Des gros bras qui en ont pris pour dix ans : vol à main armée, meurtre, règlement de comptes. Et les violeurs de ton espèce, personne peut les saquer. Ils ont leur code d'honneur, les gros. Et ils te feront payer cher le discrédit que tu leur portes en découpant le sexe des filles. Tu commenceras par te faire tabasser sans que personne ne bouge le petit doigt pour t'aider, après quoi tu te feras ruiner le cul sous les hourras des matons, tu suceras tout ce qui bouge, les grosses, les petites, tu lécheras les chiottes et ils te feront bouffer leur merde.

Jack marqua une pause. Bien sûr, ce type n'avait pas tué Carol — il en était bien incapable. Pete était un faux jeton de première, pas un mec qui déraille ponctuellement avec son petit secret morbide. Mais il y avait dans ce grand lâche un soupçon, un je-ne-sais-quoi qui disait à Jack qu'il était mêlé, même de très loin, à la disparition de sa famille. Obsession chronique. Le fil conducteur de sa vie. Il ne le lâcherait pas avant de lui avoir fait cracher ses petites révélations sur le sol de ces chiottes.

Pete se voila la face, incapable d'articuler.

— Il y a une autre solution, poursuivit Jack. Tu parles et je te promets de glisser deux mots au procureur pour que tu aies droit à une cellule isolée. Et tes aveux seront le gage d'une possible remise de peine. Maintenant j'attends.

Le barman finit par glapir :

— Je... je ne l'ai pas tuée, je le jure ! Je suis innocent. Je n'y suis pour rien. Je...

— On m'a dit que tu te chamaillais avec Carol à la sortie de la boîte. J'ai des témoins, inutile de nier. Pourquoi ?

— Je ne voulais plus sortir avec elle, c'est tout ! Je voulais lui expliquer, mais elle avait pas mal bu et ne voulait rien entendre. J'ai préféré lui parler de notre rupture dehors pour ne pas faire de scandale inutile dans la boîte. C'est mon gagne-pain et...

— Pourquoi tu ne voulais plus de Carol ?

— Je... Parce que...

Fitzgerald tordit brusquement sa queue-de-cheval. La tête de Pete cogna le rebord du lavabo dans un gémissement.

— Je ne pouvais pas lui dire la vérité ! couina-t-il.

— Quelle vérité ? Que tu t'envoyais en l'air avec sa colocataire ? C'est ça, hein ? !

— Ou… oui !

— Pauvre cloche. Tu as dit à Katy Larsen de mentir à la police pour une stupide histoire de coucherie. C'est bête mais grave. Je peux t'embarquer rien que pour ça. Maintenant, avant que ça ne te coûte trop cher, explique-moi tout, et en vitesse.

Pete céda sous la menace.

— Je sortais avec Carol depuis trois semaines environ. Au début, tout allait bien. Et puis, elle m'a présenté sa copine Katy. J'ai craqué, et je crois que Katy aussi. Alors, j'ai évité Carol pour voir Katy. On a couché ensemble une fois ou deux avant que je me décide à larguer Carol. Mais comme Katy ne voulait pas que Carol sache qu'on l'avait trahie, j'ai dû lui raconter un baratin pas possible. Ça n'a pas vraiment pris. Alors en fin de soirée, j'ai emmené Carol dehors pour lui expliquer. C'était hier soir. On s'est engueulés dans la rue et Carol est partie, furieuse. Je l'ai laissée. Je suis rentré chez moi et j'ai téléphoné à Katy pour lui raconter.

— Tu as des témoins ?

— Non, j'étais seul chez moi.

— Ça peut te coûter cher : Carol est morte une heure après.

— Mais je ne l'ai pas tuée ! Et puis d'ailleurs, pourquoi l'aurais-je fait ? Si tous les mecs qui larguent une fille devaient la tuer, ce serait un carnage dans le pays !

— Je me fous de tes considérations à la noix. Pourquoi avoir menti à la police ? Il s'agit d'un meurtre, vous le saviez tous les deux.

— Katy a eu peur. C'est une fille de bonne famille et elle ne voulait pas apparaître dans les journaux comme une salope.

— Vous êtes vraiment trop cons, les jeunes… Bon. Et Carol ? Comment était-elle après votre altercation ?

— Pas vraiment bouleversée, répondit le barman. Plutôt furieuse. Elle est partie en m'insultant mais je m'en moquais bien : j'aime Katy.

— Je m'en fous. Carol était seule ?

— Oui.

— Et durant la soirée ?

— Je ne sais pas. Je travaillais et il y avait beaucoup de monde. Elle n'est venue me voir qu'en fin de soirée. À ce moment-là, elle était seule. Et quand je l'ai quittée aussi.

— Personne pour la raccompagner à Takapuna ?

— Non.

Le parcours de Carol se construisait lentement dans son esprit.

— Quelles étaient ses habitudes de fin de soirée ?

— Quand on dormait chez moi, on rentrait à pied : j'habite à côté. Mais quand on allait chez elle, c'est elle qui conduisait. Mais on n'y allait pas souvent : il y avait Katy et on préférait être seuls chez moi.

— Comment était-elle au lit ?

— Heu…

— Fais pas ta zouzette. Tu aimes sauter les filles, alors accouche !

— Bonne. Je dirais même plutôt chaude. Oh ! se rattrapa-t-il. J'ai honte de parler comme ça de quelqu'un qui…

— Ta gueule. Connaissait-elle d'autres hommes en même temps que toi ?

— Peut-être. De toute façon, ce n'était pas mon affaire. Moi aussi, j'avais d'autres filles…

— Une idée de ces types ?

— Non.

— Parle-moi un peu d'elle. Tu la connaissais bien…

— Rien de spécial. On se voyait la nuit et peu le jour. Carol travaillait à l'abattoir. On se voyait parfois le samedi. On allait à la plage mais rien de très romantique.

— Et les dimanches ?

— On ne se voyait pas.

— Pourquoi ?

— J'en sais rien. Sa famille peut-être. Je ne lui posais pas de questions, elle non plus, c'était notre contrat.

Carol ne voyait plus sa famille. O.K. Il changea de sujet.

— Et les billets de cent dollars ? Carol cachait des billets de cent dollars sous son sommier.

— Alors là, je vous jure que je ne sais pas de quoi vous parlez.

Ses yeux ne mentaient pas.

— Dope ?

— Carol ne se droguait pas. Elle jouait avec son corps mais seulement pour l'amour. À sa manière, c'était une ambitieuse. Elle aurait tout fait pour sortir de son abattoir et c'est pas en grillant son fric avec de la drogue qu'elle y parviendrait. Elle le savait.

— Elle dealait peut-être ?

— Non. C'était pas son milieu. Tout ce qui l'intéressait, c'était les mecs. Le prince charmant et tout ce charabia. La drogue ici, c'est trop risqué. Tout le monde le sait. Les flics sont partout…

— Sais-tu si Carol tenait un journal intime, un endroit où elle pouvait comptabiliser ses conquêtes ?

— Non, pas de journal.

— Réfléchis bien. C'est un truc des gamines de son âge. Et ça peut être important.

Pete racla les fonds de sa mémoire. Soudain, une petite lueur jaillit de ses yeux sourds.

— Dis-moi ! menaça Jack.

— Elle… elle avait souvent un dictaphone sur elle.

— Un dictaphone ? Pour quoi faire ?

— Elle enregistrait tout et n'importe quoi. Comme je n'aimais pas ça, je lui avais dit de ne pas m'enregistrer.

— Elle enregistrait quoi ?

— J'en sais rien. Ses impressions, ce qui lui arrivait, je sais pas…

— Tu n'as jamais entendu le contenu de ces bandes ?

— Non, jamais.

— Pourquoi tu n'aimais pas ça ?

Silence trop long. Fitzgerald broya sa tignasse.

— Arrêtez, merde ! siffla Pete. J'aimais pas ça parce qu'un matin, après qu'on avait fait l'amour, j'ai découvert son dictaphone coincé entre le matelas et le mur de la chambre. Il était en marche. Je lui ai demandé ce que ça foutait là et elle est devenue rouge pivoine. Elle m'a baratiné mais je lui ai dit de ne pas jouer à ça avec moi. Elle me l'a promis et on n'en parlait plus…

— Elle le portait toujours sur elle ?

— Katy m'a dit qu'elle l'avait souvent sur elle…

Katy n'avait rien dit à Waitura lors de l'interrogatoire. La petite menteuse lui payerait ça. Pete devina les pensées du policier et tenta de couvrir sa nouvelle conquête.

— Katy ne sait rien de plus et…

— La ferme ! lui cracha-t-il au visage. Tu savais que Carol faisait la pute sur Quay Street ?

Le barman sortit une paire d'yeux globuleux. Jack comprit qu'il ne pourrait plus rien en tirer.

— Bon. Maintenant, va reprendre ta place derrière le bar et boucle-la.

Le jeune homme, plutôt secoué, passa son visage sous l'eau. Avant de quitter les toilettes, le policier menaça :

— Et pas un mot aux journalistes. Si certains viennent te voir, envoie-les paître. C'est un conseil.

Pete quitta la pièce nauséabonde en se massant le cuir chevelu. Tout allait trop vite.

Des amoureux se bécotaient sur le trottoir de Princess Street. Jack venait de sortir du Sirène sans prendre garde à sa partenaire. Dans son dos, des chaussures trépignaient.

— Qu'est-ce que vous a dit le petit ami de Carol ? glapit Ann. (Jack s'arrêta enfin.) Vous lui avez secoué les puces ?

— Oui.

— Et ça le démangeait ?

— En quelque sorte. Ce nabot nous cachait la vérité. Peu avant le meurtre, il annonçait sa rupture avec Carol. Motif non évoqué : sa folle passion pour Katy Larsen, la colocataire. Cette petite idiote ne nous a pas tout raconté et je compte bien lui secouer ses puces à elle. J'ai besoin de passer la maison au peigne fin. Carol utilisait un dictaphone, jusqu'alors introuvable. Et quelque chose me dit que le meurtrier figure sur les bandes.

— Où peut-elle l'avoir caché ?

— Je n'en sais rien. Mais j'ai ma petite idée sur ce qui figure sur les bandes… Bon, il est tard, je vais rentrer. Vous feriez mieux d'en faire autant. Demain, j'aurai le rapport d'autopsie de Mc Cleary et un mandat de perquisition, avec ou sans la présence de Katy Larsen…

Ann sentit qu'une chose parasitait le fonctionnement de son esprit. Il finit par dire :

— Je vous raccompagne…

Le Debrett Hotel se situait à deux pas et c'était bien la seule chose qu'il pouvait faire pour une femme.

10

Quand le désespoir l'anéantissait, quand il ne supportait plus rien, même pas lui-même, Jack partait se régénérer sur les docks. Ann l'avait dit : les hommes qui souffrent le plus mal sont ceux qui se vengent. Et ce soir encore, Jack Fitzgerald errerait entre les ombres mal définies de Quay Street à la recherche de sa propre ordonnance.

La journée avait été éprouvante : une fille était morte le sexe découpé, un truand de la vieille école avait fait une chute mortelle sans rien révéler de sa terreur, des gosses l'avaient agressé en plein bar, une criminologue débarquait dans sa vie en lui avouant que les huiles locales savaient tout de ses escapades nocturnes et le spectre d'Elisabeth hurlait dans les phares de la Toyota…

La lune déclinait dans le ciel. Fitzgerald jeta un œil inquiet dans le rétroviseur. Personne. Alors il bifurqua en direction des docks. Ici, tout le monde connaissait son histoire. Chacun avait déjà eu droit à sa petite part de malheur. La seule différence, c'est que la sienne lui faisait plus mal qu'à eux… Il gara la Toyota le long des entrepôts déserts et marcha au hasard. Une brise étoilée effleura sa nuque. Le spectre d'Elisabeth glissa à l'ombre des hangars…

Jack huma l'air en grand. Oui, Elisabeth était bien vivante : son haleine chaude passait encore sur sa peau, son sexe moite caressait son ventre et ses mains ingénues avaient toujours la touchante maladresse de ses vingt ans…

Dans l'obscurité des docks, les rats ne faisaient pas de quartier. L'espace d'un instant, Jack commit l'idée absurde de pleurer. Le mal rongeait, tordait le ventre. Il marchait désormais à grand-peine. Ses épaules tressautaient mais les larmes refluaient dans son cerveau. L'amour n'était plus qu'un souffle sur ses lèvres.

Une odeur de pisse froide ranima sa haine du mortel commun ; dès lors, ce serait œil pour œil, croc pour croc. Les poings tremblants au bout de ses mains vagabondes, Fitzgerald avança. Devant lui, une ruelle sombre fuyait sous les taules encore tièdes des entrepôts.

Là-bas, tout au fond, deux hommes sans visage échangeaient quelques mots d'argot citadin. Une poignée de dollars sales trébuchait dans leurs mains nerveuses. Des crapules ordinaires : l'un était un pick-pocket trapu, borgne et hirsute, convertissant son butin de la journée en crack. L'autre était plus grand, maigre, le cheveu militaire, dealer de son état, visiblement en pleine forme.

Les deux malfrats chuchotaient dans l'obscurité quand une ombre, plus grande celle-là, passa sur eux. D'instinct, ils reculèrent contre la paroi métallique du hangar.

— Quoi ? Qu'est-ce'tu veux ?! glapit le moins pleutre en tentant de dévisager les ténèbres.

Mais l'homme n'avait rien à leur dire. Un mauvais

sourire fendait son visage. Il ne portait pas d'arme, sinon ses mains. Soudain, un vent violent siffla à travers la ruelle ; les malfrats comprirent que ce type était venu là pour tuer quelque chose, ou quelqu'un. Il fallait agir, et vite. Le borgne voulut déguerpir mais une masse énorme l'envoya contre le mur. Sous la violence de l'impact, sa tête percuta le béton et rebondit contre le trottoir. Son compère se résigna à attaquer mais l'autre poing était parti depuis longtemps : propulsé par ses quatre-vingt-dix kilos, Fitzgerald lâcha un crochet dans les côtes flottantes du voyou. Deux petits os cédèrent sous un gémissement rauque. Du droit, il expédia un coup au foie. Souffle coupé, le dealer bascula dans les poubelles grasses.

Le borgne s'était relevé à grand-peine : il titubait maintenant, un couteau dans la main.

Jack évita sans mal sa pauvre attaque et lui décocha un crochet à la mâchoire. La tête du pickpocket partit en vrille : son cerveau, en retard, heurta la face interne de son crâne. L'homme tomba à terre comme une masse.

Étalés pour le compte, les deux truands se mirent à geindre, chacun sur son bout de trottoir poisseux. Jack les balaya du revers de la godasse.

Le silence revint en trombe dans la rue noire. Ça sentait toujours la pisse froide et le désespoir commun. À terre, les voyous faisaient semblant d'être morts, comme des gamins qui jouent à la guerre.

Fitzgerald se résigna à rentrer chez lui. Ce que ces types avaient dans leurs poches lui importait peu : ce qu'il avait dans la tête hurlait beaucoup trop fort.

Il longea le port et suivit la côte vitre ouverte jusqu'à Mission Bay. Son esprit avait retrouvé ses couleurs (aucun pastel) mais une menace flottait dans l'air du temps : trop de choses clochaient dans cette affaire. Il ne savait pas si Ann Waitura espérait toujours soigner le tueur mais lui avait choisi de le supprimer, et vite.

Il gara la bagnole sous le préau. Au loin, les lumières du port pointaient comme des lucioles montrant leur ventre phosphorescent, appels extatiques à la femelle. Jack grimpa l'escalier du garage et reconnut tout de suite le parfum d'Helen dans le salon : de fait, elle dormait sur le canapé, recroquevillée en chien de fusil. « Moi le chien, elle sans fusil », songea-t-il avec une ironie froissée.

Sans doute l'avait-elle attendu pour un bout de réveillon ensemble avant de s'endormir au hasard, encore vêtue de sa robe rouge. Pliée sur le sofa comme une enveloppe à décacheter, l'amour d'Helen resterait lettre morte. Elle n'était pas la première ni la dernière à s'oublier ainsi, inutile et désolée de n'être rien pour l'autre… C'était perdu d'avance mais il l'embrassa sur le front. Helen eut un timide geste de réveil et saisit la main qui vagabondait près d'elle. Ses phalanges écorchées se raidirent malgré lui. Elle embrassa cette main malade avec une infinie délicatesse. Il ne protesta pas : après tout, c'était Noël.

Helen se rendormit dans ses yeux, un bref sourire aux lèvres. Jack la laissa à ses rêves : avec un peu d'imagination, il lui paraîtrait lavé des souillures qui pourrissaient sa vie. Et qui sait, alors, il l'aimerait peut-être…

Il se passa la tête sous l'eau froide. Encore un petit effort et il oublierait les pauvres types qu'il venait d'écrabouiller… Jack se coucha en songeant à sa vie

effroyablement ratée malgré ses pitoyables exploits
à la police d'Auckland : moitié d'homme, il n'émet-
tait plus que des demi-idées que des demi-sentiments
gâchaient et ne faisait plus l'amour qu'à mi-temps à
une femme à qui il ne parlait qu'à demi-mot.

Il se sentait vidé de tout, réduit à rien, employé par
le néant. Comme s'il vivait la mort d'un autre… Alors,
cette nuit encore, il eut un mal de chien à trouver le
canard sauvage qui l'emporterait vers le grand sommeil. Helen volait trop haut pour lui…

11

Pourtant, Eva White s'était réveillée de sale humeur : après avoir quitté ces draps où ils étaient trois, une envie de vomir s'était coincée dans sa gorge. Même le café n'avait pu ramasser les ordures de sa bouche. Seul répit dans cette foutue matinée : « ils » dormaient encore…

Heureusement, avec Noël, les domestiques étaient en congé. Eva avait quelques minutes pour elle : personne pour lui dire comment se tenir, comment dépenser l'argent, le temps, et songer que l'ennui lui donnait envie de mourir un jour, comme ça, subitement, sans lettre d'adieu ni rien.

Le réveillon s'était encore soldé par une beuverie ponctuée d'une classique engueulade avec Edwyn, trop précieux pour lui retourner une paire de baffes et lui dire deux mots rassurants. Après quoi, la nuit avait fini par une baiserie d'une tristesse intime malgré les louables efforts « des autres excités ». Eva avait dégluti un peu de cette crasse vulgaire qu'ont les mauvais riches, elle avait dégluti mais ça n'allait pas mieux, à peu près rien ni personne ne l'intéressait, les cinémas étaient probablement fermés, les théâtres faisaient relâche dans l'hémisphère Sud, les musées n'existaient pas encore et la nature en était toujours à sa période glaciaire…

Il était onze heures du matin, le ciel crachait du bleu sur les vitres, Eva avait déjà chaud, envie de rien, même pas d'enfants, quand on sonna à la porte.

Elle ouvrit. Sur le perron, un jeune coursier tenait dans ses mains un télégramme.

— Madame O'Neil?

Eva frissonna. Jamais personne ne l'appelait O'Neil. Elle saisit la lettre, intriguée, chercha un pourboire, trouva une poignée de billets froissés sur un guéridon de brocante, billets qu'elle tendit au coursier sans rien compter : le garçon sourit à ce corps nu sous le peignoir entrouvert mais la fille refermait déjà la porte.

Eva traversa le hall de manière mécanique. Elle se remémora la soirée chez Hickok, les rencontres inopinées, le visage de certaines personnes et (elle décacheta la lettre), bien sûr *lui*. On n'oubliait pas facilement ce genre de visage. Ni ce genre de lettre. Des mots simples, tout cons, noir machine sur blanc administratif. Ça disait quelque chose comme rejoins-moi, un rendez-vous étrange, viens vite, sur un port comme dans les romans de London, tendre est la nuit, Scott Fitzgerald, des années folles… Les mots d'un homme, pour elle. Simples et tout cons.

Eva fourra la lettre dans la poche de son peignoir et parcourut les trente mètres qui la séparaient de la douche, le couteau entre les dents.

*

Les chaussures de John couinaient sur le ponton du port d'Auckland. La fumée de sa quatrième cigarette s'évaporait dans la grande déchetterie de l'atmosphère. Il pensait. Une lettre par coursier. Le lendemain. C'était un peu gonflé pour un matin de Noël mais Eva n'avait pas d'enfants. Rien ne la retenait. Le télégramme donnait rendez-vous à midi : il était la demie et le ferry attendait que les passagers digèrent leur réveillon pour s'alléger l'estomac sur l'île de Waiheke.

John perpétua son regard au-delà de la foule agglutinée sur le ponton : Eva arrivait enfin.

Elle portait des Doc de fille mais sa démarche restait légère. C'est ainsi qu'elle vint à lui. Chacun trouva que l'autre avait changé depuis la veille ; ils se l'avouèrent au milieu d'autres mots presque aimables.

— Je… Désolé pour le procédé. Le message… finit par insinuer John.

— Oh ! j'ai pris ça comme une bouteille à la mer…

Elle hocha la tête. Ses yeux (verts, un peu absents) contrastaient avec ses lèvres (roses, gravées dans une sensualité morbide). Les gens affluaient vers le ferry.

— En tout cas, c'est bien d'être venue.

Elle réajusta ses lunettes noires.

— De toute façon, il fallait que je parte de chez moi.

Impossible de savoir ce qu'elle voulait dire par là.

— C'est si pénible que ça de vivre avec lui ?

— Non. D'abord il faut être juste : ce que j'ai, je l'ai bien voulu. Mais nous avons chacun notre indépendance. C'est, disons… une sorte de contrat moral entre nous. Pour être plus précis, c'était écrit entre les lignes du contrat de mariage.

John alluma une nouvelle cigarette. Les gens passaient autour d'eux.

— À vous entendre, on dirait un de ces vieux arrangements passés par les grandes familles pour marier leurs enfants…

— Je ne suis pas issue d'une grande famille, mon cher. Et puis, je me fous complètement des familles, des conventions, des idées reçues, des notaires… Je me fous de tout, si vous voulez connaître le fond de ma pensée. Et ne faites pas l'effrayé, on peut me ramasser à mains nues.

Le ton un peu rauque avait le charme du tombeau que l'on claque. On ne jouait plus. Ou alors à autre chose.

— Allez allez ! s'écria-t-il en la tirant par les épaules.

Ils suivirent le cortège d'humains disciplinés jusqu'au ferry en partance. John la regardait bouger dans la petite robe à pois. Elle dit en se retournant :

— Ne vous étonnez pas si je prends souvent l'air blasé de la femme fatale au grand regard occupé d'ailleurs, ce n'est qu'un vieux système de défense perfectionné depuis l'enfance…

— Vous avez tant de choses que ça à cacher ?

— Oh ! si vous saviez ! s'esclaffa-t-elle en prenant l'air de la femme éreintée par ses problèmes de luxe.

Le vent s'était levé et rendait le soleil plus dangereux. Ici, la relative absence de pollution et la proximité du fameux trou dans l'ozone font la part belle à ce que John appelait les « ultra-violents ».

— En tout cas vous avez meilleure mine : hier soir, on aurait dit un mannequin mort.

Elle sourit :

— Sachez, jeune homme, que je n'ai pas la prétention de vivre toute ma vie. Ah ah ah !

John ressentit comme un picotement.

Ils montèrent à bord. Une sirène. Des mains qui se lèvent, la mer qui bout dans la marmite du port, Eva qui ôte enfin ses lunettes, quelques banalités et la grande île qui s'éloigne… Accoudés à la rambarde arrière du ferry, ils regardaient les hélices faire pleurer la mer à gros bouillons. La brume de chaleur enveloppait la cité bleue, le monde rapetissait et, au fond d'eux, ça les arrangeait.

— Vous connaissez Hickok ? demanda-t-elle.

— Qui est-ce ?

— Le type qui organisait la soirée d'hier soir.

— Non.

— Vous ne perdez rien, pérora-t-elle : Hickok est un salaud, lui comme tous les autres. Et sa femme une pute.

— Une pute ? ! Voyez-vous ça.

— Oui… dit-elle, les yeux vitreux. Des petits humains sans reproche ni talent. Quelqu'un comme moi, en somme…

Eva avait l'air de savoir de quoi elle parlait. Sur le coup, c'est tout ce qu'elle avait trouvé : elle ne pouvait tout de même pas dire à cet inconnu que son mari lui faisait du chantage afin qu'elle accepte de coucher avec ses amis toxicomanes, que la discussion avait eu lieu à l'écart pour ne pas offusquer les bonnes âmes présentes chez le procureur, qu'elle avait fini par traiter Edwyn de «vieille pédale hermaphrodite» avant que celui-ci ne cherche à séduire la seule personne à l'avoir amusée, même un instant : John. Non, elle ne pouvait pas lui dire ça…

Il aima la saine colère qui lézardait son front.

— Je n'aime pas vos soucis, déclara-t-il.

— Mes soucis? et elle faillit ricaner.

John ne se démonta pas — il savait comment se construit le mépris.

— Votre mari, Edwyn, qui est-ce au juste?

C'est Eva O'Neil qui répondit :

— Edwyn White, fils de son père, grosse pointure financière de la City d'Auckland. Plus d'argent qu'un dictateur, une de ces fortunes qui vous dispensent de relevés de compte, si vous voyez ce que je veux dire. Edwyn ne travaille pas. C'est un débauché, comme moi. Son père l'a toujours couvert d'argent pour qu'il se tienne tranquille…

— Tranquille de quoi?

— Pourquoi toutes ces questions?

John plongea dans ses yeux, gris contre vert, belle empoignade, et lui serra le bras. Ça faisait presque mal — ça faisait vraiment du bien. Il dit :

— Écoutez : nous n'avons pas beaucoup de temps tous les deux. J'étais sérieux hier soir.

— À propos de quoi? Votre amour? railla-t-elle.

— Si vous voulez. Et de tout le bordel qui va avec.

Eva fut troublée. C'était une orpheline. Elle n'avait jamais cru tout ce qu'on lui avait dit. Dès le début, ses bases affectives étaient erronées. Des étrangers l'avaient baratinée sur la vie, les sentiments. On ne l'avait jamais aimée. L'amour, elle n'y croyait pas. Pas une seconde. Orpheline. Oui, même ses parents l'avaient trompée. Eva n'avait dû son salut qu'à sa fantasque beauté. Ce n'était pas sa faute, juste un gadget du destin génétique légué par ses parents pour qu'elle se débrouille sans eux dans la vie. Évidemment, cette beauté l'agaçait : car non seulement Eva n'y était pour rien, mais c'était de surcroît le seul don de ses parents

— ces lâches qui, selon sa psychose personnelle, l'avaient abandonnée. Et quand on lui disait « vous êtes belle, je vous aime », Eva éprouvait un pittoresque sentiment de mépris pour l'espèce humaine : elle était une terre sans eau. Les hommes l'avaient polluée par passion — détruire pour mieux posséder. Mais l'homme qui lui parlait aujourd'hui semblait d'une désarmante sincérité.

En bonne enfant têtue, Eva tenta une ultime contre-attaque avant de tomber dans le piège :

— L'amour, oui... C'est bien tout ce que j'inspire aux hommes...

Son regard naufragé s'échoua contre un récif à bâbord. John le sortit de ce mauvais pas.

— Le problème, justement, c'est que je ne suis pas vraiment un homme, Eva... (Une lueur adolescente passa dans ses yeux. Il ajouta :) le deuxième problème, c'est que je ne suis pas sûr que vous voyiez ce que je veux dire par là...

Elle se rétracta devant l'urgence. Où voulait-il en venir ? Et puis d'abord, d'où sortait ce type ? Pourquoi avait-elle répondu à son avance ? Elle le trouvait certes séduisant, il avait l'air aussi perdu qu'elle, alors quoi ? Elle ne savait pas vivre avec toutes ses contradictions. Mais leurs visages s'attiraient. Il suffisait de les voir ensemble. Eva réalisa que le danger existait au-delà de ses espérances.

Elle répondit enfin :

— Si. Si... je crois...

Mais ces mots n'étaient pas d'elle.

John sourit comme si au fond tout cela n'était pas bien grave. Elle hésita. Bon Dieu, ils parlaient quand même de passer leur mort ensemble !

Dans l'attente d'une vraie réponse, il observa la cicatrice à la commissure de ses lèvres, relief discret d'un paysage féminin à failles apparentes. John avait une incompréhensible envie de l'embrasser, cette cicatrice ; jamais il ne s'était tant approché d'une femme, du moins pas depuis Betty…

Le cœur d'Eva battait à tout rompre. En dépit de ses vingt-cinq ans, ce n'était pas une midinette. Quand on naît orphelin, on est orphelin. Sur le pont de ce ferry, tout était différent. Quelque chose montait en elle. Jamais personne ne lui avait exprimé la moindre empathie — sans doute trop belle pour ça — et bien qu'elle détestât l'apitoiement, Eva réalisa que le visage de John était le triste reflet du sien, de sa condition, de son malheur. Le prisme qu'elle lui accorderait en retour serait sa déviance, son salut. Là, il y avait l'espoir.

Remplie de gratitude, heureuse un instant comme jamais elle n'avait osé l'envisager, Eva prit ce visage entre ses mains et le serra fort. Ses yeux criaient : « D'accord. »

*

Waiheke. Petit Éden de verdure et de sable soûlé par les alizés, humeur constante d'une nature ici omniprésente. Là, les hommes sont à leur place : invités sur Terre. Alors, par respect, ils se tiennent bien. Enfant, on apprend ça. Adulte, on s'y tient. Nouvelle-Zélande. Pays de contraste, vert et bleu, rythmé par le mouvement des flots. Toujours sauvage, rarement en colère. Un pays qui ressemble à tout et à rien, la Bretagne jetée dans le Pacifique Sud, le Québec aux Marquises, les Alpes au pied des baleines…

John et Eva marchaient sur un bout de plage cerné de rochers élégants, phares officieux pour les navires croisant en mer de Tasmanie. La femme tenait d'une main ses chaussures. De l'autre, elle tenait le vent. Dans le rôle du spectateur amoureux d'un instant qui ne lui appartient pas, John se contentait de son ombre. Il observait ses longitudes ; ces formes, il faudrait bientôt les recréer. Mais ça c'était encore une autre histoire…

Ils avaient parlé d'eux, un peu. Elle lui avait avoué son dégoût des choses tout en ayant parfaitement conscience de son renoncement. Eva ne faisait plus d'efforts pour cerner la vie, pourtant visible partout : roche, mer, terre, vent, hommes et animaux. Elle se laissait porter par le flux de son sang jusqu'à ce qu'il stoppât de lui-même. Peu importait la raison. En attendant, elle abusait de tout. Son quotidien. Un petit jeu morbide mais clownesque où les règles consistaient à les transgresser afin d'observer le comportement vulgaire du genre alentour. Il voyait tout à fait ce qu'elle voulait dire. Ils comparèrent certaines expériences choisies avec soin, ce qui les fit rire longtemps.

Puis John roula un pétard d'herbe qu'ils partagèrent avec la brise. Dans la tourmente, il lui avoua sa principale activité de peintre. Eva trouva la chose intéressante, sans plus — pas le genre à s'enflammer parce qu'elle côtoyait un artiste, sachant le cas compliqué, souvent sinistre, égocentrique voire vaniteux. John, lui, couvait d'autres mauvais génies.

— Qu'est-ce que tu fous ? lança-t-elle à l'homme qui se taisait depuis un moment.

— Je te regarde.

— Et qu'est-ce que tu vois ?

— La grâce. Celle du tigre mangeur d'hommes, ajouta-t-il, vaguement ironique…

— Hum ! Ça me plairait assez ! (Elle pointa ses petites canines :) Je n'aime pas trop les hommes.

— Moi c'est pareil.

La crique était déserte. Dans le ciel, les nuages faisaient des ronds de fumée en attendant que ça se tasse. Enfin, Eva ôta sa robe et fila vers les vagues. John détourna le regard : sa poitrine était nue et la voir, c'était vieillir trop vite. Non, pas encore… Trop insouciante pour remarquer son embarras, elle le somma de la rejoindre. Il s'exhiba à reculons.

La jeune femme aima beaucoup ses épaules rondes, ses bras noueux et plus encore sa retenue, loin de saisir les raisons d'un tel détachement. Comme John évitait de trop l'approcher, elle sourit d'un air entendu avant d'expédier son mètre soixante-quinze vers le large.

John attendit sur le bord, des couleurs plein la tête. Quand Eva sortit du bain, sa toison un peu brune apparut sous la petite culotte. Ils se rhabillèrent et tout rentra dans l'ordre.

C'est bien connu : la mer, ça creuse. Ils fumèrent un nouveau joint d'herbe allongés sur le sable tiède, divaguant mollement au gré de leur imagination fertile. Cet été-là sentait l'enfance, les vacances avec les grands-parents : bref, tout ce qu'ils n'avaient jamais connu.

— Tu as déjà tué un homme ? finit-elle par demander, la nuque plantée dans le sable.

— Non… Non.

— Moi c'est toujours pareil…

Ils regardaient le ciel.

— Peut-être qu'on est faits pour vivre ensemble.

— Vivre ? Elle fit la moue : oui… Peut-être.

Elle caressa sa main. C'était le premier. C'était le seul rêve. Quand l'œuvre serait prête, ils l'achèveraient. Et la fracasseraient. Alors, ils pourraient peut-être rafistoler quelque chose sur les ruines de leur mauvais amour : la maison digne de l'autre.

12

Jack Fitzgerald n'avait jamais eu beaucoup d'amis. Par instinct, les gens se méfiaient de lui. Au début, trop enfant, Jack ne l'avait pas compris. Mais plus tard, au collège, il réalisa l'aversion respectueuse qu'il inspirait aux humains ; on fuyait à son approche.

Jack était un prédateur au sommet de l'échelle. Seul Mc Cleary et sa logique de biologiste admit la chose comme une curiosité darwinienne. Ce grand Maori au regard brûlant inspirait une crainte sauvage à ses pairs.

Elisabeth, elle, avait toujours été intriguée par les gens seuls, ceux qui se tiennent à l'écart des groupes. Leur rencontre eut lieu à l'université d'Auckland ; l'homme déambulait dans le magnifique parc du campus, un tee-shirt assez large pour dissimuler ses pectoraux déjà puissants. Depuis la rentrée, Elisabeth avait repéré ce métis courtois et solitaire ; elle se renseigna auprès de ses amies. En retour, on lui dressa le portrait d'une brute (Fitzgerald faisait à l'époque de la boxe) taciturne et vaguement gauchiste, un type dont le physique impressionnant cachait (mal) une gêne chronique envers son prochain — ceci malgré ses revendications populaires. Elisabeth comprit plus tard que le problème, c'était lui. Lui et sa colère contre les conservateurs au pouvoir et le libéralisme tranquille qui repoussait ses demi-frères hors d'un système où ils n'avaient plus de place ; on n'apprend pas à un homme libre à se soumettre. On l'écrase à l'occasion. Et Jack arborait un air de défi qui ressemblait à tout sauf à l'obéissance.

Elisabeth le trouvait terriblement sensuel, splendide et presque maladroit avec tout ce qu'il voulait taire en lui. Elle avait dix-sept ans révolus, pas beaucoup d'expérience et une anatomie un peu banale qui savait toutefois plaire aux hommes — une de ces filles à la plastique inégale dont le charme est un art consommé. Aussi sourit-elle à ce révolutionnaire en herbe qui venait de la croiser dans le parc de l'université : Jack s'était arrêté, surpris par cette marque d'affection adressée au hasard d'une allée. Il était resté de marbre mais son visage avait soudain perdu toute agressivité.

De près, ce sang-mêlé était magnifique. Aussitôt, Elisabeth eut envie qu'il la possède. Le sentiment était troublant : elle avait un peu mal à lui, elle voulait lui faire du bien, tout de suite, très fort. Il fallait réconforter cet homme. De quoi, de qui, elle s'en fichait. Mais c'était urgent.

Les mots avaient parlé pour eux : un rendez-vous dans un bar, deux bouches qui acceptent, des yeux timides et troublés, deux corps qui se séparent, déjà déchirés, tout manquant l'un de l'autre. Jack et Elisabeth avaient dîné le soir même dans un restaurant à la mesure de leurs bourses avant de finir la nuit dans une boîte à la mode. C'est là qu'ils s'embrassèrent pour la première fois, à pleine bouche. Tout s'était passé très vite. C'était urgent.

Bien que méprisée par ses anciennes copines, Elisabeth était fière de prendre cet homme par le bras dans les allées du campus. Dorénavant, ils étaient étrangers à tous. Parfait. Seul Mc Cleary avait applaudi à leur union : en bon biologiste, il avait compris que ces deux-là reproduiraient le meilleur du genre humain.

Jusqu'alors, la vie de Fitzgerald n'avait pas été facile. Sa mère, écossaise et frivole, avait quitté son père peu après sa naissance : elle était retournée en Europe avec son nouvel amant, plus jeune, plus riche et plus beau que le chef de travaux maori qui l'avait mise enceinte par accident. Jack fut donc élevé par son père : Jon Fitzgerald était un homme déjà âgé, au caractère parfois violent mais très attaché à son fils. Jon n'avait jamais aimé qu'une femme : elle était partie, il n'en parlait plus et vivait depuis dans le culte d'un amour évanoui. Ainsi, Jack grandit dans l'idéal d'une mère inconnue. Quand, plus tard, il apprit la vérité sur celle-ci, son cœur se fissura. « L'Écossaise » avait profité du statut social de Jon pour suivre ses études : Jack voyait dans sa fuite l'atavisme d'une supériorité colonialiste. Il méprisa sa mère et se prit de pitié pour son père qui, à cinquante ans, en paraissait dix de plus. Jon travaillait pour oublier, dormait peu, mangeait mal et plongeait souvent dans une méditation malsaine. De ces heures, Jack se souvenait de chaque minute : lui, bossant les cours sur la table du salon, Jon observant le feu de la cheminée, l'âme perdue dans les flammes. Autodafé sentimental. Pour l'adolescent, son père était un vieux guerrier vaincu : la blanche Europe avait eu raison de sa fierté. Ce fut probablement la raison pour laquelle il choisit de militer pour la défense des droits maoris.

Jack avait dix-sept ans et déjà une solide maturité.

Le destin se chargea d'accélérer ce processus : le jour même où il obtint son premier diplôme, Jack apprit la mort de son père. Une charpente métallique l'avait tué en s'écrasant sur le sol. La compagnie d'assurances mena une enquête. Un bruit étrange courait sur le chantier : alors que les autres ouvriers avaient tous détalé, Jon n'aurait pas esquissé le moindre geste pour éviter la poutre en chute libre au-dessus de sa tête...

Jack devint orphelin et, croyait-il, blindé face aux coups du sort. Il vendit les maigres biens de son père avant de partir pour Auckland et son université. Deux années passèrent, entre les cours d'histoire et les revendications militantes. Lors des manifestations, Jack se fit remarquer pour ses dons de meneur d'hommes et son sang-froid devant les policiers.

La rencontre avec Elisabeth coïncida avec le versement de l'assurance-vie contractée par son père. Avec l'argent, le jeune couple acheta la maison de Mission Bay qu'il habitait encore aujourd'hui. Elisabeth tomba bientôt enceinte, pour le plus grand bonheur de Jack. Ils avaient assez d'amour pour trois.

Judy naquit au beau milieu de l'été. Hormis une maladie qui faillit coûter la vie à l'enfant (un vaccin puissant fut administré d'urgence, laissant une marque indélébile), cette année-là fut la seule embellie dans la vie du métis : une embellie constante qui semblait ne jamais devoir connaître l'orage.

Ce fut un ouragan.

Le temps passa d'abord, au compte-gouttes. Chacun poursuivait ses études. Mc Cleary venait dîner une fois par semaine, devint leur ami et plus tard leur témoin, quand Jack et Elisabeth se marièrent en comité restreint à la mairie d'Auckland. Judy avait quatre mois.

La petite famille partit en vacances sur l'île du Sud, région sauvage flanquée de fjords, de montagnes enneigées et autres colonies d'oiseaux pour une population humaine à peine supérieure à trois cent mille habitants. C'est ici que tout bascula. Jack resta en ville pour réparer leur voiture tandis qu'Elisabeth emmenait Judy pique-niquer dans les environs. Elles étaient parties toutes les deux et on ne les avait plus jamais revues.

Envolées.

Supprimées.

Volatilisées.

Beaucoup plus que mortes : disparues.

La certitude de leur mort l'aurait peut-être sauvé. Mais l'absence de vérité, non, jamais…

Jack les chercha partout. La police locale fit son possible. La disparition fit l'objet d'un appel à témoins. Les journaux locaux se mirent de la partie mais les témoignages étaient rares, l'île quasi déserte et les contrées mystérieuses. On retrouva la voiture de location trois jours plus tard, abandonnée près d'un fjord à plus de cent kilomètres du point de départ. Le véhicule était accidenté mais d'Elisabeth et Judy, nulle trace.

À cette époque, deux filles avaient été étranglées dans les environs. Jack dépensa ses maigres économies, remua ciel et terre : sans succès. Le temps passa, l'espoir faiblit. La police finit par classer l'affaire…

Après la disparition de sa famille, il avait sombré dans une sourde dépression qu'il n'avait jamais tenté de soigner, laissant tout dépérir autour de lui : ses études, sa maison, les gens (hormis Mc Cleary), la plupart de ses rires et l'envie de les communiquer. Sa dépression ne le mena nulle part : ce n'est pas lui qu'il cherchait. Alors, à vingt-trois ans, il décida de s'engager dans la police.

Jack était un acharné — le genre de type qui, à la fois, tue et enterre. Selon lui, plus il grimperait dans la hiérarchie, plus son champ d'investigation s'élargirait : il trouvait ainsi dans ce grossier subterfuge l'assiette vitale de son cerveau. Et s'il passait sa haine (ou plutôt son impuissance) sur le dos de petits malfrats, Fitzgerald s'en moquait : ils faisaient figure de symboles.

Aujourd'hui, il préférait gaspiller son énergie débordante à retrouver sa famille, quitte à se trouver nez à nez avec leurs cadavres vieux de vingt-cinq ans, plutôt que de recommencer sa vie.

Il repensait souvent à la dernière fois qu'il les avait vues : un signe de la main, un sourire, une mimique amusée, complice, un gazouillis de bébé, une confiance absolue dans la vie… des conneries. Cette image le réveillait en pleine nuit. Et maintenant, le visage exsangue de Carol Panuula sur le marbre de la morgue se superposait aux leurs. Carol était morte étranglée ; à l'époque de la disparition d'Elisabeth et Judy, on avait retrouvé deux filles étranglées dans les environs… Était-ce possible ? Possible ? Poss…

Jack s'éveilla en sursaut. Les draps du lit étaient trempés. La peur dans sa poitrine cognait en silence, encéphalogramme stationnaire. Il se leva, toujours opprimé ; le cauchemar le poursuivait jusque dans la vie.

Une mouche passa dans la chambre noire, lourde, suicidaire. Lentement, le policier revint à la réalité. C'était plutôt moche et sans joie ; les hommes s'étaient trompés de planète, il ne savait plus qui avait dit ça mais quand les femmes s'occuperont de la guerre ça s'appellera la paix, en attendant la mort dans sa jungle chiapanèque, Marcos secouait les hardes d'une troupe d'analphabètes idéalistes et lui avait perdu l'envie de l'aider... Il enfila un pantalon de toile noire, un tee-shirt sans marque et ses vieilles chaussures anglaises.

Il était onze heures du matin, la chaleur ne fléchissait pas, un café fumant attendait sur le bar américain, Helen chantonnait dans la cuisine, tout l'énervait.

— Bonjour! lança-t-elle.

— Mff! grogna-t-il en se forçant à émettre un son.

Helen lui tendit son café. Quand il sortait d'un cauchemar, l'homme qu'elle aimait en faisait participer son entourage. Elle le regarda sous ses mèches d'un brun naturel et ne put s'empêcher d'admirer ses bras : puissants, véloces, les muscles encore saillants... Helen adorait quand ces bras la serraient contre lui. Si un gouffre les séparait, elle aimait tout, même ce vide. Le sentir, c'était déjà tenter de le combler. Et si leur amour était tombé dans ce gouffre, il ne restait que l'autre à l'un, et réciproquement.

Helen avait revêtu une robe légère qui cachait sa taille tout en laissant nues ses jolies jambes. L'attention était louable : c'était la robe que Jack préférait. Il lui avait même dit une fois qu'«il la trouvait sexy là-dedans».

Helen avait rougi — vingt ans de moins, d'un coup.

Mais aujourd'hui, l'homme qu'elle aimait ne posa même pas un cil sur l'habit : il partit après deux gorgées de café mal avalées, sans un signe, sans un mot.

Helen regarda le petit paquet qui attendait toujours, posé à côté de la tasse vide. Elle lui avait fait un cadeau, au cas où… Bien entendu, Jack l'avait remarqué. Mais il ne l'avait pas ouvert, comme s'il se sentait indigne de recevoir quoi que ce soit. Il ne l'aimait pas assez pour ça.

Le malaise était bref mais profond.

La femme resta seule avec son petit paquet et une féroce envie de pleurer. Même si aucun homme n'avait daigné lui offrir un enfant, Helen aimait beaucoup Noël. C'est tout ce qu'elle voulait dire à Jack. Mais il ne comprenait même pas ça.

*

Queens Wharf. Fitzgerald déjeunait dans un restaurant en compagnie de Mc Cleary.

Ce repas était devenu un rite pour les deux hommes. Comme Jack refusait obstinément de partager le réveillon avec la famille de Mc Cleary — malgré l'amitié qu'il leur portait —, ils déjeunaient ensemble le lendemain.

Attablés face au port, les deux amis dégustaient un plateau de fruits de mer en regardant partir les ferries pour Waiheke. Selon leur pacte moral, ils ne parleraient du boulot qu'après les langoustes. En attendant, Mc Cleary lui raconta son réveillon. Il exagérait volontairement les anecdotes mais comme son but était de faire rire, Jack le laissait faire.

Selon son ami, l'estomac du grand-père aurait capoté entre le dessert et le cognac, faisant du même coup hurler le petit et vomir la plus grande. Le grand-père finit par expulser vomi et dentier dans la cuvette des toilettes, lequel dentier se perdit sous l'épaisse couche de grumeaux. La grand-mère manquant de tourner de l'œil, les gosses en rajoutant tour à tour et sa femme refusant catégoriquement de plonger les mains dans la mélasse fraîche, c'est à lui qu'échut le privilège de ramasser le dentier du grand-père. Autant dire que le reste de la soirée fut expédié et tout le monde couché en vitesse.

Jack sourit. Mc Cleary vérifiait à lui seul la devise nationale : « Je suis britannique, mais je me soigne. » Il rêvait de *latinité* avec un faux dédain pour l'Angleterre — ce qui n'empêchait pas les sunday papers de déblatérer sur le compte de la famille royale — et un cynisme malsain envers l'Amérique qui, de par le monde, forment une inquiétante unanimité. Le coroner aimait l'Espagne et surtout la France, préférant y voir comme ambassade un rugby fantaisiste plutôt que l'entêtement d'un gouvernement à des essais nucléaires au milieu de coraux et autres poissons multicolores…

Le professeur Waitura arriva à l'heure au rendez-vous, un tailleur inédit sur les épaules. La voyant débarquer de loin, Mc Cleary siffla entre ses formidables moustaches :

— Dis donc ! Pour une fois, ça donne envie d'être capitaine à la police d'Auckland !

— Tu ne vas pas me faire une thèse sur le fantasme des femmes en tailleur ?! rétorqua Fitzgerald tandis qu'Ann slalomait entre les tables.

— Pas du tout ! Mais je t'assure, regarde-la bien. Cette fille a quelque chose. Une puissance désinvolte, redoutable. Et tu connais la fidélité que je tiens envers ma femme !

— Dragueur, va !

Ann arrivait. Jack dut reconnaître qu'elle marchait

comme une Salammbo cerclée de pythons royaux ou quelque chose comme ça : depuis le temps, il ne lisait plus que des rapports de police et autres paperasseries abêtissantes.

La criminologue lança avec un brin de provocation :

— Alors, on se tait quand j'arrive ?

— C'est comme les oiseaux à l'approche du grand fauve, ma chère ! rétorqua Mc Cleary, toutes ailes dehors.

Ann haussa les sourcils et plia ses belles jambes entre les deux hommes. Le coroner sortit un calepin, à deux doigts de bander. D'un revers de serviette, il essuya sa moustache et quelques taches de rousseur le long de ses lèvres. Mc Cleary commença son petit speech sous l'oreille attentive des enquêteurs. Il ne bandait alors plus du tout.

— Un : Carol a été tuée entre quatre et cinq heures du matin. Deux : elle a été étranglée de face. Bien qu'elle se les rongeât, je n'ai décelé aucune trace de peau sous ses ongles. Si on l'avait torturée au préalable, Carol se serait défendue avec énergie : puisque je n'ai trouvé ni marques de contusion, ni cheveux ni rien, on peut supposer que le meurtrier l'a totalement surprise. Trois : j'ai trouvé des traces d'alcool dans l'estomac de la victime. Pas de drogue. Carol a donc bu pas mal avant de mourir. Du gin.

— Carol est allée dans une boîte de nuit, coupa Jack. Mais elle est sortie peu avant trois heures du matin : il y a un trou d'une heure et demie entre la sortie du Sirène et le meurtre…

— Ça, c'est ton affaire. Je continue : le tueur l'a donc étranglée, et cela sur la plage. J'ai retrouvé du sable un peu partout sur son corps. Carol s'est allongée sur la plage mais ils n'ont pas fait l'amour. Notons au passage que le tueur ne la menaçait pas encore de son couteau : aucune marque de pointe acérée sur le corps. Carol était sans aucun doute consentante. Mais il s'est passé quelque chose, quelque chose qui a poussé notre homme à l'étrangler...

— Un impuissant? proposa Jack en se tournant vers Ann.

— Probable.

— Un homosexuel détraqué?

— Possible, fit-elle dans une moue. Mais je vous rappelle qu'il a touché au sexe et non au rectum. Or, un pédoclaste dénie le sexe de la femme. Je pencherais plutôt pour un homme séduisant dont la sexualité est mal définie. Le scalp est un symbole. Fétichisme, mutilation...

— Revenons à l'autopsie et gardons cette piste.

— O.K., poursuivit Mc Cleary. Une fois Carol étranglée, le tueur a scalpé le pubis. D'après l'analyse, l'acier de l'arme provient d'un couteau à lame très effilée, couteau, scalpel, voire rasoir. Trouvez l'arme du crime et vous trouverez le coupable.

— On a drainé le port et les environs de Devonport, sans succès jusqu'à présent. Les recherches continuent.

— Inutile : l'acier provient de la même arme. Je veux dire que Carol Panuula et Irène Nawalu, la première victime, ont subi le même sort avec la même arme. Je tiens d'ailleurs à remercier le professeur Waitura ici présent pour le rapport détaillé qu'elle m'a remis, ajouta Mc Cleary en agrémentant le compliment d'un sourire franc du collier.

Mais Jack était un obsédé du crime.

— Bon Dieu. La même arme… (Son cerveau marchait à toute vitesse :) Prof, qu'en dites-vous ?

— La psychiatrie n'est pas une science exacte. Les psychanalystes vous diront même qu'il n'y a que des cas isolés. Procédons donc par élimination. Notre homme n'est certainement pas un paranoïaque : son angoisse trop sectorisée fait de lui un coincé. Jamais il n'aurait pu approcher sexuellement sa victime d'aussi près. Elles sont rarement dangereuses mais il pourrait s'agir encore d'un homme atteint de crises d'épilepsie aggravées. On parle vulgairement de réminiscence pour évoquer l'état de rêves dans lequel se trouve le malade lors de ses crises. On parle aussi de transport, d'états seconds capables, lors des crises, de mettre le malade dans des états incontrôlés. Cela est dû à une activité épileptique ou à une désinhibition du lobe frontal…

— Tout ce charabia n'évoque rien pour moi : faites comme si vous parliez à un crétin ordinaire.

Le professeur eut un sourire narquois qui mit l'espace d'une seconde ses belles dents carnassières en cinémascope.

— Je veux dire que les épileptiques connaissent parfois des états mentaux vagues et pourtant excessivement compliqués aux premiers assauts de la crise. Cet état mental, appelé aussi « aura intellectuelle », est toujours le même, ou essentiellement le même dans chaque cas.

— Vous voulez dire que lors de ses crises, le malade est sujet aux mêmes rêves ?

— C'est à peu près ça.

— Sauf que celui qui nous intéresse est morbide.

— Autrement je ne serais pas là, rectifia-t-elle. Le

malade a subi un traumatisme. Il a pu se produire très jeune. Son inconscient l'a fortement enregistré mais son préconscient le refoule dès qu'il s'approche trop de sa conscience. L'inconscient est le pôle pulsionnel de la personnalité : il pourrait se révéler dangereux pour lui, et sa propre conscience, de réaliser l'effroyable contenu de son inconscient, celui-là meurtrier et sauvage.

— Une sorte de Docteur Jekyll et Mister Hyde ?

— Pour vulgariser la médecine, oui, en quelque sorte.

— Mais pourquoi notre meurtrier ne se doute-t-il de rien en dehors de ses crises ? Il doit bien y avoir des preuves, du sang sur ses vêtements par exemple, qui pourrait lui montrer les forfaits qu'il commet ? contra Fitzgerald avec une aversion naturelle envers les élucubrations.

Ann connaissait ce genre de personnage.

— Une forme de schizophrénie, avec élément déclencheur, ce qui expliquerait ses crises meurtrières. Le délire est morcelé, le coup éclate, une sorte de déclic si vous voulez, et il tue. Notre malade peut être sujet à des hallucinations, positives ou négatives : c'est-à-dire apparition ou disparition d'objets, choses, êtres… Carol, ou un des objets qu'elle portait sur elle peut avoir été un élément déclencheur. (Ann laissa passer le silence avant de poursuivre :) Mais à mon avis, je pencherais plutôt pour un psychotique, avec un univers interne particulier. Parce qu'il refoule instantanément toutes sortes de dangers venant de son inconscient, il nourrit son délire…

— Vous oubliez les mutilations infligées à ses victimes : il leur découpe le cul, madame ! rétorqua Jack en se faisant plus bourru qu'il n'était.

— D'accord, capitaine. Le cul. Mais il nourrit son délire pour se guérir. C'est une façon de soigner sa maladie. Vous savez, on est tous obsédés par quelque chose. Une petite chose qui peut nous paraître grande, si grande qu'on s'efforce de la refouler : par honte, pudeur ou douleur. L'homme peut aisément se persuader n'avoir jamais vécu tel ou tel événement. Et plus cet événement est important, plus il fera d'efforts pour le refouler. C'est le cas de notre homme. Seuls les imbéciles s'imaginent n'avoir rien à cacher. Et je pense que le tueur, tout monstre qu'il est, a un puissant code moral qui l'a poussé dans ses derniers retranchements. Si le traumatisme subi lui était apparu comme une chose bénigne, il tuerait aujourd'hui à l'aveuglette. Tendances schizophrènes. Or, il le fait à une date précise : décembre. Noël. L'enfance. Tout vient de là. En suivant cette idée, on peut supposer que notre homme a subi un traumatisme lors de son enfance, traumatisme qu'il refoule depuis. Jusqu'en décembre 96, année de sa première rechute. Imaginez les années de lutte pour refouler cet événement au plus profond de lui ! Sa rechute d'aujourd'hui est le signe qu'il n'arrive pas à oublier, que son traumatisme lui réapparaît presque consciemment. Bien sûr, il fait un effort terrible pour continuer à le refouler. Mais la deuxième rechute est la confirmation de cette impression. Et à mon avis, il va bientôt recommencer. Le tueur a désormais besoin d'alimenter son délire…

À ces mots, les deux hommes sentirent un froid spectral s'immiscer dans leurs chairs. Jack songeait à son bureau, aux centaines de photos accrochées

aux murs, aux dossiers entassés sur les étagères…
Mc Cleary, lui, observait les yeux bruns de la criminologue. Ils n'avaient pas cillé un seul instant. Elle
enchaîna :

— Sa conscience le pousse à retrouver le chemin
de son enfance. Il va bientôt se réveiller, et voir ainsi
de quoi il est fait. Avec horreur. Il y aura alors deux
solutions : ou il se suicidera, ou il supprimera tout ce
qui bouge avant qu'on le tue à son tour.

— C'est ce que je veux empêcher.

— Je suis aussi là pour ça, renchérit Ann. (Une puissance tranquille émanait de ses pupilles :) Mais mon
métier n'est pas de tuer des hommes. Si on le prend
vivant, nous pourrons bien sûr le condamner mais
aussi le soigner…

— Il mérite la corde, souffla Jack en songeant uniquement à Elisabeth — et pas du tout à ses idées
propres.

— Cela servira à quoi ? À prévenir les fous alentour que la mort les guette ? Ils s'en moquent, capitaine ! Imaginez plutôt les enseignements que pourrait
nous procurer cet homme ! En faisant son parcours à
rebours, nous pourrions trouver la base du traumatisme, le processus de refoulement et celui de « réapparition ». Je ne suis pas la chercheuse d'une science
exacte : depuis Freud, les hypothèses se succèdent,
s'empilent. Si notre homme coopère, nous pouvons
faire avancer la recherche, connaître ce type de maladie et ainsi prévenir ceux qui en sont sujets.

— Au prix d'une saine torture mentale, hein !
Nous n'avons pas la même vision de la justice. Moi,
je pense aux deux gamines mortes sur la plage, à leurs
familles et leurs amis.

— C'est aussi le discours d'Hickok! se moqua-t-elle.

— Je me fous d'Hickok. Tout ce qui l'intéresse, c'est la com', voire la mairie d'Auckland…

Mc Cleary comptait les points, assez amusé qu'une femme si jeune contrât le grand Fitz. Ann conclut :

— C'est un autre problème. Pour le moment, faisons avec ce que nous avons. Avant de traiter l'effet, évertuons-nous à trouver la cause de nos malheurs.

Waitura et Fitzgerald se regardaient en chiens de faïence.

Mc Cleary calma leurs ardeurs.

— Les mutilations ont une signification pour le tueur. Scalper le pubis d'une femme en est une : reste à trouver laquelle.

— Bon. À vue de nez, ce type a souffert durant son enfance, résuma le policier. Suivons la thèse de décembre comme un symbole. Les fêtes lui rappellent son enfance, et donc son traumatisme. Depuis, il en veut aux femmes. Mais il les aime, et les séduit. Encore une dualité qui ne va pas arranger nos affaires. Cependant, le fait que le tueur ne les pénètre pas sexuellement confirme l'hypothèse de l'impuissant chronique. Pour se venger de son incapacité, il scalpe le pubis des femmes ; c'est pour lui un trophée. Alors, prof ?

— Je serais plutôt encline à suivre la thèse d'un enfant traumatisé : la forclusion de ce signifiant primordial — reste à définir lequel — a fait de lui un psychotique. Il a tenu le coup jusqu'à l'apparition de bouffées délirantes aiguës : coup de tonnerre dans un ciel bleu, dans notre jargon. Depuis, notre homme tend vers un état de psychotique chronique. Le deuxième meurtre, cinq ans après le premier, en est la preuve. Le tueur souffre d'une absence de limites tant corporelles que psychiques. Le délire est un moyen de lui rendre la vie tolérable. Les symptômes psychotiques sur-viennent après un stress clairement identifiable. J'ai eu l'occasion de traiter un jeune homme qui, dans un état de perplexité et de confusion de brève durée, avait tenté d'étrangler une femme lors d'un coït stressant chargé d'hyperémotivité…

— Putain… maugréa Mc Cleary.

— Dans ce cas, notre tueur apparaît peut-être dans les fichiers des mœurs, supputa Jack. On l'a certaine-ment déjà alpagué pour délits mineurs. Je vais vérifier tout ça et secouer les types en liberté. J'attends des nouvelles d'Osborne à propos de Joe Lamotta. Il y a aussi l'histoire de Pete et Katy… Au fait, pas de nou-velles de la gamine ?

La jeune femme eut une moue dubitative.

— Non. J'ai de nouveau téléphoné à ses parents, à Napier. Ils m'ont confirmé que Katy avait décom-mandé au dernier moment. Depuis, aucune nouvelle.

— Étrange, pour un soir de réveillon…

— En effet. Depuis, son téléphone ne répond pas. Ni celui de Pete d'ailleurs…

— Que comptes-tu faire maintenant ? demanda Mc Cleary à son meilleur ami.

— J'ai rendez-vous avec Hickok. Il me faut un mandat de perquisition chez Katy et Carol. Takapuna ne fait pas partie de mon secteur et c'est lui qui cha-peaute l'affaire.

— Qu'espères-tu trouver chez elles ?

— Un dictaphone, des bandes audio et peut-être plus… (Jack regarda sa montre et se leva :) Bon, il est temps que j'y aille. Waitura, vous avez un programme ?

— Oui, Jack, répondit-elle en soulignant le fait de l'appeler par son prénom selon leur pacte de la veille. Je vais étudier les données sur le tueur. Je commence à me faire une petite idée de lui. On manque encore d'éléments mais nous sommes sur sa piste. Je vous suis…

Elle sourit légèrement et se leva à son tour. Tandis qu'elle se penchait, Mc Cleary reluqua sa poitrine opulente comprimée dans le tailleur. Fitzgerald jeta un billet froissé sur la table. Ils saluèrent Mc Cleary et quittèrent le restaurant.

Caché derrière sa moustache poivre et sel, le médecin légiste suivit la silhouette de la jeune femme jusqu'à la sortie. Ses fesses rondes faisaient ressortir sa taille de guêpe.

La bestiole partit piquer d'autres imaginations.

— Drôle de fille… soupira Mc Cleary en trouvant soudain sa femme un peu banale.

Il lissa ses belles moustaches et commanda un cognac français, pour compenser.

13

Le bureau d'Hickok empestait le cigare et la cendre en décomposition. Derrière ses yeux bleu métallique, l'homme de loi avait l'air nerveux.

— J'ai lu le rapport de Mc Cleary, celui de Bashop, et enfin celui des équipes techniques. Maintenant je veux le vôtre, et détaillé, sur les circonstances du meurtre de Carol Panuula, fit-il en brassant l'air autour de lui. Une fille a été sauvagement assassinée, l'interrogatoire à l'usine s'est révélé sans succès et aucune empreinte n'a été relevée dans la voiture que conduisait la victime le soir du meurtre. (Les oreilles de l'homme le plus puissant de la ville rougissaient.) Les journalistes campent devant mon bureau et la Nouvelle-Zélande entière vous observe…

Par la baie vitrée du bureau, Jack ne voyait que des bateaux, ceux de la Whitbread, se pavaner dans le port de Freemans Bay. Il était parti une fois avec Elisabeth, au début de leur relation. Depuis, il laissait les yuppies de la City frayer entre eux dans la baie d'Auraki…

— Nous ne faisons pas le même métier, finit-il par répondre, le visage encore ruisselant d'embruns tout à fait morts. Et vous feriez mieux d'envoyer paître les journalistes. Ce n'est pas une affaire pour les amateurs, vous le savez parfaitement.

— Peut-être mais la chose est populaire.

— Je ne savais pas que vous étiez populiste…

Le procureur passa ses pupilles acérées par-dessus ses lunettes comme si seul un bout de verre séparait les deux hommes. Il gomma leurs différences d'un geste circulaire.

— Là n'est pas la question, Fitz. Nous sommes un petit pays, vous le savez mieux que quiconque. Ici, ce n'est pas New York ou Los Angeles. On ne peut pas étouffer et trier les affaires selon les courants politiques qui agitent la police. On doit rendre compte à nos concitoyens des efforts faits par nos services pour assurer leur sécurité.

— Allez déblatérer ce genre de conneries aux journalistes, Hickok. Je ne vote pas.

Le ton était volontairement provocateur. Jack se permettait à peu près tout vis-à-vis d'Hickok : ce n'est pas lui qui allait l'arrêter dans ses investigations. Et puis, le Maori détestait les institutions et la morale puritaines, le qu'en-dira-t-on et les compromis avec ce qu'il appelait le totalitarisme politico-économique. Des vieux principes d'adolescence. À ce petit jeu, Hickok jouait gros dans cette affaire. Le procureur fit peser ses cinquante-cinq ans dans la balance du commerce peuple-pouvoir.

— Nous devons collaborer avec les médias, répondre aux questions que se posent les électeurs, les rassurer, etc. Bref, jouer la transparence. Ce qui ne nous empêche pas de garder nos petits secrets en famille.

— Où voulez-vous en venir, Hickok ? demanda l'officier en se jetant dans ses yeux.

— Tout le service est concerné par cette affaire de meurtre. Je vous ai déjà mis en contact avec Waitura : vous comprenez que vous ne pouvez pas opérer seul, n'est-ce pas ?

— Si vous l'avez décidé…

— Notre pays est réputé pour être le plus paisible du monde. Je tiens à ce que les choses restent ainsi sous mon mandat. (Il passa ses mains dans les poches de son costume gris perle.) Si nous résolvons cette affaire, vous pouvez compter sur moi pour vous offrir une promotion. Et cette promotion, c'est le poste que j'occupe aujourd'hui…

Hickok laissa sa dernière phrase en suspens.

Fitzgerald réalisa qu'il n'avait jamais pensé à cette promotion. Son ambition, il l'avait laissée de côté vingt-cinq ans plus tôt. Hickok le savait — et ils étaient peu à le savoir. Prendre son poste était une belle opportunité ; fini le ramassage des petites frappes, les réseaux de dope à démanteler et les paperasses à remplir. Avec le poste de procureur, son territoire d'investigation embrasserait le pays entier. Autant de chances de retrouver les traces d'Elisabeth et Judy. L'île était grande et les campagnes reculées avaient leurs secrets enfouis…

Une lueur passa dans ses yeux. Hickok la perçut. C'était son point faible.

— Alors, que me proposez-vous ? fit le policier en allumant une cigarette de contenance.

Hickok s'étala sur son siège de cuir avec l'air satisfait d'un César condamnant les dix-neuf ans de Vercingétorix à la fosse aux lions.

— Une collaboration unie entre vous et moi. Vous sur le terrain, comme vous l'aimez. Moi, dans le bureau, assurant les rapports avec la presse que vous détestez tant.

— Ce n'est pas la presse que je déteste mais les hommes qui s'en servent à des fins racoleuses.

— Laissons de côté ce débat stérile. Je sais que vous ne m'aimez pas, Fitz. Personnellement, je n'irai pas jusqu'à vous détester. Seulement vous êtes le meilleur flic d'Auckland et je ne peux pas me passer de vous. Je sais aussi que vous ne me dites pas tout sur vos enquêtes et les bruits courent dans les couloirs des palais de justice. On vous a couvert une fois pour ce qu'on pourrait appeler une bavure policière, mais d'autres gens moins compréhensifs vous attendent au tournant.

— Franchement, je m'en fous.

C'était vrai.

Mais Hickok avait de l'expérience et le droit de son côté.

— Ne soyez pas idiot. On dit que vous réglez vos comptes de manière arbitraire. Et ce n'est pas les types que vous amochez sur les docks qui me contrediront… (Le vent tournait à l'orage.) On ne pourra pas passer notre temps à vous protéger, Fitz. Coopérez. Ne me cachez rien de cette affaire. Ainsi, je verrai de mon côté quelle est la meilleure façon d'envisager l'enquête et quoi laisser filtrer à la presse. Nous marchons sur des œufs dans cette histoire et nous avons tous les deux besoin d'une victoire. Qu'en pensez-vous, capitaine ?

Waitura avait raison : ils savaient tout. Jack écrabouilla l'allumette qui lui avait pourtant servi à allumer sa cigarette.

— Je ne vois pas ce que notre pseudo-union sacrée

vient faire dans cette histoire? À moins que vous n'envisagiez de mener une enquête parallèle d'après les informations que je vous fournirai…

— Prenez ça comme ça vous arrange, capitaine…

Le procureur du district laissa planer un doute, lourd comme un remords. Jack saisit le stratagème. Après tout, il s'en moquait. Tout ce qu'il voulait, c'était mener l'enquête à sa guise avant de se pulvériser comme bon lui semblait.

— Vous aurez mon rapport dans les vingt-quatre heures. Avant ça, j'ai besoin d'un mandat de perquisition chez Carol Panuula et sa colocataire, Katy Larsen.

Clignement de l'œil. Hickok dégagea un bras.

— Aucun problème. Vous pouvez compter dessus dès demain matin.

Jack quitta le bureau avec la désagréable impression qu'on lui faisait un petit dans le dos.

Ce type avait vraiment un sale caractère.

Deux étages plus bas, dans une pièce enfumée où ronronnait une escadre d'ordinateurs, un groupe de policiers travaillaient malgré le jour férié. Jack shoota dans les poubelles trop pleines et vint se planter devant un jeune homme aux cheveux châtain foncé.

Osborne était l'agent chargé de faire la liaison entre Fitzgerald et le reste du monde. Un bon flic. Pas aussi bon que son frère mais depuis que cette tête de mule l'avait laissé tomber, Jack avait pris le benjamin sous son aile. Doué, rapide, intelligent, organisé, les qualités d'Osborne feraient de lui un excellent sergent. Fitzgerald n'était pas pressé de le voir passer du côté des officiers : il avait besoin d'un type sérieux pour les vérifications ingrates inhérentes à ses enquêtes et Osborne faisait merveille depuis les deux années où il travaillait pour lui. Et puis, sa jeunesse lui faisait du bien.

— Bonjour, capitaine, fit le vieux gamin, une chemise bleu ciel entrouverte sur son torse imberbe.

— Salut. Alors ?

— J'ai vérifié les rentrées sur le compte en banque de Carol Panuula, dit Osborne. Depuis six mois, il a sérieusement gonflé. Regardez les rentrées : que du liquide ! fit-il en désignant du doigt une série de chiffres sur son ordinateur.

— Bon, ça confirme ce que je savais déjà : Carol faisait le tapin en dehors de l'usine. Et la série de billets de cent dollars ?

— Impossible de trouver leur provenance : aucun n'était marqué.

— Et la vérification des talons de chèques et des cartes bleues pour le paiement des entrées à la boîte de nuit ?

— J'ai une série de noms, mais aucune de ces personnes n'est fichée.

— Vérifie quand même, bougonna-t-il familièrement.

Jack commençait à douter que le meurtrier ait jamais pénétré au Sirène. C'était pourtant le seul moyen de finir la nuit sur la plage avec Carol… À moins qu'ils ne se soient donné rendez-vous après la disco, ce qui était peu probable : Carol comptait bien rentrer avec Pete…

— Et Lamotta ? coupa-t-il au milieu de ses propres supputations.

Les yeux bruns du jeune inspecteur gagnèrent en intensité.

— Son petit réseau de prostitution paraissait clean : pas de mouvements notables, aucun soupçon d'activités annexes, bref, le train-train jusqu'à il y a environ cinq mois. À partir de là, Lamotta a commencé à transférer ses fonds sur le compte d'une banque étrangère. Il a mis sa maison en vente et même son minable hôtel de passes. À mon avis, Lamotta s'apprêtait à quitter le pays.

Les choses commençaient à se mettre en place dans sa tête.

— Intéressant. Bon, et les jeunes types qui me sont tombés dessus ?

— Alors là, un vrai mystère ! s'esclaffa Osborne, les yeux pétillants de curiosité. J'ai passé leurs portraits-robots au crible, ils n'apparaissent nulle part.

— Bon Dieu ! Ça m'étonnerait que ces gars soient des petits saints ! pesta l'officier.

— J'irai au Corner Bar dès l'ouverture. Aujourd'hui, c'est fermé. Qui sait, peut-être en apprendrai-je plus auprès du patron ?

— Je l'ai déjà interrogé. Ce minable n'avait jamais vu ces gars. Vérifie les emplois du temps des types venus au Sirène la nuit du meurtre et tâche de me retrouver la bande de Maoris. N'oublie pas que l'un d'eux a un trou dans le pied et un autre une double luxation aux épaules…

— À vos ordres, capitaine ! ponctua Osborne en mimant un salut non réglementaire (il savait que Jack détestait les saluts réglementaires).

— Et établis la liste des peintres de la région, amateurs ou professionnels ! lâcha-t-il en filant déjà parmi les allées du commissariat.

Osborne glissa la main dans ses cheveux courts. Cette affaire le passionnait. À vingt-deux ans, la mort est encore si abstraite...

Fitzgerald passa le reste de sa journée à secouer les puces des libérés sur parole, les exhibitionnistes chroniques, les obsédés de tout poil, ses indicateurs personnels et ceux des autres inspecteurs, sans résultat. Conclusion : le meurtrier n'appartenait pas aux réseaux des petits truands de banlieue, ni aux cracks de la dope.

Auckland est une ville tranquille malgré son million d'habitants : en échange d'une paix globale sur le territoire, on fermait les yeux sur les champs de cannabis exploités par des petits malfrats sans envergure — leurs meilleurs indicateurs. Le tueur n'était pas de ce genre.

L'affaire se compliquait : Carol travaillait le jour à l'abattoir, se prostituait un soir sur deux et le modèle pour un peintre mystérieux. Elle enregistrait ses coïts sur un dictaphone et croquait de l'homme dans l'espoir d'alpaguer un prince charmant, riche de préférence...

L'après-midi touchait à sa fin — rencontre terrible de l'immatériel. Avant de rentrer, Jack passa voir Kirsty. Son indicatrice préférée le renseignerait peut-être au sujet des Maoris qui l'avaient tabassé la veille.

Les vieux complices se retrouvèrent devant l'étalage d'un marchand indonésien. Kirsty, elle aussi, resta dubitative : ces gars-là étaient nouveaux dans le secteur des docks. Elle les avait vus traîner dans le coin, marchant comme les héros qu'ils croyaient être. Selon la péripatéticienne, ces jeunes Maoris venaient probablement de South Auckland.

Ils se séparèrent. Kirsty, d'habitude si décontractée, n'avait même pas essayé de blaguer avec son vieux copain Fitz. La mort de Lamotta avait vraiment secoué tout le quartier…

Le long de Mission Bay, quelques palmiers paresseux s'époussetaient avant la nuit à venir. Jack rentra sans épiloguer sur la nature et son étrange pouvoir de plénitude. De toute façon, elle finira bien par nous emporter. Il le souhaitait.

Il gara sa Toyota sous le préau sans une pensée pour les mégots débordant du cendrier. En dehors des vieilles anglaises, Fitzgerald détestait les voitures. Pour lui ce devait être un service public, pas une institution privée. Et puis, c'était à cause d'une saloperie de bagnole qu'il avait quitté Elisabeth le jour du drame…

La portière érodée claqua. Un matériel de pêche qui n'avait pas vu de poissons depuis un quart de siècle pendait au mur du garage. Elisabeth adorait la pêche : elle n'attrapait jamais aucun poisson. Ça la faisait rigoler, alors Jack aussi. C'est tout.

Il grimpa l'escalier. La maison était vide et bien rangée : Helen n'avait pas pu s'empêcher de tout nettoyer. Des effluves de cire s'épanchaient encore des meubles repus. Il hocha la tête ; après tout, il la payait pour ça.

Le policier trouva un sandwich dans le micro-ondes et remercia les doigts de fée qui l'avaient confectionné. Cette femme était mieux qu'une mère pour lui

— qu'il n'avait de toute manière jamais connue. Il dévora le sandwich debout, puis fila dans le bureau pour taper le rapport d'Hickok.

Accrochées aux murs, les photos jaunies le regardaient travailler : Elisabeth et Judy, vingt ans à elles deux, et des sourires glacés à force d'être figés. Il y en avait partout, réminiscences sordides d'un esprit obsédé. Seul un pan de mur avait été épargné pour accueillir une carte détaillée du pays : hachurés au feutre rouge, les endroits que Jack avait ratissés lors de ses loisirs (trois semaines de vacances par an, une escroquerie votée par des gens hors du temps, selon lui). Plus loin, exposées sur des étagères métalliques, les dépositions des rares témoins de l'époque, les conclusions de l'enquête officielle. À côté de l'ordinateur, une pile de dossiers ordonnés selon les années. Si certains de ces dossiers étaient les duplicatas des rapports de police, la plupart étaient le fruit de ses enquêtes personnelles…

À dix heures, il joignit son équipière à l'hôtel. La voix d'Ann cachait mal son anxiété : les parents de Katy n'avaient toujours aucune nouvelle de leur fille depuis la veille au soir quand, sans explication, elle avait annulé sa venue à Napier pour les fêtes. D'après eux, elle avait l'air nerveuse. On le serait à moins. Peut-être avait-elle éprouvé le besoin de se retrouver seule avec Pete… Fitzgerald avait tout de même lancé un appel aux équipes de nuit pour retrouver leur trace. Il craignait le coup fourré.

Les enquêteurs se séparèrent d'un très informel «bonsoir» avant de reprendre leurs activités respectives. Jack veilla jusqu'à deux heures du matin, les yeux fichés sur l'écran de l'ordinateur. L'absence de Katy et Pete l'inquiétait : ils étaient forcément ensemble, mais où ? Pourquoi avait-elle annulé son réveillon ? Une gamine de vingt ans ne se volatilise pas comme ça…

Il décida de faire un tour au Sirène : c'était le dernier endroit où l'on avait vu Carol et Pete vivants.

14

Kirsty était une fille de joie qui avait eu beaucoup de peines : un mari mort trop tôt, une envie d'enfants qui arrivait trop tard, sa vie sentait le patchouli et le client d'avant.

Aujourd'hui, elle ne devait pas sa popularité à son physique, éreinté par les joutes de son métier, mais à la sympathie qu'elle inspirait autour d'elle. Kirsty était une femme douce, affectueuse, sachant vendre aux hommes l'attention passagère qu'ils venaient chercher. Elle faisait contre mauvaise fortune grand cœur, toujours la première à aider les «nouvelles» ou à refiler quelques billets aux collègues dans la panade. Avec sa gouaille et son ancienneté, c'était une figure emblématique dans le milieu. Quant à sa collaboration avec la police, Kirsty le faisait pour le bien de la collectivité : Fitz les protégeait en échange de renseignements pratiques visant à réguler le flot de truands et contrôler les plus teigneux — un gage de sécurité pour les filles et une épée de Damoclès au-dessus des têtes trop chaudes.

Elle habitait Saint Marys Bay, un quartier tranquille près d'un collège huppé de la ville. L'intérieur de sa maison était soigné, avec des couleurs pastel, des plantes vertes et une foule de petits prétextes à exposer des reliques pas toujours de très bon goût.

La température chutait doucement. Comme tous les soirs, Kirsty rentra aux alentours de minuit. La soirée avait été plutôt mauvaise mais elle ne s'en faisait pas pour si peu. «Demain serait un autre jour», comme disent les gens qui aiment la vie. Et puis, elle avait mis un peu d'argent de côté. Oh! pas de quoi pavoiser, mais suffisamment pour se permettre de raccrocher d'ici un an ou deux : alors, elle prendrait une bicoque à Whangarei, une petite station balnéaire jamais trop peuplée de la côte Nord. Là-bas, elle coulerait des jours tranquilles et pourrait à loisir aller nager avec les dauphins — grande spécialité locale qui l'avait marquée à jamais.

Kirsty adorait les dauphins. Ils exprimaient la liberté qu'elle n'avait jamais su trouver. À cinquante ans, cette femme n'était pas très fière d'elle, de son parcours dans la vie. Sa liberté se résumait à zapper les programmes pornographiques quand son esclavage était celui du métier le plus vieux du monde.

Elle ouvrit la porte de sa maison, pensait aux gentils mammifères, un sourire nageant encore sur ses lèvres, quand une main énorme s'écrasa sur sa bouche. La prostituée tenta de crier mais la poigne de l'agresseur l'écrasait.

Kirsty s'était déjà fait tabasser, ça faisait partie des joies du métier. Depuis le temps, elle avait appris à encaisser, à éviter, et même à rendre. Mais ce soir, le vieil ange de la nuit comprit que le temps se compterait en secondes : elle enfonça ses talons hauts dans le tibia de l'homme et s'échina à mordre les doigts boudinés qui bloquaient sa respiration. En vain : cette brute, à force de tirer sa tête en arrière, allait bientôt lui briser la nuque. Kirsty assena un franc coup de coude dans ses testicules. L'agresseur eut un cri étouffé mais ne céda pas : il retourna la femme et l'empoigna par le cou. Elle lâcha un hurlement en voyant la figure déformée du tueur. L'air commençait à manquer, les larmes lui montaient aux yeux. Bon Dieu, elle n'avait pas vécu plus de cinquante ans, traversé des joies, même furtives, des peines, même profondes, pour finir comme ça, étranglée par une espèce de singe à la peau grêlée !

Kirsty se débattit mais ses forces l'abandonnaient. Une haleine abjecte coulait sur son visage exsangue ; dans un sursaut désespéré, elle empoigna les testicules du monstre et les tordit furieusement. La chose grogna, cracha sur sa joue poudrée et appuya plus fort. Elle comprit qu'elle allait mourir, et lâcha prise. Il y eut un claquement sec : la glotte s'enfonça dans l'œsophage.

Kirsty expira enfin.

Elle ne nagerait jamais avec les dauphins de Whangarei.

15

L'amour, ce n'est pas nouveau, est imprudent. Edwyn trouva la lettre de John, abandonnée dans le peignoir. Que sa femme eût un nouvel amant le laissait de marbre. Or non seulement Eva refusait de lui parler depuis la soirée chez Hickok, mais elle avait poussé le bouchon jusqu'à lui renvoyer son cadeau de Noël à la figure (une espèce de diamant racoleur chargé de vulgariser la générosité). Aujourd'hui, elle continuait son petit jeu, si bien qu'il se résolut à la violenter afin d'obtenir une explication. Eva ne craignait pas les baffes. Au contraire, elles la soulageaient : désormais, la violence l'enivrait de lui. Et désormais, « lui », c'était John.

De toute façon, les choses devaient se précipiter. Elle expliqua tout à son mari. Ou presque. Ou rien. Sa relation avec John, leurs entrevues et son dégoût sans fard pour sa vie ici, à Eden Terrasse, la maison dont il était si fier. Edwyn, loin de monter sur ses grands chevaux, parut ravi de l'aubaine. Ce n'était pas la première fois que sa femme déprimait et puis il avait vu John chez Hickok ; le trouvant à son goût, il avait même rétorqué non sans une lourde ironie :

— Pour toi, tu sais que je ne reculerai devant aucun sacrifice !

Grimace de haine : cette graine de limace la souillerait jusqu'au bout, irait l'humilier jusqu'à ce qu'elle se vomisse tout entière…

Ce soir-là, Eva O'Neil s'était couchée auprès d'Edwyn White et, d'un geste agacé, avait repoussé tout contact avec son mari : les quelques heures passées avec John l'avaient bouleversée. Elle se sentait coupable de lui avoir parlé avec encore en elle le spectre des caresses conciliantes d'Edwyn sur ses seins tandis qu'un autre la chevauchait en ahanant. C'était hier. Un souvenir à la fois lointain et physiquement trop présent. Eva avait perdu le plus élémentaire respect d'elle-même. Sa dignité, elle l'avait laissée dans le fond de sa culotte, quand le sperme de ces porcs refluait, lui rappelant ainsi sa condition de pute institutionnelle vouée au néant. Ce sentiment de culpabilité, Eva l'entretenait depuis son enfance. Coupable d'être seule et belle — seulement belle. Il existait forcément une raison à son abandon…

*

John s'ennuyait. Même le vent de Karekare tournait en rond sur la plage et les murs de sa maison avaient perdu leur parfum de gouache en suspension. À minuit, il ne savait plus quoi faire de sa peau.

— Normal ! J'ai Eva dedans ! s'écriait-il en écrabouillant la compression défaillante de sa moto.

Il avait roulé à toute allure, les insectes du bush se suicidaient sous ses phares, la route sinueuse de West Coast Road défilait à ses yeux hallucinés : John fit une entrée triomphale dans la ville, les cylindres gloussant le long des avenues vides. Bref sentiment d'invulnérabilité. La Yamaha pétarada quelques bras d'honneur aux buildings neufs et stoppa sa course folle devant Princess Street.

À l'entrée du Sirène, John s'allégea d'un billet de vingt dollars. Plus bas, la musique tambourinait dans les enceintes : il fila vers le comptoir — la place des héros modernes, selon lui. Quelques pistoleros de la nuit le virent traverser la boîte, se demandant si ce nouveau venu allait empiéter sur leur territoire. John n'en fit rien : il avait Eva dans la tête et la tête perturbée après sa course à travers le bush et l'héroïne.

Le barman, un grand maigre au visage tout bouleversé d'acné, déposa le double scotch que l'homme venait de commander.

Sur le tabouret voisin, une fille pas très belle souriait comme s'il l'avait invitée à passer le reste de sa foutue vie avec lui. John but son whisky, y trouva un familier goût de fumier. La lame de rasoir qu'il portait autour du cou sortit de sa chemise entrouverte. John n'y prit pas garde : Eva le regardait dans le fond de son verre, un sourire famélique flanqué sur son visage d'ange maudit. Il ne fit pas plus attention aux ombres qui gravitaient dans son dos. Pourtant, assis à quelques mètres de là, un spectateur curieux avait assisté à la scène : Jack Fitzgerald.

Venu renifler les lieux, le policier observait John. Dans sa tête résonnaient les mots de Mc Cleary : le meurtrier avait découpé le sexe de Carol avec un couteau effilé, un rasoir… Tout se précipita : un gars mal fichu dans ses vingt ans se pressa contre le comptoir où le peintre dealer secouait un glaçon imbécile.

En se tournant vers le gosse, John aperçut le grand Maori rencontré chez Hickok, sentit en lui l'âme d'un flic mais para au plus pressé : le gamin collé à ses basques avait les yeux vitreux, des traits tirés à quatre seringues, en manque. John connaissait ce genre de paumé, il les attirait comme des mouches. D'ailleurs, il avait déjà rencontré ce type, c'était à Auckland, peu importe : le type lui présentait une poignée de dollars froissés.

— Fuck you ! il siffla sous les boomers de la boîte.

Avec ces marques de piqûre sur les bras et ses yeux jaunes, ce crétin allait le trahir ! Le flic les observait, John avait un gramme ou deux dans les poches, il fallait fuir tout de suite ou jamais. Le jeune type baragouina quelque chose en retour, le flic descendait de son siège, le temps fit des tours : John projeta le petit junk contre Fitzgerald, sauta par-dessus le comptoir et, profitant de l'élan, fonça vers les toilettes.

Le policier repoussa tout ce qui ressemblait de près ou de loin à un obstacle. Après quelques jurons et autant de claques aveugles, il atteignit les fosses nauséabondes, claqua deux portes, s'arrêta face à la troisième, fermée. D'un coup de pied, elle vola hors de ses gonds. Au-dessus des cabinets, une lucarne s'ouvrait à la nuit.

Le siège des toilettes couina : Jack propulsa sa carcasse à travers la lucarne et s'écroula dans les poubelles de la cour intérieure. Ça puait la cendre froide et la vinasse australienne. Il leva la tête : en équilibre sur une corniche, une silhouette se détachait dans l'obscurité.

— Arrête ! hurla-t-il en grimpant sur ses jambes.

Mais ni l'un ni l'autre n'y croyaient vraiment. John bondit sur le toit voisin avant de jouer les acrobates sur les ardoises des immeubles. Vingt secondes d'avance. Arrivé à l'extrémité du toit, il stoppa devant le vide. Plus loin, légèrement en contrebas, un balcon et une baie vitrée ouverte lui faisaient des grands signes de la main. Obéissant à son instinct, John recula de trois pas : dans son dos, un métis au costume suranné fonçait sur lui.

Jack vit passer une ombre par-dessus le vide, une ombre qui s'accrocha *in extremis* aux barreaux d'un balcon.

Il sauta à son tour, se rattrapa de justesse, perdit un peu de temps à se hisser et fila par la porte-fenêtre encore ouverte. Le policier ne prêta aucune attention aux deux gosses qui dormaient dans la chambre, parcourut l'appartement comme un bolide et tira la porte d'entrée restée entrebâillée. Le couloir de l'immeuble traversé dans un même souffle, Fitzgerald dévora les marches, guidé par des pas précipités dans l'escalier.

John pulvérisa les portes vitrées du hall et se catapulta dans la rue. Contre le mur d'en face reposait une moto japonaise Exterminator ou quelque chose comme ça. Plus loin, à une dizaine de mètres, une sorte de cloche à vélo pédalait au milieu de la rue. Le fuyard se rua vers la moto mais décida de percuter le cycliste : l'homme tomba lourdement. John releva le vélo et se mit à pédaler sans relever les injures proférées : des pas frénétiques se rapprochaient dans son dos. Il se mit en danseuse et piqua un sprint teigneux. La peur le faisait presque rire.

Jack Fitzgerald n'avait plus ses jambes de vingt ans mais un cœur de forcené. Malgré tout, l'autre prenait de l'avance.

Séparés par une centaine de mètres, ils déboulèrent

miraculeusement sur Queen Street. John croisa un type sur un vélomoteur qu'il tenta de désarçonner d'un coup de pied. Le cyclomoteur fit une embardée et, au prix d'un bel effort, rétablit la situation. Dix secondes plus tard, la poigne de Fitzgerald le jeta à bas de sa monture. Le policier rattrapa la machine, grimpa sur le siège dépenaillé et remit les gaz, un peu faiblards. L'autre avait pris une sérieuse avance.

Le meilleur flic d'Auckland pédala pour atteindre le plein régime. Cette poursuite ridicule le faisait chier. East Street : les poumons de John commençaient à le brûler et le flic gagnait du terrain. Il s'engouffra dans un parking, évita la barrière automatique et s'enfonça dans les allées. Tout au bout de ses yeux mouillés par l'effort, une cage d'ascenseur aux voyants clignotants : il fonça vers les portes qui venaient de s'ouvrir sur un couple d'amoureux enlacés à la lumière fade de l'ascenseur. John n'eut même pas à crier : dans un même élan, les amants s'enfuirent. Il retarda son freinage et s'encastra dans le fond de la cabine. Avant même de se relever, il appuya sur « Up ». Et attendit.

Fitzgerald arrivait, tête baissée, les cuisses tétanisées.

Incrusté entre les débris de son vélo et les parois de l'ascenseur, John évalua à cinquante contre une les chances du flic pour que les portes restassent ouvertes avant son arrivée.

De fait, l'ascenseur se referma alors que Jack y croyait dur comme fer. Le cyclomoteur tenta une vaine ruade contre la porte métallique, catapultant le policier tandis que l'ascenseur grimpait les étages avec une facilité toute mécanique. Il stoppa au rez-de-chaussée de l'immeuble. Ménageant sa monture pour, paraît-il, aller loin, John fit rouler le vélo sur les dalles du hall. Le guidon était tordu, la dynamo ne répondait plus que par S.O.S. et les roues s'étaient voilées en signe de deuil mais il fonctionnait encore.

Un calme olympien régnait au milieu des buildings vides. John grimpa sur la bicyclette et se mit à faire des mouvements circulaires. À peine eut-il le loisir de goûter à l'exquise brise de la nuit qu'un nouveau bruit de moteur perça le silence de la ville. John préféra rassurer ses arrières d'un regard de poursuiteur.

— Et merde…

La fourche du cyclomoteur avait pris la forme d'un boomerang, le moteur crachait sa colère noire sur le bitume, une bosse fendue pointait sur son front réputé solide mais Fitzgerald était toujours en course. Il remit les gaz, crut en ses chances et alors chuta, moteur cassé.

John roulait à allure de croisière sur le calme plat du bitume.

Le policier se releva, titubant. Au bout de l'avenue, la silhouette du fugitif passait dans la nuit. Il pointa son arme, chatouilla la détente : au bout du canon, le cycliste zigzaguait sous les lampadaires. Il marmonna :

— L'inconscient…

Fitzgerald baissa son arme en regardant l'homme tourner à l'angle de la rue.

*

La propriété s'affichait dans la nuit mauve. Les grilles toisaient le ciel qui se fichait bien de leurs menaces.

John se glissa au-delà des pics hérissés. Dans le jardin, pas de chiens aux crocs écumants. La crainte dissipée, furetant sous les branches des saules dégoulinants de sanglots, il atteignit la bâtisse : jolie demeure, avec assez de style pour épater le premier venu (lequel ne venait jamais ici). Il évalua la façade et commença à grimper aux fenêtres. S'aidant des volets peints, John se hissa au premier. Le rez-de-chaussée servait à recevoir, l'étage supérieur au billard et aux invités ; la porte-fenêtre qu'il força en silence donnait forcément sur les chambres…

De superbes statues grecques se dessinaient dans la semi-obscurité du couloir. John les observa un instant, suivit les différents tapis persans et posa l'oreille contre le bois d'une porte close : les lattes du parquet craquèrent. D'un entrechat, il se plaqua contre le mur, respiration bloquée : quelqu'un approchait. Une séduisante silhouette se découpa bientôt dans le clair-obscur de la chemise de nuit : Eva était aussi belle à moitié endormie que bien vivante.

John surgit de l'ombre et posa sa main sur sa bouche. Elle étouffa un cri dans sa paume et ouvrit des yeux de lémurien :

— John ? ! Mais qu'est-ce que tu fous là ? !

— On aurait pu t'entendre ! enchaîna-t-il, coupant l'herbe sous ce pied alors nu.

Eva ricana doucement, embrassa John dans la main et l'entraîna loin de la chambre. Ils s'aimaient.

— Bon, qu'est-ce qu'on fait maintenant ? demanda-t-elle, se doutant qu'il n'avait pas plus d'idées qu'elle.

De fait, John haussa les épaules : c'était comme elle voulait.

— Bouge pas. Je reviens dans une minute.

John s'ennuya ferme. Cent soixante secondes plus tard, Eva réapparut, un jean collé aux fesses et un pull marine sur les épaules. La même couleur que sa chemise. Un signe ! songea-t-il tandis qu'ils descendaient l'escalier. Plus bas, le hall luxueux attendait tout seul dans le noir.

Ils tentèrent une sortie. Le bâtard dans sa niche daigna ouvrir un œil, et le referma quand John et Eva passèrent devant lui. C'est elle qui l'avait choisi comme chien de garde.

Ils quittèrent la propriété en courant, dévalèrent Eden Terrasse et, emportés par leur élan, atterrirent dans le jardin public. Là, ils avaient une vue stratégique sur la ville ; Auckland roupillait sec.

Assis sur un banc, ils oublièrent de s'embrasser. L'essentiel, pour le moment, était d'être ensemble.

— Alors, comment les choses se passent ? lança John, dissipant la fumée d'une cigarette dans l'atmosphère.

La course-poursuite de tout à l'heure semblait dérisoire, le désir de peindre Eva encore flou dans son esprit.

— Mal, répondit-elle tout de go. (Elle ne cherchait pas à faire traîner les choses.) J'ai parlé à Edwyn. Évidemment, il est d'accord pour te rencontrer.

— Très bien.

— Non, ce n'est pas très bien ! s'emporta-t-elle brusquement. Tu ne peux pas comprendre ! Nous n'avons jamais mélangé nos histoires, pas ce genre en tout cas. Je ne veux pas que ça change ! Je ne sais plus quoi faire. Ce type me dégoûte, et moi je m'écœure. Tu ne sais pas qui je suis : si tu savais, tu laisserais tomber. Je suis sérieuse. Oublie ce que je t'évoque et regarde-moi bien en face : je ne suis qu'une petite garce pourrie jusqu'à l'os. Oui, dit-elle en déglutissant une chose mal digérée, oublie-moi, je crois que ça vaut mieux.

John ne pouvait pas lui expliquer. Il fallait trouver autre chose. Un truc comme :

— Tu n'as pas envie de changer le sens de ta vie ? Qu'y a-t-il à bousculer le sens des choses ? Ensemble, on peut bousiller un tas de pancartes…

— Tout cela est bien puéril, souffla-t-elle, encore lointaine. Écoute, on ne se connaît même pas et, de toute façon, Edwyn a trop besoin de mes services pour me laisser partir. Ou alors dans un tel état que je n'aurais plus qu'à me jeter à la fosse commune.

— La place des génies ! ricana-t-il.

— Je n'ai ni l'humeur ni l'envie de plaisanter.

Eva s'agaçait. La voix de John changea du tout au tout.

— Je ne plaisante pas, Eva. Fais-moi confiance.

— De quel droit ?

— Laisse le droit aux avocats. Je te parle d'amour.

— Je ne sais pas ce que c'est.

— Moi non plus, et alors ? Ça te fait peur ?

— Ce qui me fait peur, c'est Edwyn.

— Pourquoi ? Ce n'est qu'un nom dans un contrat de mariage : quand avons-nous rendez-vous ?

— Demain, enfin ce soir. À huit heures. La Vague, c'est un restaurant français… (Il y eut un court silence.) Je n'aime pas ça, John. Je ne sais pas à quoi nous jouons, mais il va se passer quelque chose. Quelque chose de définitif…

— Tu as confiance en moi ?

— Oui, je crois.

— Sois-en sûre. Je ne te laisserai pas tomber, Eva. Jamais.

Un bref sentiment d'impuissance fléchissait à la lueur tourmentée de ses yeux. Comme il ne plaisantait plus, Eva fouilla dans ce regard perdu. Enfin, elle sourit : Eurêka ! Elle avait trouvé la formule magique : lui, c'était elle.

Le petit matin pointa son nez rose sur Eden Terrasse. Eva frissonna. Un vent violent venait de chasser son passé, le présent qu'elle imaginait vivre, et l'avenir qu'elle n'avait de toute façon jamais envisagé. Alors, elle murmura :

— Je t'aime.

Mais ça ne voulait rien dire. Sauf que cet amour si dérisoire serait leur baroud d'honneur.

Maintenant, c'était sûr. Ils avaient vécu séparés ; ils mourraient ensemble.

16

Les véhicules de police roulaient des gyrophares devant la maison de Katy Larsen. Trois agents en uniforme et une poignée d'inspecteurs en civil attendaient sur le perron l'arrivée du patron. Bashop comptait parmi ceux-là, une cigarette brune à la bouche.

Fitzgerald arriva enfin. Il se dirigea vers le sergent.

— On a retrouvé Katy Larsen ?

— Pas encore, capitaine, fit Bashop en écrasant sa cigarette sous ses semelles de crêpe.

— Qu'est-ce que vous foutez ? !

— Nous manquons d'effectifs, capitaine. C'est Noël… Faut pas en vouloir aux gars : ils sont débordés en ce moment, glapit-il derrière ses Ray Ban fumées.

D'un tour de reins, le Maori filait déjà vers la maison. Jack n'aimait pas Bashop (il le soupçonnait de servir de taupe au procureur du district) mais il avait son mandat de perquisition en main.

Katy restant introuvable, un serrurier commença à crocheter la porte d'entrée. Ann Waitura traversa alors à son tour le cordon de policiers.

— Bonjour, répondit-elle au regard sombre de son partenaire. Dites donc, vous avez un visage fatigué !

— Vous aussi, dit-il sans un regard.

— Qu'avez-vous encore fait cette nuit ?

— J'ai couru après un fantôme, rumina Jack.

— Et alors ?

— Il s'est envolé.

— Com…

Mais la porte de la maison venait de céder.

Les policiers entrèrent dans le hall. Salon en désordre, cendriers pleins, vêtements et papiers épars sur une caisse retournée, des pots de yaourt vides… Rapide inspection des lieux : dans la chambre de Katy, des affaires jetées sur le sol, un lit défait. Les marques d'un départ précipité. Or, Katy était soigneuse et se plaignait à l'occasion du manque de propreté de Carol.

— Fouille en règle, annonça-t-il aux policiers présents. Passez-moi cette baraque au peigne fin.

— Qu'est-ce qu'on cherche ? demanda un sous-fifre.

— Un dictaphone ou des bandes audio de même standard.

Les hommes se mirent au travail, un détecteur de métaux dans les mains qu'ils commencèrent à passer contre les lattes du plancher. Jack fonça dans la chambre de Carol et la mit à sac. Les tiroirs volèrent, le matelas fut découpé en morceaux, les lampes s'écrasèrent sur le sol tandis qu'il martyrisait la moquette. Un impressionnant attirail de maquillage vola dans l'air. Fitzgerald se vengeait sur le matériel.

Ann le regardait faire, un frémissement dans le dos. Pour la première fois depuis leur rencontre, elle comprenait que ce type était à moitié fou. Jack cessa le carnage lorsqu'il sentit la présence de sa partenaire dans l'embrasure de la porte. Un instant de confusion, trois fois rien.

— Rien dans cette chambre. Carol avait certainement les bandes sur elle…

Ann prit sur elle.

— J'ai interrogé des amis de Pete hier soir : il n'avait pas de voiture. Puisque le véhicule de Carol est toujours devant la maison, comment se sont-ils enfuis ?

Jack observa les clés qui trônaient encore sur la table de nuit. Soudain, son visage se déforma, comme dégoûté par lui-même.

— Putain, quel con !

Et il traversa la pièce, prenant soin de ne prendre soin à rien.

Après avoir bousculé Ann lors de son furtif passage dans le couloir, le métis se retrouva sur le perron, hors d'haleine. La tête lui tournait. Il tituba un instant, prétexta un excès de chaleur quand un gars en uniforme vint s'inquiéter de lui, le repoussa d'une manchette agacée et se dirigea vers la Ford en stationnement contre le trottoir. Il enfonça les clés dans la serrure : aucune ne correspondait. Alors, Jack sortit un autre trousseau, celui retrouvé dans le sac de Carol après le meurtre. Ces clés-là fonctionnaient.

Il fila jusqu'à sa voiture. Les fouilles dans la maison ne serviraient à rien.

Ann eut à peine le temps de grimper sur le siège du passager : Jack écrasa l'accélérateur de la Toyota. Les rues de Takapuna défilèrent très vite dans l'angle mort de ses yeux : il fixait la route comme si le temps imparti lui était compté.

— Pourquoi ces excès de vitesse ? Vous croyez

peut-être me séduire, capitaine ? lança Ann pour
détendre l'atmosphère.

— Arrêtez vos conneries. Les bandes sont dans la
voiture de Carol. Pas dans celle de Katy. J'aurais dû y
penser avant.

Ann ne comprenait plus.

— Mais pourquoi ?

Un appel radio coupa : « Capitaine ? On a retrouvé
un cadavre dans la soufrière de Rotorua. »

Il se tourna vers Waitura et répondit alors à sa question :

— Pour ça…

Ça fit son petit effet. La jeune femme s'enfonça
dans son siège.

— Des noms ? demanda-t-il à la boîte noire qui lui
envoyait des ondes parasitées.

— Le corps est abîmé. Pour le moment, aucune
piste.

— Il s'agit d'un homme ou d'une femme ?

— Un homme, répondit la machine.

— Appelez le coroner Mc Cleary et dites-lui de
se rendre immédiatement à Rotorua, dit-il en retour.
Affectez un hélico et envoyez une équipe de spécialistes là-bas. J'arrive. Tout ça à fond, et terminé.

Il raccrocha l'émetteur. L'enquête rebondissait. Et
le propre des ricochets est de finir noyé.

La Toyota tressautait sur la nationale défoncée qui
relie Auckland au reste de l'île du Nord. Seul intermède
à ce voyage stressant, un appel à Osborne, chargé d'or-
ganiser l'enquête en son absence. Perdue dans ses pensées, Ann Waitura parcourait sans les voir les monts
où jadis les tribus maories célébraient leurs dieux.

Aujourd'hui, on avait gardé les noms et respecté les cimetières où les grands chefs étaient encore enterrés : ces collines ne sont pas cultivables…

Rotorua était une ville paisible, avec ses maisons rangées sur le bas-côté, ses couleurs mélangées d'une façon très britannique, et surtout cette effroyable puanteur qui prend au nez, émanations de la soufrière, à deux kilomètres de là.

Ils atteignirent le domaine préservé des marécages du parc de Rotorua. Jaune, vert, rouge, ocre, les trous béants recrachaient des arcs-en-ciel boueux qui se répandaient dans les ruisseaux alentour. Spectacle étonnant, donc touristique.

Les portières expédiées contre l'amas de taule, Ann et Jack passèrent l'entrée du parc, exceptionnellement fermé. Puis, ils se dirigèrent vers les cabanons. Là, des policiers en uniforme discutaient en attendant les ordres des huiles d'Auckland.

Jack sortit de sa boîte.

— Fitzgerald, fit-il en montrant sa carte aux oiseaux. Où est le corps ?

Un jeune policier approcha. Wilson : jeune, blond, svelte, droit de stature, yeux clairs, une belle peau lisse avec une fine cicatrice sur la pommette, un mètre quatre-vingts, des épaules robustes, cheveux courts, de longues mains raffinées et pas mal d'ambition dans la démarche. Un Blanc pas bec du tout.

— Transféré à l'institut médico-légal. Mc Cleary a pris cette liberté.

— Il a bien fait. Qui a trouvé le corps ?

L'agent Wilson esquissa un sourire. Des dents blanches, rangées avec minutie.

— C'est un heureux hasard, si vous me passez l'expression, capitaine.

— Je passe.

— En fait, les fosses sont nettoyées tous les quatre ans, juste après Noël, expliqua-t-il. Ce matin le gardien du site a senti quelque chose de dur en raclant le fond de la Marmite du Diable. Comme il a été impossible de remonter cette chose, il a tout de suite appelé les services de police. Je suis arrivé le premier sur les lieux avec des plongeurs en combinaison spéciale : l'eau est quand même à plus de soixante-dix degrés. Malgré tout, les plongeurs ont réussi à remonter un corps. Vous ne le savez peut-être pas, mais la victime était lestée de plomb. C'est la raison pour laquelle le cadavre n'est pas remonté.

Wilson avait fait mieux que son boulot.

— Une idée sur le meurtre ? lança Jack à tout hasard.

— Aucune, répondit l'agent.

Mais dans ses yeux pétillants, on pouvait lire une curiosité un peu malsaine. Le métier de flic.

— On connaît l'identité de la victime ?

— Il faudra demander au légiste. La peau, avec l'eau quasi bouillante, avait commencé à se détacher. Le pauvre vieux n'avait plus rien d'humain quand on l'a ressorti. Un sale spectacle, si vous voulez mon avis…

— Non.

Wilson ne se laissa pas démonter.

— En tout cas, il s'agit d'un homme. Plutôt jeune, d'après ce que j'ai vu du corps remonté.

— Bien sûr… rumina l'officier. Avez-vous retrouvé le véhicule de la victime ?

— Pas encore, mais j'ai aussitôt demandé aux patrouilles de se mettre à la recherche d'un véhicule abandonné. On finira bien par le trouver…

— Cherchez une Ford rouge immatriculée à Auckland. Mettez le maximum de gars là-dessus. Ratissez les carrières et les lacs.

— Bien, capitaine.

Le jeune policier eut un regard curieux vers le professeur Waitura que Jack avait omis de présenter. Il semblait la trouver à son goût — une seconde de trop sur ses hanches, évaluation succincte d'une ligne imparable.

Wilson retrouva ses équipiers et donna les dernières directives. Ce type avait à peine trente ans mais il savait diriger. Fitzgerald venait de trouver un allié sûr.

Ils marchèrent jusqu'à la Marmite du Diable, vaste crevasse dans le sol argileux de la soufrière. D'épaisses nappes de fumée odorante s'élevaient dans le ciel résolument azur tandis qu'ils approchaient de l'eau bouillante.

— Pfff! souffla la criminologue. On se croirait dans un hammam!

Fitzgerald ne répondit rien tant il était difficile de respirer. Avec la chaleur ambiante, il faisait plus de cinquante degrés près du trou.

La Marmite du Diable était un lieu sacré pour les Maoris, volontiers cannibales à l'époque de la colonisation. La légende raconte qu'ils y faisaient mijoter leurs victimes. Les peuples primitifs ont toujours eu des soucis d'économie.

Ils se penchèrent vers l'eau. Des bulles explosaient par milliers, provoquant de légères vaguelettes sur la rive d'un orange vif. L'eau, verte et claire en surface, s'assombrissait par la suite : on ne distinguait rien du fond. Ils imaginèrent le corps d'un jeune homme plongé dans l'eau bouillante. Une brève plainte parcourut leur échine.

— Il aurait pu rester là pendant des siècles si le service de gardiennage ne nettoyait pas de temps en temps, nota Ann en pensant au barman du Sirène. Vous croyez qu'il s'agit de Pete ?

— Aucun doute.

— Et Katy ?

— Pire.

Malgré la fumée opaque qui s'évaporait de la fosse, la jeune femme frissonna.

— Vous avez peur ? demanda Jack sans la regarder.

— Oui.

— Je vous aime bien.

— Moi aussi.

La Marmite du Diable.

17

Mc Cleary sifflotait derrière sa moustache. Une manière comme une autre de prendre du recul. Il continua de siffler, mais sur un autre ton, lorsque Ann Waitura déboula dans la morgue, un chemisier beige clair sur les épaules. Fitzgerald la suivait l'air bien songeur.

Une odeur assez abominable emplissait la pièce froide. Sur la table d'opération, un corps en décomposition reposait. Calme blanc. L'experte détourna les yeux devant l'ignoble spectacle. Jack soutint le regard de Mc Cleary.

— Salut, Jack ! Salut, prof' ! Très jolie aujourd'hui.

— Range tes hommages pour un autre bal, mon vieux, tempéra Fitzgerald. Quelles sont les nouvelles ?

— Mauvaises, je le crains, soupira Mc Cleary en jetant un œil sur le corps. Je viens d'ouvrir en deux le jeune type…

— Pete Loe ?

— Il faudra que quelqu'un vienne reconnaître le corps, mais il correspond à la photo que tu m'as donnée…

— Que peux-tu me dire sur les circonstances du meurtre ?

— On lui a percé la moelle épinière mais avec l'eau bouillante, pas de trace de l'arme qui l'a dévitalisé. La peau a commencé à se détacher mais vous noterez que le meurtrier savait ce qu'il faisait : après avoir percé la moelle épinière, il a passé de l'Élastoplast sur la blessure afin d'éviter les éventuelles fuites de sang. Le tueur avait donc prévu d'immerger le corps dans la Marmite. Tout ce que je peux te dire concernant l'arme du crime, c'est qu'il s'agit d'une pointe effilée. Pas de traces de balle, ni rien qui puisse nous donner un indice plus précis. Ton meurtrier est un petit futé. Mais ce que je ne comprends pas bien, c'est qu'il manque un morceau…

— Hein ?

— Le gars n'a plus de fémur, précisa Mc Cleary.

— Comment ça, le gars n'a plus de fémur ? ! aboya Jack.

— On lui a ouvert la jambe pour prendre son fémur. Après quoi, on a bourré la plaie de chiffon pour stopper les saignements, on a recousu l'entaille, assez bien d'ailleurs, et on a enroulé de l'Élastoplast sur la blessure. Toujours pour éviter les fuites de sang…

Mc Cleary s'était assombri. Jack se tourna vers Waitura.

— Ann, qu'en pensez-vous ?

La jeune femme avait repris son visage de professionnelle, presque énervant à force de rigueur.

— C'est étonnant. Jusqu'alors, notre tueur n'avait jamais prémédité ses meurtres. Du moins, pas de cette façon. Peut-être pressentait-il qu'il commettrait un nouveau crime mais pourquoi aurait-il caché le corps de Pete avec autant de précaution alors qu'il a laissé Carol sur la plage, aux yeux de tous ?

— Je suis d'accord, renchérit Jack. Ce crime est celui d'un professionnel. Ou ce meurtre réfute l'hypothèse d'un psychotique sujet à des crises, et dans ce cas, nous avons affaire à un fou sanguinaire qui ne frapperait pas au hasard comme nous le supposions…

— Ou ? fit Mc Cleary.

— Ou ce n'est pas lui le coupable.

Trois cerveaux tournaient à plein régime dans le point mort du silence.

— Les deux affaires sont pourtant forcément liées, renchérit Waitura.

Jack acquiesça.

— Quoi d'autre sur le gosse ?

— La mort remonte à trente-six heures environ. C'est-à-dire la nuit de Noël, vers cinq heures du matin.

— Que faisait Pete à Rotorua en pleine nuit ?

— Il fuyait quelque chose. Quoi, je ne sais pas encore. (Jack rumina :) Nous devons régler cette histoire de voiture…

— Pauvres petits amoureux, soupira Ann.

Elle se tourna vers le cadavre mais rejeta bien vite ses yeux à l'autre coin de la pièce. Fitzgerald se remémora leur première visite chez Mc Cleary : le même air terrorisé, la même peur sur les lèvres… Il laissa Ann à ses spectres.

— Si Pete est mort vers cinq heures du matin, ça laissait peu de temps au tueur pour le mutiler, le lester et l'envoyer par le fond. Et encore moins de temps pour cacher la voiture : le jour, avec ses témoins potentiels, aurait pu le trahir. La Ford ne doit pas être loin…

— Mais pourquoi toujours cette histoire de Ford ? coupa Mc Cleary, un peu dépassé par l'évolution de cette histoire bien compliquée.

Alors, l'émetteur que portait Jack à la ceinture bipa. La voix de Wilson grésillait sur une fréquence inhabituelle : « Capitaine Fitzgerald ? On a retrouvé la Ford ! »

*

Silverdale était un village perdu de la côte Est, où l'activité principale des flics consistait à surveiller la consommation d'herbe des surfeurs de Whangaparoa Bay.

L'oisiveté de Silverdale se trouva pour le moins perturbée. La police venait de trouver la Ford de Carol : balancée à la va-vite dans un coin isolé d'Orewa River, la voiture était réapparue avec la marée. L'auteur de ce coup peu fumant n'avait pas prévu que la rivière était sujette aux humeurs « invariablement changeantes » de la lune.

En contrebas du précipice qui longeait la rivière, Wilson se tenait en faction près d'une Ford rouge embourbée jusqu'au capot dans une vase épaisse. L'agent adressa un signe de la main à la Toyota qui stoppait sur la butte.

L'endroit était calme, verdoyant, feuillu sur les hauteurs. Seuls quelques lawyers profitaient des vacances pour amortir le dernier bateau qui les traînerait en ski nautique sur la rivière, plus large à cet endroit. Jack claqua la portière et marcha jusqu'au bord du petit précipice. Sur le sol, des traces de pneus quittaient la piste et disparaissaient dans le vide. Plusieurs empreintes de pas. Certaines plus larges que d'autres. Jack lança un œil en contrebas : Wilson attendait, serein. Le métis dévala la petite falaise, oubliant d'apporter son aide à la femme qui lui emboîtait le pas. Sa jupe trop serrée obligea Ann à contourner la falaise et à noircir ses escarpins dans les pierres alentour. Jack plongea sur Wilson.

— Vous l'avez trouvée quand ?

— Il y a environ une demi-heure.

— C'est vous qui l'avez repérée ?

— Oui, capitaine.

Pas la moindre trace de satisfaction dans la voix du jeune agent de police. Bien. Les deux hommes se dirigèrent vers la Ford engluée. Le moteur avait reculé dans l'habitacle mais le reste n'avait pas trop souffert. Jack enfila une paire de gants et pressa la poignée : la portière était ouverte.

— Vous n'avez touché à rien ? demanda-t-il à Wilson.

— Non.

— Appelez le central et demandez un type pour relever les empreintes.

Wilson rebroussa chemin jusqu'à sa moto, un peu plus haut.

Jack pataugeait dans la boue, de l'eau jusqu'aux mollets et, au vu de ses mouvements autour de la voiture, semblait adorer ça. L'habitacle de la Ford était en lambeaux. Le tissu des sièges avait été lacéré, la moquette enlevée, les fils arrachés, le vide-poches en vrac. Il extirpa un trousseau de clés de sa poche et enfonça la plus grosse dans la serrure de la portière : elle fonctionnait.

— Comment se fait-il que vous ayez les bonnes clés ? cria Ann, assise au sec sur un rocher plat.

— C'est la voiture de Carol Panuula ! hurla-t-il en retour. (S'extirpant du bourbier, Jack se rapprocha de la jeune femme et posa d'une voix blanche :) Nos petits amants n'ont pas pris la voiture de Katy mais celle de Carol.

Une ombre passa dans le ciel clément. Les nuages peut-être.

— Je ne comprends pas bien…

— Comme la Ford utilisée par Carol le soir du meurtre était immobilisée par la police, Katy est allée rechercher l'autre Ford au garage. Elle était en révision…

— Quelle Ford ?

— Là est l'astuce. Les filles avaient la même voiture : une Ford rouge, dernier modèle. Souvenez-vous que Carol copiait Katy en bien des points, ce qui l'exaspérait d'ailleurs. Osborne a téléphoné au garagiste, lequel a confirmé que Carol a déposé sa voiture pour une révision dans la journée du 23, c'est-à-dire peu avant le meurtre. Ce soir-là, elle a pris la Ford de Katy. Le lendemain, Carol était morte. Et le garagiste a assuré que Katy était venue chercher la Ford dans l'après-midi du 24. La Ford de Carol. Sans savoir que les bandes s'y trouvaient…

— Comment pouvez-vous avancer une telle hypothèse ?

— Le petit secret de Carol tenait sur la bande d'un dictaphone. Comme elle en avait besoin souvent, ou bien elle le dissimulait dans son appartement, au risque que Katy les trouve, ou elle les portait sur elle. C'était le cas puisqu'on n'a rien trouvé dans la maison. Carol portait le dictaphone sur elle, dans l'espoir de le mettre en marche lorsqu'elle ferait l'amour.

— Vous voulez dire que Carol enregistrait ses coïts ? ! Mais pourquoi ?

Jack réalisa qu'il n'avait pas tout dit à son équi-pière.

— Pour se repasser les bandes une fois seule. J'ai dit que Carol était une fille simple, mais pas forcément une fille équilibrée. Elle trouvait à travers les bandes du dictaphone de quoi prendre son pied, plus tard, dans son lit…

La criminologue hocha la tête. Elle détestait voir les femmes s'autodégrader. Jack poursuivit :

— Et si Carol n'a pas enregistré son dernier coït, celui avec le tueur, c'est parce que son dictaphone se trouvait dans sa voiture, qui était au garage, et non dans celle de Katy. Carol utilisait la Ford de Katy la nuit du meurtre.

— Dans ce cas, pourquoi aurait-elle laissé son dic-taphone dans sa voiture alors qu'elle s'apprêtait à faire l'amour ?

— Cela signifie que Carol ne s'attendait probable-ment pas à coucher avec le meurtrier. Ou encore avait-elle déjà enregistré leur coït…

Tout s'embrouillait dans leurs têtes.

— Mais pourquoi Katy ne nous a-t-elle pas infor-més de cet échange de voiture ?

— La confusion, j'imagine. Et puis, elle ne savait pas que nous recherchions un dictaphone. Dans son esprit, seul le véhicule que Carol utilisait le soir du meurtre importait…

Ils réfléchirent à toute vitesse. Des mouettes inno-centes gravitaient dans l'azur austral. Non loin, Wil-son faisait celui qui n'entend rien : il venait d'appeler l'équipe chargée de relever les empreintes mais le jeune policier ne comptait pas en rester là. Ann fut la plus vive à reprendre le fil de l'histoire :

— On a tué Pete et fait disparaître Katy pour une raison précise : le dictaphone se trouvait dans leur voiture, c'est-à-dire celle de Carol. Voilà pour le mobile… Les deux filles avaient la même Ford rouge. Le tueur s'est rendu compte un peu tard de l'échange. Une fois sa méprise découverte, il les a suivis jusqu'à Rotorua pour saisir les bandes. Finalement, il bloque la Ford, tue le ou les passagers, et récupère le dictaphone. Le reste de l'histoire s'achevant dans la Marmite du Diable. Vous m'avez dit tout à l'heure que Katy est allée au garage dans l'après-midi pour récupérer la voiture de Carol : elle comptait se rendre chez ses parents mais elle a fini par décommander. Pourquoi ? Imaginez qu'elle ait trouvé les bandes, et qu'elle les ait écoutées : pour une raison « x », elle a pris peur. Du coup, Katy décommande son réveillon, attend Pete à la sortie de son travail et lui fait écouter les bandes. Terrorisés pour la même raison « x », ils s'enfuient !

— Pour partir en pleine nuit, il fallait qu'ils soient vraiment morts de trouille, soupira Jack.

— En effet.

— En tout cas, Ann, voilà du bon travail.

La jeune femme, toujours assise sur son bout de rocher, pieds nus et chaussures à la main, eut un geste de recul : Jack venait de toucher son épaule.

— Je sais ! s'esclaffa-t-elle avec un sourire franc.

Dans leur dos, une équipe venait relever les empreintes.

« Peine perdue », pensa Fitzgerald en l'aidant à remonter la falaise.

Depuis la butte qui surplombait Orewa River, ils regardaient l'équipe de policiers s'activer auprès de l'épave. Jack sentait que le jeune Wilson bouillait en silence.

— Cette affaire est plus importante que prévu. J'aurais besoin d'un type de confiance…

— Je n'ai jamais trahi personne. Même pas mon meilleur ami, assura l'agent en guise de préambule.

— O.K., ricana Fitzgerald. Tu intègres l'équipe dès aujourd'hui. Pas de problème ?

— Aucun. J'ai déjà pensé à déléguer les affaires courantes, sourit Wilson en époussetant sa fierté au gré de la brise locale.

— Je te préviens, j'ai pas le temps d'être aimable.

Les yeux bleus de l'agent pétillaient.

— Je suis de nature patiente, capitaine.

— Moi pas. Allons-y.

Le petit groupe se dirigea vers la Toyota, couverte de poussière. Wilson grimpait sur sa moto de service quand la voix de Mc Cleary s'essouffla dans la radio :

« Putain ! Jack, Ann ! Venez tout de suite ! J'ai trouvé quelque chose dans l'estomac du gosse. Jack ! J'ai trouvé un… un bout de chair humaine… Un bout de chair humaine ! »

Ann plongea sa tête dans ses mains. Son visage pâlit tandis qu'une flopée de bébés larmes naissaient dans ses yeux. Jack eut un grognement animal :

— Katy…

18

Edwyn et Eva White habitaient une magnifique propriété fichée au sommet du mont Éden — point stratégique sur la ville, avec au nord le centre et ses buildings, au sud les maisons tranquilles d'une banlieue sans fin : Auckland, la troisième ville la plus étendue au monde. En contrebas, on apercevait l'Eden Park, le stade de rugby réservé aux terribles All Blacks dont on dit communément qu'ils portent le deuil de leurs adversaires.

Eva se fichait pas mal du rugby, de l'engouement populaire et de la fierté patriotique qui en résultait : elle portait son propre deuil avec une élégance sauvage que n'auraient pas reniée les meilleurs spécialistes. Quant à son mari, il avait besoin d'un défoulement physique de tout autre nature...

Edwyn White possédait un bateau à moteur pour visiter les îles alentour, un voilier de douze mètres pour régater avec ses amis masculins, trois voitures de grand standing, une maison sur l'île du Sud où il n'allait jamais et une autre à Tahiti (lieu de villégiature des Néo-Zélandais à l'aise dans leurs dollars) où il ne se rendait guère plus souvent, deux domestiques qui n'apparaissaient qu'en journée, un prétendu chien de garde (un immonde bâtard qu'Eva avait insisté pour garder malgré sa comique passivité), un lourd porte-feuille en bourse que tenait un agent de change choisi par les soins de son défunt père et des valeurs immobi-lières bien placées. Le tout faisait de lui un riche ren-tier de trente-quatre ans et un notable pervers. De toute façon, Edwyn ne savait rien faire. Même tout petit, il n'embrassait pas ses parents — lesquels brillaient, il est vrai, par leur absence. Ce fils unique saccagea si bien ses études de droit que son père s'était résolu à le mettre de côté. Par ailleurs, Edwyn avait déjà de fortes tendances homosexuelles. Comme il eût été inconve-nant que ces penchants naturels éclatent au grand jour, on choisit de le marier à la première pin-up du coin, laquelle se chargerait de tenir son rôle de femme lors des innombrables cocktails où le couple serait invité. Au nom du père, Edwyn obéit sagement. La paresse n'a pas d'enfants rebelles.

Eva O'Neil pataugeait à l'époque dans la fange du show-biz local — meilleur moyen trouvé pour s'anéan-tir aux frais de la princesse. Edwyn croisa ce visage d'ange fatal dans une pub télé vantant les mérites de chaussures anglaises et décida de la rencontrer, via un ami producteur. Père et fils imaginaient que la sou-plesse exquise de sa démarche télévisée augurait la même élasticité quant à ses idéaux masculins.

De fait, Eva n'attendait rien ni personne. Le pacte d'un milliardaire cherchant à placer son fils ne l'émut donc pas outre mesure : quitte à se pulvériser le minois, autant que ça se passe entre gens de mauvaise compa-gnie.

Ainsi, Eva O'Neil et Edwyn White se marièrent.

C'était sans joie, sans passion, sans équivoque. Eva était belle, paumée et n'avait nul endroit où aller. Le soir de leur nuit de noces, un homme se glissait dans leur lit ; ce soir-là, le couple divorça moralement, sans rien briser du contrat qui les liait l'un à l'autre. Eva attendait sa mort comme un coup de fil anonyme.

Depuis, Edwyn ne faisait strictement rien. Ses loisirs se résumaient à vaquer de séjours en week-ends — molles vacances passées d'ordinaire sans sa femme. Eva n'avait jamais cherché à lier amitié lors des soirées très privées où le couple était convié. De provenance douteuse, elle resterait seule avec ses pitoyables mystères dont personne n'avait que faire… Jusqu'à ce curieux Noël où John avait subitement débarqué. Partir avec lui, forcément, c'était tentant.

Elle pensait à tout ça, debout face à la glace de la salle de bains. Son rouge à lèvres nacré dérapa sur la commissure de sa bouche.

— Tu as l'air bien nerveuse, ma chérie ? lança Edwyn dans son dos.

Sa voix était perfide, presque moqueuse.

— Pas plus que d'habitude. Et garde tes « ma chérie » pour tes conquêtes !

Edwyn sourit en réajustant la cravate de son costume bleu nuit.

— En tout cas, il semble te faire de l'effet…

— John ? On se connaît à peine ! protesta-t-elle en fourrant vaille que vaille sa poitrine dans le bustier noir d'une courte robe.

— C'est peut-être ça qui t'excite, hum ? D'ailleurs, je te trouve très belle ce soir. (Il s'approcha de sa femme, l'enlaça, et glissa à son oreille :) Nous formons un sacré beau couple tous les deux, hein ? (Comme elle

ne répondait pas, il ajouta :) Nous avons le pouvoir, tu
sais ce que ça veut dire ? C'est pour ça que nous reste-
rons toujours ensemble. Tu comprends ça, n'est-ce
pas, ma chérie ?

Il embrassa sa nuque. Elle eut un geste de recul. Eva
mourait poliment, à petit feu, mais ce soir, la perspective de continuer sa vie avec Edwyn, ses manières
précieuses et son fric pas gagné, l'horrifiait. Elle croisa
son visage dans le miroir : à côté de son spectre
rampant, un ange volait loin dans le ciel de ses désirs
enfouis.

*

Minuit, Eden Terrasse. Eva et Edwyn poussèrent la
porte du hall. John les suivait. Le repas avait traîné
jusqu'à minuit au grand dam de la jeune femme, de
plus en plus nerveuse au fur et à mesure que les deux
hommes sympathisaient.

John portait une chemise blanche sans cravate et
un complet noir un peu passé de mode. Eva l'avait
d'abord trouvé très beau, avant de réviser son jugement face à l'attitude ambiguë de son amant. Entre les
escargots au beurre persillé et les viandes en sauce,
les deux hommes firent plus ample connaissance, Eva
n'intervenant que pour de banales réponses à leurs
questions, non moins banales. John avait changé
depuis leur dernière entrevue. Ses yeux ne pétillaient
plus en la voyant et c'est à peine s'il faisait attention à
elle, préférant réserver la brillance artificielle de ses
propos à Edwyn. Celui-là riait fort, sous le charme de
ce séducteur qu'il croyait intéressé par le physique
de sa femme. Les bouteilles de bon vin avaient donné

du tanin à leurs mots. Edwyn était cultivé, éduqué et dépravé. Comme John. Leurs discussions n'avaient été que paraphrases alors qu'Eva rêvait tant de métaphores.

À la fin du repas, John avait accepté de se joindre à eux pour un dernier verre à la maison. Eva savait ce que cela signifiait et John n'était pas assez sot pour être naïf à ce point. Enfourchant sa moto (quel charmeur ! pensa Edwyn en le voyant grimper sur sa machine déglinguée), il les avait suivis jusqu'à la propriété d'Eden Terrasse…

Eva pénétra dans l'immense hall et enfonça ses talons dans le marbre de l'entrée en signe de vengeance. Ravalant les larmes de dégoût qui coulaient dans sa gorge, elle grimpa l'escalier de bois laqué qui menait à la salle de bains. Là, elle se rougit la peau en se démaquillant et balança du coton à tout va. Les salauds. Les hommes bifurquèrent vers le fumoir afin de déguster un whisky certifié trente ans d'âge. Au pas chancelant d'Edwyn, John nota qu'il avait un peu trop forcé sur l'alcool.

Continuant de faire le beau, le jeune millionnaire servit deux larges whiskies. Ils trinquèrent. John avait certes bu mais un étrange malaise commençait à poindre. L'impression de se sentir en trop. Ou pas assez…

Edwyn défit le nœud de sa cravate. John réprima son malaise en plongeant les yeux dans le whisky qu'il tenait à la main mais le fond du verre était bleu. Un bleu encore pâle, mais bleu. La crise allait venir. Quand il releva les yeux, Edwyn avait enlevé sa chemise et titubait vers lui, à l'étroit dans sa veste. Non, quelque chose n'allait pas, il fallait se concentrer, sur-

tout ne pas paniquer : John tenta un sourire, sans succès. Edwyn ôta le whisky de ses mains et le posa sur
un guéridon. Puis il s'approcha de l'étranger, colla
son torse bronzé à sa veste et passa une main distraite
sur son épaule. John eut un geste de recul mais l'autre
était trop soûl pour le sentir. Tout s'embrouilla,
comme dans la fin d'un rêve.

L'image d'Edwyn disparut.

Elle fut remplacée par celle d'un autre homme,
beaucoup plus jeune celui-ci, une sorte d'éphèbe aux
boucles blondes. Entouré d'un halo de brume, le garçon aux cheveux d'or regardait John avec de grands
yeux envieux. Plus loin, la mer battait la plage.
Allongé dans le creux d'une dune où il somnolait, John
revisionna le visage de l'éphèbe au-dessus du sien...
Si près... Si près qu'ils s'embrassèrent. John enfonça
ses mains dans le sable, asphyxié par l'air marin. Au
loin, la mer cognait la plage : impossible d'entendre
les pas de la jeune fille qui cheminait jusqu'à ce coin
de dune. Surplombant le nid de sable au creux duquel
les jeunes amants s'enlaçaient, Betty avait retenu un
cri. L'éphèbe, couché sur John, ricana. Les traits pou-
pins de la gamine faisaient peine à voir mais il riait
toujours. Secouée par les spasmes de sa souffrance,
Betty se griffa le visage pour ne pas croire ses yeux
maudits. John voulut se lever, crier, nier la vérité au
monde qui ne l'écoutait pas, mais Betty n'entendait
plus rien. Foudroyée en plein vol, elle disparut de son
piédestal. John tenta alors de se lever mais l'éphèbe le
maintenait sous lui. Ses lèvres grimaçaient mais dans
le souffle du vent, son cri n'était qu'amour aphone.
Quand il se dégagea enfin, Betty avait disparu dans les
flots...

John fut réveillé par un autre cri : celui d'Edwyn. D'un geste brusque, le mari d'Eva avait d'abord voulu ouvrir la chemise de John mais il s'était soudain rétracté sous le coup d'une douleur inattendue. Les yeux ronds, Edwyn regarda sa main entaillée. Il chercha par terre et trouva la lame de rasoir, encore retenue par une chaîne d'argent brisée.

— Mais qu'est-ce que c'est que ça ? ! glapit-il. Une lame de rasoir ! Mais tu es fou ou quoi !

Hagard, John répondit par des balbutiements où de plates excuses s'escrimaient en vain. Voyant son embarras, Edwyn lâcha d'une voix blanche :

— Bon, ce n'est pas grave. Monte là-haut. Je vais nettoyer ça et je vous rejoins.

John tituba jusqu'à l'escalier. Edwyn se tenait la main en maugréant. La blessure était superficielle mais il saignait beaucoup. Il ramassa la lame et fila vers une des salles de bains de la maison.

John s'ébroua, saisit la bouteille de whisky et, agrippé à la rambarde, monta l'escalier. Il faisait un effort terrible pour rester lucide mais le fiel du souvenir s'était immiscé en lui. Il faudrait payer pour ça.

Eva était allongée sur le couvre-lit. Elle grelottait dans son peignoir. La bouteille à la main, John réajusta sa chemise tachée de sang. À son regard vitreux, Eva comprit que quelque chose n'allait pas.

— John, qu'est-ce qui se passe ?

— Rien... Rien.

Mais ses yeux n'avaient pas de cible : ils bougeaient sans cesse, incapables de définir une limite. John s'assit sur le bord du lit. Ses mèches retombaient sur son front en sueur. Eva écrasa sa cigarette et posa la main sur son épaule.

— John, parle-moi. Que s'est-il passé ?

La tête lui tournait.

— Je t'assure, tout va bien. Juste un petit problème, mais rien de grave, rien…

Il posa la bouteille de whisky sur la table de nuit. Eva découvrit les taches rouges sur sa chemise.

— Que signifie tout ce sang ? (Comme il ne répondait pas, elle insista :) Et Edwyn, où est-il ?

— Il… Il arrive. Ne t'en fais pas. Je… Eva, je t'aime.

Ses pupilles flottaient dans le mouillage de ses yeux clairs.

Eva retira la chemise de son amant et se cala contre lui. Elle aima le contact de cette peau contre la sienne, ce torse qu'il lui offrait comme une tombe tiède au creux de son épaule. Elle murmura :

— J'ai peur. Peur de toi, peur de lui, et aussi de moi.

Elle avait les yeux mouillés, deux mers.

— Ne t'en fais pas. Ne…

Edwyn entra dans la pièce, un pansement autour de la main. Il émit un ricanement d'ivrogne à la vue des deux amants.

— Alors, les amoureux, on n'est pas encore couché !

Edwyn ne portait rien d'autre qu'un kimono de soie couleur pêche, kimono qu'il ôta sans plus tarder. Son sexe était dur, gros. Il glissa sous les draps et invita sa femme à le suivre. Eva refusa d'abord d'enlever son peignoir mais son mari le tira brusquement, laissant poindre deux petits seins ronds. Eva grimaça. Des larmes de honte montèrent à ses yeux. Edwyn lança à leur invité :

— Sacrée paire de miches, hein !

Mais John ne l'écoutait pas. Avec des gestes mécaniques, il retirait ses affaires. Une fois nu, il resta assis sur le bord du lit, sans bouger. Edwyn le prit par la main, ouvrit les draps en grand et le tira vers lui. À ses côtés, Eva, humiliée, ne disait plus un mot.

Edwyn bandait. Il attira la main de John sur son sexe. Le contact était chaud. Les doigts de l'homme tremblaient. Dans sa tête, plus rien n'existait. Il y avait cette musique, là-haut, et le bruit des vagues, là-bas, le visage de Betty au loin, déchiré de larmes, l'éphèbe qui ricanait et les cheveux blonds qui se perdaient dans la tempête… John était maintenant sous les draps, sujet aux caresses intimes d'Edwyn, trop ivre pour s'embarrasser de timidité. Eva, elle, ne disait rien, pétrifiée à demi nue près de ces hommes obscènes. Elle aurait voulu pleurer mais elle ne savait pas le faire. Les caresses d'Edwyn devinrent plus osées tandis qu'il se rapprochait du sexe de John. Sa bouche courait sur son ventre tendu sans rien deviner des démons qui le possédaient.

Une fosse à ciel ouvert. Sang des hommes. Coulant sur la mer. Le sable battu par les vents. Jeunesse.

Gaspillage. Betty. John qui serre de toutes ses forces le cou de l'éphèbe, et lui qui continue de rire comme si sa poigne n'avait aucun effet sur lui, John serrant plus fort, des larmes plein les yeux, John qui broie le cou du démon, ses doigts qui se plantent dans sa glotte, s'enfoncent, triturent, appuient encore ! encore ! et l'autre qui rit toujours, qui rit jusqu'à en perdre haleine, et John ravagé de larmes sans desserrer son étreinte jusqu'à ce que l'éphèbe, enfin, transforme son rire en agonie. Une agonie lente. Convulsion. Son corps tendu s'agrippant à son visage, et puis la mort qui est tout au bout, au bout de ses doigts contractés… Enfin, un corps qui se détend, complètement mort avec un rire convulsif fendu sur les lèvres bleuies, l'éphèbe tout mort, tout bleu, et John horrifié qui court sur le sable, qui court sans pouvoir crier jusqu'à la mer où Betty vient de pénétrer… Karekare et ses courants meurtriers… Betty déchirée qui s'en va au gré de la mort, Betty et ses quatorze ans qui dérive vers les requins du large, proie facile pour les prédateurs du monde, Betty noyée, dévorée par les bêtes, le visage rongé de larmes, les joues labourées par ses ongles, et John qui s'use dans les vagues sans espoir de l'en sortir, quatorze ans jetés dans la tourmente du monde trop vieux. Et puis soudain, au milieu des flots en furie, une lumière bleu électrique qui jaillit de l'écume, le renverse et le saisit par le cou pour le rouler contre le sable des fonds. John sous les lames rejeté vers la côte comme un rat crevé d'une poubelle, les yeux brûlés par le sel et toujours cette lumière bleue qui grandit, grandit dans sa tête, une douleur insupportable, des mots qui se croisent, la mort au fond, les couleurs, l'océan, bleu électrique, une douleur à se tordre le ventre, à se vomir sur le plancher : Betty ! Eva ! Cette chaleur, cette lueur… John ouvrit de grands yeux terrorisés.

Vite.

Sur la table de nuit, la bouteille de whisky se mit à briller d'un vif éclat bleu. Tout se mêle, s'embrouille, le son et les visions, la vie, la mort, le passé, le présent surtout. Edwyn lui a tourné le dos, Eva ne bouge pas, un cri au bord des lèvres. Il attend. Attend… la fenêtre ouverte… vite, sortir du cauchemar.

L'éclair fulgurant émanant de la bouteille aveugla

John. Dès lors, tout se passa très vite : il saisit le goulot, se cambra et, dans un haut-le-cœur, fracassa la bouteille sur le crâne d'Edwyn, pendu au bout de la vie.

Lobotomie cérébrale ; tout s'arrêta net.

John se retrouva seul au milieu des détritus de son âme, les jouets cassés, les dents de lait crachées, les deux genoux à terre.

La crise était passée mais il aurait pu rester longtemps comme ça, momifié. La main d'Eva sur son épaule le sortit de sa léthargie. Le calme surgi de la tempête.

— John... Mon Dieu mais... Tu es fou... John, qu'as-tu fait ?

Tétanisée devant le corps inerte de son mari, Eva respirait à grand-peine. Elle voulut sangloter mais n'y parvint pas, comme toujours. Haine, peur et amour faisaient ménage à trois. Comme toujours.

— Tu l'as tué...

Elle répéta ces mots à mi-voix, bouleversée par le drame qui venait de se dérouler sous ses yeux. John, lui, s'éveillait. Le cauchemar était passé, il ne restait plus maintenant qu'un goût de sang dans la bouche (l'intérieur de ses joues qu'il s'était mordu) et un sentiment de calme blanc, absolu.

— C'est fini, Eva. Eva... répéta-t-il pour être sûr qu'il s'adressait bien à elle.

Il l'attira contre lui. Elle, d'ordinaire si dure, s'abandonna dans ses bras. John sentit les battements précipités de son cœur contre sa poitrine. Prédateur, il avait le goût du sang dans la bouche, c'était bon et douloureux à la fois. Comme la vie.

Quand Eva redressa la tête, John lui souriait. Un tigre mangeur d'hommes avait plus de charme.

Cruelle, elle adora ce sourire.

Le temps passa. Ils ne bougeaient pas. À quelques centimètres de là, Edwyn reposait, mort. Parfaitement mort. Ses yeux révulsés par la surprise du néant fixaient le mur, absents pour l'éternité.

Alors Eva se pencha sur le ventre de son amant et, d'une bouchée, avala son sexe encore pudique. John ressentit aussitôt une vive brûlure dans le bas-ventre. Eva s'appliquait, il chercha à la retenir, lui dire qu'il ne pouvait pas, pas maintenant, mais elle voulait le posséder : maintenant. Il se mordit les lèvres à pleines dents. Elle le voulait : désormais, ils seraient deux prédateurs.

La bouche d'Eva allait, douce et tendre, sur son sexe mou. D'un geste, elle repoussa la tête d'Edwyn : malgré ses yeux vides, il semblait la regarder tandis qu'elle s'appliquait à engloutir son nouvel amant. Dans le mouvement, le macchabée ferma les yeux. Eva se retint de hurler mais il fallait qu'elle le fasse. John grelottait au bout de ces lèvres chaudes mais il ne pouvait pas. Son sexe n'avait pas de force. Dans un long geste de précaution, il finit par la repousser : pas maintenant. Attendre. Encore un peu…

La jeune femme releva la tête. Une lueur bleu électrique grésilla dans ses prunelles et se dissipa aussitôt. John sut alors qui elle était.

Un court laps de temps passa au-dessus d'eux. L'éternité.

— Qu'est-ce qu'on va faire maintenant ? elle demanda en refermant le peignoir sur ses épaules.

Elle avait encore le goût de son sexe dans la bouche. C'était mal. C'était bien.

— Il va falloir être courageuse. Tu veux ?

— Oui… Oui.

John releva la tête pour mieux réfléchir.

— On va faire croire à un accident.

— Un accident ? (Tout ça la dépassait.) Mais comment ?

— J'ai une idée, dit-il. Elle vaut ce qu'elle vaut mais c'est notre seule chance. Il va falloir faire vite. Tu veux tenter le coup ?

— De toute façon, foutu pour foutu…

— O.K. Dans ce cas, écoute-moi bien…

Un quart d'heure plus tard, Eva arpentait nerveusement les pièces de la maison. Armée d'un chiffon, elle essuyait les éventuelles empreintes sur la rambarde de l'escalier.

John venait de confectionner un fix de sa meilleure héroïne, très peu coupée. Pour un junk occasionnel comme Edwyn, largement de quoi perdre conscience. Une fois la seringue prête, il l'administra au cadavre. Même après la mort, le corps humain continue de fonctionner quelques heures : Edwyn assimilerait la drogue sans difficulté.

Son forfait accompli, le meurtrier nettoya ses empreintes et mit celles du millionnaire sur la seringue et la cuillère. Après quoi, il descendit au fumoir. Les mains gantées, John essuya ses empreintes sur le verre de whisky. Puis, il fit un panoramique et s'assura n'avoir rien oublié. Lentement, il se remémora son arrivée dans ces lieux, chaque geste, chaque pas, avec au bout de l'intelligence aux abois la peur de l'erreur fatale, le détail oublié qui vous envoie à la chaise électrique ou pire, en prison à vie. Tout, jusqu'à la bouteille de whisky, avait été essuyé avec soin. Non, il n'avait rien oublié. Bien sûr, on l'avait vu dîner en compagnie du couple dans un restaurant réputé peu avant le meurtre mais personne ne l'avait vu entrer dans la propriété des White…

Eva connaissait la mise en scène. Elle s'y tiendrait. Après, ils verraient.

John remonta vers le lieu du crime. Edwyn semblait tranquille, seul avec sa mort. Allongé sur le lit, il attendait son linceul. Sa nuque brisée faisait une bosse dans son cou. Avec précaution, John le souleva. Chancelant sous le poids mort, il sortit de la chambre, soixante-quinze kilos de cadavre dans les bras. Il grimpa jusqu'à la salle de billard, au deuxième étage. Là attendait Eva, les bras noués autour de son peignoir. Elle avait peur mais elle serait courageuse. Elle l'avait promis.

La porte-fenêtre était ouverte, comme convenu. Un vent presque frais jouait à cache-cache dans la pièce. John passa à hauteur de la jeune femme immobile et atteignit le balcon.

Dehors, rien qu'un silence nocturne et le sentiment d'être épié. John posa le corps sur la rambarde et évalua le vide : sous lui, six mètres le séparaient du sol. Espace suffisant pour se briser la nuque… Il étudia la meilleure trajectoire, la plus vraisemblable pour une chute vertigineuse, et d'un coup poussa le cadavre par-dessus le balcon.

Dans son dos, Eva se mâchait les lèvres en silence.

John passa un œil curieux par-dessus la rambarde : plus bas, la silhouette tordue d'Edwyn se dessinait sur le sol.

Il se retourna vers Eva, très pâle sous la lune.

— Ça va aller ?

— Oui.

— Tu es sûre ?

— Puisque je te le dis. Va-t'en maintenant.

Elle avait besoin d'être seule. Assimiler John n'était pas chose aisée, même pour une droguée de la mort.

— Tu te souviens de tout ? demanda-t-il d'une voix douce.

— Oui.

— Bien. Je te téléphone demain comme convenu. La police va t'interroger, il va falloir être forte.

— Je le suis. Plus qu'ils ne le croient.

Eva fumait comme un homme mais souriait comme un reptile.

John déguerpit après lui avoir envoyé une sorte de baiser volant depuis l'autre bout de la pièce. Eva l'attrapa au passage et le cacha dans le fond de son cœur. Personne ne viendrait chercher dans cette poubelle.

*

John roulait à vive allure sur West Coast Road. Au bout de l'horizon, Karekare attendait son arrivée. Il reprenait ses esprits dans la fraîcheur de la nuit. Tout s'était passé si vite depuis leur rencontre.

Il laissa filer la moto dans les courbes serrées : elle connaissait le chemin. Soudain, un nœud d'angoisse coula dans sa gorge. D'un geste brusque, John porta sa main à son cou. La lame de rasoir avait disparu. Il ralentit pour mieux réfléchir. Dans sa tête, la soirée défila à toute vitesse : le restaurant, l'arrivée à la propriété, le fumoir… Le fumoir. Bien que le souvenir restât confus, c'est là que la crise avait commencé. Edwyn l'avait pris par le cou. Il s'était blessé à la main en voulant lui arracher sa chemise, la lame de rasoir avait disparu à cet instant précis. Qu'en avait-il fait ? Elle n'était pas sur la moquette (il l'aurait vue en nettoyant ses empreintes), ni sur un meuble… Non : Edwyn avait dû la jeter.

John pesta au guidon de sa moto. Encore une fois, ses crises l'avaient trahi. Téléphoner maintenant à Eva serait trop risqué : la police était peut-être déjà là… Il accéléra.

19

— Vous aimez quoi dans la vie ?

— L'idée d'un sentiment commis à deux.

Haussement de sourcils.

— Coupable ou innocent ?

— Les deux, bien sûr ! et Ann se mit à rire.

Des comme ça, elle pouvait en produire à volonté. Une vraie usine à bonheur.

Jack Fitzgerald et Ann Waitura buvaient un verre au bar de l'hôtel de Rotorua où ils étaient descendus pour la nuit. Depuis les révélations de Mc Cleary, ils avaient besoin de se vider l'esprit — le bout de chair humaine trouvé dans l'estomac de Pete avait exacerbé leur imagination morbide. Le fantôme de Katy gravitait entre le ciel et la mer, beaucoup de questions restaient sans réponse mais pour la première fois, leur association se justifiait : ils avaient autant besoin l'un de l'autre.

Dans le bar de l'hôtel, une poignée de clients s'éparpillait aux tables vernies ; du faux luxe, moquette bordeaux et lustres de pacotille. Mc Cleary, écœuré, était parti se coucher. Quant à Wilson, il préparait ses affaires pour un séjour encore indéterminé à Auckland.

Jack demanda à la fille qui sirotait son gin-fizz en léchant goulûment le sucre autour du verre.

— Que pensez-vous de cette histoire de fémur?

— Pas la moindre idée.

— Et cette histoire de voiture?

— Fausse piste, dit-elle sans hésiter. Ce n'est pas le meurtrier de Carol qui a suivi les deux jeunes gens jusqu'à Rotorua. Ça n'a aucun sens. Notre homme n'a pas le profil de l'assassin froid et déterminé, capable d'attaquer la partie en prévoyant plusieurs coups à l'avance. Non. Notre tueur exécute ses crimes à l'instinct, lors de crises occasionnelles : jamais par préméditation. Je reste sur mes positions.

Jack aima cette assurance, même s'il n'était pas foncièrement d'accord.

— Et s'il avait voulu récupérer les bandes du dictaphone? rétorqua-t-il. Le tueur aurait très bien pu se rendre compte qu'elles pourraient le compromettre et décider de les récupérer coûte que coûte, avança-t-il pour tester sa propre thèse.

Ann voyait bien où il voulait en venir.

— Trop compliqué. Notre homme n'a pas le goût du meurtre. Je pense même que s'il réalisait constamment ce qu'il faisait, il se tuerait. De rage, de haine, de dégoût, c'est comme vous voulez. Mais jamais il ne pourrait préméditer deux meurtres si rapprochés l'un de l'autre. L'homme que nous cherchons n'est pas un serial killer mais un psychotique nourrissant son délire pour se soigner. C'est mon idée de départ...

— Dans ce cas, qui aurait eu intérêt à tuer les gosses?

— Une personne que le contenu des bandes compromettait...

Jack aurait vendu ses yeux pour avoir ce cloporte au

bout de son canon. Commettant une nouvelle entorse à son code de conduite, il commanda deux verres d'alcool au barman. Pour quelqu'un qui buvait peu, Ann le trouva plutôt ivrogne.

— Que s'est-il réellement passé l'autre soir avec votre ami Lamotta ? demanda-t-elle à brûle-pourpoint.

— Ce n'était pas un ami.

Ann nota que Jack n'avait pas envie d'en parler : comme c'était une femme, elle enfonça le clou.

— Il est mort, non ?

— Oui. Je crois que je n'ai pas eu assez envie de le sauver.

Son regard était resté de marbre. Ann eut soudain l'envie de se coucher dessus, totalement nue. Idée saugrenue qu'elle réprima aussitôt : Fitzgerald n'était pas en marbre.

— Lamotta, c'était un proxénète, non ? Carol tapinait pour lui ?

— Non. Des types lui ont foutu une telle trouille qu'il a consenti à la laisser travailler seule. Lamotta avait la mort aux trousses. Malheureusement, il est mort avant de révéler l'identité de ceux qui lui filaient une telle frousse...

Dans sa voix, pas l'ombre d'un regret.

— Et les types qui vous ont amoché ? fit-elle en redoublant d'énergie autour de son gin-fizz.

— Une bande de merdeux, sans doute de South Auckland. Osborne est sur le coup.

— Et hier soir ? lança la fine mouche. À la tête que vous aviez ce matin, vous avez dû dormir deux heures. Et votre sale humeur n'explique pas bien votre histoire de fantôme. Celui après lequel vous avez couru toute la nuit...

Jack avait oublié ça. Pas elle. À contrecœur, il livra le compte rendu de sa nuit :

— Je suis allé au Sirène. Un type était sur le point de vendre de la dope. Il portait une lame de rasoir autour du cou. Ça m'a fait tiquer. Quand il a remarqué ma présence, il s'est enfui. Je n'ai pas réussi à le rattraper...

Cette dernière phrase lui arrachait la gueule.

— Vous m'en parlez un peu tard, reprocha-t-elle. Je croyais que nous avions conclu un pacte ?

— Je collabore en vous révélant cette pièce du dossier. Je n'en ai parlé à personne. Pas même à Hickok.

— Vous avez une idée de l'identité de ce type ?

— Osborne est également sur ce coup.

— Sacré Osborne !

— C'est un bon flic.

— Je vous crois. Mais si cet homme s'est enfui, c'est qu'il avait quelque chose à se reprocher, non ? Drogue ?

— Possible. J'ai secoué les puces des serveurs du Sirène mais personne ne l'avait jamais vu. (Il barbouilla ses lèvres de mousse blanche :) Qu'avez-vous trouvé au sujet de Carol ?

— Eh bien, je dirais que c'était une fille issue d'un milieu peu aisé qui avait souffert de discriminations et qui avait décidé de tout faire pour renier ses origines. Ses relations extérieures au travail tendaient dans ce sens : Katy et Pete étaient des gosses d'un milieu social assez élevé, Carol fréquentait les boîtes à la mode et s'était même fendue d'une voiture qui n'était pas une guimbarde utilitaire. Elle tapinait et posait nue non pas pour arrondir ses fins de mois, mais pour

économiser. Son corps était un moyen, l'argent un
but. Elle n'avait aucun état d'âme à se prostituer. Sa
cause était juste, ce qui ne l'empêchait pas d'aimer le
sexe. Vous m'avez dit que Carol couchait surtout avec
des Blancs. En suivant son raisonnement, les Blancs
représentaient justement tout ce qu'elle désirait : argent,
pouvoir, avenir.

— Ou le contraire ! Peut-être Carol avait-elle jugé
les Blancs responsables de sa condition sociale. Le fait
d'enregistrer ses coïts était aussi un moyen de les tourner en ridicule.

— Finalement, vous êtes plus fin psychologue que
vous le paraissez ! se moqua-t-elle gentiment.

— Dois-je le prendre pour un compliment ou une
critique ?

— C'est souvent la même chose.

Leurs regards se croisèrent. Pas farouches.

— Mais pourquoi Carol enregistrait-elle ses coïts ?
Ce point reste assez obscur. Prenait-elle son pied
ainsi ou…

— Ou quoi ?

— Peut-être était-ce un moyen de pression…

— Expliquez-vous avant que je ne recommande
deux verres.

— Imaginez-la enregistrant ses ébats amoureux au
dictaphone : au début, Carol fait ça pour des raisons
personnelles, ou sexuelles. Et puis un jour, elle tombe
sur un type qui a une situation et une bonne raison de
cacher ses écarts. Elle peut le faire chanter… La
gamine n'avait aucun scrupule. Au début, le type
marche dans la combine mais ensuite, il en a assez de
payer. Il la fait tuer en faisant passer sa disparition
pour un meurtre de psychopathe. Quand il se rend

compte que les bandes sont dans la voiture de Carol,
Pete et Katy sont en route ! Il les suit et les sup-
prime…

Il but.

— Quelque chose me chiffonne dans votre histoire. Le compte de Carol gonflait grâce à ses « revenus » de Quay Street. Mais les billets de cent dollars
sont censés provenir du peintre, et non de la victime
d'un chantage…

— Peut-être s'agit-il du même homme ? risqua-
t-elle.

— Oui, mais on se trouve face à un problème : que
viendrait faire le peintre ou la victime du chantage
cinq ans plus tôt dans le meurtre d'Irène Nawalu ? Et
ce fait annihile complètement votre raisonnement…

— À moins…

— À moins que quoi ?

— À moins que ce type ne connaisse le meurtrier
de Carol. Certains psychopathes sont capables d'in-
fluencer des êtres plus faibles de telle manière qu'ils
peuvent en quelque sorte tuer par procuration. S'il se
sent menacé, un psychopathe peut inciter au meurtre
un pauvre diable, appelons-le notre psychotique…

Jack commençait à se faire au jargon de la jeune
femme.

— Vous avez déjà vu des psychopathes avoir des
complices ? lança-t-il d'un air soupçonneux. Et ça
n'explique pas le carnage exercé sur Pete et Katy.
Celui qui a fait ça est un monstre : vous avez pensé aux
circonstances de leur mort ? Le tueur a découpé Katy,
probablement encore vivante, pour en faire bouffer à
Pete ! Vous imaginez ça, vous ! Bouffer un morceau de
votre amoureux qu'on vient de saigner sous vos yeux !

Et vous voulez encore le sauver ?! Ah ! il rugit. Eh bien, ce sera sans moi, ma petite !

Ann retint son souffle. Ces mots lui donnaient envie de vomir. Presque autant que le visage déformé de Jack : car à cet instant, c'était lui, le fou sanguinaire dont il goûtait si bien la mort future…

Le bar de l'hôtel se vidait. Ils mirent dix minutes et un autre verre pour se remettre d'aplomb, se demandant en silence pourquoi ils se sentaient si mal à l'aise ensemble. Au fond d'elle, Ann avait peur de Fitzgerald. Quant à lui, il éprouvait un sentiment de haine-amour pour cette fille qui secouait trop de chaînes dans le cachot sordide de son esprit. L'alcool aidant, ils reprirent le fil de leur enquête, émettant toutes sortes d'hypothèses — aucune ne leur convenait vraiment. Minuit sonnait un peu partout dans le pays. Jack finit par pester dans son quatrième verre.

— Bordel ! Il me faut des preuves. Or, nous n'en avons aucune.

— Eh bien, créez-en.

Jack lança un œil noir sur sa droite : Ann souriait.

20

Bashop s'allongea sur le bitume : le corps désarticulé d'Edwyn White commençait à se raidir. Au-dessus, le balcon du deuxième étage se dessinait dans le jour naissant.

Le sergent Bashop avait quarante ans et une longue carrière derrière lui. Il n'avait pas l'aura de Fitzgerald mais un solide sens du pragmatisme policier.

Edwyn White. Grosse fortune. Belle propriété. Des voitures plein le garage. Jardin entretenu avec soin. Grille automatique. Pas de gardiens. Quant au chien, il semblait dormir vingt-quatre heures sur vingt-quatre. À hauteur d'yeux, pas la moindre fenêtre voisine : le feuillage des arbres les cachait — pas de témoins envisageables.

Le policier inspecta le cadavre d'Edwyn et remarqua tout de suite la main bandée : il souleva le pansement et constata que la blessure était fraîche. Une coupure assez profonde. Le reste du cadavre ne lui apprit pas grand-chose ; la tête avait éclaté sous le choc, répandant une flaque de sang poisseuse sur le perron. Il se releva, invitant le photographe à faire son travail, et se dirigea vers la maison.

Bashop avait une figure un peu ingrate — celle, assez rare, des mauvais métissages —, des tempes légèrement grisonnantes, une peau grasse et un nez cassé. Il portait toujours la même cravate et les mêmes semelles de crêpe depuis des années. Fitzgerald ne l'aimait pas : Bashop était un économe. Dans ses gestes, ses habitudes, sa façon de dépenser la vie. C'était pourtant un bon policier. Hickok l'avait chargé d'interroger les ouvriers de l'abattoir où travaillait Carol Panuula, mais aussi de cette nouvelle affaire : la mort d'Edwyn White.

Entourée de flics en civil et d'infirmiers, Eva White attendait, assise sur le canapé du salon, jambes serrées. Les yeux mi-clos, elle faisait infuser une cuiller d'argent dans un café. Les hommes se taisaient autour d'elle. C'était une fille superbe malgré sa mine décavée et l'évident manque de sommeil qui alourdissait ses traits. Son petit menton se renfrognait, la bouche était sensuelle, sans vulgarité. Cette femme avait une classe innée.

Le sergent pénétra dans le salon et glissa quelques mots à l'oreille d'un agent de police. L'homme en uniforme opina du chef avant de filer aux étages. Enfin, Bashop s'approcha du canapé. Eva frémissait dans le peignoir blanc qu'elle tenait près du corps. Un infirmier lui tendit un cachet qu'elle avala sans demander de quoi il s'agissait. Elle regarda le sergent d'un œil torve tandis qu'il se présentait. Eva semblait réellement bouleversée. Les policiers bourdonnaient dans la pièce. Certains relevaient les empreintes, d'autres prenaient des photos.

Bashop ne put s'empêcher de reluquer le décolleté généreusement je-m'en-foutiste de la femme.

— Bonjour, madame. Je suis le sergent Bashop…

Eva leva la tête de son café et évalua le policier d'un regard incendiaire.

— Edwyn White était votre mari ?

— Non, c'était mon chien de traîneau.

O.K. Méthodiquement, Bashop posa les questions d'usage à la veuve flambant neuve. Eva y répondit du mieux possible, les pommettes luisantes de larmes tièdes. C'en devenait touchant, à force de mensonge.

L'interrogatoire ne dura qu'un quart d'heure. John avait prévu les réponses pour Eva, et Eva la vie avec John.

Tout se déroulait selon leur plan jusqu'à :

— Vous savez comment votre mari s'est blessé à la main ?

Les traits grossiers du sergent s'étaient affinés. Eva resta bouche bée devant sa face sournoise. La panique gagnait du terrain. John ne l'avait pas préparée à ça. Ses lèvres s'agitèrent mais elles ne savaient plus que balbutier. Un agent apparut dans le salon de luxe.

— Sergent, on a trouvé quelque chose dans la poubelle de la salle de bains…

Le cœur d'Eva battait à tout rompre. Bashop la pria de s'excuser et rejoignit le policier : dans un sachet de plastique, une lame de rasoir ensanglantée montrait sa gueule coupante.

Le sergent grimpa aux étages et transporta sa bedaine naissante jusqu'à la chambre. Les draps étaient aussi défaits que la mine de la propriétaire. Bashop renifla trois fois : une forte odeur de whisky persistait.

*

— Que pensez-vous de cette affaire ? demanda Hickok, bien calé entre les accoudoirs de son fauteuil amovible.

Bashop fit la moue. Évidemment, Edwyn White n'était pas n'importe qui. Mais déjà plusieurs détails le chiffonnaient.

Le procureur du district était un homme de flair ; il connaissait les White et le milieu dans lequel ils évoluaient. Le couple avait d'ailleurs participé au réveillon organisé chez lui l'avant-veille. Hickok avait des prétentions et il était toujours mauvais de voir un de ses invités en première page du *New Zealand Herald*. Cet accident sentait le coup fourré. L'instinct du procureur le trompait rarement. Après tout, il était policier avant d'être homme de loi.

Edwyn n'avait pas succombé à une overdose. Bien sûr, le jeune homme avait des mœurs curieuses : son homosexualité était un secret de Polichinelle et son mariage avec Eva O'Neil un pittoresque alibi. Mais, s'il se droguait à l'occasion, Edwyn n'était pas un idiot. Il tenait à sa situation, à son niveau de vie et à son indépendance. Jamais il ne se serait injecté une dose intraveineuse aussi vertigineuse : car d'après les dires de sa femme, Edwyn, se sentant mal, aurait pris l'air sur le balcon. Fatiguée, elle l'aurait laissé seul. Puis, inquiète par son absence prolongée, elle aurait quitté ses draps pour finalement retrouver son mari mort, deux étages plus bas.

Au-delà de la véracité de cette déclaration, cette histoire sentait le soufre : les journalistes d'opposition allaient mettre le nez dans cette affaire et ils feraient vite le rapprochement avec lui. Même s'il n'était pas impliqué dans la mort d'Edwyn White, le nom d'Hickok serait mêlé à l'enquête. Et, plus qu'ailleurs, la culture britannique et ses tabloïds se nourrissent des vagues d'une vie publique. Mieux valait montrer patte blanche, quitte à laver son linge sale en famille. Pour toutes ces raisons — et d'autres — il fallait un homme de confiance au procureur du district : Bashop était celui-là.

— D'après les premiers indices, dit-il, Edwyn White serait tombé sur la tête depuis le balcon du deuxième étage. Il y a une trace de piqûre sur son bras gauche. Or, White était gaucher. Secundo : la paume de sa main était entaillée. Une blessure récente, assez profonde. Il portait d'ailleurs un pansement. Sa femme assure n'être au courant de rien. De notre côté, on a retrouvé ça dans la poubelle de la salle de bains... Bashop sortit de la poche de sa veste beige un sachet de plastique au travers duquel luisait une lame de rasoir. Hickok approcha son visage soigné de l'objet incongru. Le sergent poursuivit son petit exposé :

— Je l'emmène au labo. Il y a fort à parier que le sang de cette lame provient de la main d'Edwyn White. Curieuse façon de se blesser, vous en conviendrez avec moi...

— En effet... rumina Hickok. Vous ne croyez pas au suicide, bien entendu ?

— Non.

Bashop était catégorique. Pas un super flic, mais pas un imbécile non plus.

— Un accident ?

— Difficile à déterminer.

— Meurtre ?

— Même chose. Sa femme est une rusée. Toutefois, je ne crois pas qu'elle ait commis le meurtre.

— Pourquoi? s'étonna Hickok, visiblement nerveux.

— Passer un corps de soixante-quinze kilos pardessus un balcon d'un mètre vingt n'est pas chose aisée pour une femme. Et quand bien même elle y serait parvenue, il reste trop de points obscurs. Elle semblait… comme dépassée par les événements, incapable de répondre clairement à des questions toutes simples comme la provenance de la blessure de son mari. Un tueur aurait prévu des réponses concrètes à des questions si évidentes…

Il y eut beaucoup plus qu'un silence dans le temps qui passa entre les deux hommes.

— Vous pensez qu'une tierce personne serait dans le coup?

— S'il y a meurtre, oui. Sans hésitation.

Hickok frotta son menton rasé de près. Une idée venait de germer. Oui: c'est ainsi qu'il faudrait procéder…

21

Le coup de fil d'Osborne réveilla Fitzgerald avant l'aube. Il avait veillé jusqu'à trois heures du matin dans la chambre d'hôtel pour taper son rapport : Carol, les gosses qui l'avaient tabassé, Lamotta, Pete, les mutilations, Jack avait pris des risques inconsidérés, comme si cette enquête allait déterminer le reste de sa foutue vie. Il tenta le coup. Au pire, c'était un cocktail Molotov jeté à la mer…

Toujours calme, Osborne signala à son supérieur la disparition de Kirsty. Personne ne l'avait vue depuis la veille, son téléphone ne répondait pas et elle n'était pas venue travailler. L'événement ne s'était pas produit depuis une trentaine d'années. Il s'était donc rendu chez elle.

— Kirsty n'était pas là mais la porte de sa maison était ouverte, dit-il. J'en ai donc profité pour y jeter un œil. Je ne sais pas où elle est passée mais la fenêtre de la salle de bains a été forcée. J'ai aussi relevé des traces de terre sur une serviette, comme si l'intrus était passé par le jardin et qu'il avait grossièrement essuyé les traces de son passage. Celui qui a fait ça n'est en tout cas pas très discret puisque le parterre de fleurs sous la fenêtre a été piétiné ; le terreau était encore humide après l'orage d'hier. J'ai trouvé une trace de pas, du moins celle d'un talon. À vue de nez, je pencherais pour des grosses chaussures, type Rangers. J'ai aussi comparé l'empreinte avec la mienne, parfaitement ridicule : conclusion, le type qui a piétiné les fleurs de ta copine Kirsty chausse au moins du 50.

— Lamotta m'a parlé de deux gars qui l'avaient agressé : un petit trapu et un géant…

— Peut-être le même homme. Vous voulez que j'aille faire un tour sur les docks ?

— Non… Non, je m'en charge. On est là dans deux ou trois heures…

Fitzgerald raccrocha, anxieux. Kirsty n'était pas une amie — il ne connaissait que Mc Cleary — mais il éprouvait pour elle une certaine affection. Sa disparition venait comme une lettre de rupture.

Ann dormait paisiblement dans la chambre d'à côté. Il la réveilla par téléphone. Mc Cleary resterait à Rotorua pour finir l'autopsie de Pete — un parent était venu reconnaître le macchabée et cette histoire de fémur le tarabustait…

La criminologue fut prête en même temps que Jack, ce qui représentait une belle performance pour une femme aussi soignée. Jupe à mi-cuisse, cheveux attachés, deux mèches plus blondes en liberté, l'œil souligné d'un trait de crayon, Ann était presque jolie. Sans un mot superflu, ils passèrent prendre Wilson. Pas mécontent de quitter Rotorua et son atmosphère pleine de soufre, le policier attendait déjà sur le perron de sa bicoque, une cigarette entre les dents, trente-deux carnassières, et un sac de voyage à l'épaule.

— Bonjour.

— Bonjour.

Ils prirent la route d'Auckland.

Comme personne n'avait eu le temps de prendre un café, les discussions se résumèrent à un silence comateux. Ann Waitura sombra dans un second sommeil, bouche entrouverte contre la portière de la Toyota (un bon moment). Jack conduisait vite. Seul Wilson semblait en pleine forme. Ce type lui avait tout de suite plu : simple, direct, ambitieux, froid comme tout. À l'arrière de la voiture, le jeune flic sirotait un pack de jus d'orange, jetant çà et là un regard amusé sur la criminologue dont la tête endormie cognait contre la portière.

Ann se réveilla à mi-chemin, les yeux dans le vague du pare-brise enfumé.

— Que pensez-vous de cette disparition, Jack ? finit-elle par demander, la bouche pâteuse.

— Kirsty ? C'est une de mes meilleures informatrices. Pas une sainte mais on pouvait lui faire confiance…

— Vous en parlez au passé ? Vous croyez qu'on l'a tuée ?

— Oui.

Il avait répondu sans hésiter. Étrange : on sentait de la sympathie dans le son de sa voix quand il parlait d'elle mais la certitude de sa mort ne semblait pas l'affecter outre mesure. De quoi était donc cet homme ?

— Je ne sais pas où cette affaire va nous mener, reprit-il, mais j'ai l'impression qu'il n'y a pas un tueur mais plusieurs. Quelqu'un a intérêt à ce qu'on en sache le moins possible sur les « extra » de Carol et sur le milieu de la prostitution en général…

Jack alluma une nouvelle cigarette. Auckland était encore loin et les camions lui bouchaient la vue. Il se

demanda quand le gouvernement se déciderait à pro-
longer l'autoroute. Ils échangèrent leurs points de vue
sur ces affaires sans trouver le lien. Pour le moment,
ils avançaient en aveugle.

À l'arrière de la Toyota, Wilson n'en perdait pas
une miette.

Ils arrivèrent à Auckland en fin de matinée. Le ciel
était lourd, eux fatigués par la route. Ils déposèrent Wilson au commissariat central où l'attendait Osborne ;
entre jeunes gens intelligents, le courant passerait. Et
puis Osborne avait besoin d'aide pour le boulot ingrat
qu'il lui demandait.

Fitzgerald conduisait à toute vitesse sur Karanga-
hape Road. Ann se taisait. Derrière le pare-brise, Quay
Street et le quartier des prostitués se profilaient. Ici
beaucoup de Maoris, la plupart paumés, mais aussi des
blancs-becs au look grunge, des filles sans joie et une
impression de rouge à lèvres sur un tas de bites. Le
policier fit le tour de ses indicateurs. Il tenait à voir les
délateurs en chair et en os. Au téléphone, on pouvait
encore lui mentir, pas en face.

De fait, tous étaient au courant de la disparition de
Kirsty mais personne n'inventa son destin. La nouvelle de sa disparition était un peu surréaliste. Qui pouvait en vouloir à cette vieille fille inoffensive ? Kirsty
méritait peut-être une fessée (pour avoir trop donné et
pas assez reçu en échange), mais guère plus. On ne
comprenait pas.

Comme le policier n'avait rien à se mettre sous
les crocs, il invita Ann à déjeuner. Ils étaient debout
depuis six heures et la matinée avait été longue à
devenir midi.

Ils dévorèrent un poulet chinois dans une des boutiques souterraines de Vulcan Street ; ça ne coûtait rien, il faisait frais et l'endroit était tranquille. Finalement, ils s'entendaient plutôt bien pour un flic quadragénaire infecté de l'intérieur et une gamine assez douée pour occulter sa vie privée.

L'appel d'Osborne à la radio de la voiture les dispensa de café.

— Capitaine, j'ai peut-être du nouveau. D'abord merci pour le petit cadeau ! (Il parlait de Wilson.) On est en ce moment au Corner Bar, le bar où Lamotta et les jeunes gus vous sont tombés dessus. J'ai travaillé un peu le patron. Vous aviez raison : manifestement, il ne connaît pas les délinquants qui vous ont agressé. Par contre il a vu Kirsty avant-hier soir dans son bouge. Je ne sais pas si c'est une piste valable mais elle portait des produits thaïlandais dans son sac. Il y a une échoppe dans Quay Street. Je pensais que vous aimeriez y faire un tour…

— Bonne déduction.

À peine Jack avait-il raccroché l'émetteur que la Toyota dérapait déjà sur les gravillons des docks.

Cinq minutes plus tard, ils se tenaient dans une échoppe de produits thaïlandais un peu miteuse, au milieu de laquelle trônait Mizo, un petit homme de type asiatique à la moustache clairsemée.

— Bonjour, monsieur Fitz ! fit-il sans ciller. Qu'est-ce qui vous amène dans ma demeure ?

— Arrête tes conneries, tu veux.

D'une seule main, Jack le souleva de terre. Ann fut absolument subjuguée par la force de son partenaire.

— Mais, capitaine…

Jack lui cogna la tête contre le mur avant de l'envoyer valser à travers les étalages. Le petit homme s'écrasa au milieu des conserves de soja et disparut dans un fracas de comptoir renversé. Quand il se releva, le Maori avait déjà pulvérisé le large frigo qui tenait les produits laitiers à l'écart des bactéries. Le bras pressé de frapper, il brandit un tuyau arraché au passage.

— Tu me racontes tout ce que tu sais avant que je ne réduise en miettes ta boutique, compris ?

— Je... Je ne sais pas grand-chose, je vous le jure ! implora-t-il en forçant sur son accent.

— Dépêche-toi avant que je ne fasse une crise de nerfs.

Fitzgerald souleva le malheureux par le col de sa chemise et le plaqua violemment contre un pilier. Mizo allait parler. Ann le remarqua à ses traits soudain détendus :

— J'ai vu Kirsty hier, il balbutia. Elle... elle est venue acheter mes produits mais elle avait l'air bizarre. Comme si elle avait peur que quelqu'un ne la suive. Comme j'étais intrigué, j'ai passé un œil par la vitrine. Là, j'ai cru apercevoir un homme dans la rue...

— Quel genre de type ?

— Un grand ! il glapit.

Jack dévoila ses canines.

— Qui était ce type ? Tu l'avais déjà vu avant ?

— Je sais pas qui c'est, je vous jure, capitaine, je sais juste qu'il traîne dans le coin depuis quelque temps. À vrai dire, il fout une trouille bleue à tout le monde mais personne n'en parle. Surtout depuis la mort de Lamotta. Et puis, il faut voir son visage : atroce !

Sa grimace le faisait ressembler à une petite vieille morte dans son lit.

— On le trouve où ton Frankenstein ?

— Je ne sais pas, je le jure ! Mais on dit qu'il habite une petite maison au bout des quais…

Fitzgerald lâcha l'homme comme s'il s'agissait d'un enfant. Celui-ci se rétablit tant bien que mal, le visage perlé de sueur. À se demander qui du géant ou du flic lui fichait la pire des frousses.

Ils sortirent de la boutique en coup de vent. Ann observait Jack depuis un moment et la rage qui émanait de son visage le rendait presque vulnérable.

— Je ne vous aime pas quand vous êtes comme ça, Jack, dit-elle.

— Moi non plus je ne m'aime pas quand je suis comme ça.

Et le sourire qu'il lui renvoya avait des larmes au bord des lèvres.

Bringuebalée sur le siège de la Toyota, Ann Waitura se sentait un peu inutile. Sur les trottoirs de Quay Street, Fitzgerald était maître du jeu. Femme moderne, Ann abhorrait les rapports de force tout en les cultivant. Le manque de confiance supplantait parfois sa remarquable intelligence. Le temps arrangerait ça — car il était inutile d'attendre un signe rassurant de la part de Fitzgerald.

Les pneus de la japonaise crissèrent tout au bout des quais. Jack se fichait bien que le géant sût qu'il débarquait chez lui pour le tuer. Au contraire, il aimait donner un petit avantage à ses ennemis, comme si la non-résolution de la disparition de sa famille lui conférait une quelconque invincibilité. Il stoppa devant une cabane de bois aux fenêtres closes et lança à sa partenaire un :

— Toi, tu ne bouges pas !

Qui ne souffrait aucune contestation.

Fitzgerald claqua la portière. Sa silhouette paraissait presque légère tandis qu'il marchait vers la maison abandonnée.

Il balança son pied dans la porte d'entrée, recula vivement, attendit une poignée de secondes et se jeta à l'intérieur. Un silence moqueur accueillit son intrusion. Le taudis sentait la poussière, le vieux en boîte et l'hygiène ancestrale. Un évier fissuré se cramponnait au mur, une paillasse se répandait à terre en un amas de couvertures entassées. Quelques objets ménagers piquaient du nez dans une bassine d'eau stagnante, une caisse renversée provenant des docks remplaçait la table à manger ; seule fantaisie dans cet antre crasseux, un heï-tiki à la face grimaçante planté au mur... Jack passa son doigt sur l'évier fatigué : un mince filet de poussière, comme électrisé, se colla à sa peau. L'homme qui habitait ici était parti depuis plusieurs jours.

Il fouilla la bicoque de fond en comble, sans résultat. Le géant avait disparu sans laisser de traces. Jack quitta cet endroit nauséabond avec la perspective d'envoyer une équipe pour relever les empreintes...

Derrière le pare-brise de la Toyota, la fumée d'une Marlboro guettait l'entrée du taudis en élaborant des spirales appliquées. Ann lança une bouffée de soulagement en voyant sortir le policier. Cet homme lui inspirait une crainte étrange, mais il fallait qu'il vive. Coûte que coûte. D'une manière qu'elle n'expliquait pas, la chose était inévitable : ils devaient se rencontrer.

Fitzgerald plia sa carcasse derrière le volant de la voiture. Une auréole de sueur pointait sous sa chemise.

— Alors ? demanda Ann.

— Alors rien.

C'était pire que tout.

*

Ils passèrent le reste de l'après-midi au bureau en compagnie d'Osborne et Wilson. Le premier était un fouineur talentueux qui avec le temps s'imposerait comme son futur bras droit — moins brillant que son frère Paul mais au moins on pouvait compter sur lui. Wilson, lui, avait des fourmis dans la tête et le sens de l'improvisation. À eux deux, ils formaient un binôme efficace.

Pendant qu'une équipe relevait les empreintes dans la bicoque au bout des docks, les policiers vérifièrent toutes sortes de détails concernant les maigres indices de l'affaire Panuula. Ils délaissèrent vite la piste des cartes bancaires en provenance du Sirène. Quant à l'inconnu poursuivi en vain l'autre soir, ils n'avaient toujours pas de prénom malgré le portrait-robot dressé par Fitzgerald. Par ailleurs, on n'avait enregistré aucune manifestation extérieure concernant les dernières heures de Carol et la perquisition au domicile des jeunes filles n'avait rien donné. Le garagiste avait simplement confirmé que Katy Larsen n'avait pas l'air dans son assiette en venant chercher la Ford — celle de Carol. De son côté, Pete avait quitté le service sans boire le fameux dernier verre et, selon les employés, avait semblé nerveux toute la soirée. Évidemment puisque lui et Katy étaient traqués...

D'un commun accord, les policiers abandonnèrent la piste des bandes audio du dictaphone de Carol puisqu'elles étaient dorénavant en possession du (ou des) tueur(s) : Katy et Pete étaient morts pour ça. À ce sujet, le bout de chair humaine retrouvé dans l'estomac du barman restait un mystère absolu. Aucun sadique n'était répertorié dans les fiches de la police et les Maoris ne mangeaient plus de viande humaine depuis deux siècles…

Osborne avait également dressé une liste de peintres professionnels ou amateurs de sexe masculin susceptibles d'avoir été présents dans les environs d'Auckland la nuit du meurtre. Après enquête, douze personnes pouvaient avoir peint Carol. Évidemment, aucun ne possédait de casier. Le type qui avait pris Carol comme modèle était un original puisque, d'après Katy, son amie ne voyait jamais l'artiste. Ce dernier n'était donc pas le genre à se laisser recenser par les services administratifs. On restait donc dans un flou, piteusement qualifié d'artistique.

La sonnerie du téléphone interrompit les supputations des enquêteurs : Osborne passa le combiné à Jack en mimant la gravité caricaturale du procureur du district. Le capitaine soupira comme s'il s'agissait d'un fan très collant dont les appels incessants finissaient par lui taper sur le système.

Hickok n'était pas le genre d'homme à s'embarrasser d'admiration envers quiconque ; il lui fit part d'un décès suspect, celui d'Edwyn White, unique héritier d'un riche industriel décédé depuis peu. Cet événement n'avait probablement rien à voir avec l'enquête principale mais Hickok tenait, pour des raisons personnelles, à ce que Fitzgerald lui-même menât cette enquête. Ordre lui était ainsi donné de passer à son bureau avant de se rendre chez le couple White.

— Bullshit… furent les mots qu'employa le plus gradé des inspecteurs pour décrire l'humeur ambiante.

*

— Ah ! Fitz ! Je suis bien content de vous voir ! gloussa Hickok en guise d'introduction. Mettez-vous à l'aise ! ajouta le procureur en désignant un fauteuil que Jack aurait volontiers fracassé à travers la baie vitrée.

Il se résigna à s'y asseoir : Hickok l'avait forcément dérangé pour une bonne raison et il n'allait pas tarder à la connaître.

— Il y a un problème ?

Hickok laissa couler quelques rides sur son front bronzé.

— Toujours aussi direct, hein ? Bon. Écoutez bien ce que je vais vous dire : vous savez qu'un homme est mort la nuit dernière ?

— Comme beaucoup d'autres.

— Peut-être, mais aucun de ceux-là n'était le fils de mon meilleur ami.

Fitzgerald resta de marbre : il était un des rares Néo-Zélandais à ne pas se fissurer quand une bombe atomique explosait dans les poissons de Mururoa. Hickok poursuivit d'une voix ferme mais tendue :

— Edwyn White, la victime en question, était le fils de Richard White, le fameux industriel décédé l'année dernière dans un accident d'avion. Depuis sa mort, je garde un œil sur son fils. Richard m'avait prévenu que ce n'était pas un jeune homme facile mais il y tenait comme à la prunelle de ses yeux. Pour honorer sa mémoire, je veux que vous établissiez la raison de la mort d'Edwyn.

— Pourquoi moi ? Bashop ne fait pas l'affaire ?

— Bashop est un bon policier, il a fait son travail en se rendant sur place après l'incident. Son rapport, que j'ai sous les yeux, est bien rédigé mais succinct. Pour cette affaire, il me faut le meilleur. Et vous êtes le meilleur, Fitz.

Classique. Sauf que la flatterie l'exaspérait tout autant que les civilités.

— J'ai déjà une affaire compliquée sur les bras, il rétorqua. Je ne peux pas me permettre de la laisser tomber. À moins que vous ne me dessaisissiez de l'enquête ? lança-t-il avec un air de défi.

— Je ne vous dessaisis pas, je vous demande simplement de lâcher l'affaire Panuula durant quelques heures. Le temps pour vous de trouver les raisons de la mort d'Edwyn White. Je sais que cette enquête est simple et que vous trouverez la vérité deux fois plus vite que n'importe quel officier de police. Je veux savoir s'il s'agit d'un accident ou d'un meurtre. Donnez-moi la réponse. Vous reprendrez votre activité favorite dès que vous aurez une certitude. Elle sera ma réponse. Les autres se chargeront de prouver ce que vous aurez avancé…

La colère rentrée dans les épaules, Jack pesait le pour et le contre. Match nul. Le procureur confectionna un sourire sarcastique avec ses petites lèvres agaçantes.

— Ah ! J'oubliais de vous dire : c'est un ordre, capitaine.

— Bien. Si c'est ce que vous voulez…

— C'est ce que je veux.

White. Le nom ne lui disait rien, mais Jack se doutait que l'affaire était de première importance. Comme les dessous politiques ne l'intéressaient pas, il lança un dossier sur le bureau de son supérieur. Deux crayons valant à eux seuls un mois de son salaire s'éparpillèrent sur le buvard. Il dit sans trahir son émotion :

— Voilà mon rapport concernant l'affaire Panuula. Ça se complique…

— Je l'examinerai en temps voulu. Tenez ! Voilà celui de Bashop concernant la mort d'Edwyn White !

Et Hickok lança de la même manière un dossier cartonné sur ses genoux. Fitzgerald l'attrapa au vol, le broya sans s'en rendre compte, omit de saluer le procureur du district et se dirigea vers la sortie. Avant que Jack ne propulse la porte dans son dos, Hickok s'exclama :

— Fitz ! Vous avez carte blanche sur cette affaire. C'est… C'est très important pour moi.

Le policier haussa ses fins sourcils noirs. De l'autre côté du bureau, Hickok tortillait un de ses gros crayons.

— Je n'ai pas envie que la famille White voie son nom sali dans les journaux. Compris ?

Il le toisa du haut de son mètre quatre-vingt-huit.

— Vous aurez ma réponse ce soir.

Jack maugréait dans sa barbe de rien du tout. Ann était presque obligée de courir pour suivre son pas dans l'escalier principal du commissariat. Une fois atteint le marbre blanc du hall, elle passa les portes battantes devant lui et l'arrêta sur le trottoir.

— Jack ! Qu'est-ce que je fais, moi ? ! Ce que vous pouvez être renfrogné quand vous vous y mettez !

Fitzgerald était contrarié. Et chaque petite contrariété le rapprochait de la mort.

— Écoutez, prof : occupez-vous de vos fesses. Je

vais chez un mari mort pour interroger sa femme. Ça ne sera pas long.

Le professeur Waitura en resta bouche bée. Ou ce type était un goujat, ou un parfait frustré.

Avant de disparaître, Fitzgerald se retourna :

— Elles sont d'ailleurs très jolies vos fesses !

Elle serra les dents.

C'était donc un frustré.

22

Eva White, une dure parmi les dures malgré son air de beauté lasse d'être belle pour rien, avait vécu une journée éprouvante : John était parti, elle se retrouvait seule dans la maison avec le cadavre de son mari au pied du balcon. La police et l'ambulance n'avaient pas tardé à arriver, avec leur cortège de questions et d'odeurs : celles des médicaments, des premières cigarettes du matin, du matériel photographique, de la poudre sur les meubles, des eaux de toilette bon marché — celles que mettent tous les flics — et des questions fielleuses.

Le policier chargé de l'enquête s'appelait sergent Bashop. Un type un peu tordu qui parlait beaucoup et souvent pour ne rien dire. Il n'était pas beau, sentait le tabac brun — et donc la cendre froide — mais sous un débit soutenu, mine de rien, il déversait un flot d'allusions insidieuses, vachardes, à double sens.

Eva, en femme intelligente et pragmatique quand il s'agissait de sauver sa peau en attendant mieux, s'en était plutôt bien tirée. Seulement, elle ne pouvait pas prévoir qu'une lame de rasoir ensanglantée traînait dans la poubelle de la salle de bains. Eva ne savait pas d'où sortait cette lame mais elle se souvenait du pansement d'Edwyn et le sang sur la chemise de John. Mauvais signes du destin.

Pour le moment, on ne la soupçonnait pas. Pas encore. Liberté provisoire. Les flics commenceraient par retracer leur emploi du temps, son itinéraire et celui de l'homme qui avait dîné avec eux. De John, elle n'avait livré que le prénom (les serveurs les avaient peut-être entendus le prononcer), prétextant ne pas connaître son nom : c'était un collègue de son mari et elle se fichait bien qu'il s'appelât John ou Wayne. Bashop était reparti avec sa troupe, enveloppant Edwyn d'un drap blanc sur lequel coulaient les larmes de sa femme. Des larmes de peur ; sa tristesse, elle la gardait pour John.

Dorénavant, Eva devait, selon les mots mêmes du sergent, « rester à la disposition de la police ».

La jeune femme passa sa journée à fumer des cigarettes sur le canapé du salon en regardant des documentaires animaliers d'un œil distrait. La maison paraissait bien sûr trop grande, les tapis persans inutiles et les meubles sans histoire.

Le téléphone de la maison sonna toute la journée. Eva répondit du mieux possible, jouant les éplorées auprès des femmes de « leurs amis » venues en vautours délicats tester le cadavre de la veuve. Veuve à vingt-six ans. Bravo, Eva. Elle acquiesça aux condoléances par des mots brefs et des grimaces étirées aux quatre coins de ce qu'elle appelait ses *idiomatiques*.

La police avait téléphoné deux ou trois fois afin d'obtenir quelques renseignements facilitant l'enquête. Ben voyons. On la testait de loin, on l'appâtait avait d'envoyer la bête.

Eva était prête à l'affronter.

*

Jack Fitzgerald sonna à la porte d'entrée à six heures précises. Eva s'était habillée simplement mais de manière raffinée. Une longue jupe violette fendue aux cuisses, un petit pull noir, des escarpins plats et un teint de pêche. Veuve, certes, mais toujours craquante. Les policiers sont des ours : ils aiment le miel au-delà de la raison.

Sonnerie. La goule pleine de sucre, Eva ouvrit la porte de la propriété. Elle avait prévu un sourire désolé mais la crêpe qu'elle tenait à la main pesa soudain une tonne : un grand type lui faisait face, Maori métissé, des épaules larges, le regard dur, intense, charismatique, de courts cheveux noirs, un peu grisonnants sur les tempes dégagées, une volonté indestructible dans les traits et de la mort clinquante dans les pupilles. Surtout quand elles vous fixaient droit dans les yeux comme un hypnotiseur à moitié cinglé.

Jack Fitzgerald. Une chose belle et épouvantable. Comme elle.

Alors, un événement absolument imprévu se produisit : Jack Fitzgerald et Eva O'Neil se reconnurent. Ils ne savaient pas comment l'exprimer, mais ils étaient une seule et même personne.

L'espace d'une seconde, les bras d'Eva lui en tombèrent. Cet homme était comme elle. Deux billets de banque. Seule la date de fabrication et le numéro différaient.

Le policier chancela malgré lui. Elisabeth se tenait là, devant lui. Son fantôme. Ou plutôt l'impression qui succédait à son passage…

Il se retint à la porte tandis qu'Eva l'invitait à la suivre en direction du salon. Elle aussi venait de rattraper *in extremis* sa crêpe à la confiture.

Ils s'étaient compris.

Chacun reprit ses esprits, marchant à pas comptés sur le marbre clair du rez-de-chaussée. Quelques secondes pour prévoir chaque contre-attaque. Malgré la chaleur, Eva frissonnait dans son pull. Jack, lui aussi, était secoué. Cette fille surgissait d'un autre temps. Il avait déjà rêvé de cette fine silhouette, ce visage. Eva était plus grande, simple question de génération… Après un moment de flottement, ils s'installèrent sur le canapé de tissu bleu qui traînait les pieds sur le sol lustré du salon.

— Excusez-moi de manger, je n'ai rien dans le ventre depuis ce matin, fit-elle en picorant un bout de crêpe.

— Mais vous êtes tout excusée, madame.

Pas mal, le coup de la crêpe à la confiture, pensa Fitzgerald. Cela permettait de différer de quelques secondes la réponse à ses questions — le temps de mâcher, d'avaler, avec un peu de malchance la confiture tomberait sur son pull, catastrophe du monde féminin qui prendrait facilement vingt secondes à se régler, assez pour passer la botte secrète, la réponse fourre-tout… Il commença en douceur :

— On m'a chargé de faire le point une dernière fois avant de classer l'affaire.

— Je comprends, renchérit Eva en le traitant de menteur.

— Je vais donc vous poser quelques questions de routine. Je sais que vous avez tout raconté à mon collègue sergent mais il me faut les réponses les plus précises possible. Ça va aller ?

Mais oui poulette, bien sûr que tu vas tenir le coup. Mais attends-toi à une attaque en règle.

— Vous pouvez y aller.

— Savez-vous de combien vous héritez? lança le policier d'un ton subitement glacé.

— Non. Je n'y ai pas pensé. Excusez-moi d'avoir encore un petit bout de cœur pur. Mais je pense pouvoir tabler sur quelques millions de dollars. Américains, bien entendu.

Pas mal.

— Bien. Connaissiez-vous des ennemis à votre mari?

— Trois millions et demi. Soit la population de notre beau pays, moins les gens comme nous, c'est-à-dire une poignée de privilégiés dont vous faites presque partie. Encore deux ou trois ans et vous aurez une promotion susceptible de vous expédier de temps en temps parmi nous. Je vous préviens, on s'ennuie beaucoup.

— Je n'en doute pas. Rien de plus précis?

Les yeux d'Eva étincelaient à la lumière rasante du salon.

— Désolée : Edwyn faisait pâlir d'envie le premier type qui s'approchait de lui. Il était bel homme et il avait le pouvoir. Je veux dire assez d'argent pour se payer ce qui se fait de mieux dans notre société de consommation : une belle femme, de belles voitures, de belles maisons, de beaux bateaux, et encore plus de beau pognon.

— Vous l'aimiez? demanda-t-il sans la quitter des yeux.

Pour les yeux, elle pensa à John.

— On s'attache. D'abord par perfidie, puis par

désespoir réciproque. Je n'ai pas tué mon mari, capitaine.

— Moi non plus. Avec qui dîniez-vous hier soir ?

C'était parti, et au triple galop. Eva tira de toutes
ses forces sur les rênes :

— Je l'ai déjà dit cent fois à votre sergent…

— Oui, mais il est sourd et muet. Dites-vous que
c'est moi, Zorro.

Eva faillit pouffer de rire. Elle se retint en pensant
à Edwyn : rien de réjouissant, ni au passé ni au présent.

— Un certain John. Je ne connais pas son nom
pour la simple et bonne raison qu'il ne m'intéressait
pas, ni lui ni les hommes de son genre. Eva pensa à un
collègue d'Edwyn vaguement ressemblant et dressa
son portrait craché : ce John était peut-être sympathique, mais il faisait partie de ces gens trop polis
avec les femmes pour les apprécier le moins du
monde. Pour eux, la femme est un objet nécessaire
qu'on engrosse au début avec fierté, avant de la ranger
dans une chambre de princesse ou le placard doré de
sa mémoire. Alors on la trimballe, la plupart du temps
pour des futilités, puisqu'elle participe si peu au grand
jeu du pouvoir, pauvre gourde trop romantique pour
appeler un chat un chat, un dollar et la sodomie une
bite dans le cul. Bref, un univers machiste que vous
devez bien connaître dans la police, sauf que chez
nous, c'est plus raffiné, plus sournois, plus dégueulasse encore. Mais personne ne crache dans la soupe,
puisque c'est là-dedans qu'on bouffera le lendemain.
Oui, capitaine, vous avez devant vous un exemple
vivant de femme soumise.

Bien joué. Mais pas suffisant.

— Nous n'avons pas retrouvé cet homme et il ne s'est toujours pas manifesté. Pouvez-vous m'en faire un portrait-robot ?

Eva mordit à belles dents dans sa crêpe tout à fait refroidie. Elle fit d'ailleurs un geste de dégoût, ce qui lui permit d'établir un plan évasif.

— Le John en question est un homme entre trente et quarante ans, les cheveux bruns, environ un mètre quatre-vingt-cinq, plutôt pas mal, sans plus (faisant la difficile, confondant l'antipathie avec la réalité d'un physique engageant), vêtu d'un costume foncé, ou quelque chose comme ça.

Elle aurait décrit le Yeti avec la même précision : grand, poilu, avec des yeux.

— Un signe particulier ? Cheveux en brosse ou plaqués, touffus ou rares ?

— Plutôt touffus. Pas de signe particulier. Quant à la couleur de ses yeux, je vous avoue que je n'en sais strictement rien. On perçoit moins bien les couleurs le soir et, de toute façon, il pouvait avoir les yeux roses et les cils verts que je m'en serais à peine aperçue.

— Il vous arrive souvent d'oublier les gens avec lesquels vous partagez votre dîner ?

— Plus souvent que vous ne le croyez.

— Avait-il du sang maori en lui ?

— Peut-être.

— J'aimerais une réponse plus précise.

— Je n'en sais rien. Il était bronzé…

— Vous l'avez quitté juste après le restaurant ?

— Oui.

— Comment se déplaçait-il ?

— En voiture, je suppose.

— Vous vous êtes séparés quand et où ?

— Après manger, dans la rue.

— Et vous ne savez pas s'il est en voiture ou non ?

— Il devait être en voiture puisque Edwyn ne lui a pas proposé de le déposer quelque part.

— Il y a des traces d'huile sur le parking. Qui est venu ici ces jours-ci ?

Nouvelle attaque au cœur après des banalités.

— Je n'en sais rien. Des coursiers sans doute. Nous commandons souvent des repas préparés…

— Les domestiques confirmeront ?

— Nous n'en avons pas. Juste une femme de ménage qui vient de temps à autre, et seulement en journée. Nous préférons être seuls le soir…

— Les traces d'huile sont encore assez fraîches. Vous devez bien vous souvenir ?

— Non, désolée.

— Vous avez pourtant fait appel à un coursier hier ou avant-hier ?

— Moi non, mais mon mari peut-être. À moins que ce ne soit la femme de ménage, le jardinier, ou un ami d'Edwyn, ou Robin, l'ami asexué de Batman lors d'une de ses escapades nocturnes…

Un éclat de rire tonitruant passa dans ses beaux yeux verts. Ça allait très bien avec ses cheveux auburn mais Jack n'était pas là pour un casting. Il menaça :

— Madame, nous ne sommes pas là pour déconner. Il s'agit de la mort de votre mari.

— Justement ! s'emporta Eva. J'aimerais bien savoir pourquoi vous me persécutez de la sorte ! Pour des questions de routine, vous y allez un peu fort ! Si vous voulez m'inculper pour le meurtre de mon mari, dites-le-moi : au moins je resterai muette comme une carpe avant d'appeler mon avocat.

Brutal retour de kick. Elle l'avait appâté pour qu'il dérape jusqu'à la soupçonner ouvertement. Comme il ne pouvait pas l'arrêter sans preuves, Eva pouvait toujours se réfugier derrière la loi. Mais elle mentait. Quelque chose dans le filet de la voix, une impression d'ailleurs dans les yeux… Il fallait enfoncer le clou avant qu'elle ne se réfugie définitivement derrière un mutisme d'homme de loi.

— Alors vous pouvez m'expliquer comment votre mari s'est brisé les vertèbres cervicales avec un objet rond en tombant du deuxième étage sur du bitume ?

Elle accepterait le défi. Une femme de son cran rendrait coup pour coup.

Eva regarda fixement le policier. La décision qu'elle prendrait déterminerait le reste de sa vie.

— J'appelle mon avocat.

Jack eut un rictus de rage. Elle ne voulait pas se battre. Elle ne voulait pas se sauver. En refusant le combat, elle signait son arrêt de mort. Car elle mentait, il en était maintenant persuadé. Qu'Eva ait tué son mari ou non n'avait plus d'importance : elle venait de plonger dans un abîme et la chute n'avait pas de fin.

Jack vit sa propre mort bouger dans les yeux de cette femme.

Il se leva. Sa réponse pour Hickok était «coupable». Les autres, en fouinant un peu, trouveraient la vérité : du côté du mystérieux John, de l'autopsie ou des propos mêmes d'Eva, mais à la longue ils trouveraient.

Elle le savait.

Fitzgerald n'avait pas le pouvoir de la mettre en résidence surveillée. Hickok s'en occuperait. Après tout, il était sur une autre affaire. Le cadavre de Carol,

mais aussi ceux de Pete, Katy et Kirsty attendaient
qu'on leur rende justice. Sa femme et sa fille aussi...

Eva le raccompagna jusqu'à la sortie. Sa jupe flottait dans l'air, découvrant çà et là ses jambes superbes.
Ils n'échangèrent pas un mot, tous deux résignés à exécuter une chose qu'ils ne voulaient pas faire. Avant
de partir, il se retourna et lui dit d'une voix enfin
humaine :

— Au revoir, Eva.

Elle le toisa de toute sa beauté fragile.

— Adieu, Fitzgerald.

Il baissa les yeux, un peu triste.

— Oui, vous avez peut-être raison : adieu.

Le soir commençait à tomber sur Auckland quand
il passa le rapport de sa fichue boîte automatique.
Dans son dos, la propriété des White rapetissait sur
Eden Terrasse. La Toyota descendait la pente tor-
tueuse du quartier des privilégiés, Jack était bouleversé. Il y avait quelque chose dans cette fille, mais
quoi ? Du sang, des larmes, une mauvaise blague, un
sale coup qui se tramait. Il ne comprenait pas. Que
signifiait ce pincement au cœur quand il l'avait quittée ? Non, ce n'était pas possible. Vite, revenir sur
Terre.

Depuis son véhicule, il passa un coup de fil à l'hôtel Debrett : comme le réceptionniste l'informa que la
criminologue n'était pas encore rentrée, il composa
le numéro de son bureau. Bosseuse comme elle était,
Ann ne pouvait être que là-bas, entre dossiers rébar-
batifs et café dégueulasse.

De fait, elle décrocha à la première sonnerie.

— Désolé de vous avoir envoyée paître tout à

l'heure, s'excusa-t-il sans vraiment croire à ce qu'il disait.

— Qu'allez-vous faire maintenant ? fit-elle crânement. Me traiter de punaise ?

— Je vous invite au restaurant. Il faut que je parle avec une femme.

— Je vous remercie de me considérer comme n'importe laquelle. Comment s'est passé l'interrogatoire ?

— L'impression d'avoir parlé à un mur.

— Des Lamentations ?

— Oh ! non ! s'esclaffa-t-il, un rien ironique. Je passe chez Hickok et je vous prends après, c'est d'accord ?

— O.K., capitaine.

Voix informelle, avec du « capitaine » glacé, comme au début de leur coopération. Un pas en avant, cinquante en arrière. La meilleure tactique avec un homme comme lui.

*

— Alors, Fitz ? Vous avez interrogé Eva White ?

— Oui.

Jack faisait face au procureur, les pieds campés devant son large bureau. Il l'observait derrière l'abat-jour de la lampe.

— Que pensez-vous d'elle ?

Bien sûr, Eva était coupable. Son mariage n'était qu'un simulacre, elle une tueuse amateur, dépassée par les événements. Mais elle n'avait pas pu balancer le corps d'Edwyn toute seule par-dessus le balcon. Sans parler des traces d'huile sur le perron — aucun des véhicules d'Edwyn ne pissait l'huile, il l'avait vérifié. Eva avait donc un amant, un type qui la faisait rêver pour la première fois de sa vie et sans doute la dernière, ses yeux brillaient pour lui en ce moment même, elle n'avait même pas pris soin de s'en protéger, Eva était désespérée, elle ne voulait plus se battre mais elle lui avait montré tout ce qu'elle voulait cacher avec assez d'arrogance pour se laisser piéger. Même Bashop ne ferait qu'une bouchée d'elle. Mais Eva O'Neil n'était pas le genre de femme à aller en prison. Elle se tuerait avant. Et lui aussi, peut-être.

Oui, Eva était coupable, ça ne faisait aucun doute.

Jack regarda son supérieur dans les yeux et d'une voix blanche affirma :

— Non coupable.

DEUXIÈME PARTIE

REST IN PEACE
(R.I.P.)

1

Le vieil homme fredonnait, les paupières mi-closes. Sur la table de bois, un nouveau heï-tiki reposait : les yeux de nacre de la statuette maorie brillaient à la lueur de la lampe à pétrole.

À ses côtés, malgré la solennité du moment, Zinzan Bee était nerveux. Ses hommes avaient outrepassé ses ordres au risque de compromettre toutes ces années de travail souterrain… Le vieux Maori tendit une fiole à Zinzan Bee. Il fallait s'en méfier.

L'homme tatoué but après lui. Aussitôt, une violente nausée secoua ses membres. Un filet de lave coula le long de son ventre. Gorge brûlée. Spasmes. Hallucinations. Le vieil homme commença ses incantations. Vite, rétablir l'équilibre.

Les mots qu'il prononça n'étaient plus d'usage depuis l'époque des *pakehas*, les premiers colons. Culte ancestral, la mélodie des sons prenait racine dans leur esprit soudain sublimé. Zinzan Bee frémit de jubilation : il attendait ce jour depuis longtemps, si longtemps, lui l'adepte forcené… Bientôt les images se brouillèrent. Celles du monde apparurent, nues.

Par la faute de ces fous, la Terre courait à sa perte.

Partout on bafouait l'équilibre vital, le mana (*force, prestige*) de ses frères, la nature même de toutes choses était menacée. De nouvelles maladies étaient apparues. Des maladies jusqu'alors inconnues. Les hommes étaient devenus les fossoyeurs de leur propre tombeau, mélangeant leur sang à celui des animaux. En Europe, les virus qu'ils avaient inventés tuaient jusqu'aux bêtes. Herbivore carnivore, économie prédatrice, leur marché érigé en manège maudit où l'argent n'avait plus de raison, raison sans éthique, éthique réduite à un comité. Un comité… La Terre pourrissait de l'extérieur. Pollution institutionnelle, États poubelles, déchets radioactifs, lacs, ruisseaux, rivières, mers, la mort s'infiltrait partout. Les générations futures pourraient pleurer leurs larmes irradiées sur le cadavre du Grand Monde. Putréfaction au nom du dieu Capital, communisme dégénéré, torture légale, totalitarisme tribal, ethnies malades, droit arbitraire… Politique ? Les hommes savaient, agissaient dans la marge de leurs intérêts, étouffés d'avidité. Les minorités au pouvoir pouvaient ricaner, la révolution mondiale n'avait plus de drapeaux. Alors on se réunissait en colloques. Gargarismes. Progrès technologiques. On était maintenant capable de dénaturer à peu près tout. Cultures, animaux, végétaux, minéraux. Déjà le tour des hommes. Hormones, silicone, doping moral, chimie, génétique. Maîtres de la nature. Mais la nature n'a pas de maître : elle est trop bien faite. Que représentait une génération d'hommes dans le fleuve du temps ? Un tout petit filtre. La nature s'adapte, décide, organise. Elle se régule au-delà des petits Blancs. Il y a eu la période glacière. Les volcans en feu. Des avertissements : raz de marée, typhons,

irruptions soudaines, tremblements de terre, inonda-
tions. Avertissements à grande échelle. Les peuples
primitifs l'ont bien compris, eux qui ne défient jamais
la nature. Leur sagesse ne rapportait rien. Bien sûr.
Amassez. Économisez. Gardez. Rats mutants de l'espèce, votre propre violence sera le moyen de votre
enfer. La mort frappera bien assez tôt. Demain.

Demain la révolte.

Le corps de Zinzan Bee sembla se soulever de terre.

Le vieil homme lui ne bougeait pas. Ses mains tremblaient au-dessus du heï-tiki. Les incantations qu'il
psalmodiait avaient empli Zinzan Bee d'une saine vengeance mais inexorablement, la colère qui animait jusqu'alors le guerrier se dissipa. Le corps suivrait bientôt
l'esprit, celui de Tané qui flottait autour d'eux comme
une vague à l'âme.

Le monde pivota. Au milieu du chaos, les deux
hommes échangèrent un regard halluciné.

Ils venaient de jeter un sort sur le monde.

2

Hémisphère Sud. Eden Terrasse. Deux heures du matin. Vêtue d'une combinaison noire, Eva O'Neil arpentait les couloirs de la maison. Elle avait renvoyé les domestiques, la femme de ménage, le jardinier. Seule dans l'immense propriété de son mari, elle se sentait étrangère, comme si cette baraque ne voulait plus d'elle. Ça arrive. Alors, il faut déguerpir. Et sans attendre.

La porte blindée du coffre-fort s'ouvrit sous ses doigts. Bientôt, une liasse de billets bleus la regarda sous l'œil torve de la reine mère.

— Vieille peau ! fit la jeune veuve en fourrant l'argent sous un amas de fringues tire-bouchonnées dans un sac de voyage.

Un peu plus tôt, Eva avait composé le numéro d'urgence. Celui que John lui avait donné dans l'hypothèse où les choses tourneraient mal. C'était le cas : Fitzgerald finirait par les débusquer, elle le savait. John était d'accord pour fuir avec elle. Cette nuit. Ils partaient pour le grand voyage. Où ? Au nord de nulle part, tout droit et rien derrière.

Depuis qu'ils avaient pris cette décision, Eva se sentait l'âme légère. Elle sifflotait l'air du dernier Bowie quand un poing cogna doucement à la porte vitrée du salon. La silhouette de John apparut derrière la fenêtre coulissante, séduisant fantôme dans la nuit. Eva souffla — il souriait.

Poussé par un coup de vent, l'homme pénétra dans la maison. Ils s'accrochèrent dans une sévère étreinte.

— C'était long… souffla-t-elle.

Ses yeux ne disaient rien. Le mystère restait entier. Tout allait bien.

Comme elle, John portait une tenue sombre. Il avait insisté là-dessus au téléphone.

— Tu as fait comme je t'ai dit ?

Eva le trouvait comme il faut : ses cheveux flous la dépassaient légèrement, il se tenait plus droit que le premier jour et ses paupières ne clignaient plus quand il la regardait. Ce qu'elle préférait chez lui, c'était ses bras. Elle finit par balbutier :

— Oui : la voiture est garée à l'extérieur… J'ai pris le minimum avec moi. Tu crois que les flics nous surveillent ?

Elle était anxieuse. Lui aussi.

— J'ai fait le tour de la propriété et je n'ai vu personne en passant par-dessus les grilles. Mais si tu me dis que la police a des soupçons, il y a de fortes chances pour que la résidence soit sous surveillance. Mieux vaut être prudent…

Ils avaient peur tous les deux : police, prison, jugements, État, tribunal, robes sombres et perruques de crin contre liberté, espoir, guérilla, demain…

Eva revêtit le blouson noir posé sur le canapé. John était prêt, une lueur pâle grésillait dans ses yeux gris. Quel drôle d'instant, songea-t-elle. La preuve en tout cas qu'ils étaient vivants. Il lui serra le bras si fort qu'elle adora la morsure du serpent.

— Allons-y.

Eva laissa un filet de lumière filtrer depuis l'halogène du salon puis, semblant avoir oublié quelque chose, retourna vers la cuisine. John empoigna le sac de voyage, passa devant l'impressionnant matériel japonais, choisit un compact-disque et le posa sur la platine. Position « repeat ».

Quand la jeune femme revint de la cuisine, un petit paquet dépassant de son blouson, Wagner gémissait en de longues jérémiades. *Tristan et Isolde.* Simple pied de nez à la police qui ne tarderait pas à investir les lieux.

Ils filèrent par la porte-fenêtre du salon, comme aspirés.

Dehors, tout semblait calme. Les bruits de la nuit se faisaient des passes croisées dans les bosquets du jardin, les feuilles des arbres, spectateurs enthousiastes, bruissaient en guise d'applaudissements. Quant au bâtard, il dormait dans sa niche. Ce soir comme tous les soirs.

Les amants glissèrent sous les branches à l'affût du moindre mouvement : l'impression de retomber en enfance quand on se fait des films à cause de la nuit, la peur qu'on veut dominer du haut de ses cinq ans.

C'était bon. John marchait devant. Un loup. Il huma l'air.

— Ça va, on peut y aller.

Eva goûtait chaque instant. Cette nuit ferait partie de ses meilleurs souvenirs. Vivante, enfin.

Ils traversèrent le terrain qui les séparait encore des grilles. À l'opposé de l'entrée principale, il leur fallait maintenant escalader les barrières métalliques — deux mètres hérissés sous le ciel mauve. Dans la rue, personne. Pas le moindre conducteur en stationnement lisant un journal à l'envers dans l'obscurité réductrice : rien que les couleurs des lampadaires sur le trottoir et un silence de plomb depuis la lune.

John fit la courte échelle à Eva, laquelle n'eut aucun mal à passer de l'autre côté. C'était une sportive d'occasion, mais de grandes occasions. John se hissa à son tour aux barreaux et retomba lestement sur le trottoir où Eva attendait, le sac dans les mains. Sans perdre de temps, ils se dirigèrent vers la voiture. Eva avait choisi la Jaguar. Elle était rapide.

— Tu as les clés ? chuchota John.

Eva lui lança un trousseau. Campée sur ses roues, l'anglaise attendait dans sa robe vert bouteille qu'on lui débouche les cylindres. Elle balança son sac plein de dollars sur le siège arrière et posa le petit paquet sur ses genoux.

La Jaguar quitta son lit de trottoir, contourna le pâté de maisons et descendit Eden Terrasse à petite vapeur. John tenait les rétroviseurs à l'œil mais aucun véhicule ne les suivait. Symonds Street. Désert citadin caressé par une brise douce comme du pétale. John poussa deux rapports et bifurqua au feu de New North Road. Eva regardait les sapins de Noël le long des rues. Le parfum vanillé de ses cheveux emplissait l'habitacle. La ville dormait sur ses deux millions d'oreilles.

— Tu crois que les flics nous retrouveront ?

— Bah…

Eva aimait le voir conduire. Elle eut même envie qu'il la possède, là, maintenant, même dans la bagnole d'Edwyn. Mais c'était le genre de femme à garder la tête sur ses épaules à lui.

— Ils dresseront vite un portrait-robot du type qui dînait avec nous le soir du meurtre. C'est-à-dire toi. Et ils découvriront que je leur ai menti à ton sujet. Tu deviendras le suspect numéro un. Et moi le deux…

— Ne t'en fais pas ; là où on va, personne ne sait qui je suis. Ils ne nous retrouveront pas…

La Jaguar filait maintenant sur le motorway. Eva ouvrit le petit paquet qu'elle tenait sur ses genoux : sous le papier kraft, de la cellophane. Et sous la cellophane, une importante quantité de cocaïne. John sourit. D'un tour de main, elle avait déjà confectionné un stick d'herbe largement saupoudré.

Ils fumèrent en silence. Eva posa sa tête contre son épaule. L'obscurité les protégeait. Le ciel était plein de pétrole.

Ils mirent le cap sur la plus grosse étoile, là-bas, tout au bout de la nuit. Complètement défoncés.

3

Le restaurant de Wellesley Street était l'endroit idéal pour emmener sa fiancée, sa maîtresse ou même sa femme. Ambiance feutrée, serveurs discrets et bon vin — celui qui délie les langues. Ann portait une jupe discrète, un chemisier blanc et une veste sans ornements superflus. Elle avait attaché ses cheveux châtains et faisait patauger ses pommes de terre dans la sauce épaisse de son canard. Jack l'avait tenue au courant de l'affaire White, mais n'avait pas beaucoup parlé d'Eva, de ce qu'elle représentait pour lui : Waitura était fine psychologue, mieux valait éviter de croiser son sous-marin analytique. Il préféra se concentrer sur leur affaire. En compagnie d'Osborne et Wilson, Ann avait cherché les traces d'un géant dans les fichiers de la police. Réponses évasives :

— On a les signalements de quelques types répondant au portrait de ce géant, mais rien de précis. Deux sont en prison, un autre se tient à…

Soudain, Jack laissa tomber sa fourchette dans son assiette. Un peu de sauce gicla sur sa chemise. Ann se demanda un instant s'il n'allait pas exterminer le cuistot quand le Maori rugit :

— Putain, mais qu'est-ce que j'ai dans la tête !

Il jeta sa serviette sur la table.

— Pardon ?

— Kirsty.

Une lueur mauvaise émanait de ses yeux vert foncé. Elle commençait à bien la connaître, cette rage.

— Quoi Kirsty ? fit-elle en épargnant son canard.

— On la suivait.

— Et alors ?

— Eh bien, si on la suivait, ça veut aussi dire qu'on *me* suivait. On a tué Kirsty parce qu'elle m'avait parlé. On l'a donc vue me parler. On me suit. Et ça, depuis le début…

Ann ne sembla pas convaincue. Ses lèvres nacrées de cosmétique firent une moue dubitative :

— Bon. Et alors ?

— Alors Mizo, le petit Asiat' que j'ai secoué tout à l'heure, risque de passer un sale quart d'heure : lui aussi m'a parlé.

— Vous croyez qu'on vous a suivi chez lui ce midi ?

— Oui. Je vais faire un tour sur les docks…

— Quand ?

— Maintenant.

— Je vous accompagne.

— Pas question.

— Si ! claqua-t-elle sèchement.

Fitzgerald balança un sourire carnivore. Le canard se fit tout petit dans son assiette.

*

Depuis le port, les tentacules des grues brassaient le ciel en nage après la chaleur de la journée.

Le policier coupa les phares à bonne distance et glissa doucement contre le trottoir. De l'autre côté de la rue, les lumières de l'échoppe étaient éteintes. Jack maugréa : Mizo ouvrait jusqu'à onze heures. Or, il n'était que dix heures du soir et son magasin semblait fermé.

Ann sortit la première. Fitzgerald la rattrapa devant l'échoppe. D'un revers de la main, il la repoussa et dégaina son arme, un .38 Special qui avait déjà abattu une douzaine d'humains. Il chuchota :

— Il s'est passé quelque chose ici. Restez dans mon dos et fermez-la.

Waitura ne protesta pas. Jack risqua un œil par la vitre de la devanture crasseuse mais l'obscurité l'empêchait de voir à l'intérieur. La criminologue retenait son souffle. Il lui tendit son .38 et marmonna :

— Prenez ça. J'ai un .32 sous le bras. Restez là, je fais le tour…

Elle le regarda dans les yeux de la nuit :

— Désolée, je n'aime pas les armes à feu. Mais ne vous en faites pas, je saurais me défendre en cas de coup dur.

— Comme vous voulez, siffla-t-il avant de disparaître.

Jack contourna l'échoppe, escalada le muret qui donnait sur l'arrière-cour et retomba au milieu de poubelles grasses. Un chat de gouttière dérangé en plein festin lui lança un regard détaché. Le policier poussa la porte. Sans bruit, il pénétra dans le magasin du Thaïlandais.

Aussitôt, une forte odeur de sang séché emplit ses narines. Arme au poing, il avança. Des boîtes de conserve s'amoncelaient dans la réserve du magasin.

Fitzgerald trouva l'interrupteur. Une lumière vive l'éblouit tandis que son pied butait contre une chose à demi molle. Il baissa les yeux : Mizo était étendu sur le sol, le corps tordu, les mains attachées. On l'identifiait encore à ses vêtements de soie car sa tête avait disparu. Une large flaque de sang avait coulé depuis le buste et coagulait maintenant contre les plinthes du mur.

Jack eut un haut-le-cœur, regretta la sauce du canard et chercha le reste du corps. Ses poumons manquaient d'oxygène mais sa main ne tremblait pas au bout de son calibre. Les gouttes de sang répandues sur le sol le menèrent à l'autre bout du magasin. La tête de Mizo était sous l'étalage de légumes. Sans doute avait-elle roulé après la décapitation…

Fitzgerald la laissa en place : de l'autre côté de la vitre, Ann Waitura le sommait d'ouvrir.

— Que se passe-t-il ? chuchota-t-elle en pénétrant dans le magasin.

Mais elle baissa d'un ton sous l'insistance de ses yeux inquiets. Aussitôt, elle renifla. Il murmura :

— C'est bien ce que vous pensez. Si vous avez l'âme sensible, restez où vous êtes. Mizo est mort. Mais ne bougez pas…

La jeune femme n'écoutait plus. Tandis que Fitzgerald longeait le mur du magasin, elle découvrit le corps mutilé du Thaïlandais. La vue du corps sans tête lui renversa l'estomac. Elle se jura de tenir le coup. Quand elle découvrit la tête, ses tripes se nouèrent : le visage exsangue du Thaïlandais était encore frappé d'un rictus de douleur intense. Comme si on l'avait torturé avant de l'exécuter.

Waitura mit son cœur de côté et actionna son cerveau : après un rapide examen, la jeune femme découvrit des marques de brûlures sur les paupières du défunt. Cigarette, probablement. Mais pourquoi l'avoir torturé ? Parce qu'il avait parlé à Fitzgerald ? Ils approchaient du but, mais quel but ? Ann sursauta : la main de Jack s'était posée sur son épaule. Elle détourna la tête de celle, horrible, qui semblait la fixer dans les yeux.

— Ça va ? il chuchota avec une prévenance qu'elle ne lui connaissait pas.

— Il y a des traces de brûlures sur les paupières…

— Et d'autres sur les testicules, ajouta-t-il dans un souffle.

— Mais pourquoi ?

— Pour semer la terreur dans le milieu. Maintenant taisez-vous. Il est ici…

Un frisson déchira l'échine de la criminologue. Il colla le .32 dans ses mains et disparut derrière les étalages. Ann tenait la crosse, le canon bougeait au bout de ses doigts. Envie d'uriner. De vomir aussi. À terre, la tête du Thaïlandais la regardait droit dans les yeux, c'était sûr.

Ann se rattrapa au mur. L'arme pesait une tonne dans sa main. Et si le géant tuait Jack ? Allait-il lui faire du mal ? Allait-il lui couper la tête à elle aussi ? Le sang affluait contre ses tempes, ses jambes flanchaient, les ombres avaient des yeux globuleux : on approchait vers elle, là, derrière l'étalage de légumes en boîte…

Fitzgerald avait contourné la tête de gondole au fond du magasin. Outre la réserve, il y avait une porte de bois qui donnait à la cave. La porte se fermait avec un petit crochet qu'on actionnait de l'intérieur du

magasin. Or la porte était entrebâillée et le crochet
ballant. Alerté par son intrusion dans l'échoppe, quelqu'un s'était terré dans la cave. Il n'avait même pas eu
le temps d'emporter le cadavre.

Son instinct lui dicta le reste.

D'un coup sec, le policier ouvrit la porte et fit un
pas de côté. Aussitôt une volée de plombs se fracassa
contre la cloison voisine. Chevrotine à bout portant,
canon court pour arroser. «L'arme des faibles»,
pensa Jack en serrant son .38.

Il balança son pied dans la porte de la cave et se
plaqua contre le mur : une nouvelle bordée de plombs
pulvérisa la porte en chute libre dans l'escalier. Jack
bondit, tendit son arme dans le vide et tira trois fois en
dégringolant les marches de la cave.

Il s'encastra dans un lot de bouteilles vides, s'en-
tailla profondément l'arcade mais releva vite la tête :
au-dessus de lui, un colosse au faciès proprement
répugnant brandissait une hache. À terre, gisait un
fusil à canon scié dont la crosse venait d'être fracassée. Fitzgerald avait tiré trois fois : un coup s'était
perdu dans des ustensiles de cuisine, le deuxième
avait explosé un doigt et la crosse du fusil, déviant
ainsi le tir qui lui était destiné. La troisième balle
s'était fichée dans la cuisse du géant mais à la tête
qu'il faisait, une balle de .38 l'agaçait autant qu'une
piqûre. Jack tira deux fois. Une balle traversa le
mollet gauche, brisant net le tibia, l'autre se ficha
dans le ventre. Il gardait une balle en réserve, celle qui
tuait.

La bête humaine encaissa sans broncher ; la hache
qu'il tenait au-dessus de la tête allait s'abattre sur ce
sale flic.

La trajectoire mortelle fut bloquée net. La hache tomba sur le sol humide. L'homme s'écroula une seconde plus tard, la tête emportée par le choc hydrostatique de la dernière balle du .38 tirée à bout portant. Cent trente kilos de viande s'effondrèrent contre une étagère de contreplaqué.

Le silence écoutait la vie.

Fitzgerald se releva, une peur toute bleue dans les yeux. Le géant reposait sur le sol déjà tapi d'un sang noirâtre. Mort. Il fouilla ses poches : rien dans le treillis kaki, rien dans la veste de chasse… Enfin, il toisa l'homme qu'il venait de tuer : celui-ci devait mesurer plus de deux mètres, avec un regard dément écarquillé sur le néant. Quelques épis de cheveux crasseux garnissaient son crâne, en partie emporté par le choc de l'acier.

Des bruits de pas arrivèrent dans son dos moite. Ann Waitura dévala les marches et se jeta littéralement dans ses bras. Surpris, Jack ne put que la prendre dans les siens, le temps de réaliser que la mort n'avait plus aucune prise sur lui. Ann le lui rappelait cruellement.

Elle se dégagea bientôt. Ses traits étaient redevenus lisses, ses yeux presque secs. Cette femme avait repris ses esprits avec une vitesse phénoménale. Elle lorgna enfin le cadavre et, réprimant la répulsion qu'il lui inspirait, murmura :

— Allons-nous-en…

Il acquiesça. Oui, c'était quand même une dure.

*

La Toyota filait par les avenues désertes. Dans un quart d'heure, les flics de service ramasseraient le corps décapité du Thaïlandais, d'autres ramèneraient le géant à l'institut médico-légal. Mc Cleary en ferait de la charpie scientifique.

Ann ne disait rien. Deux mèches blondes s'étaient dégagées de son épingle et se balançaient sur son front plissé. Non, ce n'était pas l'amour qui l'avait propulsée dans les bras de ce type. Elle avait peur. Peur de lui, peur du reste aussi. Jack ne faisait pas attention à elle ; son esprit commençait à dérailler. Eva… Eva parcourant les méandres de toutes ses pensées… Cette femme l'avait possédé. Pour elle, il avait menti à Hickok. Pourtant, il savait qu'elle était coupable. Mais coupable de quoi ?

Ann Waitura l'extirpa de sa mélasse.

— Vous pensez à quoi ?

— Je me demandais d'où sort ce type, mentit-il le plus naturellement du monde. Je me demandais aussi pourquoi le tueur a pris le temps de mutiler le barman…

— Le fémur ?

— Oui.

Sur le trottoir de Queen Street, un couple de jeunes gens marchait main dans la main.

— Je ne comprends plus rien, avoua-t-elle en resserrant la veste de son tailleur contre sa poitrine.

— Allez vous coucher. Vous devez être secouée. J'ai prévenu Mc Cleary : il va bosser toute la nuit sur les cadavres…

— Et vous ?

— Je rentre chez moi. Il faut que je réfléchisse.

— À quoi ?

— Je vous ramène.

Dans la nuit épaisse, les lumières clignotaient comme des sémaphores arrachés de la terre. Ann quitta la voiture sans un mot. Son équipier pataugeait dans des songes interdits. Elle se contenta de regagner l'hôtel Debrett, laissant ses jambes fuselées luire sous les cils des lampadaires. Dans sa chambre d'hôtel, une pile de dossiers et un ordinateur connecté aux différents services de police l'attendaient ; jusqu'au matin, elle continuerait son travail de fourmi guerrière.

Jack fonça chez lui.

Eva s'était emparée de lui. Elle ne le lâcherait plus de la nuit. Car ce soir, un nouveau spectre était entré dans sa vie. Par la grande porte. Celle qui ne se ferme jamais.

Une fois chez lui, le policier but deux cafés de suite avant de sombrer dans les dossiers. Comme à son habitude, il mélangea l'affaire en cours avec celle de sa famille. Avaient-elles un lien ? Y avait-il une chance, même infime, que le tueur d'aujourd'hui ait pu tuer vingt-cinq ans plus tôt alors qu'ils passaient leurs premières vraies vacances dans les fjords de Te Anau, entre les Takitimu et Hunter Mountains ?

Pendue cent fois aux murs du bureau, Elisabeth semblait l'observer. Elisabeth, son amour… Jack resta agrippé aux vestiges de sa jeunesse, les yeux soumis à la lumière orangée de son cabinet secret. Au menu de sa bouche, bière et haschich. Brouiller les idées, mêler les événements, trouver la piste damnée, la solution au problème posé il y a si longtemps. L'alcool et la drogue aiguisèrent un moment ses sens. Il se sentait presque mieux. Paradoxalement, c'était là ses rares moments de détente. Mais cette mauvaise joie ne durait guère : il lui fallait compenser son état d'échec permanent par de longues plages de réflexion. Les docks. Son territoire de chasse.

Sous l'insistance de son regard devenu trouble, les photos semblèrent s'animer — et le mur du bureau vécut un bref moment d'humanité. Une femme souriait à l'objectif, tenant dans ses bras un bébé aux yeux bavards. Elisabeth. Mémoire et liberté. La recherche du temps disparu… Non, décidément ça faisait trop mal.

Jack Fitzgerald vivait ces moments en somnambule ; après un bref trajet en voiture, il se vit arpenter les ruelles glauques jetées au pied des entrepôts. Là, il erra un moment, soldat certifié capitaine par une carte de police qu'il traînait alors comme un boulet. Titubant à l'ombre des lampadaires, il passait de la haine furtive au désespoir le plus vif, poings serrés, prêts à cogner. Elisabeth l'appelait au fond du port mais ce soir, les docks étaient déserts.

Cet homme n'avait pas pleuré depuis vingt-cinq ans. C'était horrible. Tout allait exploser, et il ne retrouverait rien.

Il se concentra sur le mal, serra les paupières, imagina pour la millième fois le cadavre torturé d'Elisabeth, Elisabeth son seul amour, son système solaire, mais rien n'y fit : ses yeux restaient secs.

À croire qu'il était maudit.

4

Le jour pointait derrière les stores vénitiens de la chambre. Par terre, sur la moquette, on pouvait voir une arme de calibre .38 sur une paire de chaussettes — une rouge et une verte —, deux chaussures renversées sur un pantalon de toile claire, une montre au bracelet cassé, de la monnaie, une veste avec un crayon accroché à la doublure, des papiers de chewing-gum, un chéquier broyé, des filtres de cigarettes blondes, un carnet, une chemise et une grosse boulette de haschich.

Fitzgerald sursauta : la sonnette de la porte d'entrée venait de percer le silence qui l'opposait à la nuit. Un œil sur le réveil ; six heures du matin. Qui pouvait bien sonner à cette heure ? Ici, trop de choses personnelles, trop de souvenirs qui ne regardaient que lui ; le seul humain à pénétrer dans l'antre était Helen. Et Helen ne venait que les mardis, pour le ménage…

Le policier se frotta le visage comme si ses mains pouvaient le nettoyer par une sorte de magie dérisoire. Enfin, il se leva et traversa le couloir jusqu'à la porte.

La surprise mesurait un mètre soixante-dix : Ann Waitura se tenait sur le perron, son tailleur beige sur les épaules et un gros dossier dans les bras. Ses yeux étaient rouges, le maquillage récent, les traits tirés. Elle n'avait pas fermé l'œil de la nuit.

— J'ai fini mon enquête, dit-elle d'un ton neutre.

« Sacrée petite teigneuse », pensa Jack en l'invitant dans son antre.

— Café ?

— Ce n'est pas de refus.

Fitzgerald contourna le bar et prépara un litre de mazout estampillé pur arabica. Ann s'assit sur le canapé et posa son dossier sur la table basse du salon. Une enfant sage. Jack se demandait parfois comment cette fille avait pu se marier et divorcer dans la foulée. Il n'avait pas posé de questions ; les réponses ne l'intéressaient pas. Il imaginait simplement qu'elle avait fini par régulariser un premier amour qui traînait depuis l'adolescence : dès lors, les choses s'étaient déréglées d'elles-mêmes…

Ann avait attaché ses cheveux : ce chignon faussement désinvolte lui allait bien. Ses sourcils bruns formaient une courbe anxieuse sous son front dégagé. L'intelligence à nu. Il répartit les tasses sur la table. Pas de sucre. Il lut dans ses yeux brillants de fatigue une impatience parfaitement contrôlée. La criminologue avait fini de dresser le portrait de plusieurs hommes ayant subi un traumatisme durant leur jeunesse. Ne figuraient parmi ces documents que les personnes recensées par les services médicaux ou judiciaires du pays. En procédant par élimination selon son système préétabli quoique arbitraire, Waitura avait gardé quatre individus : aucun ne correspondait aux six peintres précédemment sélectionnés par Osborne mais ils constituaient une piste sérieuse.

Jack servit le café. Ann se jeta sur sa tasse ébréchée tandis que son partenaire élaborait une gamme de moues furtives sur la liste exhaustive. Chaque dossier était accompagné d'une photo laser de piètre qualité. Ann l'observait depuis sa tasse. Soudain, son œil tiqua.

— Qui est-ce, Kirk ? Ce visage me dit quelque chose…

— Quel flair ! lança-t-elle dans un sarcasme à demi admiratif.

La photo était mauvaise : on y voyait le visage un peu pataud d'un adolescent polynésien. Le regard était profond, les traits magnifiques. Le photographe avait bien tenté de l'amuser avant le flash mais le sourire figé de l'adolescent n'était qu'une grimace apeurée.

Ann devait connaître ces dossiers par cœur.

— Malcom Kirk est originaire des îles Samoa, peuple pacifiste s'il en est. Né, semble-t-il, en 1979 dans une petite île appelée Tau. Arrivé en Nouvelle-Zélande avec sa mère dans les années quatre-vingt-dix, Kirk souffrait de troubles sérieux à tendances psychotiques. En fait, nous n'avons qu'une preuve de son passage : à la mort de sa mère, en 1996, Kirk a passé dix jours dans un foyer d'assistance pour orphelins. Un psychiatre en mission a eu l'occasion de rencontrer cet adolescent. C'est lui qui a établi son mal. Malheureusement, aucun organisme psychiatrique n'a eu l'occasion de l'examiner de plus près : Malcom Kirk obtint tout de suite sa majorité. Les services sociaux lui rendirent la liberté, sous réserve de se rendre au centre une fois par mois. Kirk ne vint jamais se présenter au centre médical. Donnez-moi ce dossier, s'il vous plaît… (Ann lut en diagonale avant de poser un doigt sur une ligne précise du dossier.) Regardez :

au bas du rapport, il y a une note griffonnée à la main. Je cite : « Malcom Kirk ayant montré sa parfaite acculturation au système de notre pays, aujourd'hui en possession d'un logement et d'un travail fixe, il est inutile de poursuivre une démarche médicale sur ce sujet. » Depuis, plus de nouvelles. Ce rapport date de septembre 1996.

— Quatre-vingt-seize, hum… Trois mois plus tard, Irène était tuée. Qui a signé ce rapport ?

— Pas de nom lisible.

Ça sentait le coup fourré à plein nez.

— Et le psychiatre qui l'a examiné ?

— Le docteur Gallager. De l'hôpital psychiatrique de Wellington dépêché au centre social pour orphelins.

— Et l'employeur ?

— Aucun nom.

— Quelle est l'adresse de ce Malcom Kirk ?

— La dernière adresse connue est une pension de famille. J'ai téléphoné. Et c'est là que l'affaire se corse : aucun Malcom Kirk n'a jamais habité dans cette pension de famille.

— Kirk a-t-il eu affaire à la police ? demanda Fitzgerald sans se bercer d'illusions.

— Non. Aucune trace de lui dans nos fichiers.

Il rumina. Elle s'impatientait :

— Qu'est-ce qu'on fait ?

— Je ne sais pas ce que signifie cette histoire mais j'ai deux mots à dire à ce docteur Gallager… Rendez-vous avec Wilson et Osborne au bureau. On va se partager le boulot.

Le café fut expédié aux quatre coins de leur estomac.

*

— Joli coup, capitaine ! lança Wilson en gratifiant son supérieur d'un sourire.

Le regard ombrageux de Fitzgerald traversa le bureau. Il détestait qu'on le félicite pour les hommes qu'il avait tués.

— Demandez plutôt au professeur Waitura ce qu'elle pense de mes méthodes expéditives, siffla-t-il en se tournant vers la jeune femme, à peine installée.

Ann planta un compas dans la table où Osborne bâillait.

— Le capitaine Fitzgerald a sauvé sa peau, et du même coup la mienne, assura-t-elle.

Les jeunes flics échangèrent un clin d'œil que n'aima pas trop le Maori.

Waitura se plaça à la droite d'Osborne, des poches sous les yeux malgré son sourire impeccable. Quant à Wilson, à cheval sur une chaise, il piaffait d'impatience, les cheveux plaqués et la chemise de son uniforme ouverte. Comme il ne fumait pas, l'agent de Rotorua passait ses nerfs sur un chewing-gum au goût envolé depuis longtemps. Une sacrée bande d'enquêteurs, pensa Jack en les observant ensemble pour la première fois. Ils étaient sa famille, la dernière chose sur laquelle il pouvait compter.

— Je suis en train de recueillir des informations concernant le Quasimodo descendu hier soir, fit Osborne depuis son computer. John Tuiagamala. A séjourné deux fois à la prison d'Auckland pour violences répétées. Six mois fermes et trois ans avec sursis. La deuxième fois pour la même raison. Récidive.

Trois ans fermes : sort au bout de deux. C'est-à-dire en 95. La seule trace qu'on ait de lui est une fiche d'embauche aux docks d'Auckland, fiche signée par son employeur, au début de l'année 96. À vérifier. S'ajoute à cela tout un charabia concernant une enfance malheureuse, des parents violents, etc.

— Je m'en fous, coupa Jack. Ann ne me contredira pas : ce type n'a pas tué Carol. Ce Tuiagamala n'est qu'un homme de main, un épouvantail chargé de protéger le véritable tueur. Sans compter qu'il n'avait pas le physique pour séduire une fille comme Carol.

— D'accord avec vous ! ricana nerveusement la jeune femme.

Wilson arrêta de mâcher son chewing-gum ; le cynisme lui allait finalement à ravir. Osborne, en garçon sérieux, poursuivit son exposé.

— Le plus singulier est à venir : excepté cette fiche d'embauche, on ne sait plus rien sur Tuiagamala depuis sa sortie de prison. À partir de cette date, Tuiagamala ne s'est pas rendu aux services de réinsertion, n'a demandé ni obtenu aucune aide institutionnelle et n'apparaît plus dans les dossiers administratifs : chômage, logement, banque, sécurité sociale, médecine du travail, Tuiagamala a comme disparu de la circulation…

Wilson cracha son chewing-gum dans la poubelle. Joli tir. Jack rumina. Jolie vache. Ann gonfla le torse. Jolie paire de seins.

— Ainsi, même sa mort ne laisse aucune trace, résuma la criminologue sans forcer son talent.

— Exact. Le rapport de Mc Cleary nous en apprendra peut-être plus. Bon, et sa cabane au bout des docks ?

— J'ai accompagné l'équipe chargée de relever les empreintes, relaya Wilson, toujours à cheval sur sa chaise tournante. Son logement a été nettoyé : pas de papiers, pas de documents, pas d'indices, pas d'autres empreintes que les siennes. Et les vôtres, bien entendu.

— Tuiagamala était analphabète, suppléa Osborne. Ça explique l'absence de papiers chez lui mais pas sa façon de couper la tête des commerçants du coin…

Sourires d'atmosphère.

— Nous avons affaire à un fantôme, si je comprends bien… (Fitzgerald releva les manches de sa chemise.) Bon. Wilson, tu files à Wellington avec Ann. Elle t'expliquera ce que vous cherchez sur la route. (Wilson sourit à l'idée de passer une journée avec le petit génie de la criminologie néo-zélandaise.) Osborne, tu te charges des peintres. Ils ne sont plus que six sur ta liste. Va donc leur rendre une petite visite. Moi, je vais faire un tour sur les docks en attendant le rapport d'autopsie de Mc Cleary. Avec un peu de chance, il nous permettra de remonter la filière jusqu'aux complices de ce Tuiagamala…

Wilson fut le plus prompt à se lever. Dans ses yeux, une lueur bien en vie attendait la jeune femme comme à un premier rendez-vous galant.

Osborne lui adressa un rictus amicalement envieux : forcément, les peintres avaient moins de charme…

*

Bledisloe Freight Terminal. Jack sortait du bureau d'embauche des docks. Il avait trouvé la trace de Tuiagamala dans les fichiers : cette brute aurait bien travaillé un mois comme docker avant de disparaître de la circulation. Purement et simplement. Ben voyons. Personne ne savait ce qu'il était devenu ni ne s'en plaignait. De dépit, le Maori avait interrogé ses petits camarades. Même son de cloche : aucune nouvelle du géant depuis son départ il y a de ça un «paquet d'temps». Seule information délivrée par un des anciens : Tuiagamala aurait bien habité une bicoque au bout des docks. Merci, les gars. Bref, chou blanc sur toute la ligne.

Il décida de passer à l'institut médico-légal où Mc Cleary découpait de la viande humaine, une musique de radio en sourdine. Un type cool, Mc Cleary : pas une espèce de fou furieux comme son ami, celui qui déboulait dans la chambre froide avec un air de dément à travers la figure.

L'impatience du policier fut mise à rude épreuve : Mc Cleary ne pouvait pas doubler le temps, ni la médecine. Il s'était d'abord concentré sur la hache avant de s'attaquer au cadavre. Jack le dérangeait en pleine boucherie : il faudrait attendre demain pour en savoir plus.

Demain paraissait une éternité pour Fitzgerald. Mc Cleary encaissa deux ou trois réflexions sans broncher. Ce n'était plus une question d'estime mais de temps. Pour le calmer, il délivra les premières conclusions de ses expertises : Mizo, le Thaïlandais, avait été décapité par une hache. Les empreintes étaient bien celles du géant maori. L'arme était usagée : Mc Cleary avait trouvé des résidus (résine de pin) sur la lame.

Jack tiqua : sur l'île du Nord, les pinèdes étaient rares.

Le coroner lui montra une marque incrustée sur l'épaule du macchabée : un cercle de tatouage bleu, marque indélébile finement gravée. Tuiagamala portait ces mêmes marques aux poignets, aux chevilles et aux fesses. Signification inconnue. Le dessin en revanche était superbe.

Jack prit une série de polaroids et quitta la morgue sans une blague, même nulle.

Il roula dans les rues d'Auckland, seul avec ses pensées. Ses équipiers étaient en vadrouille, il avait besoin de réfléchir. Cette histoire de pin l'intriguait. Un ancien docker comme Tuiagamala n'avait pas forcément la fibre pour les grandes pinèdes…

Décidé à tirer ça au clair, il passa le reste de la journée à répertorier les forêts riches en pins. Il téléphona aux gardes forestiers des environs dans l'hypothèse où l'un d'eux aurait eu connaissance d'un géant assez hideux traînant dans les environs. Pas de réponse.

Alors, il décida d'entamer des démarches auprès des tatoueurs locaux. Cette histoire de tatouages, oui, quand même, c'était bizarre…

5

Le jour tardait à rendre l'âme. Eva dormait, les cheveux tombés en flaques rousses sur l'oreiller alentour. Les paupières frémissaient mais le rêve vivait encore.

John était satisfait. La nuit avait été longue mais ils avaient fini par atteindre la plage de Karekare. Sa maison était maintenant celle d'Eva. Personne ne viendrait les chercher ici. Il lui avait promis. Eva n'avait pas protesté : un mensonge émis de bonne foi suffisait presque à son bonheur. En arrivant à l'entrée du site protégé, ils avaient rangé la Jaguar sous une bâche poussiéreuse comme de vrais bandits en cavale. L'idée en imposait. Eva était ravie : cela seul importait. En dépit de leur situation, un fol espoir les animait.

John lui avait montré sa maison, ce qui se résumait à peu de chose : une cuisine, une chambre avec un sofa, une cheminée, une petite salle de bains adjacente. Eva, fatiguée, avait tout trouvé très bien. Par la fenêtre, la vue sur la plage laissait présager des matins triomphants : les dunes noires, l'océan, énorme, le sable, sans les souillures civilisées des humains. À peine croiseraient-ils quelques surfeurs téméraires — pas du tout le profil du délateur moyen. Ici ils seraient heureux, même si au moment de se coucher John avait ressenti un malaise latent — toujours le même.

Ne voulant rien laisser paraître, il ouvrit le lit de draps neufs et invita Eva à s'y prélasser. Trop éreintée pour penser à rien, la croupe revêtue d'une simple culotte, la jeune femme s'était glissée là. Afin qu'elle s'endormît sans mal, John avait posé son doigt sur la lune et bousculé les étoiles qui risquaient de l'éblouir. Eva, en femme aimable, sombra aussitôt.

Depuis, il la regardait dormir. Petit spectacle d'un quotidien à venir. Elle était touchante avec ses draps coincés dans ses mains et ses mains remontées au menton comme si la nuit pouvait la voir nue.

Jusqu'à l'aube, John médita au reflet de ces paupières alanguies sous la lune. Oui, bientôt il faudrait la peindre…

*

Le vent chassait les ultraviolets de la plage, les plaquait contre les rochers avant de les envoyer au diable, là-bas, vers le grand large.

Karekare vivait à son rythme de croisière.

John venait de partir pour Piha, le village voisin, en voiture. Le risque était minime : le coin était désert. Seuls deux jeunes kamikazes testaient leur nouveau surf en compagnie de petits requins jugés inoffensifs. Eva faisait un peu de ménage dans la maison. Ça l'amusait. Tout est question de fréquence. Et puis elle avait presque l'impression que cette bicoque était la sienne. Eden Terrasse n'avait jamais été qu'un bastion ordurier où la vulgarité épousait les chimères du luxe.

Tout ce qu'elle avait vécu lui paraissait dérisoire. Son suicide n'aurait pas lieu.

Armée d'un balai, la jeune femme se surprit à siffloter un air inconnu. Bon signe, ça. La poussière vola. Faire le ménage dans sa vie lui donnait envie de chanter.

Eva découvrait sa vocation de fée du logis quand, à l'amorce du second couplet, un homme passa l'embrasure de la porte restée ouverte. En guise de bienvenue, Eva lui jeta un regard meurtrier. Ce type avait la tête d'un flic. Grand, les cheveux châtain foncé, bâti pour les sports violents, pas spécialement séduisant mais agréable à regarder, des yeux bruns très doux, des dents blanches, les pommettes saillantes et de jolies lèvres... mais un putain de flic. C'est ce que pensaient les yeux d'Eva pendant que sa voix disait :

— Qui êtes-vous ?

L'homme entra dans la pièce et tendit une carte de police qu'elle examina, sourcils froncés. Bonne comédienne, Eva maîtrisa la peur qui engourdissait ses jambes. Il dit :

— Agent Osborne. J'enquête dans les environs. Un voisin m'a dit qu'un peintre vivait sur cette plage. (Comme la fille ne répondait rien, il ajouta d'une voix tranquille mais ferme :) J'aimerais le rencontrer.

Eva ne considérait pas John comme un peintre. Bien sûr, il lui avait parlé de sa vocation mais la maison n'abritait aucun atelier ; elle l'avait visitée. La peinture devait être un passe-temps et le peu d'argent qu'il gagnait provenait sans doute de la dope. À vrai dire, Eva se foutait pas mal du métier de John.

C'est cette surprise qui sauva la jeune femme. Osborne n'était pas un bleu : il savait reconnaître un menteur d'une menteuse. Mais le visage que lui renvoyait cette fille absolument superbe ne mentait pas. Pas comme ça.

— Moi aussi j'aimerais bien le rencontrer ! s'esclaffa-t-elle, un tantinet moqueuse. Je suis désolée mais je ne vois pas de quoi vous voulez parler, ajouta-t-elle en se renfrognant.

Osborne était dans le doute. La présence d'un artiste vivant quelque part sur la plage n'était fondée que sur des « on dit ». En réalité, John, alors à sec, avait troqué une toile contre la réparation de sa moto (panne introuvable) : le garagiste du dimanche, un passionné, avait accepté le paiement de ses efforts par une toile, sa femme étant friande d'art. Ainsi, sans le vouloir, John s'était taillé une stupide réputation de génie acariâtre dans le microcosme de Piha.

Osborne garda le même ton neutre et répéta :

— On m'a dit dans le village voisin qu'un type habitait ici. Un peintre amateur, je crois.

Eva s'appuya sur son balai.

— Vous voyez bien qu'il n'y a que moi ici. J'ai récupéré cette bicoque dernièrement. Je m'en sers pour les week-ends, avec mon mari et mes enfants. Quand j'en aurai...

Osborne tomba un peu des nues mais il envia ce fameux mari, ce qui n'était pas le moindre des paradoxes.

— Je peux entrer ? demanda-t-il en homme bien éduqué.

Gentil mais flic.

Eva l'invita de la main à se rendre compte par lui-même de la véracité de ses propos. Des années d'entraînement.

Osborne passa devant elle. Un parfum enivrant s'évaporait de cette longue rousse dont la robe légère cachait à peine l'anatomie sulfureuse. Une fine pellicule de sueur luisait sur son buste à demi découvert et l'étoffe de la petite robe à pois s'accrochait aux tétons de sa poitrine haut perchée ; d'un coup d'œil, Osborne remarqua qu'elle ne portait pas de soutien-gorge. C'était chaud. Presque sexuel.

Osborne n'était pas un macho mais un homme consciencieux, honnête et malin.

Il visita les deux pièces sans relever le moindre indice : pas de toile, pas de peinture, pas de pinceaux, aucune odeur, rien qu'un joyeux merdier où il aurait bien aimé vivre, même un peu.

Déçu, le policier s'en retourna. Eva attendait, adossée au mur près de la porte. Un petit sourire flottait sur ses lèvres — sa façon de prier pour que John n'arrive pas maintenant.

Osborne rendit le sourire avec ses moyens.

— Merci, madame… madame ?

Poli mais de plus en plus flic.

— Madame Smith. Excusez-moi mais vous n'avez pas de mandat. On vous donne ça et vous connaissez la suite, fit-elle en tranchant deux fois le bras de sa main.

Le ton était sympathique mais ferme. Osborne n'insista pas. Fitzgerald allait faire la gueule : il avait rencontré les six peintres inscrits sur sa liste et aucun ne répondait au signalement d'un tueur malade.

Quant à celui-ci, sa réputation vivait sur des ragots de village…

Osborne fila sous le regard frissonnant d'Eva. Jusque-là elle avait tenu le coup mais la proximité de la police lui tordait le ventre. Elle connaissait leur pouvoir, leurs moyens, leur morale et l'inflexibilité de leurs lois.

Sur le pas de la porte, la brise du large soufflait du bout des vagues. Plus loin, la silhouette d'Osborne rapetissait au milieu des dunes.

Du doigt, Eva visa le dos du policier. Et tira. Deux fois.

6

Wilson montra à peine sa carte de police à l'infirmière principale du foyer d'aide aux orphelins de Wellington.

Ils avaient roulé toute la matinée sur la nationale Sud et avaient peu ou pas dormi. Wilson était content. Le fait que le professeur Waitura le faisait bander avec sa petite jupe et son air de chien savant n'avait rien à voir là-dedans. À bientôt trente ans, Wilson était ambitieux et travaillait avec la crème des flics. Aussi tendit-il la photo laser à la face de l'infirmière avec une expression de confiance à peine contenue.

— Connaissez-vous cet homme ?

L'infirmière fit la moue.

— Il faut que je regarde dans mes fichiers…

Rosemary Shelford était une femme d'une quarantaine d'années, avec de fins cheveux blonds et un visage sec, pas très beau mais d'une remarquable intelligence — pas du tout le même genre qu'Ann (Shelford avait un air pincé et des seins plats) mais une femme pleine de perspicacité.

L'infirmière fit glisser un lourd tiroir et extirpa de la paperasse la liste alphabétique des patients ayant occupé les lieux. Shelford chercha deux minutes, en vain.

— Non, cet homme n'est pas venu chez nous.

— Impossible ! trancha Ann. Il est certifié dans un rapport datant de 96 que Malcom Kirk a séjourné ici une dizaine de jours avant de partir à l'âge de sa majorité. Le docteur Gallager a signé son autorisation de départ. Où peut-on rencontrer ce docteur ?

Le visage asséché de l'infirmière se figea.

— Je suis désolée : le docteur Gallager est décédé.

Coup de tonnerre.

— Comment est-il mort ? poursuivit la criminologue.

— Un accident de voiture, il me semble…

Wilson réfléchit à toute vitesse. Shelford semblait nerveuse, le temps électrique. Il avait déjà ressenti ce type de sentiment : un automobiliste lui montrait des faux papiers, sa main tremblait juste un peu, ses yeux avaient une autre couleur, l'air était différent…

Wilson posa toute une série de questions, certaines capitales au milieu d'autres, chargées de brouiller les pistes. Shelford répondait parfaitement. Impossible de dire si elle mentait ou non. Il laissa tomber.

L'infirmière les salua d'un air coincé. Pas le genre de visage qu'on aimerait voir devant son bol de café le matin. Wilson maugréait face à ce qui ressemblait à l'échec — la jeunesse n'aime pas l'échec. Ann, quant à elle, ne dit rien — elle était certes jeune mais elle faisait plus que son âge. Ils quittèrent l'orphelinat spécialisé avec une drôle de sensation.

Même pris de vertiges, les buildings de la capitale semblaient pendus au ciel figé. Wilson et Waitura se rendirent au poste de police principal de Wellington.

Là, ils apprirent que le docteur Gallager avait bien péri dans un accident de voiture en novembre 1996, soit deux semaines après sa notification du départ de Kirk. Le rapport de police mentionnait « éclatement du pneu avant gauche ». Le véhicule du médecin avait percuté un arbre. Mort sur le coup. Affaire classée. Célibataire, Gallager ne laissait derrière lui que le souvenir d'un homme anxieux, solitaire et professionnel.

Wilson gambergeait. Le toubib semblait réglo. Son décès n'était peut-être qu'une coïncidence. Pourtant, Ann n'y croyait pas. Gallager était mort pour une raison bien précise : trop de coïncidences, trop de hasards malheureux. Les fils blancs faisaient une pelote inextricable. Tuiagamala et Kirk avaient disparu de la circulation en 96, Gallager était mort en 96…

Ils remontèrent le fil de l'histoire d'après leurs maigres renseignements. On ne savait pas grand-chose de ce mystérieux Malcom Kirk : son apparition dans les fichiers des services néo-zélandais n'était due qu'à la mort de sa mère et son internement forcé dans un orphelinat spécialisé jusqu'à sa majorité — survenue trop tôt à leur goût. À part ça, aucune trace de Kirk. Nulle part. Son dossier avait même disparu de l'établissement où il avait séjourné.

Soudain, l'ordinateur neurologique de la criminologue s'arrêta net : Wellington. Bleinheim, île du Sud. Une heure de ferry entre les deux localités. Bleinheim, la ville où fut retrouvé le corps mutilé d'Irène Nawalu, la première victime, en décembre 1996. Toujours cette date. Hasard ou piste brûlante ? Qu'était devenu Malcom ? Pourquoi ne figurait-il sur aucune fiche de services néo-zélandais ? Pas de téléphone, pas d'adresse, pas la moindre allocation, pas d'amendes, pas de fichiers aux services de police, pas de numéro de sécurité sociale, rien. Hormis son passage éclair dans un orphelinat qui avait depuis égaré son dossier, Malcom Kirk n'existait pas. Pourquoi ?

Wilson rongeait son frein. Accablé de chaleur dans un bureau moite de la capitale, le policier ne rêvait plus que d'une chose : se jeter tête la première dans les vagues du Pacifique, avec ou sans la fille qui s'épongeait le front à ses côtés. Bon, elle n'était pas très belle, mais si elle insistait, Wilson ne voyait aucun inconvénient à ce qu'elle l'accompagnât dans les flots... Ann le sortit de sa rêverie : il était cinq heures de l'après-midi, les pistes s'arrêtaient toutes à la même date et les vagues oniriques de Wilson n'étaient qu'une supercherie masculine pour l'imaginer à demi nue.

Ils mangèrent un sandwich au commissariat central de Wellington avant de repartir pour Auckland ; la route était longue, ils n'avaient quasiment pas dormi de la nuit et l'énigme Kirk commençait à tarauder leur esprit. Wilson ne se plaignait pas : la promiscuité du voyage lui avait permis de sympathiser avec l'épatante Ann Waitura. Elle était plus jeune que lui mais faisait preuve d'une détermination au moins égale à la sienne, avec un petit plus : un don de perspicacité et une froideur technologique dans un cerveau qui tournait à plein régime vingt-quatre heures sur vingt-quatre.

Le policier de province pensait à tout ça, une main posée sur le volant, l'autre sur le rebord de la portière. La nuit était tombée et les phares qu'ils croisaient l'agaçaient. Sur le siège voisin, Waitura consultait ses fiches. Wilson n'était jamais tombé amoureux de qui que ce soit. Et surtout pas d'une flic. Il avait grandi dans un cadre familial rigide où aimer équivalait à une marque de faiblesse. Beau gosse, Wilson n'avait éprouvé aucun mal à suivre le code moral instauré par ses parents. Alors quoi ?

Les yeux luisant de fatigue, l'agent suivit la ligne blanche qu'engouffraient les phares de la voiture. Wilson avait toujours été seul. Même à deux. Ses notes au boulot étaient excellentes, il passerait sergent à la session de juin. Alors pourquoi son ambition sociale lui paraissait-elle ce soir totalement dérisoire ? Non : il n'était pas tombé amoureux d'Ann. Elle n'était qu'un révélateur. Mais il sut alors avec certitude que ses parents s'étaient trompés toute leur vie. À trente ans Wilson découvrait les problèmes existentiels, lui qui s'était toujours moqué des gens compliqués, et réalisait soudain, tout bête, qu'il n'avait plus envie de vivre seul : il avait envie de mourir à mille.

Un appel de Fitzgerald les tint en éveil jusqu'à Auckland : ordre de se retrouver à l'institut médico-légal à onze heures.

*

L'équipe se réunit autour d'un café, de ceux qui tordent le ventre — du pur Fitzgerald, plaisantèrent-ils en catimini. Ann et Wilson étaient arrivés à l'heure pour les premières conclusions du rapport de Mc Cleary. Osborne rentrait de sa tournée chez les peintres et, sans le savoir, venait de rater Eva White d'un cheveu. Cependant les pistes s'étaient resserrées dans cette affaire où les fantômes secouaient les chaînes de leur passé, où les spectres s'appelaient Eva, Elisabeth ou Judy…

Ils firent ce qu'on appelle le point.

Wilson dormait désormais chez Osborne, les gars ne parlaient plus que de l'enquête, très énervés à l'idée de la résoudre. Fitzgerald appréciait l'énergie de ces jeunes gens pleins d'avenir. Le briefing dura deux heures. Après quoi, chacun rentra sur son petit bout de terre fraîche.

Jack raccompagna Ann qui, à peine assise sur le siège de la Toyota, posa sa tête contre la vitre et s'endormit subitement. La fatigue avait finalement eu raison de son entêtement.

Le Debrett Hotel faisait la circulation à l'angle de Shortland Street. Comme elle somnolait, Jack lui secoua l'épaule. Réveillée en sursaut, la criminologue lui adressa un regard d'enfant fatigué. C'était la première fois qu'elle faisait son âge : ses traits s'étaient adoucis de manière surprenante et son nez légèrement épaté cherchait un coin d'oreiller frais. Elle l'embrassa sur la joue, ouvrit la portière et, sans un mot, tituba jusqu'au hall de l'hôtel.

Jack la regardait, surpris. Bah ! après tout, elle n'avait que vingt-six ans...

Bordel, il avait fallu vingt-six ans ! Eva ne désirait pas grand-chose dans sa vie : juste quelqu'un pour embrasser ses larmes en trop, sa mort aussi. Oui, comme ça, ce serait parfait. Eva et John, John et Eva, c'est comme on voulait. Mais toujours les deux ensemble : merde, la vie leur devait bien ça !

Non, elle ne leur devait rien.

Eva se dévêtit sans pudeur dans la pénombre de la chambre. Son chemisier plana sur le dossier de la chaise. À demi nue, elle s'assit sur le lit où se tenait John, le type qui avait tué son mari, immobile dans son pantalon noir.

Eva voulait faire l'amour, il le sentait trop bien. Comment lui expliquer… Une mèche gouttait de son front, détail fuyant sur un regard oblique qui le testait de loin. Enfin la femme approcha, poitrine nue. Derrière la peau, ce cœur sentait le sang. John se contracta : Eva rampait maintenant sur lui, reniflait la chair, la bonne chaleur de la bête. Nue, effroyablement nue. Outre l'odeur du sang flottait une forte odeur de sexe, de femme, d'amour à deux, de membres emmêlés fouillant les entrailles. John ne bandait pas, il avait à peine la force de penser. On ne jouait plus, on ne trichait plus, ou alors mal.

Ils s'étaient échoués sur une île sans eau.

Eva plaqua John sur le lit. Sa bouche faisait mourir des baisers à petits pas trempés le long de ses côtes, il tentait de l'appeler mais elle ne l'entendait pas, trop occupée à défaire les boutons du pantalon : bien sûr, ils n'avaient jamais fait l'amour, bien sûr ils s'aimaient, alors quoi ? La main d'Eva plongea dans le pantalon entrouvert, goûtant la légère contraction du sexe chaud dans sa paume. Il grossirait, sa bouche rentrerait bien-tôt entre ses lèvres, elle crierait là tout ce qu'elle ne pouvait pas lui dire, il pénétrerait en elle.

Renaître. Retrouver l'air ingénu des petites filles quand on leur demande ce qu'elles veulent devenir plus tard. Et grandir. Eva voulait ça, et pour toujours — jusqu'à la fin lui suffisait.

Soudain la jeune femme stoppa ses jeux érotiques : John restait pétrifié sur le lit défait, le sexe mort. Idole inutile et sinistre, ses yeux roulaient sur le plafond, caméléon cherchant la mouche. Il ne respirait plus du tout, les mains agrippées aux draps, au bord des convulsions. Eva serra les dents de rage. Sa haine du genre humain se canalisa dans l'instant ; elle était mau-dite. Ses parents l'avaient abandonnée, sa beauté était une malédiction, un leurre génétique destiné à rendre sa vie plus atroce encore. John n'avait presque plus rien à voir là-dedans.

Trente-huit coups de gong. Sonnée pour le compte, Eva tomba sur l'oreiller. Lentement la déception fit place à une sorte de tristesse animale. La chaleur de l'autre seule les unissait : les odeurs ne s'étaient pas mêlées. En guise d'union sacrée, ils n'épouseraient que des regrets. John n'avait toujours pas bougé. Eva fermait les yeux, les flancs rejetés sur le côté du lit. Impuissante à son tour, désemparée, abandonnée.

Le temps marquait des points.

— Je suis désolé…

La voix de John ne pesait rien. Elle l'entendit parfaitement : cet homme était désolé. Alors, dans un éclair d'une implacable luminosité, Eva comprit qu'il était sincère. Jamais on ne l'avait aimée ainsi. Physiquement, Eva avait aimé bien des hommes. Jamais plus. Aujourd'hui, les choses se renversaient. Elle ne le lâcherait pas. Quitte à s'humilier. Elle réussirait. Et il saurait. Eva souffrait pour lui — l'événement était de taille : car si John ne pouvait pas la posséder, c'est qu'on devait lui avoir pris quelque chose de sacrément important…

— Je n'étais pas préparée à ça, finit-elle par dire. Mais tu peux compter sur moi, John : je serait prête à tout, tout le temps. Fais ce que tu veux, comme bon te semble. Je ne te le dirai pas deux fois, je ne suis plus la pute que je redoutais, mais rappelle-toi ça : quand le poison sera servi, je le boirai.

Eva n'était pas le genre de femme à abdiquer sans avoir combattu. C'est ce qu'elle voulut lui signifier. Il le saisit parfaitement. C'était bien là le problème.

Le petit matin vint dans un ciel de feu. Voûté sur son bureau, Fitzgerald décolla enfin ses yeux du dossier. Il s'étira, massa sa nuque. Ne pensant à rien — ou à tout en même temps — il eut alors envie de faire l'amour.

Il sourit et pensa à Helen. Qui était-elle depuis treize années de relations épisodiques ? Jack se rendit compte qu'il la connaissait à peine. Helen était devenue une sorte de nuit intemporelle ; il y consommait des bouts d'intimité avant de plonger, seul, dans l'abîme de ses propres cauchemars. Helen l'attendait depuis treize ans et lui n'en avait jamais rien su. La fatigue l'enivrait. Malgré sa vieille beauté, son sourire mélancolique (mais de quoi ?), cette femme restait la sœur sexuée dont il n'avait jamais eu besoin. Ce soir, peut-être. Il l'imagina, aima ses cheveux contre sa poitrine, ses mains habiles sur son corps, le sourire poli de son visage après l'amour, cet usage exclusif qu'elle lui réservait…

Une violente poussée de tendresse le mit debout. Il quitta le bureau dans un coup de vent : le parfum d'Helen flotta un moment dans l'air et se posa sur les pages lisses du rapport en cours.

Dans le jardin, les cigales chantaient à tue-tête.

*

Le soleil étirait ses premiers rayons sur la baie. À l'abri des rochers, les homosexuels de la ville s'étaient donné rendez-vous et s'enlaçaient sans gêne.

Jack remarqua qu'il portait encore sa chemise de la veille. Il allait faire l'amour à une femme et le matin lui parut… comme étrange.

La Toyota glissa le long du trottoir de Saint-Heliers.

Helen habitait un pavillon modeste qui lui appartenait dans un lotissement où les voisins aimaient se ressembler. Des fleurs ornaient chaque fenêtre, récemment repeintes en vert, quant au jardin, c'était un coin d'Éden parfumé par ses mains expertes.

— Qu'elle doit s'ennuyer ! soupira son vieil amant en dépassant la petite grille qui délimitait son territoire.

Il sonna à la porte. Bien sûr, elle dormait encore : Jack imagina sa mine renfrognée dans son peignoir, pensant avoir affaire à un postier pour d'improbables vœux de bonne année. Au lieu de quoi, Helen trouverait l'homme qu'elle aime pour la première fois de sa vie sur le perron de sa maison, avec un bouquet de fleurs dans les yeux pour unique présent — celui qu'il ne lui avait jamais offert.

Un pressentiment brisa ce moment d'harmonie factice. L'instinct. Il enclencha la poignée mais la porte était fermée. Prenant appui sur la branche d'un arbre, le Maori grimpa au balconnet. La vitre sauta d'un coup de coude. Les éclats se perdirent sur le parquet ; Fitzgerald avait déjà bondi dans le salon.

Ses yeux fous parcoururent les quelques mètres qui

le séparaient d'elle. Helen reposait sur le tapis du couloir. Il reconnut le corps charnu de sa maîtresse, ses seins généreux et ses belles jambes. Sa fierté. Mais il ne reconnut pas son entrejambe : le pubis et les lèvres avaient été scalpés grossièrement, laissant une plaie béante au niveau du sexe. Le sang avait coulé abondamment, noyant les oiseaux du tapis coloré. Jack devint pâle comme un linge.

Voir avec sa tête. Le reste, pour plus tard.

Il s'agenouilla, les dents serrées pour ne pas crier, et posa sa main sur le tapis tout poisseux de sang. Il estima la mort à quelques heures environ, ce qui situait le meurtre aux alentours de minuit.

Helen était nue. Son corps avait été déplacé pour la mutilation ; plus loin dans le couloir, on apercevait sa chemise de nuit en lambeaux. Sa langue sortait encore de sa bouche comme un petit serpent rose. Sur le cou meurtri, des marques de doigts très nettes. Étranglée, comme les autres. Mutilée comme les autres.

Ne pensant à rien, absolument à rien, Jack inspecta le sexe de son amie. La blessure était semblable à celle infligée à Carol : pubis sectionné depuis le sommet, puis descente rectiligne jusqu'au clitoris, amputant une partie des lèvres. Le vagin semblait intact mais avec tout ce sang… Mc Cleary saurait lui dire avec certitude… Il continua d'examiner le corps et remarqua qu'un ongle de doigt de pied était ébréché. Helen s'était probablement enfuie devant le tueur, nu-pieds, et avait buté contre un objet dur, lui donnant l'occasion de fondre sur elle.

Il posa ses mains sur le cou : ses doigts concordaient presque avec la poigne du meurtrier. Celui-ci était cependant un peu plus petit que lui. Sans bouger le corps, il inspecta ses ongles : pas de traces de peau, pas de tissu visible à l'œil. Il nota chaque détail. Puis il se mit à quatre pattes et commença à arpenter la moquette du salon, frénétique.

Mais il ne trouva rien.

Rien.

Alors il se releva, abasourdi.

Le reste n'était plus que l'affaire de Mc Cleary.

Son travail terminé, Jack posa alors son premier regard sur Helen. Il observa son visage bleui, pensa au vide, à la suffocation, à cet appel qu'il n'avait pas entendu. Helen était belle et laide, noble et défigurée, les yeux révulsés derrière les paupières mi-closes. De son sexe mutilé, un léger filet de sang continuait de s'épancher sur le tapis. Alors Fitzgerald plongea dans ses pupilles vides afin de sentir la mort qui l'avait rencontrée ; la terreur étincelait encore, à cheval sur une larme refroidie. Elle qui ne savait qu'aimer…

Il murmura :

— Je le tuerai… je les tuerai tous. Je te le jure.

Une vague larme coula sur sa joue. De la haine pure, donc liquide.

*

La maison d'Helen Mains était maintenant le centre d'activité de la ville. Les curieux faisaient place aux journalistes. Fitzgerald accompagna le cadavre jusqu'à la rue. Même Sweety, le chat, s'était faufilé dans ses pattes. L'homme le chassa, agacé. Il regardait la petite foule de la rue comme s'il y cherchait son pire ennemi, il cherchait parmi tous ces loups et n'y trouvait que des chiens, une bouffée de rage qui le submergeait.

L'ambulance ouvrit ses portes sur le brancard, emportant d'un coup de sac plastique le corps mutilé de sa maîtresse. Aucun sentiment sur son visage.

À ses côtés, sortie d'un bref sommeil, Ann Waitura avait le profil bas des grands compatissants. Elle ne savait pas qui était Helen — Jack s'était contenté de répondre par un grognement dissuasif — mais cela lui suffisait. N'osant rien par pudeur, la criminologue restait près de lui, comme une ombre sur laquelle il pourrait s'adosser de temps en temps, s'il le souhaitait.

Mc Cleary arriva enfin, les cheveux ébouriffés et la mine grave. La main qu'il posa sur son épaule sentait la fraternité des hommes mais son ami s'en fichait complètement : les portes de l'ambulance se fermaient. Les agents en uniforme repoussèrent les badauds pour laisser passer l'ambulance en partance vers la morgue. Jack suivit le véhicule des yeux. Discrète mais à ses côtés, Ann Waitura attendait. D'un signe de tête, il l'invita à le suivre jusqu'à la Toyota. Un seul mot pour Mc Cleary :

— Prends bien soin d'elle.

Les lèvres du médecin légiste se contractèrent sous ses moustaches. Helen lui était chère. Il songea aux moments passés ensemble, à eux et leur drôle de relation : Jack ne la présentait jamais comme sa maîtresse, plutôt comme une vieille amie, mais ils étaient complices, Mc Cleary en était sûr. Helen était une femme simple, attentive, solidaire. Férue de mythologie grecque, incollable sur les histoires de labyrinthe et de cuisse de Zeus, lui et Jack aimaient sa culture agréable, sa voix douce et passionnée…

Mc Cleary était malheureux. Son vieux copain

souffrait pour elle. Ça lui donnait envie de pleurer. Oui, il prendrait bien soin d'elle : c'est l'ami et non le coroner qui lui donna sa parole. En silence.

Jack dépassa les badauds imprudents. Ann Waitura était son ombre froide.

*

Parnell. Le bistrot était presque désert. Ann avait un dossier sur les genoux et trois heures de sommeil dans ses yeux, sincères et désolés. Fitzgerald ne s'était pas détendu d'un centimètre mais écoutait les propos de sa jeune partenaire, toujours concentrée sur l'affaire. Selon elle, Gallager, le psychiatre qui a rencontré Malcom Kirk en 96, était mort de façon suspecte ; son accident de la circulation pouvait très bien être un meurtre déguisé. Kirk ne figurait nulle part, à tel point que son apparition dans les fichiers de la police revêtait du hasard, ou pire, d'un oubli : toutes les autres preuves de son passage sur terre avaient été effacées. Même son dossier de l'orphelinat avait disparu. Il ne restait qu'une brève note en bas d'une liste d'adolescents jugés inaptes à partir en vacances dans les villages sociaux prévus pour eux, note griffonnée par un psychiatre en mission bénévole aujourd'hui disparu.

Il fallait creuser le sujet. Ann ne demandait que ça.

— Qu'est-ce qu'on fait maintenant ? dit-elle.

— On va faire un tour du côté de South Auckland.

Le Maori eut un rictus déplaisant. Waitura resta de marbre : elle ne connaissait pas South Auckland.

Au volant de la Toyota, ils arpentaient la banlieue la plus mal famée du pays. Dans la bouche, comme un avant-goût d'ultra-violence. Ici, les gangs rivalisent avec la police, laquelle n'intervient qu'épisodiquement dans ces quartiers pauvres laissés en charge aux délinquants de tous acabits. C'est devant un des magasins miteux que Jona Lomu avait vu périr son oncle, massacré à coups de machette. Mais si le célèbre All Blacks avait réussi à s'en sortir, il était bien esseulé parmi les jeunes autochtones. Avec la crise, le néolibéralisme et l'argent sale, les bandes s'étaient organisées. L'autorité de la police avait reculé. Il régnait désormais un univers de violence à peine contrôlée par ceux qui la généraient. Les Maoris, souvent sans travail, ruminaient les rancœurs colportées par leurs ancêtres depuis que le Royaume-Uni avait volé leurs terres d'origine. Malgré les accords passés au siècle dernier, les avantages donnés aux premiers natifs et les récentes restitutions de la reine d'Angleterre, les jeunes avaient la sensation d'être nés en marge et que tout était fait pour qu'ils y restent.

D'origine maorie, Fitzgerald avait son point de vue sur le sujet. Mais aujourd'hui, il y avait les bons (et il s'en fichait) et ceux qui, symboliquement, étaient responsables de la disparition de sa famille, d'Helen… Tous étaient coupables. Leur couleur était bien le dernier de ses soucis.

Le bitume fumait du goudron sous le soleil. Le métis connaissait mal le quartier. Ann pas du tout.

Après un parcours fléché de doigts vecteurs, ils arrivèrent chez un tatoueur réputé, lequel les envoya chez un confrère, le plus ancien de South Auckland : les tatouages de Tuiagamala avaient été dessinés par un Maori sans âge, aux gestes lents et sûrs de leur talent. Lui-même portait une multitude de tatouages. Un homme étrange, calme, aimable et discret.

Jack lui présenta les photos des œuvres gravées sur la peau du géant abattu la veille : le tatoueur reconnut avoir été l'auteur de ces curieux dessins sans en connaître la signification. «Rite maori», se contenta-t-il de dire, évasif. L'artiste se souvenait de Tuiagamala : depuis quelque temps, il se faisait plus rare, mais on le trouvait parfois au Blackbird, un bar du coin.

Le vieil homme ne mentait pas, mais il y avait une drôle d'atmosphère dans son atelier…

Ils abandonnèrent le tatoueur maori aux secrets de South Auckland.

Dix minutes plus tard, la Toyota se garait sur un parking poussiéreux. Le Blackbird portait bien son nom ; des colosses aux joues tatouées en sortaient, déjà à moitié ivres. Ann se sentait mal à l'aise. Les hommes faisaient des allusions sinistres tandis qu'ils marchaient vers le hall. Fitzgerald les chassa du regard. Sans un mot, elle accepta le calibre .32 que lui tendit le policier avant de pénétrer dans l'arène. La criminologue tira sa jupe, soudain trop courte. Elle se sentait alors vraiment dans la peau d'une petite provinciale de l'île du Sud.

Le Blackbird était un gigantesque hangar où des planches sur tréteaux posées à même le bitume faisaient office de tables. Vu leur état, elles sauraient bientôt voler. Le comptoir traînait en longueur, tiré par des chopes de bière. Deux portiers épais comme des nuages surveillaient une clientèle agitée. La musique, du heavy metal aux paroles dégénérées, couvrait tout. Depuis les téléviseurs accrochés au plafond, des vidéos passaient, clips à la mode où des femmes mimaient

l'univers du sexe devant l'air crétin de ses contempo-
rains. Aux tables, les mâles buvaient leur éternelle
Steinlager. Ici, pas d'étrangers. Les bandes se défiaient
du coin de l'œil, n'attendant qu'un geste du camp rival
pour en venir aux mains.

Ann se tenait près du policier, impassible sous son
masque de femme « qui en a ». Les hommes la dévisa-
geaient, la plupart ricanaient. Ni sa science ni son
intelligence n'auraient le moindre recours ici. Et elle
détesta ça.

Fitzgerald scruta l'assemblée, des jeunes en blouson de cuir, franges et bottes de moto. Le métis était
un type comme eux, sauf qu'il avait décidé d'être flic.
Un traître, en somme.

Il ne répondit pas aux regards insultants, attrapa
une jeune Polynésienne par le bras et lui demanda
avec qui traînait Tuiagamala. La fille, farouche, dégagea vivement son bras et, en guise de réponse, se
tourna vers une table à l'écart.

La table de Zinzan Bee.

Jack connaissait l'homme de réputation. C'était une
sorte d'incontournable dans la communauté maorie.
Une longue tresse jaillissait de son crâne rasé et descendait dans son dos comme un serpent mort. De profondes rides marquaient ses traits effilés mais l'aspect
de sa peau brune semblait parfaitement lisse. Zinzan
Bee portait un simple gilet de cuir sur sa peau cerclée
de tatouages. Un sourire ironique gravitait sur son
visage dont les joues, elles aussi tatouées, donnaient à
ses yeux une expression singulière.

Fitzgerald évalua l'adversaire, seul face à sa Steinlager. Sous son gilet de cuir, le Maori avait conservé
un corps de jeune homme ; les muscles saillaient à

chaque mouvement. Jack remarqua l'un des tatouages :
ils figuraient sur le corps de Tuiagamala. Le dessin,
assez obscur, ressemblait à une figurine polynésienne,
une figure grimaçante…

Ann les avait vus aussi, mais choisit de rester à
l'écart.

Le Maori sourit à la vue de la criminologue et les
invita de la main à s'asseoir. Sur la table, une bière
entamée et un cendrier où gisaient quelques tickets
usagés. Les détails.

— Je vous attendais, lança Bee en guise de préambule.

Jack frémit dans sa chemise soudain moite.

— Vous savez pourquoi je suis là ?

— Je m'en doute, rétorqua l'homme. J'imagine
qu'un flic, car vous avez une tête de flic, a besoin un
jour ou l'autre de renseignements concernant notre
communauté… (Il sourit brièvement dans sa bière
avant d'ajouter :) Vous venez au sujet de Malcom
Kirk, n'est-ce pas ?

— Vous connaissez cet homme ? grinça Fitzgerald.

— Lui me connaît sûrement, répondit l'autre.

— Qu'est-ce que vous savez au sujet de Kirk ?

— Ça dépend de ce que vous cherchez.

— Il s'agit bien de cet homme ?

Il montra la photo laser de l'adolescent. Zinzan Bee
eut à peine un regard.

— Sans doute. Les photos ne montrent que ce
qu'elles ont envie de montrer. On ne sent rien, ou pas
grand-chose…

L'homme se situait visiblement au-dessus des basses
contingences humaines mais ses yeux noirs sombraient
dans un abîme sans fond. Jack connaissait.

— Trêve de mystère. On dit que vous connaissez tout le monde ici. Vous savez où se trouve Kirk ?

Le Maori se fendit d'un sourire supérieur. Impossible de savoir si ce type était un sage parmi les sages ou un dégénéré.

— Je suis désolé de vous décevoir mais Malcom n'est plus de ce monde.

En retrait, Ann ouvrit des yeux ronds. Kirk mort, c'était leur meilleure piste qui s'envolait.

— Vous voulez dire qu'il est mort ? lâcha Fitzgerald. Quand est-ce arrivé ?

D'un geste aveugle, Zinzan Bee commanda une nouvelle bière.

— Je n'ai rien de plus à vous dire.

Ann retenait son souffle. Jack remarqua alors un ticket de ferry au milieu du cendrier, un ticket oblitéré de couleur bleue.

— Et Tuiagamala ? Vous le connaissez comment ? demanda-t-il en formulant une vraie menace.

— C'était un imbécile. Et je n'ai pas l'habitude de frayer avec les imbéciles.

Ann se tordait les doigts sous la table. Ce type lui filait une frousse inexplicable. Un viol cérébral. Bee était le lien entre toutes les affaires : il savait, maîtrisait, dictait et commandait tout.

— Ne faites pas l'idiot, grogna le policier.

Ses yeux cherchaient à lire la destination du ticket de ferry sans y parvenir. Zinzan Bee coupa net son torticolis visuel.

— Je crois que vous ne comprenez pas bien : c'est à vous de ne pas faire l'idiot, répliqua-t-il sur un drôle de ton.

Ses épaules avaient l'épaisseur d'une racine cente-
naire. Ann se tourna vers le bar et nota que les hommes
s'étaient rapprochés de la table. Ils étaient une trentaine, de tous âges, de toutes bandes, comme regrou-
pés autour de Zinzan Bee. Jack hésita : au moindre
geste, ces types lui sauteraient dessus. Même seul, il
avait peu de chances de s'en tirer. Avec Ann, c'était
pire.

Les colosses se tenaient prêts, bras ballants le long
des hanches. Mauvais signe chez les voyous.

— Ne prenez pas ce risque. Pas avec elle, insinua
Bee en désignant la jeune femme. Malcom Kirk nous a
quittés il y a cinq ans environ. D'ailleurs, vous devriez
l'imiter. Un changement de peau ne vous ferait pas
de mal !

Et il partit d'un rire tonitruant.

Les policiers échangèrent un regard circonspect.
Zinzan Bee continuait de rire comme si ce qu'il venait
de dire avait quelque chose d'irrésistible. Alors Jack
le saisit par le cuir de son gilet. C'était plus fort que
lui. Seulement Fitzgerald n'était pas sur les docks à
chercher qui frapper. Il y eut un mouvement dans leur
dos ; six hommes, tous maoris, s'étaient approchés
dangereusement. Le policier reconnut trois des jeunes
qui l'avaient cherché au Corner Bar, fouina dans les
ombres et trouva celui à qui il avait troué le pied,
engoncé dans une sorte de plâtre confectionné à la
main… South Auckland. Tout venait donc d'ici. Sans
se concerter, les hommes arrachèrent leur pompe-
sueur, laissant découvrir leurs incroyables tatouages,
et se mirent en position de haka. Waitura se tint sur la
défensive. Jack lâcha Zinzan Bee.

Il y eut alors un cri formidable, féroce, sauvage,

chant guerrier accompagné de grimaces traditionnel-
lement destinées à faire fuir l'ennemi.

— Kamate ! Kamate ! (*Voici la mort !*)

Jack connaissait ces paroles vengeresses. Tous les
Néo-Zélandais les connaissent. C'était le cri de guerre
des Maoris, le haka, accompagné d'une série de
gestes rituels dont la signification échappe aux pakehas, étrangers venus d'Europe. À chaque exclamation,
tapant du pied sur le sol, les guerriers avançaient d'un
pas si bien qu'ils se retrouvèrent bientôt nez à nez
avec les policiers : leur langue frémissait comme des
petits serpents sous leurs lèvres bouillantes de rage.
Fitzgerald ne bougea pas. Ann retenait son souffle. La
danse martiale s'acheva après un cri commun qui fit
lever les hommes. Ils restèrent alors immobiles, grimace figée, narguant les policiers face contre face.
Les rangs se serrèrent autour d'eux. Jack se tourna
vers Zinzan Bee mais le chef maori avait disparu. Il
ne l'avait même pas vu s'envoler !

— Ne restons pas là, glissa-t-il à l'oreille de sa partenaire.

Tétanisée. Il saisit Ann par le poignet et traversa
la foule agglutinée. Bouclier humain, les épaules du
métis roulaient contre les torses bombés. Des insultes
fusèrent tandis qu'il tirait la criminologue vers la sortie. Des mains avides lui tâtaient le corps : Ann se sentait comme aspirée par ces gestes obscènes…

Jack ne vit pas le signe qu'adressa Zinzan Bee à
l'un de ses acolytes, stationné à une table voisine. Le
Maori souriait : Fitz avait mordu à l'hameçon.

Sur le parking, même l'air semblait prisonnier du
climat. Ann avait pâli. Ils claquèrent les portières de

l'automatique. Les Maoris se tenaient dans le hall pour s'assurer de leur départ. La Toyota démarra et, d'un bond sans consistance, les emporta loin d'ici.

La jeune femme, d'abord livide, finit par reprendre ses esprits.

— Qu'a-t-il voulu dire en affirmant que Malcom Kirk n'était plus de ce monde ? Vous croyez vraiment qu'il est mort ? (Comme Fitzgerald restait hermétique, elle s'écria, encore sous le choc :) Bon Dieu, Jack ! Qui est ce Zinzan Bee ?

Pas de réponse. Le policier semblait perdu dans ses pensées. La criminologue saisit son ordinateur de bord et cliqua sur les commandes.

— Je vais demander à Wilson de transférer les informations sur ma machine…

— Laissez tomber, fit Jack. Zinzan Bee ne figure sur aucune fiche de la police. C'est… une sorte de chaman.

Ann resta stupéfaite.

— Vous voulez dire une sorte de sorcier ?

— En quelque sorte.

Même lui paraissait mal à l'aise.

— Mais pourquoi n'est-il répertorié nulle part ?

— Un petit privilège maori, lança-t-il, toujours évasif.

— Il y a une raison valable à ce traitement de faveur ?

— Les autochtones ont accepté tant bien que mal les Blancs sur ces terres. N'oubliez pas que ce sont les leurs. Bee est un chaman, reconnu par les siens. Cessez une seconde de penser comme une Occidentale. Les questions existentielles de ce peuple ne sont pas les mêmes que les nôtres. Seulement aujourd'hui les choses ont changé. Beaucoup de Maoris ont adopté une attitude occidentale mais une partie d'entre eux, appelez-les traditionalistes plutôt que réfractaires, ont gardé les bases de leur culture ancestrale. Zinzan Bee est considéré comme un représentant honorifique, un chef spirituel si vous voulez. Ses pouvoirs sont limités pour vous mais pour eux il est un chaman, une entité que vous ne pouvez pas concevoir comme ça, depuis vos yeux…

— C'est la raison pour laquelle la population maorie le protège ?

— Sans doute.

— Et vous dans tout ça ?

— Quoi moi ?

— Vous vous situez où ?

— Je suis flic.

— Ils vous le font payer ?

— Non. J'assure aussi leur sécurité.

— Zinzan Bee a eu jusqu'à présent un traitement de faveur.

— Il est jugé inoffensif. Et puis on a déjà assez de problèmes avec les gangs, le chômage, la délinquance et les revendications territoriales.

— Dans ce cas que faisait-il dans ce bar ?

Jack ne répondit pas. Il semblait étrangement calme. Ça ne lui ressemblait pas. Il parlait de Zinzan Bee comme d'une entité spirituelle alors que cet homme nuisait à son paysage…

— Si je comprends bien, Zinzan Bee connaît Tuiagamala et Malcom Kirk mais on ne peut pas l'obliger à coopérer avec les autorités, c'est ça ?

— Exact. Touchez un de ses cheveux et c'est toute la communauté maorie qui s'embrase. Et ça, personne n'y tient.

Ann bouscula leurs arrangements.

— Putain, Jack! Vous déconnez! Livrez-moi le fond de votre pensée : que pensez-vous de ce type?

— Il est au courant de tout. Je le sens.

C'était à son tour de se parler à lui-même. Ann avait la même sensation. Bee la terrorisait. Il avait la beauté du diable et la puissance prophétique du Millenium.

Conduisant au jugé par les avenues plombées, Jack songea au ticket de ferry sur la table du bar : malgré l'inélégance du Blackbird, on devait changer les cendriers après chaque client. Tous les bars font ça. Ca signifiait donc que le ticket bleu appartenait à Zinzan Bee, qu'il aurait utilisé ce ticket dernièrement...

Il déposa Ann au commissariat et informa ses équipiers de son prochain déplacement : Ferry Berth.

9

Ticket bleu : destination Waiheke. Jack trouva une place *in extremis* dans le ferry d'une heure. Entouré d'une joyeuse marmaille, il s'installa à l'un des bancs du pont supérieur.

Les rares nuages furent chassés par les alizés, faisant place à un ciel d'un bleu pur jus. Plus loin dans la baie, les voiliers de la prochaine coupe de l'America s'entraînaient afin de défendre le glorieux trophée. Les gens filèrent vers le bar du ferry pour l'inévitable soda.

Une demi-heure plus tard, le bateau garait sa lourde carcasse dans le port de Surfdale. Les mouettes jouaient les gravures de mode dans l'air marin mais Jack n'était pas un contemplatif : si sa piste était bonne, Zinzan Bee avait séjourné ici dernièrement. Dans quel but ? Kirk était-il mort comme semblait l'insinuer le Maori ? Dans ce cas, pourquoi le chaman s'était-il rendu à Waiheke ?

Fitzgerald se rendit à pied au seul poste de police présent sur l'île, sorte de baraquement à la climatisation déglinguée. Là, il tomba sur un flic aux cheveux crépus dont les bottes sales reposaient sur un tas de paperasse.

Ieremia avait une trentaine d'années, un uniforme trop petit pour sa musculature et une belle tête cuivrée. «Un Samoan», pensa Jack en lui montrant sa carte et la photo laser de Kirk.

— Vous connaissez cet homme?

Ieremia retira ses pieds du bureau et inspecta la photo.

— Non, désolé.

— Vous travaillez seul ici?

— Oui. Sauf pendant les congés. Un autre flic me relève. Vous savez, ici, je ne sers qu'à régler les petits problèmes des insulaires...

Ieremia n'avait pas l'air débordé.

— Vous connaissez quelqu'un susceptible de me renseigner?

Il sembla réfléchir. Jack le trouvait aimable mais nerveux. Sans qu'aucune lueur n'éclaire ses yeux, il finit par dire :

— Je crois avoir ce qu'il vous faut. Le vieux Jones habite Waiheke depuis toujours. C'est un pêcheur. Il saura peut-être vous renseigner.

— Et on le trouve où, ce Jones?

— Au bout de l'île, du côté d'Onetangui. Mais il faut s'y rendre en voiture. L'endroit est sauvage. Jones habite une cabane pas loin de la plage, sans téléphone évidemment.

— Vous avez un véhicule?

— Je vous accompagne; ça me fera une promenade...

Les deux hommes roulèrent près d'une demi-heure. L'île se dépeuplait au fur et à mesure qu'ils suivaient la route goudronnée. Ieremia ne posait pas de question, se contentant de conduire la Ford banalisée le long des champs encore verdoyants. Il allait parfois de son petit commentaire sur les beautés de l'île. Jack se taisait. Il pensait à Helen, à leurs promenades à Waiheke.

Enfin, le flic stoppa sa guimbarde en bord de route. Il essuya sa sueur d'une main et dit :

— C'est là. Jones ne doit pas être très loin…

Sur la droite, un chemin à peine visible se glissait sous les fougères. On devinait plus haut le toit d'une maison en partie cachée par les branches d'arbres exotiques. Petit frisson. Trois fois rien. Un danger. Jack rumina :

— Attendez-moi là, je reviens dans un petit moment…

N'ayant rien de mieux à ajouter, Ieremia opina du chef.

Il emprunta le chemin et disparut parmi les fougères. La maison était semblable à celles croisées le long de la route, avec un préau, un étage sur pilotis et une terrasse repoussant tant bien que mal l'avancée du bush. Hormis les incessants battements d'ailes lilliputiennes, on ne percevait aucun bruit. Fitzgerald avança jusqu'au préau : des traces d'huile encore fraîches s'épanchaient sur le sol… Il emprunta l'escalier et poussa la porte de l'étage. Pas un bruit ; la maison semblait vide. Sur une table trônait un bouquet de fleurs. Le canapé, couleur fuchsia, était neuf. Fitzgerald dégaina son arme, le cœur battant plus vite, passa à la cuisine : un frigo, un énorme congélateur, un lave-linge neuf, four micro-ondes high-tech… Il se pencha sur l'évier. Ses poils se hérissèrent : une paire de bas flottait dans une cuvette.

Des bas de femme.

Jack se jeta immédiatement à terre. Une série de coups de feu éclata près de lui. Le Maori roula vers la porte, cherchant d'abord à sauver sa peau : il ne vit pas l'homme qui, dans un nuage de fumée blanche, venait de surgir du congélateur, un pistolet-mitrailleur dans les mains.

Un projectile avait détruit le barillet de son .38 et il filait désormais mains nues vers la terrasse sous les cris perçants de l'automatique. Les balles percutaient le mur, ricochaient sur le parquet et fusaient dans l'air tandis qu'il se réfugiait à toute bombe vers le salon. Tout explosait autour de lui. Depuis la cuisine le tueur arrosait la pièce au jugé. Jack fut littéralement chassé de la maison, ahanant dans sa fuite éperdue, poursuivi par une meute de balles gros calibre.

Il atteignit la terrasse. Sous lui, un bush à peu près inextricable encerclait la maison : le policier plongea sans hésiter.

Une rafale cueillit les feuilles présentes. Le tueur fonça sur la terrasse, tira de nouveau mais un cliquetis familier lui indiqua que son chargeur était vide.

Dans sa chute, Jack avait dégringolé plusieurs mètres à travers les ronces. Il se retrouva englué dans un amas de verdure qui le rendait invisible depuis la maison. Il saignait du cuir chevelu, la brûlure était celle laissée par le passage d'une balle, les épines le déchiraient, ses épaules étaient meurtries, mais le bush avait amorti sa chute : il était vivant. Ce petit bonheur ne dura pas : le type était au-dessus, sur la terrasse, et lui n'avait plus dans sa main qu'une longue estafilade à la place du .38.

Il avait bien un canif à la ceinture… Empêtré dans les branches, Fitzgerald cherchait un moyen de sortir de ce traquenard quand il entendit le bruit d'une porte qui se claque. Plus haut, le tueur avait rechargé son PM mais il y avait maintenant un nouvel arrivant dans la maison. Quelqu'un que les balles avaient alerté. Ieremia?

La voix qui parla la première était un mélange de mauvais anglais et d'argot.

— Qu'est-ce que tu fous là, toi! On t'a pourtant dit de rester où t'étais!

— Je suis ici chez moi! répondit l'autre d'un ton criard. Ce serait plutôt à moi de vous demander ce que vous faites là?!

Cette voix-là était féminine, haut perchée, presque trop. Fitzgerald tendit l'oreille.

— T'inquiète pas, ma vieille. J'suis là pour te protéger.

Silence: manifestement, la personne qui habitait ces lieux n'en croyait pas un traître mot. Jack risqua un œil depuis sa cachette mais le bush lui barrait toute vision.

— Qu'est-ce que vous cherchez? demanda la voix étrange.

— Y'a des traces de sang: je crois que je l'ai touché. T'as vu personne sur le chemin? (Pas de réponse. Il insista.) Un flic. Un sale flic.

Le tueur s'approcha du bord de la terrasse et tira une salve aveugle dans le bush. Quatre mètres plus bas, Jack se terrait contre une grosse racine, les mains protégeant la tête. Plusieurs branches se fissurèrent près de lui mais aucun projectile ne l'atteignit. La drôle de voix s'écria:

— Arrêtez! Arrêtez!

— Oh! Ta gueule, salope! grogna l'autre en cherchant du canon une nouvelle cible.

— On avait passé un accord ! se mit à hurler la fille. Je n'appartiens plus à ce salaud de Bee ! Vous n'avez rien à faire ici. Ni vous ni personne de sa bande !

— Tu es mal placée pour parler de ça. Et Carol, qu'est-ce que tu en fais ?

— Ce… Non ! Ce n'est pas moi ! Vous le savez très bien ! C'est pas moi ! Oh ! Non… Pas moi ! (Le son baissa jusqu'au balbutiement.) C'est pas moi… Pas ma faute à moi…

Cette voix était celle d'un damné, un être malade qu'on écorchait vif.

— Ah ouais ? Tu veux qu'on vérifie ? menaça l'autre.

— Non ! NON ! ! Laissez-moi tranquille !

— Bon, c'est comme tu veux, ma vieille. De toute façon, j'suis pas là pour ça. Faut que j'retrouve l'autre flic. (Il pesta :) Bullshit ! Où il est ce fils de pute ? !

Il y eut le cliquetis sournois d'un automatique que l'on arme.

Fitzgerald s'ébroua. Le bush ne le protégerait pas longtemps. La meilleure défense étant, paraît-il, l'attaque, il s'extirpa tant bien que mal des ronces. Depuis la terrasse, l'autre vidait son chargeur à travers la jungle.

Jack dévala l'enchevêtrement de conifères, trouva une fougère particulièrement gigantesque et mit genou à terre. Après quoi, il tira le canif de son étui, haletant. Une minute passa. Il attendait toujours, de l'angoisse collée aux boyaux. Enfin il perçut un bruit de pas, un bruissement, trois fois rien… Ses oreilles s'agrandirent : le silence emplissait tout. Alors, un autre bruit, maintenant très net. Là, sur la gauche… L'homme approchait.

Jack évalua la lame de son canif. L'idée jaillit. Il lança un appel sur l'émetteur qui le reliait à sa partenaire, le déposa à bout de bras sous une fougère voisine et glissa un peu plus loin.

Quand le Maori arriva dans son champ de vision, Jack attendait, le canif serré dans la main droite. Au premier bip, l'homme se tourna brusquement et détruisit la fougère voisine d'un tir tendu. Les branches tombèrent comme des mouches. Il bondit sur son flanc gauche. Le Maori qui tenait le pistolet-mitrailleur n'eut pas le temps de repousser l'assaut fulgurant ; le canif s'enfonça jusqu'à la garde dans son thorax. Il chercha alors à retourner son arme contre l'agresseur mais Jack lui tordit brutalement le poignet. La rafale s'envola dans l'air du temps.

Le canif toujours planté dans le torse, il saisit le policier à la gorge et, malgré la douleur intense, tenta de l'étrangler. Jack se dégagea d'une manchette teigneuse, puis il propulsa une droite sèche à la pointe du menton : l'homme subit l'onde de choc de plein fouet. Son cerveau cogna dans son crâne, il tituba un instant avant de tomber à terre.

À bout de souffle, les jambes comme un tas de chiffons, Jack jaugeait l'ennemi : un filet de sang coula depuis sa bouche charnue. Les poumons étaient touchés. Le Maori se mit à râler, une main sur le thorax, les yeux roulants.

Cet homme allait mourir.

Le policier extirpa la photo de Kirk de sa veste. Comme sa mâchoire était cassée, Jack se demanda s'il pourrait parler. Il présenta la photo à sa face grimaçante :

— Qui c'est ce type ? (Comme il n'obtenait pas de

réponse, il le saisit par le col de sa chemise :) Bon Dieu, tu vas crever ! Dis-moi ! Qui c'est ?

Le visage de l'homme se transforma. Il eut un mouvement de recul, comme si cette photo le terrorisait :

— Moe… moetotolo.

Jack crut un instant retomber en enfance, quand, au coin du feu, le grand-père de Polynésie racontait la vie sur son île lointaine. Moetotolo, cet amant qui se glisse dans le lit des jeunes filles pour la glorieuse défloration…

— Et la fille ? s'égosilla-t-il. Qui c'est, cette fille ?

Il secoua le Maori, en vain : l'homme articulait des sons mais ce charabia restait incompréhensible. Il étreignit une dernière fois sa chemise sanguinolente mais l'homme venait de sombrer dans un coma qui l'enverrait ailleurs pour un aller sans retour.

Fitzgerald mit trente secondes pour se lever et dix de plus pour réaliser qu'il fallait vivre encore — et plus vite. Le temps de se rappeler l'existence de la femme sur la terrasse.

Le cuir chevelu arraché, les vêtements couverts d'épines, il traça le bush sans penser à rien. La peur collait encore à la semelle de ses chaussures quand il grimpa les marches et atteignit le salon. La chaleur était accablante malgré les fenêtres ouvertes mais il n'y avait plus personne ici.

Fitzgerald abandonna toute idée de poursuite.

Il tenta de rassembler ses esprits mais c'était plus fort que lui, il ne pensait plus qu'à une seule femme, malgré tout ce qu'il venait d'endurer, malgré Helen, c'était Eva qui tremblait dans l'auréole du mauvais rêve. Plongé dans la contemplation de ses pieds, Jack revint à la réalité. Que lui arrivait-il ? Quand il se leva, l'air lui donnait le tournis. Il poussa la porte de la chambre et repéra un lot de barrettes sur la table de nuit. Dans les placards, accrochés à des cintres, d'autres robes, des jupes, des pantalons collants, des chemisiers… Les tiroirs aussi regorgeaient de dessous féminins.

Kirk n'aurait donc jamais vécu ici ? On lui avait tendu un piège, Zinzan Bee avait chargé un tueur de l'éliminer mais qui était cette fille ? Elle était pourtant mêlée à la mort de Carol, le tueur la protégeait, mais de quoi ?

Il inspecta la salle de bains ; sur la tablette, diverses crèmes s'étalaient au milieu d'un imposant matériel de maquillage : fond de teint, rouge à lèvres, faux cils, mascara, poudres, pinceaux… Il pensait de nouveau à Eva en retournant sur les lieux du crime — le sien. Jack fouina par terre et trouva enfin son émetteur. Rictus de déception : le Maori avait tiré juste. De l'émetteur, il ne restait plus qu'une poignée de puces électroniques et un quart de boîtier usagé. Quant au tueur, il n'avait évidemment aucun papier sur lui…

Il rebroussa chemin jusqu'à la route mais, comme prévu, la Ford avait disparu : Ieremia s'était volatilisé.

*

Le ferry coupa les moteurs. L'océan n'était plus qu'une lente glissade vers le port d'Auckland. Debout sur le pont, Jack Fitzgerald se massait le visage, épuisé par cette journée qui avait bien failli lui coûter la vie. Il avait perdu un temps précieux, à commencer par les quatre kilomètres qu'il dut effectuer à pied avant que la voiture d'un riverain daignât l'emporter jusqu'à

Surfdale. Le bureau de Ieremia était évidemment vide :
d'après un autochtone interrogé à ce sujet, Ieremia
n'aurait pris son poste qu'au début de la semaine…
Jack avait téléphoné à sa partenaire, naturellement
inquiète, afin qu'elle vînt le chercher au dernier ferry.

Il arrivait enfin, dans un état proche de la paranoïa :
le meurtrier de Carol était protégé par des forces beaucoup plus puissantes que lui. Cette histoire puait la trahison, la haine et la mort. Depuis le début. Il quitta le
quai bondé du port : garée contre le trottoir de K. Road,
Ann attendait à bord de la Toyota. Elle aussi paraissait
tendue. Ils se saluèrent brièvement. La criminologue
descendit l'avenue tandis que Jack lui contait son arrivée à Surfdale, Ieremia, la fille qui habitait là-bas, le
tueur qui l'attendait, son appel dans l'émetteur et cette
histoire de moetotolo…

— Moetotolo ?

— Une vieille pratique *a priori* oubliée, expliqua-
t-il. Dans les villages perdus des îles du Pacifique, le
viol n'existait pas. En revanche, la pratique du moetotolo était monnaie courante, et même un titre de gloire
pour les amants : il s'agissait de se glisser dans la
couche d'une vierge et d'y voler sa virginité. L'amant
se transformait alors en une sorte d'esprit de la nuit ;
en fait, c'est plus un jeu qu'un viol. Si la jeune fille
trouvait le moetotolo à son goût, elle se laissait faire,
quitte à crier au moetotolo le lendemain matin. Quant
à l'amant, il sortait grandi de l'épreuve, possesseur de
la précieuse virginité de la jeune fille, mais à ce petit
jeu gare aux maladroits : le moetotolo qui ne sait pas
bien s'y prendre, au physique repoussant ou trop
bruyant lors de son intrusion dans la case, était immédiatement puni. La vierge se mettait alors à hurler en

pleine nuit, réveillant le village afin que tous voient le moetotolo démasqué. Honte suprême pour l'amant malhabile aux choses de l'amour, ridiculisé devant son peuple, battu parfois, et la plupart du temps chassé du village…

— Quel rapport avec la fille dont vous parlez ?

— Je ne sais pas. C'est bizarre. Quelque chose ne colle pas dans cette histoire.

— Vous croyez que cette fille était une vierge ?

Il haussa les épaules.

— Ce qui est sûr, c'est que Ieremia, le flic de Surf-dale, est dans le coup. Il a dû s'échapper avec la fille.

— Tout ça n'a pas de sens.

— C'est vrai. Je vais mettre Osborne sur le coup. Je ne sais pas d'où vient ce flic mais tout ça ne me plaît pas. Pas du tout. (Il se tourna vers elle :) Bon, et vous ?

La criminologue livra les derniers résultats de ses enquêtes. Bilan : les dossiers de Tuiagamala et Bee s'arrêtaient à la même date : 1996. L'année du premier meurtre. Toujours la même date.

La voix de Wilson dans la radio coupa alors leurs réflexions.

— J'ai le rapport complet de l'autopsie de Tuiagamala, feula le policier. Mc Cleary est formel : on a retrouvé… on a retrouvé de la chair humaine dans son estomac.

— Une piste ?

— La chair humaine a été ingurgitée environ six heures avant que vous n'abattiez Tuiagamala. D'après Mc Cleary, il s'agit de morceaux provenant du fessier et des cuisses. Comme la viande était déjà faisandée, on imagine que la victime a été tuée il y a environ quarante-huit heures.

— Kirsty, marmonna Jack entre ses canines.

— Ou Katy, déglutit Ann.

— Quoi d'autre ?

— Après examen, Mc Cleary a relevé de la résine de pin à la racine des cheveux de Tuiagamala. La même que sur la hache. Vous savez qu'il existe peu de pinèdes sur l'île du Nord. Mc Cleary a mis du temps à le trouver mais cette résine proviendrait d'un arbre qualifié de « pin maritime ».

Jack s'était renseigné la veille sur les pinèdes alentour. Soudain une lueur illumina son visage.

— Waikoukou Valley. C'est l'endroit le plus proche où l'on trouve cette sorte de pins.

Il avait potassé son sujet. Waitura frissonna sur son siège. Fitzgerald l'avait incluse à son équipe mais il lui cachait quelque chose.

— Qu'est-ce qui se passe maintenant ? gloussa Wilson depuis l'émetteur.

— Il faut quelqu'un pour démêler le sac de nœuds de Waiheke. Osborne s'en chargera. Toi, rejoins-nous à Waikoukou Valley. Je crois qu'on ne sera pas trop de trois, conclut le policier d'une voix glacée.

Wilson émit un grognement satisfait. Il allait enfin opérer avec son boss.

10

Karekare. Eva longea le gros rocher qui surplombait la maison. John l'attendait sur la terrasse, un matériel de pêche posé sur le sable. Le visage de l'assassin était encore rougi par la plongée mais elle le trouvait très beau dans sa combinaison sans manches.

Eva était complice d'un meurtre, exilée avec un type malade et tout allait pourtant parfaitement bien.

Edwyn avait sombré corps et biens dans sa mémoire, ce grand fourre-tout où elle évitait de ne jamais rien chercher. C'était comme s'il n'avait jamais été, ni son mari ni même un homme. En guise de remords, Eva n'éprouvait rien. John l'avait ensorcelée.

« Ça me donne du vent ! » pensa la jeune veuve en descendant jusqu'à la maison où John attendait, un panier à l'épaule.

— Tu as ramené quoi ?

— Des langoustes ! répondit-il en faisant gesticuler les gambettes mal épilées des crustacés.

Dans les yeux d'Eva, le bonheur se payait en langoustes. Il dit :

— Tu as faim ?

— Oui. Mais il faut les tuer avant, non ?

— Oui. Tu vois, c'est comme le bonheur.

Il sourit. Eva repensa au flic venu la veille. Elle n'avait rien dit à John — pas envie.

Tandis qu'ils marchaient vers la cuisine, Eva remarqua pour la première fois la figure d'une statuette maorie accrochée dans un coin de la terrasse.

— Tiens ! Qu'est-ce que c'est ?

— Un heï-tiki, répondit John. « Heï » pour pendentif, « tiki » pour humain.

— C'est une amulette, non ?

— Oui. Les Maoris s'en servaient comme cadeau de bienvenue, la chose la plus estimable que l'on pouvait offrir. Travailler la pierre rare ou l'os demandait des semaines. Les significations de cet objet sont multiples. Les Maoris mettaient le heï-tiki à l'entrée de leur case pour éloigner les mauvais esprits.

— Il y a des mauvais esprits ici ?

— Plein !

Eva observa l'objet grimaçant d'un œil circonspect. Elle comprenait que les mauvais esprits déguerpissent devant une trogne pareille.

— Les hommes sont-ils rendus si bas ? murmurat-elle pour elle-même.

— Tu connais peut-être cette légende grecque ? Les dieux auraient créé les hommes en commençant par les meilleurs. Ceux-là travaillaient l'or. Puis ils sont descendus dans la hiérarchie : d'autres hommes ont travaillé l'argent, mais ça marchait moins bien. Alors une nouvelle génération a travaillé l'airain, puis une autre, l'héroïsme. La dernière génération est la nôtre : elle travaille le fer. La nature de ces hommes est si maligne qu'ils ne connaissent pas de répit, condamnés à travailler et à souffrir. Ils deviennent de plus en plus mauvais : les fils sont toujours inférieurs aux pères. D'après cette légende, un jour viendra où leur perversité les amènera à adorer le pouvoir : ainsi, ces hommes perdront le respect du juste et du bon. Et quand plus un ne sera indigné devant le mal, la souffrance d'autrui, les dieux les détruiront. À moins que le petit peuple ne se révolte un jour…

Eva se taisait.

— Le vieux Maori qui m'a vendu ce heï-tiki m'a raconté des histoires similaires sur cet objet. C'était étrange…

Son regard s'évada. Eva raccrocha la statuette au mur, bien décidée à devenir l'esprit bienveillant de cette maison.

— Tu crois qu'on vivra traqués ?

Sa voix pesait des poussières.

John posa doucement sa main sur sa joue.

— Ne t'en fais pas. Nous ne les laisserons pas faire ça.

Eva serra les dents, avec plaisir : il y avait dans son regard une lueur maladive — la vie.

*

Le bush s'étendait sur les hauteurs. Une petite route serpentait à travers la végétation, reliant Karekare à Piha Road. Cernée de monts forestiers, la plage se distinguait encore en contrebas mais le bruit des vagues se dissipait. « De là-haut », John lui avait assuré que la vue serait superbe.

Ils avaient quitté le chemin depuis un moment et s'enfonçaient à travers la forêt. Dans leur dos, le sentier disparaissait sous les fougères géantes. L'atmo-

sphère chargée d'insectes laissait échapper des odeurs
bizarres, proches des sensations. Exténuée après la
montée, Eva s'était arrêtée au milieu du chemin. John
se retourna. Et la sentit enfin. L'odeur. Celle du
monde. Il fallait le faire. Le vieux Maori avait raison :
le faire avant que tout ne soit trop tard, le faire avant
que les hommes ne détruisent tout, la nature et les
enfants à venir, eux surtout.

John avança vers la femme. Il cachait quelque
chose dans son dos. Eva eut peur, car le regard qui la
fixait n'était plus celui d'un homme : il était ce gosse
androgyne laissé en pâture sur la dune de son enfance,
quand les vagues cognaient dans sa tête, quand Betty
l'avait écrasé de tout son mépris. Impuissant. Le fantôme de sa conscience l'avait touché, meurtri, humi-
lié. John n'était plus maintenant qu'une grimace
effarée aux mains tremblantes, des secousses rap-
prochées qui faisaient rouler ses yeux. La lueur bleue
jaillit et se ficha dans son crâne : il ne devait pas crier,
c'était interdit. La lumière fouilla. Le visage de Betty
apparut en kaléidoscope, angélique avec ses quatorze
ans, ses joues rondes et ses cheveux blonds crasseux
tombant sur les épaules. Il l'aimait. Elle aussi l'aimait.
Elle lui avait même murmuré : « John, je veux que tu
sois le premier à me faire l'amour… » L'adolescent
avait baissé la tête. Jamais on ne lui avait dit une
chose si belle et si terrible. Mais tout s'était brisé,
cassé, arraché, dilapidé, pulvérisé. Le kaléidoscope
tourna à toute vitesse et fonça vers le cœur de la
lumière bleue. L'œil du cyclone. Betty disparut dans
un cri, happée par la mer électrique.

— John, ça ne va pas ?

Mais sa voix manquait de tout. Elle recula d'un

pas : il tenait dans sa main une sorte de trique. Eva resta pétrifiée. Une statue vivante. Un modèle… John fit un effort surhumain pour repousser la crise. Il passa la branche entre ses cuisses, redessina l'arrondi de ses formes, ce corps immobile, palpable, soulevé par la peur qu'il lui inspirait.

— Oh ! John ! Je t'en prie…

Le bras de son amant allait s'abattre sur elle. Eva, en croisant ses yeux vides, succomba à la panique : elle recula et aussitôt s'enfuit vers le bush. En trois enjambées, John la rattrapa, la saisit par le bras et l'envoya valdinguer contre un arbre. Maintenant, elle était prête.

Dans un bref sifflement, la trique cingla sa cuisse. John grimaçait. Eva crut reconnaître la face immonde du heï-tiki de la maison. Elle subit. Et cria. Trois fois. Mais ne plia pas. John, lui, chancelait. Il cligna des yeux, finit par lâcher la branche et se retint au tronc de l'arbre. Les paupières lourdes, le sexe dur, son odeur forte dans les narines. Sueur et sperme. La chaleur de la bête.

Absent, John regardait ses mains : elles tremblaient, tout au moins coupables. Non, ce n'était pas lui. Pas lui.

Toujours adossée, Eva se mordait les lèvres. Il fallait tenir le coup, ce type était sa seule façon de vivre. John posa ses mains sur la gorge dégagée que la jeune femme lui tendait en sacrifice. Il ne pensait à rien. À rien de présent. Ses doigts s'enfoncèrent dans la glotte. Eva ne tenta aucun geste mais son regard ne quitta pas l'assassin : les yeux dans les yeux, la mort avait plus d'attraits. Son souffle raccourcit. Les oiseaux s'étaient tus, flairant le danger. John serra. Elle gémit :

— Alors ?

Le temps resta pendu au gibet de ses mains. Enfin les doigts se rétractèrent. Le bon air de la planète afflua dans la gorge d'Eva. Plaquée contre l'arbre, elle avait attendu le jugement de sa vie, il venait d'être donné : « non coupable ».

Il avait fallu vingt-six ans. Eva s'était fourvoyée. Sur toute la ligne. La malédiction n'existait pas. Elle n'avait jamais existé.

John s'agenouilla, déchira d'un geste gauche le maillot de la femme et enroula ses bras autour de ses cuisses. Eva le laissa faire. Il se battait bien. Doucement, elle caressa ses cheveux tandis qu'il tentait tout dans le creux de ses jambes.

Une larme, puis deux tombèrent sur le tapis de mousse.

*

Une lame de lumière s'effilait depuis les volets de la chambre. À l'ombre lourde de la lune, la chaleur de l'été s'évaporait. Eva dormait, allongée sur le lit.

De l'autre côté de la cloison, John veillait. Dans l'atelier secret, une odeur de gouache et d'huile exhalait des pots, la plupart séchés. Une lampe à pétrole éclairait cette pièce exiguë sans fenêtre.

John avait l'habitude d'amener des modèles chez lui — des femmes exclusivement — mais aucune n'avait jamais vu le résultat de ses travaux. Elles auraient d'ailleurs été déçues : il ne peignait qu'une vision défaite de la femme, de l'amour et de sa condition. John sélectionnait ses modèles au hasard. Il repérait une fille, la suivait, puis lui envoyait une note explicative. La plupart du temps, les filles suivaient ses instructions sans poser de questions : elles venaient ici, restaient deux heures et disparaissaient jusqu'à la séance suivante avec cent dollars en poche. Des femmes de tous milieux sociaux se rendaient ici.

Aujourd'hui, Eva était le modèle. Elle serait son chef-d'œuvre.

Seul devant la toile, John attendait l'instant. Eva tenait les draps poings serrés et il l'aimait éperdument, cette femme à qui il ne pouvait faire l'amour. John ne pouvait plus supporter son impossible hétérosexualité, il ne pouvait plus se supporter. Oui, il était temps d'expier le mal. Vite. Ça lui courait déjà dans les veines, ça démangeait, tous ces petits picotements sous la peau…

Il saisit une lame de rasoir et s'ouvrit le poignet. D'un coup sec, la veine se fendit. Un flot de sang gicla sur la toile avec une vigueur surprenante. Automutilation pour punition, scarification, sang pour inspiration. « Un sang d'encre ! » fit-il en ricanant. Car depuis quelques jours le mal commençait à se faire plus présent.

La lampe à pétrole envoyait des signaux de fumée au plafond. John n'eut guère à presser sur la blessure : une flaque vermeille inondait déjà la toile vierge. Il saisit un pinceau à poils fins et le trempa dans cette gouache encore tiède. Enfin, il commença à peindre. De manière frénétique. Plus rien ne comptait.

— Ce soir, j'achèverai mon œuvre ! fit-il en brandissant le pinceau maculé de rouge.

Le peintre se concentra derrière la vitre teintée, évalua la cambrure des reins sans prêter attention au liquide qui gouttait de son poignet. Eva était magnifique. Le tableau prenait forme dans son esprit.

Il travailla jusqu'à l'aube.

Le résultat fut à la mesure de son état psychique.

Délirant.

L'œuvre était achevée. Il ne savait pas si c'était bien, en tout cas c'était vital.

Le travail l'avait mis dans un état de fatigue exquis et le sang coulait toujours de sa blessure. Le tableau était fini : il fallait y survivre.

John s'empara d'une aiguille et passa un fil dans le chas. Il pensait à tout. À rien. Au temps. Ses bousculades. Avec une minutie très discutable, il recousit la blessure à vif. L'aiguille s'enfonçait aisément dans sa peau et la souffrance ne lui faisait pas peur : son corps n'était pas le sien.

Le sang coulait beaucoup moins maintenant. Un vrai travail d'artiste. Alors, il se tourna vers la chambre : Eva, à la lueur de la lune, semblait belle… Belle et bien morte.

11

La nuit tomba sur Waikoukou Valley. Les cratères de la lune faisaient des taches d'encre sur le buvard cosmique. Jack et Ann avaient suivi le labyrinthe de sentiers forestiers qui filaient à travers les arbres, questionnant au passage les bûcherons ; l'un d'eux finit par leur indiquer le domicile présumé de Tuiagamala. Le géant habiterait quelque part dans le bush, entre fougères géantes et pins serrés en un vaste môle tournant. À pied et selon les estimations du garde forestier, ils en avaient pour une demi-heure environ.

Très vite, le chemin s'avéra impraticable pour une voiture ; ils laissèrent donc la Toyota à la lisière du bush et s'équipèrent en vue d'une marche forcée : lampe-torche, boussole, quelques armes de poing et un nouvel émetteur qui les relierait les uns aux autres. Si Jack était habillé pour la circonstance (chaussures souples, pantalon noir et veste légère), Ann Waitura avait toujours ses talons plats et son tailleur. Ils feraient avec.

Comme convenu, Wilson les avait rejoints au crépuscule. Il portait son uniforme de service, un revolver à la ceinture, une matraque et des menottes. Jack avait confiance : Wilson avait le visage des hommes prêts à l'action.

Ensemble, ils élaborèrent un plan d'investigation des lieux. Ça restait évasif, mais Fitzgerald n'avait pas le temps de dépêcher un escadron pour ratisser la pinède. Le vrai domicile de Tuiagamala se situait quelque part dans l'obscurité.

Wilson disparut le premier sous la voûte des épineux.

Jack bourra ses poches de balles calibre .38, vérifia le bon fonctionnement de son arme et fila d'un pas rapide à travers le bush. La jeune femme eut toutes les peines du monde à le suivre. Ils s'enfoncèrent sous les arbres, l'attention portée sur les bruits de la nuit, plus troublants à mesure qu'ils pénétraient l'obscurité. Le tailleur s'accrochait aux ronces, déchirant çà et là le lin de sa jupe. Lui continuait de marcher comme si de rien n'était. Bon gré mal gré, ils se frayèrent un passage dans la forêt. Les oiseaux créaient des monstres alambiqués sous les feuillages et des démons obscènes semblaient les observer depuis les cimes des arbres. Les opossums les regardaient passer en ouvrant des yeux ronds.

Ann pressa le pas : Jack avait pris de l'avance et elle ne tenait pas à rester seule en retrait. Trop occupée à surveiller ses propres pas, elle buta contre son partenaire : le policier avait stoppé au milieu du chemin.

— C'est ici…

Son souffle n'avait été qu'un murmure. Derrière une fougère démesurée, on devinait une cabane de bois vétuste prolongée par une grange où s'entassaient des piles de rondins et des outils — tout un matériel de bûcheron. Jack s'était arrêté car une lumière filtrait de la cabane. Tuiagamala ne vivait donc pas seul.

— Ann, tu restes là. Je vais y aller. Fais-moi plaisir, sors le flingue que je t'ai donné. Cache-toi et observe. Compris ?

Elle acquiesça d'un signe de tête et se glissa derrière l'énorme fougère en bordure du chemin. Sa dernière vision fut celle d'un homme aux abois disparaissant dans l'obscurité. Une terreur inexplicable lui nouait le ventre. Elle avait peur pour sa vie, celle de Jack…

Un vieux hibou ferma les yeux sur les agitations des hommes ; ceux-là faisaient tellement de bruit que les mulots avaient tous déguerpi.

À couvert, Jack contourna la cabane. Wilson ne devait plus être loin. Il attendit de longues secondes, épia, n'entendit rien de suspect, approcha lentement, chercha des ombres ennemies sous la lune, épia de nouveau, et s'arrêta à dix pas de la cabane. La lumière filtrait toujours depuis la lucarne. Il lui sembla distinguer une silhouette dans la pièce : impossible d'en déterminer l'identité.

Fitzgerald chercha la bonne respiration. Son instinct le mettait en garde. Mais de quoi ?

Son pouls devint plus régulier. En quelques enjambées, il parcourut la distance qui le séparait de la porte. D'un coup de pied, le policier fit sauter les pauvres gonds et jaillit dans la pièce, arme au poing. Son index se contracta sur la détente : face à lui, assis à une table de bois miteuse, Zinzan Bee.

Le sorcier maori eut un vague geste de bienvenue.

— Je vous attendais, capitaine.

Jack fit un brutal panoramique : c'était une pièce sale, avec deux grands placards, une étagère où s'entassait la vaisselle d'un autre temps, un évier à l'eau jaune, toutes sortes d'ornements maoris accrochés aux murs et une couche immonde posée à même la terre battue.

Un piège. Zinzan Bee les avait menés dans un piège. Jack tira deux fois. Une balle se ficha dans chaque placard.

Le rire du Maori ponctua le lourd silence qui suivit.

— Je ne me cache pas dans les placards, monsieur Fitzgerald !

Il pointa son arme sur la poitrine couverte de tatouages. Zinzan Bee n'esquissa pas le moindre geste quand il s'approcha pour jeter un regard inquisiteur sur sa cheville : celle-ci était ornée d'un cercle bleuâtre semblable au tatouage de Tuiagamala.

— Maintenant, tu vas me dire ce que tu sais, grogna-t-il. Je te préviens, je ne suis plus patient. Plus du tout.

— Mais bien sûr, capitaine. Que voulez-vous savoir ?

Bee était trop sûr de lui. Ses mains baguées gravitaient loin de son gilet de cuir mais Jack se tint contre le mur afin d'éviter toute mauvaise surprise.

— Tuiagamala, c'est un mangeur de chair humaine ?

— Si l'on veut.

Le Maori jouait franc jeu. Il devait se sentir fort. Jack se demanda où était Wilson.

— C'est toi qui l'as initié ?

— Je ne mange pas de chair humaine, rétorqua-t-il dans un sourire glacé.

— Réponds.

— Je l'ai initié aux rites de nos ancêtres mais il voulait aller plus loin…

Fitzgerald serra les dents.

— C'est un meurtrier. Tu l'as cautionné, que tu le

veuilles ou non. Maintenant tu vas me raconter son histoire. Je n'hésiterai pas à te descendre.

Le chaman prit une longue inspiration. Le ton qu'il adopta était d'une étrange tranquillité.

— Tuiagamala est issu des terres retirées, celles que votre gouvernement a laissées à nos ancêtres il y a plus d'un siècle. Une terre pauvre, sans avenir mais non sans âme. Tuiagamala est né monstrueux. La consanguinité de notre autarcie forcée ne l'a pas épargné. Très tôt les siens l'ont rejeté, par honte, et puis il effrayait les femmes, les plus jeunes le chassaient...

— Accouche.

— Hum, soupira Zinzan sans se départir de son air supérieur. Son esprit malade a fait une sélection des événements et des rites qu'on continuait malgré tout à lui inculquer : avec le temps, il s'est inventé sa propre histoire. C'était pour lui une question de survie. Alors à son tour il a rejeté sa mère, sa famille, et devint Tané, l'esprit des bas-fonds où rôde et règne le mangeur de chairs mortes.

Un frisson macabre erra dans la pièce. Jack cala la crosse de son revolver. Bee poursuivit son histoire :

— Tuiagamala finit par s'éloigner de son village, hanté par ses rêves nocturnes. Il a ainsi erré sur les routes en quête d'un sanctuaire. Après des semaines de vagabondage, il s'est réfugié dans cette forêt. Seuls quelques bûcherons le connaissaient et, par pitié sans doute, le laissaient braconner. C'est ainsi que je l'ai rencontré, misérable créature aux ornements grotesques — répliques hallucinatoires des récits de son enfance où les prêtres revêtaient robes et tatouages pour honorer les dieux. Tuiagamala avait déjà commencé son initiation, mais il lui fallait un maître de cérémonie, un guide à travers l'engrenage spirituel qui le précipiterait définitivement du côté des dieux malins… Tané, le guerrier furieux qui marche dans l'ombre. Alors, il entendrait pleurer l'esprit des étrangers…

Zinzan Bee se tut. La sueur perlait sur son front tatoué. Sa grande natte brune émergeait de son crâne chauve pour retomber dans son dos. À quelques pas de là, le canon du .38 toujours rivé sur sa poitrine, Fitzgerald grimaçait.

— Oui, je l'ai initié, poursuivit le Maori. Ce pauvre être avait besoin de moi, et les dieux le réclamaient. Non pas les dieux d'aujourd'hui, ces pitres qui sont les vôtres, mais ceux de nos ancêtres, avant l'arrivée de Tuti, votre capitaine Cook. Ainsi, Tuiagamala devint Tané, le Mal dont chaque civilisation a besoin comme repère. Car, sans notion de bien et de mal, quelles barrières fixer à son peuple ? La symbolique est simple, monsieur Fitzgerald. Elle est la même que la vôtre, quoique plus primitive. Vous avez chassé les dieux multiples que nous honorions mais certains sont revenus. Car ceux que vous nous avez proposés en échange avec la cohorte de missionnaires débarqués sur notre terre ne nous ont finalement apporté que chaos, désorganisation du lien social et familial, mort des croyances, désolation et chômage… Aujourd'hui, certains d'entre nous, esclaves d'hier, reviennent aux anciennes formes de vie, de croyances… Nous honorons nos dieux en secret, loin de vos villes criardes et perverses où nous n'avons nulle place…

Le triomphe saillait de ses pommettes ; cet homme se croyait invincible. D'immortel, il n'y avait qu'un pas. Jack savait que les hommes étaient des sots, inventeurs de contradictions qu'ils étaient incapables d'assumer. L'aspect spirituel lui échappait : les Grecs n'avaient pas fait tant de manières. Ils se servaient de leurs divinités selon l'occasion. Il expulsa un soupir dégoûté.

— Pauvre fou. Tu me donnes vraiment envie de vomir...

Son index jouait sur la détente quand un coup de feu retentit : il provenait du dehors. Aussitôt, le policier se plaqua contre le mur, un œil sur Bee, l'autre sur la fenêtre. Il cria par la lucarne à moitié démolie :

— Wilson !

Silence. Juste le bruissement des arbres. La nuit se tenait tranquille, avec ses ombres angoissantes et ses mystères. Un piège. Fitzgerald visa le sorcier au front. Bee ricanait.

— Tu me dis ce qu'il se passe, tout de suite ! il menaça.

Zinzan ne fit pas le moindre geste. Seuls ses sourcils bougèrent. Un signe que Jack interpréta dans la seconde : il y eut un bris de glace et une succession de cris. Un homme passa à travers la fenêtre et se réceptionna sur le sol dans un athlétique roulé-boulé : Ieremia, le flic de Surfdale.

Jack l'accueillit par une volée d'acier : la balle traversa l'épaule du flic avant de se ficher contre l'os. Ieremia fut projeté en arrière, la clavicule pulvérisée. Au même moment, Zinzan Bee bascula sur sa chaise et se laissa tomber en arrière : la seconde balle siffla à hauteur de tête, mais s'écrasa sans dommage dans le placard. Bee se faufila entre les chaises.

Le policier pivota sur lui-même et visa la porte : deux hommes venaient de faire irruption dans la cabane tandis qu'un autre sautait par la fenêtre brisée. Il tira ses dernières balles sur les cibles mouvantes, touchant un Maori de forte corpulence à l'abdomen, l'autre à la boîte crânienne. Les guerriers s'effondraient sur la paillasse sale quand il ressentit une douleur vive à son poignet droit. Il releva les yeux et reconnut un des hommes croisés dans le bar de South Auckland : le guerrier brandissait un bâton traditionnel, celui qui venait de cogner son bras armé.

Rapide comme un serpent, le Maori frappa une seconde fois, à la tête. Jack s'écroula aussitôt.

Tout s'était passé très vite. Zinzan Bee se releva au moment où le policier glissait sur la terre battue. Le sorcier le jaugea avec un air de satisfaction. Le chef de la police n'était plus qu'un tas de viande recroquevillée contre le mur, le visage en sang.

Autour de lui, le carnage. Un de ses guerriers était mort sur le coup, un autre agonisait sur la paillasse et l'épaule blessée de Ieremia lui faisait courber l'échine. Le chaman l'aida à se relever.

À ses côtés, Térii bombait le torse : il venait d'abattre l'étranger. C'est à lui que revenait l'honneur de le dépecer avant de blanchir ses os.

Le jeune guerrier leva son bâton et s'apprêta à frapper la nuque afin d'achever ce maudit flic. La voix de Bee coupa net son élan meurtrier :

— Non ! Attends ! On va le mettre avec l'autre. (Ses canines se découvrirent une vocation de fossoyeur :) C'est l'occasion unique de faire une petite cérémonie en l'honneur du Tané mort…

Térii obéit sans discuter. Zinzan Bee était son chef spirituel, son guide. Il se contenta d'un regard méprisant envers sa victime à terre et se retira.

Dehors, deux hommes vêtus d'un costume traditionnel tenaient un petit tronc d'arbre en équilibre sur leurs
larges épaules. Le corps de Wilson pendait là. Le guerrier leur fit signe d'approcher.

Attaché par les mains et les pieds, le jeune policier
ne bougeait plus : la moitié de son orbite oculaire avait
été emportée par un coup de massue, le sang gouttait
abondamment sur sa chemise, ses cheveux blonds
étaient tout poisseux mais il respirait encore faiblement.

— Timu et Paouta sont morts. Celui-là servira leur
mémoire, dit solennellement le guerrier.

Ils jetèrent Wilson sur le sol poussiéreux. Un râle
s'échappa de sa bouche tuméfiée.

*

Cachée derrière les fougères, Ann avait retenu son
souffle : une bande de Maoris passait devant elle. Des
peintures de guerre ornaient leur visage farouche. Ils
marchaient dos courbé, furetant à travers les feuillages
en direction de la cabane. Leur aspect était magnifique,
effrayant. Le temps avait reculé : « Des mangeurs
d'hommes », pensait-elle, le cœur haletant. Prise de
panique, la criminologue hésita à donner l'alerte :
pourtant ses deux compagnons étaient là-bas, quelque
part dans l'obscurité autour de la maison, en danger, et
les Maoris les suivaient probablement depuis le début.
Un piège. Il fallait décider, trouver un moyen de sortir
vivant de ce guêpier… Soudain, deux coups de feu
retentirent. Son dos se contracta, mordu dans sa chair.
Sans comprendre son geste, Ann s'enfuit dans le bush.

Un autre coup de feu claqua dans l'air suffocant de

la nuit. Elle courut sans s'arrêter, tenant son sac contre
son ventre comme un bouclier dérisoire. Les épines
arrachaient son tailleur, ses pieds butaient contre les
racines, son ventre grouillait de peur : fuir. Il y eut une
nouvelle série de coups de feu, Ann n'entendait plus
rien, la panique dévalait sous ses jambes, les branches
lui giflaient le visage, la nuit la poursuivait jusque
dans ses pires rêves de gosse. Elle courut jusqu'à en
perdre haleine, au hasard de ses pas affolés. Lorsqu'elle s'arrêta, son cœur cognait contre ses tempes.
Ann Waitura voulut vomir mais n'y parvint pas. Elle
hoquetait, la main plaquée au tronc rugueux d'un pin,
l'estomac retourné.

Enfin, lentement, la vie reprit forme par-dessus le
hoquet de son corps. Ça faisait presque du bien, tant de
douleur. La criminologue tenta de se calmer. Vite, ana-
lyser la situation. La nuit gardait son silence comme
une mère jalouse. Ann se redressa, expulsa le mauvais
air de sa bouche et lissa son visage exsangue de ses
mains moites. La peur l'avait fait détaler comme la
dernière des lâches. Qu'étaient devenus Fitzgerald et
Wilson ? Pourquoi avait-elle si peur pour eux ? Une
pensée fusa. Elle la rejeta violemment : l'homme n'a
pas de prédateur.

Un calme blanc navigua dans ses eaux. La jeune
femme remarqua qu'elle tenait toujours son sac contre
son ventre. Il y avait bien l'émetteur mais elle n'osa
pas joindre Jack : il pouvait être avec les criminels et
son appel pouvait le trahir. Entre un rouge à lèvres et
un porte-cartes, elle vit alors le petit cadeau de Jack :
un calibre .32.

Ann Waitura détestait les armes à feu mais savait les
utiliser — elle avait même relevé un défi stupide lancé

par un élève de sa promotion. Elle ferait une exception pour cette fois : la jeune femme vérifia le chargement des six balles et prit la direction qu'elle venait de fuir.

L'obscurité était son alliée. Elle reprit courage, rebroussa chemin et, au détour de mille précautions, tomba sur la bande organisée.

De loin, la criminologue suivit des yeux l'étrange cortège : quatre puissants Maoris aux corps luisants sous la lune portaient deux hommes blancs, accrochés à des troncs comme des fauves après une longue battue. Le cliché sauvage de l'enfant occidental, les récits d'aventures du capitaine Cook. Le visage d'Ann avait des siècles : elle reconnut Jack, pendu tel un lion mort, et Wilson, dont l'œil à moitié crevé expulsait un flot de sang noirâtre. Fermant la marche funèbre du cortège, Ieremia se tenait l'épaule. Le convoi surréaliste se dirigeait d'un pas nonchalant vers le bush.

À distance respectable, Ann suivit les Maoris à travers la forêt d'épineux. Elle n'avait plus peur : le cap était dépassé et puis elle s'était comportée comme une lâche tout à l'heure : son devoir était de les sortir de là. Coûte que coûte.

Elle serra fort la crosse du .32 dans sa paume.

Enfin le cortège stoppa à hauteur d'une clairière. Waitura se tint en retrait, prenant garde par d'incessants regards alentour à parer toute surprise. À une vingtaine de mètres, les guerriers avaient disposé les corps inertes des policiers sur le sol. La femme ouvrit les yeux en grand : elle faisait face à une sorte de sanctuaire, avec des pierres dressées devant les vestiges d'un grand feu.

Un homme approcha.

Zinzan Bee avait revêtu le maro blanc, signe du

premier savoir, et commença à prononcer des incantations incompréhensibles. À ses côtés, Térii recouvrit les corps des prisonniers de bandelettes macérées d'huiles odorantes après les avoir solidement attachés par les mains.

Jack revint à lui au moment où l'un des guerriers traînait un cochon sacré par les oreilles : les fanatiques avaient tout prévu. Avant l'égorgement, la bête renifla le charnier, son groin fouillait les restes. Parmi eux, Fitzgerald sentait l'haleine fétide du porc couler sur sa figure.

Il profita du relâchement causé par la préparation de la cérémonie pour évaluer la situation : ses mains étaient liées dans son dos. Devant lui, un charnier où exhalaient toutes sortes d'immondices. Les offrandes : cochons égorgés en présage, chiens expiatoires éventrés. De ces bas-fonds régnait Tané, le mangeur de chairs mortes. Pour lui, on abattait des hommes selon les rites ancestraux. Des os blanchis, des têtes aux orbites vides, et toujours cette odeur de mort qui crevait les narines... Ici gisaient les restes de Katy, Kirsty, et sans doute tant d'autres avant eux.

Wilson gémit. Jack se tourna vers lui. Le visage du jeune flic faisait peine à voir mais il respirait encore, par secousses. Son orbite frontale était fracassée et son œil ne tenait plus qu'à ses larmes.

Jack avait du mal à voir, la tête lui tournait.

On amassa des branchages dans les cendres froides. Après quoi on jeta les corps des deux policiers à même le charnier. Trop faible, Wilson plongea tête la première dans la fange sans pouvoir se dégager. Jack extirpa sa nuque pour respirer un peu d'air.

Les guerriers ne faisaient plus attention à lui. Térii,

vêtu du maro sacerdotal, peint de jaune et poudré de safran, marchait à la manière des incantateurs, le torse nu pour découvrir le tatu des maîtres-initiés :

— Que les dieux qui se troublent et s'agitent dans les neuf espaces du ciel de Tané m'entendent, et qu'ils s'apaisent ! rugit-il dans la nuit hallucinée.

Il présenta une fiole à Zinzan Bee. Le maître de cérémonie avala une large goulée du liquide épais avant de la donner à ses disciples qui, à leur tour, burent la drogue. Bientôt, chacun fut pris de convulsions. Les corps se tordaient sous la lune, Jack, vautré dans le charnier, tenta de se dégager mais ses liens étaient trop solides. À ses côtés Wilson bougeait encore, à moitié étouffé par les cadavres d'animaux en putréfaction.

Quand les Maoris cessèrent leurs spasmes, une lueur de folie pure dévorait leur visage peint. Ces hommes n'avaient plus rien à voir avec le monde alentour, ni même le souvenir de ce que furent leurs ancêtres. La drogue les avait rendus fous.

On mit le feu aux branchages : Jack comprit que le brasier leur était destiné. Très vite, les flammes crépitèrent sur le bois mort. Térii présenta une écuelle à Zinzan Bee : du poison pur.

Deux guerriers saisirent Wilson et le relevèrent. Le malheureux respirait faiblement. Jack se débattit, en vain. Un cri effrayant perça l'air. Il releva la tête : Wilson, que l'on maintenait debout malgré sa grande faiblesse, hurlait de douleur. Térii venait de lui ouvrir le poitrail à l'aide d'un couteau et enfonçait maintenant le poison dans la plaie ouverte.

On nageait en plein délire. Fitzgerald tira de toutes ses forces sur ses liens, sans résultat. Wilson agonisait ; il vomit un liquide verdâtre qui provenait de sa bile, le corps tétanisé par la douleur laissant suinter un mélange de sang et de pourriture. Jack détourna les yeux.

Wilson expira dans un long râle.

Les guerriers psalmodiaient des incantations maléfiques. Térii commença à dépecer la victime : s'aidant d'une lame effilée, il ouvrit de l'aine jusqu'au thorax le corps encore brûlant du jeune policier. Puis, il extirpa les entrailles où se mêlaient sang chaud et défécations, viscères et appareil digestif, les tendit en signe de victoire avant de les jeter dans le feu sacré.

Ils ne mangeaient que les parties nobles.

Jack maudissait entre ses dents quand un coup de feu claqua depuis la forêt d'épineux. Le corps d'un guerrier tomba d'un seul bloc dans le charnier où il se débattait. Une balle s'était fichée dans le dos du Maori, faisant éclater une omoplate sous l'impact.

Les guerriers se mirent à plat ventre et se lancèrent une série d'invectives. C'était le moment ou jamais. Jack fit un effort terrible pour se hisser sur ses jambes. Ieremia voulut s'interposer mais un nouveau projectile siffla à ses oreilles, l'obligeant à se coucher : le flic de Surfdale gémit quand sa clavicule déjà fracturée frappa le sol épineux.

D'un bond, Fitzgerald se jeta dans le feu où grillaient les viscères de Wilson.

Rampant à couvert, Zinzan Bee hurlait les ordres. Térii glissa jusqu'aux fougères et se trouva bientôt à l'ombre de la lune. La mort changeait de camp.

Deux guerriers se dispersèrent. Ieremia, toujours à terre, saisit la jambe de Jack et l'attira vers lui de sa main valide. Le policier s'était jeté dans les flammes et livrait ses poignets noués à l'épreuve du feu. Les brûlures lui arrachaient des larmes tièdes mais il tiendrait bon. D'un coup de talon rageur, il repoussa Ieremia, agrippé à sa jambe, tandis qu'une série de balles faisait voler la terre alentour. Ann devait se situer quelque part dans les fourrés, il fallait se hâter : désormais dispersés, les guerriers ne tarderaient pas à la prendre à revers.

La peau de ses poignets avait commencé à se consumer mais les liens finirent par se déchirer : il était libre. Libre. La sensation fit grimper en flèche son taux d'adrénaline. Il se jeta à la gorge de Ieremia et roula avec lui dans une étreinte capricieuse. Trouvant l'ouverture, Fitzgerald enfonça son doigt dans la plaie du Maori : un sang tiède jaillit de la blessure encore fraîche. Il sentit même la balle, encore coincée contre la clavicule en morceaux. Sur l'instant, il ne ressentit rien. D'une brutale clé du bras, Fitzgerald lui cassa le cou. Les vertèbres de Ieremia cédèrent et son corps devint subitement tout mou.

Jack se releva, à moitié fou : ses poignets étaient brûlés, sa tête lui faisait mal et l'effort fourni pour se débarrasser de Ieremia le rendait fébrile. À ses pieds, la fiole ingurgitée par les tueurs s'épanchait. Les coups de feu avaient cessé et la clairière était étrangement déserte. Il rassembla ses forces pour hurler dans la nuit :

— Attention, ils cherchent à te contourner ! Déplace-toi, vite !

Sans attendre de réponse, il saisit le bâton de combat qui traînait à terre. Trop faible pour courir, Jack tituba vers le bush où venaient de disparaître Zinzan Bee et sa clique. La tête lui tournait. Sans arme, il

n'avait aucune chance contre des combattants aguerris. Le policier fit alors demi-tour et se pencha sur
le sol : il restait quelques gorgées de drogue dans la
fiole. Il avala le tout.

Le liquide épais commença par brûler son œsophage. Un spasme violent parcourut son corps et le
jeta les deux genoux à terre. Le goût était atrocement
amer mais une chaleur inconnue lui fit l'effet d'une
bombe. Il avait des braises dans l'estomac. Un fantastique coup de fouet le propulsa sur ses jambes : chien
maintenant complètement enragé, il courut vers les
épineux.

Quelque part sur sa gauche, deux coups de feu claquèrent, vite suivis par un cri de femme. Jack pensa
aussitôt à Elisabeth, à son appel. La drogue le possédait. Dès lors, il fallait tuer. Le bâton à la main, il
sauta par-dessus les fourrés et courut. Dans sa tête, un
vide profond de vingt-cinq ans. L'appel d'Ann n'était
qu'un lointain écho.

Un guerrier tapi dans le noir surgit alors des étoiles.
Ayant senti le danger, le métis bloqua l'attaque à
l'aide de son bâton et jeta son crâne dans le nez du
tueur : les cartilages cédèrent mais il riposta aussitôt,
touchant au ventre. Fitzgerald recula sous l'impact
mais resta en position, prêt à affronter l'ennemi. Le
jeune Maori qui lui faisait face n'avait pas vingt ans.
Il tourna autour du flic en grognant dans le dialecte de
ses ancêtres. Jamais Fitzgerald n'avait ressenti ça. Il
frappa dans le vide et sentit siffler la mort juste au-
dessus de sa tête. Soudain le bâton qu'il tenait vola littéralement de ses mains ; le Maori, plus habile, se
ruait maintenant sur lui, les yeux rougis par la peur.
Jack se protégea derrière un tronc, pivota et frappa de

plein fouet le genou de son agresseur : la rotule fêlée, le Maori vacilla et, hagard, ne réussit pas à éviter la semelle suivante, qui lui détruisit le nez. En réponse aux lourdes larmes affluant aux yeux du guerrier, Fitzgerald décocha un terrible uppercut au menton. Sa technique de boxe n'avait pas pris une ride. L'homme lâcha son arme mais ne tomba pas. Quelque chose le faisait mourir debout.

Le policier s'empara de la massue à terre et l'écrasa sur sa tête. Alors seulement, le mangeur d'homme daigna s'affaisser. Il frappa pourtant de nouveau, avec la même violence, laissant apparaître une masse étrange, gluante. Jack n'entendait plus rien : enivré par la drogue et sa propre folie, il ne voyait qu'une bête frappée à mort — car alors c'était lui, le meurtrier de sa famille.

Un cri lointain et désespéré le sortit de sa transe hallucinatoire. La tête de Jack bourdonnait comme une mouche épileptique, ses doigts serraient encore le bâton de guerre dans une étreinte d'aliéné et le jeune type gisait sur le sol humide, le crâne ouvert... Revenir sur terre.

C'était fait. Il courut vers les arbres voisins, vers l'appel. Dans le ciel noir de monde, même les étoiles saignaient à blanc. Sur le chemin, Fitzgerald trouva le corps d'un homme tatoué, abattu d'une balle en plein visage.

Ann s'était défendue avec courage mais l'étau s'était resserré. Zinzan Bee l'avait surprise et très vite l'avait contrainte à lâcher le calibre .32. Dans la bagarre qui suivit, Térii lui démolit la lèvre inférieure, cassant deux dents au passage. Le sang affluait dans sa bouche : Ann avait lancé un dernier cri. Jack.

Les Maoris la plaquaient maintenant contre un arbre. Ils arrachèrent ses vêtements. Les seins lourds de la jeune femme jaillirent à la lune. Ann Waitura se laissa faire. Sa mort ne lui faisait pas peur. Aveuglé par cette résignation, Térii déchiqueta les lambeaux de sa fine culotte blanche.

— Calme-toi ! siffla Zinzan Bee.

Ann ne disait rien. Le sang frais coulait de sa bouche meurtrie, ses dents lui faisaient mal, le Maori la maintenait par le sexe contre le tronc de l'arbre.

— Arrête ! ordonna le chaman. Nous allons la sacrifier selon les rites !

Térii se retira, les yeux exorbités. Zinzan Bee fit jaillir la lame de son poignard. D'un coup, il éventrerait cette créature mauvaise. Après quoi il dévorerait son foie et calcinerait ses organes génitaux dans le feu sacré. Les restes seraient livrés au charnier après qu'on eût dévoré les morceaux de choix.

Zinzan Bee avait jeté un sort sur le monde : une vengeance sauvage, pour son peuple anéanti et pour tous les peuples primitifs écrasés par la loi des Blancs.

Tout à sa haine, il n'entendit pas la bête feuler dans son dos.

Térii lâcha soudain les poignets d'Ann. Alerté par la proximité du danger, le sorcier fit volte-face. La femme se laissa glisser sur le tapis de mousse, le visage barbouillé de sang.

Térii fut le plus prompt à la riposte. Il gonfla le torse, fit courir ses muscles sur sa peau découverte : devant lui, un métis à tête de cinglé le menaçait des canines. Personne n'avait peur : ils frappèrent ensemble.

Les bâtons se brisèrent dans un bruit de bois sec. De la main gauche Fitzgerald tordit le poignet de son adversaire, et de la droite enfonça violemment son bâton sectionné dans ses yeux. Les échardes crevèrent la rétine. Térii tituba, tenant dans ses mains un flot de sang. Fitzgerald allait l'achever quand Zinzan Bee, lancé à l'attaque, planta sa lame dans sa cuisse. Le couteau s'enfonça juste avant l'os.

Des bêtes sauvages grimpèrent aussitôt à l'esprit du policier, tentèrent de l'aspirer vers le bas. Sa jambe trembla mais sa volonté refusa de flancher, bêtes sauvages ou pas. Zinzan Bee commença à malaxer son couteau dans la blessure à vif. Une piqûre féroce grimpa jusqu'à l'aine.

Quand un crocodile géant les happe au bord du Nil, les zèbres s'attaquent aux yeux de leur agresseur : alors, le monstre les laisse s'échapper. Fitzgerald était cet animal en perdition : il planta ses crocs dans les paupières du sorcier. D'un coup sec, il arracha peau et cils. Le Maori se prit le visage à deux mains et lâcha sa garde. Jack cracha des lambeaux de chair, empoigna le couteau planté dans sa cuisse et le tira d'un coup sec. Les bêtes féroces se déchaînèrent dans sa tête.

Il rugit une dernière fois avant d'égorger Zinzan Bee. Dans un flot d'hémoglobine qu'il tentait de réprimer, le sorcier maori tomba à terre. Les yeux révulsés, il pensa à tous ces Blancs, ces métis, tous ces traîtres, et à la terre de ses ancêtres définitivement tournés vers l'Occident… Sa carotide était déchirée mais il psalmodia une dernière fois la formule damnée, un sort jeté à ces fous libres de tout détruire.

L'image du vieux Maori passa devant ses yeux vitreux.

Zinzan Bee expira le cœur en paix.

La nuit tournait dans les arbres. Ivre de douleur, Jack se tourna vers Térii : le jeune Polynésien cachait toujours son visage dans ses mains poisseuses. Il eut un geste de recul en voyant approcher Fitzgerald. Il ne pouvait plus se défendre et, dans le flou de sa vision rouge sang, Térii eut soudain peur : ce type était un démon. Même le Tané n'était pas si sauvage.

Avant de s'évanouir, Fitzgerald lui perfora le ventre. Dans son délire, il entendit presque distincte-ment le bruit du sang expulsé. Rassuré par cette der-nière vision de cauchemar, il sombra dans un coma bref mais profond.

12

Le vent bruissait dans les flancs des arbres. Jack fut
réveillé par un autre bruit que celui du sang, des os qui
craquent ou de la chair violée : le bruit d'une bouche
sur sa peau brune. Il ouvrit un œil. Tout était trouble,
bizarre, dépassé. La cime des pins tanguait au-dessus
de lui et Ann Waitura divaguait, nue et tremblante sur
sa poitrine.

Une douleur aiguë le saisit alors à la cuisse. Son
estomac se souleva. Il ne savait pas depuis combien
de temps ils reposaient tous deux sur la mousse mais
il avait perdu beaucoup de sang : une flaque poisseuse
s'épanchait de sa jambe blessée. Jack accueillit l'oi-
sillon tombé du nid, posa sa main sur les cheveux
d'Ann, qui sanglotait en silence. Le contact humain la
ramena un peu à la vie.

— Tu… tu es vivant. Oh ! Mon Dieu…

Elle releva la tête, ses pupilles fauves noyées de
larmes. Sa lèvre inférieure était nettement coupée. Ils
ne bougeaient pas, ils avaient presque peur de respirer. Fitzgerald reprenait ses esprits. La coupure de son
crâne ne saignait plus mais ses poignets brûlés étaient
à vif.

Enfin, la criminologue se rendit compte de la situation — elle reposait nue sur le corps du policier. Soudain gênée, elle rampa jusqu'à ses pauvres vêtements éparpillés sur la mousse. Ann tint ses guenilles contre elle, espérant peut-être effacer le sentiment qui l'avait poussée vers lui.

Jack ne la regardait plus ; il déchira la manche de sa chemise et la porta à sa cuisse afin de bloquer l'hémorragie. Il serra contre la plaie, souffrit mille morts lors de l'opération et fit un nœud. Puis il se hissa sur sa jambe valide, eut un mal de chien à faire les quelques pas qui le séparaient des cadavres, ôta la tunique d'un guerrier mort et porta le maro à la jeune femme perdue sur son tapis de mousse.

Avec tout ce sang, c'était assez répugnant à enfiler, mais Ann n'avait plus qu'un désir : rentrer. Un lit, une maison, un hôpital, n'importe quoi pour partir d'ici.

En passant son doigt contre ses gencives, elle réalisa avec effroi que deux dents manquaient. Deux molaires. Ses cauchemars de gosse la poursuivaient. Pleurant doucement, elle se leva et, nu-pieds, suivit le pas chaotique du policier sous la futaie.

Ils abandonnèrent sans un regard les cadavres mutilés des Maoris, marchèrent un moment, ailleurs. Jack ne disait pas un mot. Son visage luisait d'une pâleur alarmante. Ann ressentait cette douleur. Unis dans la mort, ils formaient désormais une seule et même personne.

La jeune femme se voila la face quand elle aperçut le corps dépecé de Wilson près du charnier. À ses côtés, les braises rougissaient sous la lune. Elle était intervenue trop tard : à cause de sa lâcheté, Wilson avait péri de manière abominable. Ce sentiment de culpabilité la fit flancher.

C'est la main de Jack qui rattrapa la sienne.

— On n'y peut rien maintenant. N'y pense plus. Je... C'est... C'est la première fois que quelqu'un me sauve la vie.

On aurait dit que ça lui en coûtait. Ann offrit son épaule comme pilier. Il l'accepta, peu persuadé d'être debout. Cahin-caha, les deux épaves s'enfoncèrent dans la nuit.

Au milieu de la clairière, le feu sacré crépitait encore.

*

Ann conduisait l'automatique. Ayant perdu trop de sang, Fitzgerald avait fini par s'endormir sur le siège du passager. Elle le laissa à ses délires morbides.

Ils venaient de quitter Waikoukou Valley. Avec sa tunique blanche tachée de sang et ses pieds nus, Ann Waitura avait l'allure d'un fantôme perdu. Elle ne voulait toujours pas croire ce qu'elle venait de vivre. Comme un automate téléguidé, elle roulait : au-delà des phares, Auckland dormait sur ses oreilles de béton. Elle ne pensait plus rien. Le sang coagulé formait une croûte sur ses lèvres.

Préférant se concentrer sur la route, elle atteignit la ville peu avant les premières lueurs du jour. Dans le yacht club, les bateaux jouaient des coudes en contre-bas de la maison de Mission Bay.

Ann se pencha sur Fitzgerald. Sa cuisse ne saignait plus. Bien que le tissu fût imbibé de rouge, c'était le signe qu'aucune artère vitale n'avait été touchée.

Elle gara la voiture sous le préau. Il ne manquait plus que ce type meure...

Le policier sortit de l'état d'inconscience dans lequel il avait sombré. Paupières lourdes et nausées. La Toyota les avait ramenés à bon port comme un cheval fourbu sentant l'écurie.

— Je… Je me suis endormi, je crois, ronchonna-t-il en massant sa nuque.

Ann s'étira. Des oiseaux gazouillaient dans le matin brumeux. Jack fit un premier geste pour descendre de voiture mais son corps refusait obstinément de lui obéir.

— Attends, je vais t'aider, glissa-t-elle entre ses lèvres tuméfiées.

Pas de refus. Toujours revêtue de la tunique, elle contourna la voiture et ouvrit la portière. Jack grimaça en s'extirpant du siège. L'épaule de sa partenaire le soutint jusqu'au préau. Pitoyablement enlacés, ils montèrent les quelques marches qui menaient à la maison sur pilotis.

L'atmosphère était moite malgré l'heure matinale. L'été s'était détraqué. Dans le salon, une forte odeur de bois ragaillardit leurs sens.

— Je vais appeler un docteur, annonça Waitura en accompagnant Fitzgerald jusqu'au sofa.

— Non. Pas pour moi.

— Tu as vu l'état de ta cuisse ?

— Je t'assure, ça va aller. La… La blessure est profonde mais rien de très grave. C'est pas pour la ramener mais j'ai l'habitude…

Il s'allongea sur le canapé rouge et passa sa main sur sa tête. Ses poignets brûlés le lançaient, sa cuisse n'était plus qu'une plaie vivace, mais il se sentait mieux. Ann, disparue depuis un instant, revint avec le tiroir à pharmacie porté à bout de bras.

— C'est tout ce que j'ai trouvé, dit-elle.

Elle était drôlement sexy, toute nue sous sa tunique d'aliéné.

— Ça va aller.

Il se redressa sur le canapé tandis qu'elle apportait le matériel médical. Jack prit sa main et la serra brièvement :

— Je… Merci.

Oui, ça lui en coûtait. Ann eut un sourire un peu gêné et glissa de ses doigts avec un air timide. Fitzgerald la regarda se mouvoir dans l'espace du salon avec une grâce que rien n'abîmait. Elle disparut dans la salle de bains. Ses pas craquaient doucement sur le parquet. Des pas de femme…

Le policier farfouilla dans la pharmacie et trouva ce qu'il cherchait. Il ôta la bourre qui protégeait la plaie, évalua la gravité de la blessure et nettoya le tout avec un produit sans alcool. Pas une partie de plaisir. Avec la baisse de tension, la douleur allait s'empirant.

Le bruit d'eau courante cessa depuis la salle de bains. Il ferma les yeux, devina tous ses gestes. Ann revint bientôt, une serviette autour de la poitrine. Elle avait nettoyé sa lèvre abîmée et rincé sa bouche à plusieurs reprises mais elle parlait à demi-mots, tous douloureux.

— Tu as mal, hein ? demanda-t-il tandis qu'elle posait genoux à terre, là, à son chevet.

Elle secoua la tête pour dire « oui ».

— Je n'ai qu'un anesthésiant ici. Cocaïne.

Ann haussa les épaules. Au point où elle en était… Il choisit un sachet dans le tiroir à pharmacie et saupoudra une petite quantité de poudre sur une revue quelconque. D'un trait, il rectifia son compte à d'im-

probables rhumes. Avec une certaine anxiété, Ann
l'imita. La poudre grimpa dans son nez et lui brûla les
yeux un court instant. Elle se frotta les narines comme
si une colonie de fourmis y avait trouvé logis. Enfin,
elle sourit. Un pauvre sourire. Ses cheveux détachés
gouttaient sur sa jolie peau cuivrée. Le policier tenait
une aiguille dans sa main. Un fil dans l'autre. Impossible de les mettre en place.

— Qu'est-ce que tu comptes faire avec ça ?

— Me recoudre, évidemment, dit-il, presque agacé.
Elle hocha la tête.

— Attends, je vais t'aider…
Ce qu'elle commença à faire avec une belle application.

— J'ai aussi un diplôme d'infirmière, ricana-t-elle
pour lui passer l'envie de hurler tandis qu'elle recou-
sait la plaie ouverte.

Mais Jack serrait trop bien les dents pour se plaindre.
La cocaïne lui donnait un sacré coup de main. Ann
appliqua deux pansements adéquats sur de la gaze,
puis s'occupa de son crâne ouvert et de ses poignets
sévèrement brûlés. Voilà. Il n'avait plus qu'à attendre
la cicatrisation — si ce genre de type était le genre à
cicatriser un jour…

Fitzgerald alluma une cigarette, tira deux larges
bouffées et la tendit à Ann, qui l'accepta. Les volutes
mimaient le dernier vol du Hindenburg. La jeune
femme oublia la douleur de sa lèvre et fuma à son tour.
La cocaïne commençait à faire son effet. Leurs nez se
touchaient presque. L'élan était irrésistible : personne
n'aima ce moment mais ils s'embrassèrent.

Ann avait un goût de sang dans la bouche. Jack
aima ça. De toute façon, le moment était mal choisi.

Ni l'un ni l'autre ne savait pourquoi ils s'embrassaient mais ça n'avait pas beaucoup d'importance. C'est ce qui devait arriver dans leur vie : se rencontrer, se voir, s'appréhender, et aujourd'hui s'aimer. Même mal. Ils se connaissaient déjà : le même type d'animal, bien dans les formes, très noir dans le fond. Les mêmes désirs, les mêmes envies, et une espèce de devoir de survie alors que tout, tout inclinait vers la mort. Ils étaient allés trop bas cette nuit. Il fallait survivre à ça.

Jack pivota sur le canapé et se pencha vers Ann, toujours à ses pieds. Sa main glissa sur son épaule et la trouva étonnamment douce. La criminologue sourit sans joie : elle aussi avait ses petits secrets.

La serviette qui tenait sa poitrine tomba sur le sol. Sa nudité avait quelque chose d'émouvant. Jack ferma les yeux. Il ne voulait pas la voir maintenant. Attendre. Encore un peu. Il n'était pas pressé d'en finir.

Leurs langues fouillèrent dans leurs bouches, se reniflant comme deux chiens sur un trottoir crasseux. Ça aurait pu ressembler à de la passion mais ils manquaient de tendresse. Ou l'inverse. Ils ne savaient plus : la peur roulait dans leurs yeux tout embués de l'autre.

Il embrassa ce grand bout de femme qui lui tendait les seins comme la main d'un ami sûr. Brève fraternité des désespérés. Jack flâna un moment sur cette peau mais c'est Ann qui l'aida à se lever. Sa lèvre et sa mâchoire lui faisaient de moins en moins mal. La cocaïne, sans doute.

Serrés l'un contre l'autre, ils traversèrent le parquet du salon, lui traînant la jambe, elle oubliant tout pour l'aider à marcher. Un désir inédit courait dans son ventre de femme. Elle n'interpréta pas ce signe. Ann Waitura n'aimait pas beaucoup les hommes, celui-là moins que tout autre ; elle ne rêvait plus d'amants impossibles, même fatiguée après une bonne journée, planquée sous la couette. Mais pour la première fois, elle sentit ses entrailles se tordre, et son âme divaguer. Pourtant, cet homme l'effrayait. C'est peut-être ça qui l'excitait.

Le matin filtrait depuis les stores vénitiens de la chambre. Ann se posa sur le lit, parfaitement nue, et roula sur elle-même. Jack la contempla, allongée sur le ventre. Ann, soudain, était belle. Implacablement. Un miracle. Misérable mâle vautré dans la vanité, il avait d'abord fait la fine bouche en voyant arriver cette fille un peu trop sûre d'elle pour être honnête, mais il se trompait. Ce n'était pas la première fois — Jack ne tirait aucune gloriole à constater qu'il avait raison — mais cette femme éphémère et froide était ce matin sa rosée, son appétit, sa faute.

Il se dévêtit, admira une dernière fois les fesses rebondies de sa partenaire et glissa contre son flanc chaud. Ils n'échangèrent pas le moindre mot, leurs silences se parlaient dans le grand vide, avec des cris qui veulent dire « je t'aime » et qui n'y arrivent pas.

Leur volupté serait chirurgicale.

Leurs lèvres mimaient l'amour et la cocaïne leur faisait oublier qui ils étaient, ce qu'ils venaient de vivre, la douleur du reste du monde. Le sang affluait dans leurs veines. Le cœur, machine à broyer, à amputer des sentiments.

Sous l'effet de la drogue, la cuisse de Jack lui donnait l'impression d'un plâtre. C'était plus embarrassant que douloureux. Le nez retroussé face à l'odeur du plaisir instantané, il parcourut cette peau encore adolescente. Ann se laissa faire sans pudeur et poussa même l'audace à ce qu'il la masturbât doucement. Avec tout ce qui s'était passé cette nuit, c'était la moindre des choses.

L'étreinte de l'homme faillit lui briser les côtes. Dans cette étreinte, il y avait un peu d'Helen et beaucoup d'Eva.

Ann mesura l'ampleur du désir de son amant, évalua la rudesse de son sexe tendu pour elle et aima le sentir brûlant contre son ventre. Ses mains comptèrent six secondes. À la septième, elle grimpa sur lui. Jack l'aida à venir. Ses hanches étaient des poignées sans amour mais non sans bonheur.

Une fois glissée le long de lui, elle s'assit franchement sur son ventre. Une mort légale. Naturelle. Il empoigna ses seins généreux, fit le tour des départements — elle serait son pays dans un instant —, arpégeant la définition de la peau, si délicate, les épaules, qu'il aimait robustes. Ces seins étaient d'une jeunesse arrogante, puissants et muets. Déjà en sueur dans la moiteur du matin, Ann plongea sa tête dans son cou. Ses cheveux détachés vinrent le chatouiller. Il frémit. Elle aussi, mais en bougeant autour de lui. Ses doigts se plantèrent dans son torse, bien décidés à lui faire la peau. La rage passa. Ils se léchèrent en animaux familiers, s'aimèrent avec application. Elle longeait les murs de son sexe, il s'enfonçait sans mal, tout au fond.

Elle pensa à son enfance, à cette angoisse qui ne l'avait jamais quittée, à cette méchante interrogation, à tous ceux qu'elle avait rencontrés et qui l'avaient laissée comme une tête pensante sans buste… Il pensa

à cette femme sur lui, elle qu'il aimait soudain, qu'il
était bon de prendre. Il pensa à tout à l'heure aussi,
quand ils auraient fini, tout haletants l'un contre
l'autre sans trop savoir pourquoi ils avaient fait ça,
qu'est-ce que ça leur apportait de plus, de moins, bref,
il songea aux amours incertaines dans ce monde si
glorieux avec ses certitudes.

Il allait bientôt tirer sa révérence quand le visage
d'une autre femme passa dans son esprit. L'image
absolue. Un fantôme connu, lui en femme, non pas
semblable comme Ann, non, le même : Eva. Eva qui ce
soir dormait quelque part sans lui, Eva qui ne l'avait
jamais quitté depuis qu'ils s'étaient vus, sentis, recon-
nus, totem flamboyant dans la nuit passante, magie
noire de l'obsession coincée dans un coin d'obscurité,
là, dans la chambre, entre ciel et terre. Il délirait, Eva
mon amour, allez avance ! C'est dans mon ventre là,
allez viens, viens là, sous le drap c'est le sang des
enfants morts qui court, encore ! Encore.

Eva, pauvre fille encore toute dégoulinante de ce
sang qui était le sien.

Eva.

Sa fille.

Il y eut quelque cri pour protester contre l'amour
qui ne vient pas, du plaisir brut écrasé par le remords
du lendemain qui ne sera jamais. Non, ils ne pouvaient pas. Ça faisait trop mal. Pourtant, ils étaient à
deux doigts de s'aimer. Deux doigts.

Sa tête sur l'oreiller. Lui qui ferme les yeux pour
ne pas voir le carnage. Elle qui dort, toute seule avec
son misérable amour. Eva, souriante, qui tangue au-
dessus de lui délirant, un mince filet de sang coulant

depuis la bouche. Dernière image d'une rêverie sans âme.

Jack s'endormit brusquement, épuisé par trois nuits de veille.

La cocaïne était passée. Eva non.

13

Ann n'avait somnolé qu'une heure ou deux. La drogue cognait dans son corps meurtri. Le sperme de Jack n'y pouvait rien. Pourtant tout était calme dans la chambre. Une lueur pâle filtrait des stores. Le Maori semblait dormir, les épaules coincées sous l'oreiller. La bête était repue mais il restait toujours aussi impressionnant. Son souffle était devenu plus régulier, ses doigts s'étaient enfin détendus. La criminologue se leva et, avec une infinie précaution, sortit de la chambre.

Le soleil s'étirait derrière la baie vitrée du salon. Au loin, le port se dressait, tout fier de sa situation. Ann n'avait pas envie de voir Jack. Les lendemains sont toujours difficiles quand on n'est pas sûr de savoir quoi penser. Leur rapport de la nuit passée avait été une sorte de sublime catastrophe.

Elle prépara un café, bien noir, et flâna dans le salon en attendant qu'il passe, se disant qu'un poète un peu cossard devait penser la même chose à propos du temps. Toujours nue, elle aima l'air frais du matin sur son corps et se sentit étrangement active. La coke, sans doute. Ann n'avait pas fait l'amour depuis des mois. Elle se mira dans une glace quelconque et nota que sa lèvre était salement amochée. Sa gencive droite la lançait, un trou béant à la place des molaires. Elle ne se souvenait même pas d'avoir craché deux dents la nuit passée. De toute façon, elle devait tout oublier : les tueurs de Zinzan Bee, le triste cadavre de Wilson et aussi Jack Fitzgerald, l'homme qui avait joui en elle dans un râle hallucinant, comme échappé du néant...

Le café fut enfin prêt. La première gorgée était presque douloureuse, les amygdales comme deux gosses criant dans le noir. Elle erra dans la maison, chassant tous ses sentiments. Il ne fallait plus penser, rien que le café. Par les baies vitrées, le jour se levait. Ann fuit le voyeurisme des fenêtres et s'enquit d'une chemise. Sa nudité la dérangeait. Le couloir menait au bureau. La jeune femme poussa la porte du repaire secret de Fitzgerald sans savoir où elle mettait les pieds.

La surprise fut de taille. Des tonnes de dossiers reposaient sur les étagères. Curieuse, la criminologue se pencha sur les annotations. Sur les murs, des dizaines de photos. Celles d'une femme svelte, assez jolie, disparue vingt-cinq ans plus tôt. Les dossiers démarraient à partir de cette date. Ann resta dubitative. Elle se rappelait l'exemple de psychotiques adultes qui remplissent des carnets d'écrits répétitifs et parfois incompréhensibles, puis remplissent des cartons de ces carnets, puis remplissent une pièce de ces cartons. Il y avait dans les différents rangements une sorte de maniaquerie, une précision qui faisait presque mal à voir, une obsession maladive sur un sujet précis — la disparition de sa famille. C'est là, dans ce bureau, que Jack entretenait son délire.

Elle comprit pourquoi ce type était aujourd'hui à

moitié fou : un crime injuste avait été commis et, fait essentiel dans la psychose du policier, les corps pourrissaient quelque part. Cet homme ne *pouvait* pas mourir avant d'avoir retrouvé leurs cadavres.

Avec compassion, elle approcha son visage des innombrables photos qui couvraient les murs : la femme de Jack était partout d'une beauté aimable, souriante, en vie. Pas du tout une beauté fatale, non, une beauté magistralement banale. À vue de nez, Elisabeth aurait aujourd'hui quarante-cinq ans. Le bébé, lui, ressemblait à tous les petits d'hommes en route pour des lendemains incertains. Ses cheveux presque blonds avaient la fraîche innocence de leur mère.

Un détail étrange attira son attention. Ce fut d'abord comme un pincement au cœur, une angoisse latente qui se transforma en certitude.

Ann jeta alors un regard horrifié sur les photos. Ses jambes flanchèrent. Elle se retint au mur. Trouble. Tout était trouble.

Le téléphone sonna à cet instant précis.

Craignant le réveil de Jack, elle décrocha le combiné. Ses lèvres tremblaient de dégoût, elle ne pouvait plus parler.

Une voix pressée l'en dispensa : celle d'Osborne.

Waitura sortit de sa terrifiante léthargie. Elle retint son souffle tandis que le policier l'informait des dernières nouvelles : un camion venait de quitter l'abattoir de Devonport en détruisant tout sur son passage. Au fur et à mesure qu'Osborne entrait dans les détails de cette curieuse affaire, le visage d'Ann blêmit. Vite. Faire vite.

Elle était à bout de nerfs mais la cocaïne l'aidait à tenir le choc. Le jeune flic était comme toujours prêt à tout. Ann aussi.

— Surtout pas un mot à qui que ce soit! glapit-elle. Mets cette affaire en code rouge. Notre mission doit absolument rester confidentielle.

À l'autre bout du fil, Osborne laissa passer un blanc.

— En code rouge, vous êtes sûre de ce que vous faites? Et Jack?

Waitura serra les dents. Non: surtout pas Fitz-gerald.

Elle prit une terrible décision.

Sa voix dit:

— Fais ce que je te dis!

Mais elle ne l'entendait déjà plus.

14

Le pic-vert qui se croyait propriétaire du jardin piqua une colère à la fenêtre de la maison. Depuis trois jours, Jack avait dormi une poignée d'heures et, après le cauchemar de la veille, s'était laissé aller à un sommeil cotonneux. Le pic-vert se chargea de le réveiller sans sommation : debout là-dedans.

Il se dressa sur son séant, l'esprit embrumé. La drogue lui laissait un goût de médicament dans la bouche et une barre sur le crâne. Aussitôt sa cuisse blessée lui asticota les nerfs. Les souvenirs affluaient un à un. Ses poignets étaient bandés. Il jeta un œil fiévreux sur l'oreiller à ses côtés : Ann avait disparu. Ce n'était pas une surprise. L'inverse aurait laissé un espoir à leur relation. Or il n'y avait jamais aucun espoir à ses relations.

Le policier regarda sa montre : midi. Le ciel était bas, les nuages venus en masse pour protester contre cet été trop lourd. Il regretta d'avoir tant dormi. Sa cuisse le lançait plus qu'hier soir. Pour une fois, il bénit la boîte automatique de sa voiture qui malgré tout lui permettrait de conduire. Il souffrit en passant un sous-vêtement. Après quoi, il se dirigea vers le bar de la cuisine et constata qu'un litre de café attendait au chaud. Ann avait pensé à lui. C'était déjà ça. Il but de larges goulées de ce liquide qu'il aurait souhaité plus épais et traîna la jambe jusqu'à la petite table du salon. Le combiné était décroché.

Mauvaise impression. Jack clopina jusqu'au bureau et vit que le combiné du deuxième téléphone pendait également dans le vide : pourquoi Ann avait-elle fait ça ? Pour le laisser dormir ? Et qu'avait-elle fait ici, dans son bureau ?

Il raccrocha les combinés, l'esprit embrumé. Puis, considérant qu'il ne ferait rien de bon avant de prendre une douche, il arracha son pansement et s'organisa sous la poire. La blessure était nette, chaque mouvement lui arrachait un rictus, mais Ann l'avait parfaitement recousue. L'eau de la douche fit saigner les croûtes, il s'en foutait. Revigoré, Jack posa une nouvelle bande. Depuis deux minutes, il pensait à Eva. Où était-elle en ce moment ? Pensait-elle à lui ? Savait-elle qui il était ?

Fitzgerald se rendit compte qu'il n'avait toujours pas prévenu les services de police à propos d'hier. Il y avait pourtant des corps à ramasser… Il pensa de nouveau à Eva. Bien sûr : Bashop s'occupait de son affaire. Et Jack n'oubliait pas qu'elle était coupable : il avait menti à Hickok pour la sauver mais le sergent et le procureur du district ne tarderaient pas à deviner la vérité.

Il fallait faire quelque chose, à commencer par se tenir au courant. Il téléphona au bureau central et demanda Bashop à la standardiste stagiaire. On lui passa tout de suite la ligne.

— Fitz ! Bon Dieu, où étiez-vous ? On essaie de

vous avoir depuis hier soir mais vous étiez injoi-
gnable ! Le téléphone était toujours occupé et…

— Qu'est-ce qui se passe ? coupa-t-il.

Le rapport d'autopsie de Mc Cleary concernant la
mort d'Helen Mains est formel : la même lame de rasoir
a coupé la main d'Edwyn White et scalpé le pubis
d'Helen. L'homme qui accompagnait Eva White la
nuit du décès de son mari a donc commis ce double
meurtre, affirma Bashop. Et certainement celui de
Carol. Notre tueur en série est un petit malin et un
grand séducteur car Eva White a disparu.

— Quoi ?

— Elle a quitté sa maison depuis au moins vingt-
quatre heures. La petite salope nous a filé entre les
doigts. Aucun témoin, mais une de ses voitures n'est
plus là : une Jaguar vert anglais. Quant au type qui
l'accompagnait le soir du meurtre, on a interrogé les
serveurs du restaurant : ils ne l'avaient jamais vu
mais, toujours d'après les serveurs, cette tierce personne semblait très amie avec le couple. Ce mystérieux personnage serait un homme de trente à
trente-cinq ans, un mètre quatre-vingts, les cheveux
châtains, yeux clairs, séduisant. Nous ne pensons pas
qu'Eva White ait tué son mari : elle n'aurait jamais eu
la force de passer le corps d'Edwyn par-dessus la
balustrade du deuxième étage. Elle avait donc un
complice. À coup sûr l'homme du restaurant. Il n'est
pas fiché dans nos services mais avec le portrait-
robot, nous ne tarderons pas à le trouver. Le mobile
des meurtres reste flou mais l'homme qui a tué
et mutilé Helen Mains a aussi assassiné Edwyn
White…

Jack avait retenu son souffle.

— Eva White est innocente, expulsa-t-il d'une voix blanche.

— Elle est au moins complice du meurtre de son mari, renchérit Bashop sans se démonter. D'après Mc Cleary, la mort d'Edwyn White a été provoquée par le choc d'un objet rond contre les cervicales, brisant net le cou du défunt. Le reste n'est que mise en scène. Le scénario que nous avons élaboré est le suivant : Eva rencontre x, notre tueur en série. Elle tombe amoureuse de lui. x rencontre Edwyn dans un restaurant, puis, sympathisant avec le mari, décide de les suivre à la propriété des White. Là, x tue Edwyn. Eva est complice. Ils font croire à un meurtre mais x n'en est pas à son coup d'essai. Profitant de son effet de séduction sur Eva, il la persuade de quitter Auckland. Elle accepte, sans savoir à quel monstre elle a affaire, signant ainsi son arrêt de mort. Aujourd'hui la pauvre fille est peut-être déjà décédée. Il faut la retrouver.

— Une piste ? demanda-t-il en cachant mal sa nervosité.

— Oui. Sérieuse. L'homme qui accompagnait les White au restaurant se déplaçait en moto. Coup de chance, le portier est un type plutôt observateur : la moto était immatriculée dans la province d'Auckland. Comme Eva White reste introuvable en ville — on a vérifié auprès de ses amis —, il est probable qu'ils soient partis pour la campagne. Un coin retiré où ce salaud pourra commettre ses méfaits en toute tranquillité…

— Vous avez vérifié dans la famille d'Eva White ? siffla Jack avec une énorme boule d'angoisse dans la gorge : la réponse conditionnerait le reste de sa vie.

— Pas de famille. C'est une orpheline.

La voix de Bashop résonna dans sa tête. Maintenant, c'était sûr.

Eva.

Le reste se perdit dans l'abîme de son cerveau.

Bashop ajouta, comme dans un rêve :

— Qu'est-ce qu'on fait maintenant, capitaine ?

— Envoyez une équipe à Waikoukou Valley. Vous trouverez une cabane de bûcheron au bout du sentier forestier et un charnier un peu plus loin.

— Un charnier ? s'étrangla le sergent.

— Avec plusieurs corps. Certains non identifiés. Ratissez le coin, il y a des cadavres plein la forêt.

— Quels cadavres ?

— Des Maoris. Ne traînez pas.

— Mais… et la fille ?

— Je m'en occupe.

Fitzgerald raccrocha, blême. Ses mains tremblaient. Eva. S'il touchait à un de ses cheveux… Non : elle ne pouvait pas mourir deux fois.

Il s'habilla en serrant les dents, passa une veste légère et enfila un nouveau .38 dans le holster. Ann avait gardé le .32.

Avant de claquer la porte, il s'envoya une ligne de coke et en fourra quelques grammes dans sa poche : il avait besoin d'un remontant et sa cuisse lui faisait trop mal.

Dehors, les mouettes hurlaient en tombant dans le vide de son âme.

15

John enfonça ses chaussures dans le sable brun de Karekare. Il venait de quitter l'atelier secret où reposaient ses tourments picturaux et errait comme tous les matins sur la plage. Eva dormait toujours. Combattant la chaleur, le gros rocher planté dans la mer s'aspergeait de vagues épaisses. L'homme chassa quelques oiseaux familiers du bout du pied. Il ne se méfiait que des humains ; ils lui avaient volé ses rêves de gosse et, en échange, lui avaient rendu des cauchemars pour adulte. Là, il léchait des sexes masculins énormes sous les yeux effarés d'une fille qu'il aimait plus qu'une fée… John n'avait jamais supporté son homosexualité latente. Il se dégoûtait. Son impuissance à aimer Eva le consumait lentement. Pour vaincre, il était prêt à tout. Chez lui, nul repos. Le tourment gardait le parfum funèbre des amours dépecées. Malgré ses faiblesses, il savait qu'un homme sans amour ne valait guère plus qu'un imbécile heureux. Alors il suivrait les signes. La vie en est placardée. John et Eva. Deux noms courts, comme la vie : oui, c'était bon signe…

Il s'adossa dans les reins d'une dune. Le manque de

sommeil commençait à se faire sentir. Le sentiment
qu'Eva ne lui survivrait pas aussi.

Le visage alangui par la brise du Pacifique, il plongea tête la première dans un sommeil sans fond : à mi-
chemin, les cachalots livraient des combats titanesques
aux calmars dont l'envergure dépassait la taille des
baleines bleues…

Eva s'éveilla de mauvaise humeur : John avait disparu du lit et un mauvais pressentiment lui faisait traîner les pieds jusqu'à la cuisine. Elle passa une chemise
tire-bouchonnée sur le dossier d'une chaise avant de
prendre un café noir sur la terrasse. Toute la nuit, elle
s'était sentie épiée. Dans les méandres de son inconscient, Fitzgerald la poursuivait et son but était clairement déterminé : lui couper la tête. Oui, un mauvais
pressentiment…

Eva ne savait pas si elle était recherchée par la
police, si sa disparition était passée aux yeux du
monde comme une dérobade, le baroud d'une veuve
éplorée partie noyer son chagrin sur un bord de mer
tropicale, ou si au contraire elle et John n'étaient passés que pour de vulgaires meurtriers amateurs au
regard d'enquêteurs déjà lancés à leurs trousses avec
mandat d'arrêt international. À vrai dire, elle s'en foutait. Edwyn n'apparaissait plus qu'en pointillé dans
son esprit tout à John. Ce drôle de type avait éveillé
en elle un désir inédit — ce n'était pas le moindre
de leurs paradoxes. Par sa touchante et pathétique
maladresse, il comblait le vide psychique de son corps
si souvent livré aux sexes masculins choisis par son
mari. John n'était pas de ceux-là. La sauvagerie néo-
phyte de son approche physique l'avait encouragé à se

livrer. Pour l'aider à se sauver, elle donnerait tout — sa vie n'avait de toute façon jamais eu beaucoup d'importance. Il lui avait montré que l'amour existait, même mal. Évidemment, cet homme restait un mystère total qui, à ses rares moments de lucidité, l'effrayait. Il y avait en lui une lueur spectrale, un sentiment d'autodestruction tapageur qui plaidait en faveur d'un fou. Mais elle n'y comprenait rien en matière d'âme masculine. Elle était là pour guérir. Pour se guérir.

La jeune veuve acheva son café d'un trait. Et si John ne revenait pas? Et s'il ne revenait jamais?

Le bol de café échoua sur la table de la terrasse. Plus loin, Karekare tendait ses vagues, l'air sabrait la plage comme un champagne tiède.

C'était un vendredi : elle décida de lui sauver la vie.

Les oiseaux pivotaient sous les risées du large. Eva courut très vite vers la tache brune qui se dessinait dans les dunes. On l'avait déjà trop abandonnée : le perdre serait au-dessus de ses forces. Dorénavant, c'était lui ou rien. Et rien ne lui faisait plus peur.

Quand elle arriva, hors d'haleine, John reposait dans le souffle du Pacifique, endormi. Eva se rétracta aussitôt : un pansement taché de sang entourait son poignet. Elle se laissa tomber sur le sable. Rien ne serait facile. Sans même chercher à le réveiller, elle ôta le pansement et découvrit la blessure avec un rictus déplaisant : l'entaille était nette, profonde, la veine sectionnée. Le vent se leva d'un coup. Un encouragement : vas-y. Alors elle embrassa ce poignet taillé, cette peau déchirée, ce sang mort. Plus de dégoût, plus de pudeur. Petite bête chaude et curieuse, sa langue chercha entre les fils qui enserraient grossièrement la plaie ouverte et fouilla à même la blessure. John tressaillit : Eva semblait goûter son sang.

Quand elle releva la tête, un sourire presque cruel bâillait au-dessus de lui, de l'hémoglobine sur les lèvres comme un cosmétique primitif. Cette obstination à l'aimer le conforta dans l'étrange sensation qui commençait à poindre. La demande était encore timide mais elle avait le vertige d'exister.

La jeune femme ôta sa chemise et arbora deux seins éclatants de jeunesse. John ne disait rien. Des sons familiers perçaient à l'orée de sa conscience, semant la déroute dans ses sentiments ravalés depuis tant d'années. Des voix, des gens, des images. L'action se déroule sur la Terre : les vagues frappent contre sa poitrine pour qu'on leur ouvre le ventre. Betty a quatorze ans et il l'aime, lui, à peine plus vieux. Mais il l'aime. C'est juré craché sur la plage où le vent emporte tous leurs mots sans même prendre le temps de faire le tri entre les jamais et les toujours. C'est alors qu'il est arrivé, venu ici pour le souiller, lui, allongé. Betty avait pris John en flagrant délit de réalité. Violé par un homme. Un homme, mi-ange mi-bête, qui lui avait révélé sa véritable identité. John avait crié que c'était faux, il avait crié ça sur la plage, en vain. Car c'était lui, l'éphèbe de ses cauchemars. Et Betty était partie mourir un peu plus loin, dégoûtée par ce faux homme qu'elle avait sottement pris pour un charmant prince adolescent. Depuis, l'humiliation avait des teintes bleuâtres dans le fond de la gorge ; elle déversait son haleine fétide sur son visage, celui qu'aujourd'hui Eva serrait si fort pour lui signifier que c'était faux, qu'il était bien un homme et pas autre chose, que ça n'avait plus d'importance maintenant.

Eva ouvrit son pantalon. John ne protestait pas : dans sa tête, un maelström de pourritures bouillait à grosses bulles. Rêves hauts en couleur, hallucinations d'allure épileptoïde, illuminations et transport mystique : Betty se débattait en hurlant son nom, happée par les démons qui couvaient en lui. De violents éclairs bleu électrique strièrent les cieux de son cerveau malade, alimentant le carnage à chaque impact. Crier était inutile : seuls quelques crapauds venineux s'extirpaient en ricanant de sa bouche. Des larmes bouillaient sous ses paupières, le ciel de sa tête éclata d'une lueur aveuglante, une grimace meurtrière sur les lèvres, et puis soudain, comme un torrent de lumière diffuse, le ciel s'éclaircit.

Soudain.

Cette chose limpide dans l'orage noir, cette lumière, c'était Eva. Elle le ramenait à la vie comme un enfant noyé à sa mère : sa mère justement, qui l'avait laissé perdre sa masculinité, sa rivalité. Et pourquoi ? Oh ! Par simple vanité de femme : il y a un moment où il faut lui renvoyer ses chers testicules à la figure, au chérubin ! Pas par plaisir, non, par amour, c'est souvent différent. Sa mère qui l'avait laissé seul avec sa sexualité incertaine, sans repères pour qu'il comprenne pour qui il était fait, pour quoi, pour quand ; et ça l'avait rendu fou de savoir qu'il n'aurait jamais le bonheur qu'on lui avait promis trop jeune.

Eva.

La terre n'avait plus de ciel.

Elle caressa ses épaules à pleine poignée. Alors, il réussit : Dieu c'était soudain lui, lui quand il jouit, c'était elle aussi, Eva gémissant dans sa bouche quand un éclat de rire sauvage étincelait sur ses yeux embués, pour l'encourager, eux enfoncés, chacun pendu au fond de l'autre, tout encastrés, bousillés l'un dans l'autre. Elle avait réussi !

Ils firent l'amour pour la première fois.

Une mue radicale. Un changement de peau, de larve à papillon. Non, on ne les avait pas oubliés. Ils pouvaient dorénavant voler. Comme les autres.

*

Une mouette vint picorer quelques puces acrobates à leurs pieds ; l'oiseau observa les deux humains, l'œil sévère et vaguement idiot.

John et Eva venaient de faire l'amour. L'odeur était suave, pas dégoûtante du tout.

La mouette disparut d'un coup d'aile anodin.

John sourit. La sensation était nouvelle. Rien n'était gagné, mais il pourrait peut-être devenir comme tout le monde, un homme qui aime la force et la faiblesse, le vent et l'eau, la démocratie et la violence sans même s'en rendre compte. Les perspectives, pour lui, étaient énormes.

— Tu veux que je roule un stick ? demanda Eva, toujours nue à ses côtés.

— Comme tu veux…

D'un tour de main, la jeune veuve roula un joint qu'ils fumèrent en déclinant toutes sortes de sottises, seuls à s'esclaffer sur la plage.

Leur imagination déborda sur la mer, le monde se chargea d'harmonie. C'était du toc mais ils s'en moquaient : ils le croyaient à eux.

*

John n'avait pas protesté quand Eva s'était chargée de désinfecter son poignet. Puisqu'elle se fichait bien des raisons qui l'avaient poussé à se mutiler, il la laissa faire : elle seule le retenait encore parmi les vivants.

Et ce soir, il aima se regarder dans la glace.

De l'autre côté de la cloison, Eva se faisait belle. Souriant de l'euphémisme, il goûtait l'instant inédit où une femme se préparait pour lui. Enfin elle sortit de la salle de bains avec le naturel désarmant d'une Vénus en cavale et tournoya sur le parquet de la chambre.

— Alors ?

— Je te trouve… pas mal.

— Merci. Toi aussi tu es très beau.

On lui avait dit ça quand il était petit. Jamais depuis qu'il était grand. Le compliment le fit rougir. Il présenta un « trois feuilles » à Eva. La jeune femme eut une mimique simulant une énorme envie et alluma le pétard d'un coup de briquet. Le goût âcre de l'herbe manqua de l'étouffer mais la belle avait les poumons déjà complètement encrassés. Eva fit celle qui allait tomber raide morte dans la seconde et passa la drogue douce à sa drogue dure. Ils se finirent à la « soufflette », un truc de gamins qui ne leur rappelait pourtant rien. Une odeur puissante enveloppait la pièce. Ils ricanèrent sans savoir exactement pourquoi, et si la société inclinait à leur préférer de jeunes chiots aux prétendues dents longues, les peuples primitifs avaient de tout temps précédé leur désir de laxisme insouciant. John et Eva avaient choisi leur camp, tout était bien dans le monde.

La moto attendait sur la terrasse. Elle grimpa dans son dos. Piha n'était qu'à cinq minutes ; ils filèrent moins vite que le vent, tout disposés à contempler la côte et sa végétation tropicale.

Piha était le village voisin, que l'on rejoignait après une longue série de courbes. Deux cents personnes vivaient dans les petites maisons en bord de mer. On avait même planté une cabane de secouristes et un petit restaurant sur la plage.

Six heures du soir. En attendant une faim digne de ce nom, John et Eva y burent quelques verres. Comparé à Karekare et sa nudité sauvage, Piha faisait figure de station balnéaire. Sur la plage, les vacanciers retenaient l'ardeur de leur progéniture comme s'ils allaient se jeter sous le premier rouleau venu.

Enfin, les enfants disparurent, le soleil partit nager la brasse au fond de l'horizon et les voitures emportèrent une foule de petits pieds ensablés vers d'autres logis…

Ils dînèrent à l'abri du vent — fruits de mer et vin blanc, nouveau suppléant de l'herbe fumée tout à l'heure. John raconta à Eva le destin des opossums qu'on abattait sous les encouragements de Green Peace : une fois l'an, on tuait à vue ces gros rongeurs qui détruisaient les forêts du pays depuis qu'un cinglé en avait lâché dans la nature sans se soucier de l'équilibre naturel. Les cadavres d'opossums se ramenaient par camions entiers. Eva hurla de rire quand elle apprit qu'on organisait même des lancers d'opossums morts pour animer la chasse. Du coup, ils partagèrent une ligne d'héroïne dans les toilettes — des toilettes pour hommes.

Le spectacle de la vie devenait fascinant. John nota que le nez d'Eva se retroussait quand elle parlait, elle ne pensait à rien d'autre qu'à la vie, son adrénaline, fluide divin quoique mortel. En bons Britanniques, les serveurs restèrent de marbre devant le désordre qu'ils provoquaient : après tout, ces deux-là avaient l'air de s'aimer.

Un gros pourboire suivit la note. Ils rentrèrent. Avec la relative fraîcheur du crépuscule, les cylindres flirtaient à l'ombre des pistons. Le vent les reconnut tandis qu'ils fonçaient vers Karekare.

John dévala la pente qui menait à la maison, Eva se plantait dans son dos à chaque virage. L'héroïne les excitait. Ils dépassèrent la maison, escaladèrent les dunes sous leurs rires déments, dégringolèrent dans le sable mouvant, se rattrapèrent *in extremis* et foncèrent droit devant, là où la plage écumait de rage. Eva cria pour la forme, John encastra la moto dans les vagues qui bientôt les submergèrent. Elle le traita de pauvre taré. Terrassés de rire, ils abandonnèrent la japonaise à son destin d'épave.

Sous le lustre tiède de la lune, le bal des baisers salés faisait valser les amants à petits pas précieux. Mais le bonheur ne dure pas. Ils pensaient pouvoir le retenir encore un petit peu mais une surprise les attendait.

Une surprise de taille — un mètre quatre-vingt-huit.

16

L'automatique se gara sur le parking de sable bordé par les monts touffus de Karekare. Comme une barrière interdisait l'accès à la plage, Fitzgerald s'extirpa de sa voiture. La nuit tombait.

Toute la journée le policier avait arpenté les environs d'Auckland en contact avec les unités chargées de retrouver les fugitifs. Quant au central, il avait coupé toute émission, n'ayant aucune envie de se justifier auprès de Bashop ou Hickok. Eva était dans les bras d'un type qui avait déjà tué. Qu'il soit ou non le meurtrier de Carol ne l'intéressait plus : seule sa fille avait de l'importance. Ann avait disparu, Wilson était mort et même Osborne ne donnait plus signe de vie.

Il avait commencé par lancer un appel aux flics locaux concernant un individu répondant au signalement donné par Bashop, propriétaire d'une moto japonaise immatriculée dans les environs. Les services concernés s'étaient mis en marche, balayant la province. Si la moto n'était répertoriée nulle part, le portrait-robot établi par Bashop avait mis Jack dans un état de tension permanent : il avait dressé le même à propos de l'homme à la lame de rasoir. La lame de rasoir… Il devait les trouver avant Bashop.

Il avait fouillé la campagne. La cocaïne qu'il s'administrait désormais régulièrement le rendait nerveux. On finit par lui envoyer une suite de noms parmi lesquels figurait sans doute le meurtrier. Procédant par élimination, Fitzgerald avait frappé à plusieurs portes susceptibles de loger l'homme qu'il cherchait. Ceux qu'il rencontra ne correspondaient pas au profil du tueur. Certaines maisons étaient vides et le délabrement avancé repoussait toute possibilité qu'un couple en fuite pût s'y installer.

L'image d'Eva gravitait dans sa tête, symbole flou d'une vie à reconstruire près d'elle si la mort les épargnait. Jack avait hâte d'entendre son histoire, hâte de savoir comment elle avait atterri en Eva White plutôt qu'en Judy Fitzgerald. Si Elisabeth était morte, il lui fallait sauver sa fille, et mettre fin à cette obsession. Pourtant, une foule de détails étranges obscurcissait sa vision de l'affaire…

Il ne lui restait plus que trois maisons à visiter avant d'avoir épuisé son secteur quand une chose singulière le fit tiquer. Il vérifia dans son dossier : une des maisons, située à Karekare, figurait parmi la liste des peintres amateurs dont Osborne avait vérifié l'identité. L'agent avait fait chou blanc : selon lui, aucun peintre n'exerçait dans cette maison, sa présence n'étant fondée que sur des on-dit.

Aujourd'hui, le hasard les rattrapait.

Jack prit une ligne de coke sur le tableau de bord et passa la barrière de bois, la tête pleine de choses rapides. Le coin était isolé, idéal pour se cacher. La maison devait se situer quelque part dans l'obscurité.

Il serra son arme et, traînant la jambe, suivit le cours
d'eau qui serpentait jusqu'à la plage. La lune le dirigeait, il peinait dans le sable meuble, sa cuisse le lançait. À sa droite, une masse noire grimpait dans le ciel
mal luné ; le piton rocheux surplombait une petite
maison que l'on distinguait mieux à présent.

Il avança. Seul le bruit des vagues distrayait le
silence alentour. La bicoque avait été retapée à la va-
vite. Il pressa la clenche de la porte et pénétra dans la
pièce. Ça sentait le bois, la poussière et le parfum
vanillé d'une femme.

— Eva ? murmura-t-il d'une voix étonnamment
douce.

À tâtons, Jack trouva l'interrupteur. Ustensiles usagés, table de cuisine bancale, évier émaillé de taches
dues au mauvais écoulement de l'eau… Plus loin, une
salle de bains refaite depuis peu jouxtait la chambre-
salon. Une robe noire reposait sur le lit défait. Par terre,
diverses affaires exclusivement féminines s'épanchaient
d'un sac de voyage.

Eva vivait là. Jack reconnut même le pull qu'elle
portait le soir de leur rencontre. Sa fille vivait là, sa
fille ! Une peur panique lui glaça les os. Et s'il arrivait
trop tard, si l'autre l'avait déjà tuée, découpée, torturée ? Il fonça vers la salle de bains : dans l'évier, des
traces de poudre faisaient des taches de rousseur sur
l'émail. Les marques étaient fraîches : Eva avait utilisé
cette poudre quelques heures plus tôt. Le policier rangea son arme et inspecta les placards : des chemises
et des pantalons tire-bouchonnés garnissaient les étagères. À vue de nez, l'homme mesurait près d'un
mètre quatre-vingts. Son amant. Son tueur.

Il sortit de la chambre et réfléchit : Carol avait rencontré un peintre peu avant sa mort, un type qui la payait en billets de cent dollars. Or, rien ici ne laissait croire qu'un peintre exerçait son art solitaire. Peut-être avait-il un atelier en ville ? Jack en doutait. Un personnage aussi secret ne s'encombrerait pas d'un tel outil de travail. Il songea alors à l'annexe de béton collé à la baraque : cette annexe ne donnait sur aucune pièce de la maison…

Dehors, l'océan grondait. L'annexe de béton était bien mitoyenne à la maison mais aucune porte n'en permettait l'accès. L'entrée se situait forcément à l'intérieur.

Rebroussant chemin, Fitzgerald inspecta les murs de la cuisine, puis ceux de la chambre. À l'aide du revolver, il cogna au jugé. Le mur sonna creux : le passage était là, quelque part sous l'étagère surplombée d'une grande glace aux dorures désuètes. Il passa sa main dans les interstices et finit par actionner un système : l'étagère se décrocha du mur par enchantement mécanique.

Grâce à un système de poulies simple et astucieux, le passage donnait accès à une salle sombre. Celui qui avait monté ça était un petit génie du bricolage. Rien d'étonnant à ce qu'Osborne n'ait pas remarqué.

Le policier grinça des dents pour plier la cuisse et s'engouffra dans le passage. Une odeur de peinture diluée emplissait les lieux. Jack tâtonna jusqu'à l'interrupteur ; bientôt, une faible lumière se diffusa dans la petite pièce. L'atelier était plein de chiffons tachés, de pinceaux, de toiles vierges, avec une palette et une peinture sur un chevalet : dans un frémissement, il reconnut l'image déformée d'Eva.

La toile était lugubre, voire sinistre. Eva était plutôt

« réussie » malgré l'expression furtive de son visage mais un indicible sentiment de haine suintait de cette peinture, comme un amour mêlé de rage intense. Il examina la texture de la peinture : du sang.

Fitzgerald se retourna et découvrit avec stupeur que, depuis l'atelier, on voyait la chambre. Une glace sans tain. Voilà pourquoi Carol n'avait jamais vu le peintre qui l'avait prise pour modèle. Le tueur peignait dans cette pièce secrète et demandait aux filles de se tenir dans la chambre : ainsi, il pouvait les regarder sans être vu.

Il fouilla nerveusement parmi les toiles posées à même le mur et trouva vite ce qu'il cherchait : le corps d'une femme lui sauta littéralement à la figure. Celui de Carol Panuula. Cette fois-ci, la preuve était accablante. Tout concordait. Le tueur l'avait peinte peu avant sa mort. Dans quel but ? Jack se remémora les leçons d'Ann Waitura, toute sa théorie sur le tueur : un psychotique se soigne en gardant sa part de délire, et le nourrit. Si le délire disparaît, l'angoisse est en quelque sorte multipliée. Le fait de peindre les femmes dans cette pièce lui permettait de délirer et ainsi de sauvegarder le mince équilibre de son quotidien. Ce type dessinait les femmes car il était incapable de les aimer : évidemment ! Homosexualité, impuissance, peu importait la raison. Les femmes qu'il créait compensaient ses frustrations. Mais le délire ne lui suffisait plus : alors il se vengeait en les tuant avant de scalper leur sexe en guise de trophée. Fétichisme. Dans ce cas, où cachait-il ces scalps monstrueux ?

Un bruit de moto stoppa le cours de ses interrogations morbides : ils arrivaient.

Fitzgerald analysa très vite la situation : avec sa blessure, il n'aurait pas le temps de sortir de l'atelier. Pire, il risquait de se trouver nez à nez avec le tueur, exposant Eva à une situation dangereuse : il referma la porte du passage derrière lui.

Avec la cocaïne, l'attente lui parut un siècle. Depuis l'atelier secret, aucun bruit ne filtrait de l'extérieur ; bien entendu, la pièce était insonorisée. Deux, trois, cinq minutes passèrent. Qu'est-ce qu'ils foutaient ? La main rivée sur la crosse du revolver, Jack guettait d'un regard angoissé la chambre à coucher.

Enfin ils entrèrent dans la maison.

— Tiens, on a oublié d'éteindre la lumière du salon en partant ! lança Eva d'une voix qui s'en fichait éperdument.

De l'autre côté du miroir, Jack retint son souffle. Il connaissait l'homme qui la suivait : c'était bien le type qu'il avait poursuivi dans les rues d'Auckland. Ils étaient trempés jusqu'aux os mais Eva était vivante, cela seul importait. Occupée à ébrouer ses cheveux ensablés, la jeune femme fila vers la salle de bains. Jack l'observa, une tendresse maladive dans les yeux.

L'homme qui l'accompagnait avait la trentaine, cheveux châtains, assez courts, séduisant, un bandage au poignet, comme lui.

John ôta sa chemise et passa un tee-shirt sec. Eva réapparut très vite, une serviette sur les cheveux qu'elle frottait en miaulant. Dans son attitude, nulle crainte : juste un profond et inconcevable sentiment de sécurité.

Prisonnier de l'atelier, le policier ruminait : Eva aimait un homme qui allait la tuer, un déséquilibré qui allait lui découper le sexe : sa propre fille ! Les idées se bousculèrent dans son cerveau : il fallait trouver un moyen d'opérer sans la mettre en danger, elle qu'il ne quittait plus des yeux, fou d'un amour brutal capable de le mettre en pièces.

John enlaça sa compagne qui, aussitôt, se lova contre lui. Elle semblait aimer ça, la garce ! Fitzgerald se retint de hurler : il ne pensait plus à rien. On lui volait son seul bien.

Eva tira John sur le sofa dépenaillé. Ils goûtaient jusqu'à l'asphyxie le mélange éphémère de leur meilleure salive. La main de l'homme passa sous sa robe et caressa ses longues cuisses nues. En araignées voraces, ses jambes s'accrochèrent à lui. Jack écrasa ses paupières à la vue du sexe à nu sous l'étoffe. John laissa dériver une bretelle sur le bras de son amante. Bientôt, un sein rond pointa son nez rose, qu'il saisit à pleine main : Eva se tordait sous ces maudits doigts. Jack refusait de voir Eva nue, livrée aux mains d'un homme — tueur ou non. Son esprit commença à siffler. Vingt-cinq ans sous pression, la cocotte-minute allait exploser.

Eva posa sa nuque sur l'accoudoir du sofa et laissa sa tête tomber à la renverse. Ses cheveux trempés allaient jusqu'à terre dans une joyeuse chute capillaire, loin de présager le danger sous les câlineries diaboliques de son amant. Quand l'homme posa sa main sur le cou offert en gage de bonne volonté, Jack hurla :

— Eva ! Eva, il va te tuer !

Dans un état second, il tira dans le verre teinté qui le séparait de la chambre : la glace se fissura mais ne céda pas. Fitzgerald paniqua à l'idée de rester coincé dans cette réserve alors qu'un type s'apprêtait à massacrer sa fille : il recula pour se protéger des éclats et pressa de nouveau la détente.

John et Eva s'étaient dressés d'un bond : malgré l'épaisseur de la cloison, la voix du policier les avait alertés. L'impact des coups de feu avait strié la vitre à trois endroits bien distincts. John se mit debout en une fraction de seconde. Il comprit tout, tout de suite. Eva remonta la bretelle de sa robe, le regard obnubilé par la voix spectrale de l'autre côté du mur. Son visage était terrorisé.

Dans un tourbillon de fumée âcre, Jack tira deux balles au plus près des impacts. La vitre vola enfin en éclats.

Travail d'amateur, pensa John : il s'était fait avoir sur la qualité du matériau. Maintenant un flic braquait son arme sur eux, silhouette déchirée derrière les pans de verre encore accrochés au mur. Il allait tirer de nouveau. Son visage était celui d'un fou en cavale. À ses côtés, Eva refusait de comprendre. Ses dents claquaient dans sa bouche : la mort lui faisait face. John se posta aussitôt devant elle.

Le Maori le tenait au bout de son canon mais hésitait à l'abattre : Eva était maintenant derrière lui. À trois mètres, sa dernière balle avait toutes les chances de traverser sa tête avant de pulvériser celle d'Eva. À moins qu'un os du crâne ne déviât la trajectoire. Non, il ne prendrait pas ce risque.

John savait quel genre d'homme était Fitzgerald : il resta devant Eva, pétrifiée dans son dos. La gueule noire du revolver ne quittait pas son front plissé.

— Ne bouge plus ! gronda le flic. Eva ! Va-t'en ! Vite !

La jeune femme restait sans mouvement.

— Ne bouge pas, ordonna John d'une voix étrangement calme.

— Eva! Ce type est un tueur! Il a déjà massacré deux filles. C'est à ton tour maintenant! Bon Dieu, crois-moi, je suis là pour te sauver!

Sa voix suppliait presque. Eva ne broncha pas. Une lumière de doute déformait son visage. Jack extirpa une paire de menottes et les lança en direction de John.

— Enfile ça. Tout de suite.

Toujours calme, John attrapa les menottes au vol. Eva avait reculé d'un pas. Il regarda les bracelets d'acier et esquissa un sourire un peu triste.

— Tu n'as pas compris. C'est peut-être toi le héros de l'histoire, mais tu arrives trop tard. Tu n'y changeras rien.

La menace du revolver se fit plus pressante : Eva s'était décalée, c'était maintenant ou jamais. Jack hésita mais comprit que, s'il l'abattait, Eva lui en voudrait pour toujours. Car elle aimait cet homme. Et ni la loi ni les preuves apportées au dossier ne suffiraient à l'inculper à ses yeux trop passionnés pour être honnêtes. Il hésita donc une seconde. De trop : Eva se posta devant son amant. Elle voulait le protéger.

— Je vous en prie, laissez-nous… S'il vous plaît…

Des larmes étincelaient dans ses yeux, cette voix gorgée de pitié lui faisait vraiment mal au cœur.

— Eva : je suis venu te sauver. Tu es ma…

— Mais je ne veux pas me sauver! coupa-t-elle sans hésitation.

C'était pire qu'un suicide. Car elle était sincère.

Soudain la main de John propulsa la jeune femme en arrière. Une paire de menottes vola dans l'air tandis qu'Eva effectuait un bond forcé vers la sortie. Jack évita sans mal les bracelets d'acier que le meurtrier venait de lui jeter à la figure mais ne put viser correctement. Dans un tourbillon, Eva se laissa tirer vers l'extérieur — leur salut.

Fitzgerald poussa un juron en les voyant disparaître dans l'embrasure de la porte. Il enjamba avec difficulté la cloison démolie et clopina tant bien que mal vers l'entrée de cette foutue baraque.

Le vent hurlait depuis le large. Eva courait comme un automate. John la tirait par la main. Dans l'obscurité, le flic les sommait de s'arrêter mais sa voix se perdait sous leurs pas chaotiques : encore quelques mètres et ils atteindraient la Jaguar. Elle piétinait, ses jambes ne la portaient plus que par habitude et son visage avait perdu sa formidable vitalité.

John ouvrit les portières de la voiture, poussa Eva sur le siège et prit le volant. Il écrasa la marche arrière et fit un rapide demi-tour sur le sable. Au-delà du pare-brise, la route grimpait en épingle vers la corniche. Eva ne disait plus un mot, les mains posées sur ses genoux de petite fille sage. Machinalement, John regarda la jauge d'essence. Coup de tonnerre : elle était vide. Désespérément vide. Il fonça.

Fitzgerald geignait : marcher dans le sable avec une blessure à vif dans la cuisse n'était pas une partie de plaisir. Il avait cent mètres de retard sur les fuyards et une forte envie de vomir. Chaque pas lui coûtait deux ans de vie en moins : encore un petit effort, la Toyota attendait là-bas. Eux venaient de déraper sur le parking, un peu plus loin sur la droite. Il ne pouvait pas tirer : l'obscurité était leur alliée, Eva son bouclier et la fatigue mauvaise cible.

Quand le policier atteignit son véhicule, la Jaguar venait de passer devant lui, en l'aveuglant de ses phares.

Il poussa un cri en se jetant sur le siège : sa blessure venait de se rouvrir.

L'automatique ronronna. La suite fut plus brutale : Jack passa la vitesse de côte et fit hurler le moteur. Il savait qu'une saloperie de japonaise n'aurait jamais raison d'une anglaise bien huilée. De rage, il écrasa l'accélérateur. Un peu plus haut, deux yeux rouges luisaient avant de disparaître au gré des virages. Ils n'avaient pas beaucoup d'avance. Jack ne les lâcherait pas, saloperie de japonaise ou non.

Crispé au volant de la Jaguar, John poussait les rapports en enfilant les lacets. Assise près de lui, Eva semblait dépassée par les événements. Elle dit :

— John… Dis, c'est vrai ce que disait le flic ?

L'homme ne répondit rien. Son sourire resterait une énigme. La route sinueuse les menait vers la lune. Eva se frotta le nez.

L'inconscience de leur fuite avait éveillé en eux un fol espoir de vivre. Coupés de la réalité, survivant d'illusions, ils s'étaient réinventé le monde. Mais ce soir ils sentaient bien que les dieux étaient morts. On les avait bel et bien abandonnés. Dans le rétroviseur, les phares de la Toyota apparaissaient par intermittence, s'accrochaient à eux comme des limaces sanguinaires.

John se demanda si Fitzgerald aussi avait peur, si Eva avait toujours envie de crever en lui comme une bulle. Encore quelques lacets et ils atteindraient la route de Piha…

— John… Où on va ?

La voix d'Eva était toute petite, son mètre soixante-quinze recroquevillé sur le siège de la voiture. Il chuchota :

— Tu m'aimeras toujours ?

Elle changea de ton. Son visage s'éclaircit :

— Oh ! John ! John, mais qu'est-ce que tu crois ? ! (Une énergie foudroyante irrigua ses veines.) C'est pas un flic qui va nous séparer. Fonce ! Putain, défonce tout mais emmène-moi, ne me laisse pas. Ne m'abandonne pas comme ça. John ! N'importe quoi mais pas ça. Emmène-moi…

Elle balbutiait les mots qui n'étaient jamais sortis d'elle. Ils surgissaient maintenant, tout tremblants, comme s'il faisait froid dehors. Pire qu'une déclaration d'amour, un sauf-conduit sur son territoire. Dès lors, John se sentit presque serein.

Ils atteignaient la route côtière : la Jaguar s'engagea vers Piha. Fitzgerald se traînait dans leur dos, pestant toujours contre cette satanée boîte automatique. John regarda tomber l'aiguille sur le cadran du tableau de bord : la voiture engloutissait les dernières gouttes d'essence disponible dans le monde, les phares découpaient la nuit en tranches de vie bien distinctes, la drogue le faisait trépigner sur l'accélérateur, Eva continuait d'implorer, non, surtout ne pas l'abandonner, jamais ! Une mauvaise lueur sous les paupières : oui, elle l'aimait. Dans quelques secondes, il serait temps.

La Jaguar fila. John ne savait plus ralentir. Dans la pénombre de l'habitacle, leurs yeux étincelaient d'un éclat démoniaque, la route était un défilé, le monde une pyramide à l'envers menaçant de s'écrouler : des instants sans mémoire. Dans leur dos, les phares de l'automatique les prenaient pour cible. Encore quelques secondes. La route lovait le bord de mer et tout là-bas, il y avait ce mur devant l'eau. Bientôt, ils épouseraient la vie.

Des vagues énormes s'écroulaient sur les rochers dans un fracas de guerre civile. On s'entendait à peine mourir. John écarquilla les yeux : le mur venait de se teindre en bleu. En bleu électrique. La tentation était puissante mais il n'était pas sûr qu'Eva voudrait le suivre. Les yeux injectés de sang, il glapit :

— Eva ! Tu vois ? Dis ? Tu le vois ?

— Oui… Oui ! Le mur. La mer… John…

Les herbes sur le bas-côté défilaient, Eva se jeta contre John, lui dont les yeux fous roulaient dans le rétroviseur : non, c'était impossible, il y avait quelqu'un avec eux, là, dans la voiture : sur le siège arrière, comme le spectre de l'amulette maorie qui les regardait, atroce ! Hallucination ? Une sale blague, un cauchemar d'enfant, le virage qui approche à toute allure, le mur, John contre Eva, Eva contre John, le baiser de la mort, l'araignée dévorant son amant d'une nuit, déjà le lacet, la courbe de la route, l'orage dans la nuit, ne jamais s'abandonner, John, Eva, la mort qui se les enfilait, vite !

Loin dans leur dos, Jack Fitzgerald hurla.

Les pneus de la Jaguar crissèrent dans la courbe qui bordait la mer. John frissonna : Eva venait de lui mordre la bouche dans une étreinte sauvage, elle se cramponnait à lui, la main accrochée à son sexe dur, une grimace farouche dans les yeux. Enfin, elle hurla :

— Tue-la !

La Jaguar fonça droit sur le muret. La mer électrique s'ouvrit devant eux. Ils vinrent percuter violemment le mur de béton avant de venir s'aimer jusqu'à la mer qui, beaucoup plus bas, leur tendait tout son bleu.

Les hurlements de leur âme se turent.

*

Les pneus de l'automatique stoppèrent leur course en bordure du précipice. La tête du policier cogna contre le volant. Il n'avait rien fait pour la retenir.

Maintenant le silence habitait tout. Fitzgerald tremblait d'effroi. Le muret avait volé en éclats ; la Jaguar était partie loin vers la mer. Le vol n'avait duré qu'une poignée de secondes, jetées en vrac dans le précipice.

Ils étaient seuls désormais. Seuls avec leur mort bien portante, tout emmêlés.

Dans un rêve absurde, il sortit de sa voiture. Son visage livide ne savait plus que balbutier. Eva. Il avança au bord du précipice et aperçut la Jaguar, écrabouillée sur les rochers de Piha la sauvage. Sa fille était un tas de chair démolie, démembrée, calcinée. Et lui ne savait plus qui dit quoi, qui est qui, et qui meurt pour quoi. Sa nuque inclinait toute seule vers le vide : le gouffre l'attirait. Eva, tout là-bas, lui envoyait des signes de bienvenue. Des bouts de squelettes s'agitaient depuis le néant : « Viens, père ! Viens ! »

Jack planta ses ongles dans son crâne. Un long râle, qu'il n'entendait plus, ses paupières acides le démangeaient. Vite, pleurer. Ou alors en crever.

Par la portière ouverte de la Toyota, le contact de l'émetteur supplanta ses sinistres désirs. Les neurones grésillaient : tout occupé à son malheur, il entendait à peine la voix d'outre-tombe qui déversait un flot de mots incompréhensibles. Eva. Morte. Son cerveau se décomposait. La voix dans la radio n'était plus qu'un murmure indistinct, lui un fantôme.

Fitzgerald se tourna vers la voiture. Le .38 Special reposait encore sur le siège avant…

17

Dans les os de la tête, ça avait déjà un sale goût de renfermé. Le talon écrasé sur la pédale d'accélérateur, Malcom Kirk regardait passer la campagne néo-zélandaise ; sur le terrain d'une école perdue, des poteaux de rugby se penchaient sur leur destin. Comme lui, il faudrait bientôt les remplacer.

Malcom pensait à sa vie terriblement ratée, à ses amours ruinées, à sa mère aussi… Des larmes tièdes lui brûlaient les yeux. Le camion frigorifique l'emportait vers le nord : lui, son désespoir, sa haine et sa cargaison fraîchement embarquée. Le paysage défilait, mais il ne pouvait pas le maîtriser. Après la brutale altercation de cette nuit, Malcom n'avait plus le choix : tout ce qu'il pouvait faire, c'était partir avec elles. Alors il avait foncé à l'abattoir pour prendre le camion, et là, il avait tout bousillé. Dans sa tête, des souvenirs flous, mal organisés, montés les uns sur les autres : lui grimpant dans le camion, l'usine qui dormait encore, le bruit du moteur, la jauge d'essence à ras, le crissement des pneus, son déboulé dans les allées et puis les cris, les cris de ceux qui le poursuivaient depuis toujours, et puis le cri d'un type qui sor-

tait de son baraquement pourri, le petit chef de l'usine
où Carol avait abîmé ses jolies mains, ce cloporte
infâme qui gesticulait dans tous les sens en agitant ses
bras comme s'ils étaient susceptibles de l'arrêter, lui
et son engin fumant. Il délirait.

« Tiens ! Voilà pour toi, sale chien ! Un grand coup
de capot dans les dents, qu'est-ce que t'en penses !
Ah ! Pour ça, il sait voler, le Moorie ! Sa tête a percuté
la calandre avant d'exploser contre le radiateur : faut
dire que j'avais fait un bel écart pour le dégommer,
l'enflure ! Ça a fait du sang sur le pare-brise, avec des
bouts de cervelle sur les vitres et les restes sous les
roues du vaisseau fantôme. Salut, Moorie ! À la
revoyure ! Ah ah ! Quel bordel, mon Dieu... Mon
Dieu : il a fallu hier pour que je m'en souvienne. Et là,
j'ai vu, j'ai vu... Non, ne crie pas. Écoute plutôt les
pistons qui cognent sous le capot. Ils hurlent pour
qu'on leur ouvre. Le monde. Comme moi. Fallait pas
m'ouvrir le monde... Non, ne bouge pas, surtout ne
crie pas. Écoute, je te dis. C'est beau, non ? Oui, c'est
ça : pose ta tête sur mon épaule, fais pas gaffe au couteau. C'est ça, fais comme si de rien n'était... comme
si de rien n'était... Oui, je vais te raconter une histoire,
petite fille... Je vais te parler de ma vie, si tu veux.
D'ailleurs, j'ai mal à la vie. J'ai attrapé ça hier, impossible de la guérir. J'ai tout essayé. Impossible. Incurable. C'est ma maladie : incurable. J'ai l'incurable
dans le sang. Incroyable. Je croyais qu'on attrapait ça
vivant, pas quand on est mort. Eh bien, non : j'ai l'incurable. Pourquoi ? Oh ! C'est flou, difficile à expliquer... Comment dire... Ma mère avait des yeux verts
et une bouche... verte aussi. En fait, c'était une
pelouse. Fallait pas s'allonger dessus. C'était interdit.

Interdit. C'est drôle, quand j'y pense, je m'en souviens pas bien. Faut dire que j'étais petit. C'était sur
les îles, ça, je me rappelle : une île avec personne
autour. Jolie. Et puis un jour, j'ai eu très mal au
ventre. La douleur, on s'en souvient : pas forcément la
physique, non, surtout la morale. Pourtant, je ne
savais pas pourquoi mon ventre me faisait si mal. La
blessure avait parfaitement cicatrisé, alors c'était
autre chose. Mais ne crie pas. Non ! ne crie pas ! Ah !
je vois que tu ne m'écoutes pas. C'est malin ! Maintenant, j'ai perdu le fil de mon histoire… Mon histoire,
c'était une pelote avec des nœuds énormes, des nœuds
tout emmêlés, gros comme des montgolfières. Et ça
soufflait dans ma tête, ça me décollait le cerveau,
putain ! je savais même pas pourquoi ! J'étais assis
sagement à côté de ma pelouse — c'était interdit de
marcher dessus — mais avec le temps, j'ai pas pu
résister : je me suis allongé. On était bien sur la
pelouse, tous les deux. On a même fini par s'installer… Mère a fait un étang. C'est après que les gre-
nouilles sont arrivées : elles se sont mises à coasser
après moi, elles se sont mises à dire des choses sales
alors que moi j'étais nu comme une merde : c'est pas
joli joli, une merde toute nue, hein ? Après, je sais
plus. J'ai mal à la tête… Je me suis retrouvé dans les
rues, nu comme une merde, avec des habits sales sur
le dos, avec des gens autour de moi qui me reniflaient
comme un chien, à moins que l'odeur ne les attire…
Je sais plus. L'enfer, avec des queues partout dans
moi, des sexes énormes qui me rentraient dedans, des
bras qui me tenaient, les autres qui ricanaient, moi qui
criais sans pouvoir me défendre, Mère n'était pas là,
elle était pas loin, mais pas là. L'enfer, avec dix morts

par jour. J'ai souffert, petite fille, si tu savais comme
ils me faisaient mal ! La nuit, je me réveillais en
sueur, le lit entouré de crocodiles qui attendaient que
je tombe dans leur gueule pour me dévorer… Et
toutes les nuits, c'était pareil. Jusqu'au jour où il est
arrivé avec ses yeux bleus tout fondus sur moi, ses
beaux yeux dégoulinants qui ne savaient que m'aimer… Pour la première fois, j'ai senti de la douceur
sur moi. Il m'a offert son épaule pour que j'y repose.
Il était bon, puissant, le seul capable de me sauver.
Pour ça, il m'a payé le prix fort. Il ne m'a jamais dit
combien il avait dû payer pour m'avoir. C'était quelqu'un de très discret, très distingué, plein de pudeur :
rien à voir avec les chiens qui m'entouraient, ces
tueurs mangeurs de chair humaine… Oui, il s'est bien
occupé de moi, m'habillant toujours très bien, oh ! je
n'avais pas à me plaindre ! Il m'aimait toujours plus,
de jour en jour, et moi aussi je l'aimais, c'était pas
facile du tout mais j'y arrivais presque. On se cachait,
les autres devaient pas savoir, je voyais bien qu'il était
inquiet, surtout ces jours-ci… Mais le mal était profond. Je ne pouvais pas m'en empêcher. Sans identité,
pas de survie possible. Personne peut comprendre.
J'ai repris ce qu'il appelle mes "travers". Faut dire
que je me suis bien fait engueuler pour Carol… J'ai
juré que j'y étais pour rien ; c'était vrai. Au début, il
m'a cru. Mais les choses ont empiré, il a fallu que je
m'en aille, c'était pas moi, je le jure ! Vous le savez
que ce n'est pas moi, pas ma faute à moi ! Oh non !
Non ! Ce n'est pas possible ! Non ! Ce n'est pas moi !
Pas MOI ! Je l'ai pas tuée, cette pauvre fille ! Et il a
fallu hier pour que je m'en souvienne… me souvienne
que… c'est moi. Oh ! mon Dieu… c'est moi… C'est

moi qu'ai fait tout ça… Mais ne crie pas, petite fille, non ! Ne crie pas ! Je t'en supplie ! C'est pas moi ! »

*

Jack Fitzgerald revint lentement sur Terre. Le cadavre d'Eva fumait encore au bas de la falaise. La nuit allait tomber, la Toyota reposait, portière ouverte, sur le bord de la route, et une voix folle déversait une sorte de complainte incompréhensible dans l'émetteur qui le reliait à Ann Waitura.

Le policier blêmit ; la voix, d'abord stridente et railleuse, commençait à changer de ton. Malgré la confusion des paroles noyées dans le vacarme des ondes parasitées, Jack reconnut cette voix : c'était celle de la fille de Waiheke, la fille qui avait parlé au tueur alors qu'il se trouvait empêtré dans le bush ; la fille s'était enfuie avant qu'il pût la voir mais sa voix était si particulière que Jack la reconnut aussitôt dans l'émetteur. Mais ce soir la voix qui psalmodiait ces paroles incohérentes avait inexorablement changé de ton : car désormais ce n'était plus la voix d'une femme qui parlait, mais celle d'un homme. Un homme aux abois. Plus de doute possible. La femme croisée à Waiheke était un homme.

Bien sûr : Jack avait fouillé la maison isolée, il avait trouvé de multiples affaires féminines mais ni tampons ni serviettes hygiéniques. Ce n'était pas une femme qui habitait dans cette maison mais un homme.

Un travesti.

Malcom Kirk.

Les étranges coutumes polynésiennes resurgirent à sa mémoire, les histoires que lui contait son père, ces temps oubliés où les villages s'organisaient en complète autarcie : il arrivait en effet qu'il y ait plus d'hommes que de femmes dans les villages. On réglait le problème (et peut-être même celui de l'homosexualité) en imposant à certains hommes de tenir le rôle de la femme. On pouvait ainsi voir un robuste Polynésien revêtu du costume traditionnel réservé aux femmes s'affairer aux tâches ménagères. Cet « homme » vivait même avec les femmes et tenait dans la famille le rôle d'une maîtresse de maison. Personne ne se moquait de lui. Il comblait le déséquilibre au sein d'un groupe où les hommes étaient, de surcroît, souvent polygames.

Jack gambergea : tout cela datait et n'avait *a priori* plus lieu de nos jours. Mais il avait maintenant une certitude : un tueur avait débarqué sur le continent depuis la veille et, par un concours de circonstances qu'il ne comprenait pas, Ann Waitura était actuellement en sa présence. Elle avait mis son émetteur en marche mais elle se taisait. Pourquoi ?

Le temps s'accéléra : si Ann n'avait toujours pas parlé, c'est qu'elle avait ses raisons. En ouvrant le contact de l'émetteur, elle cherchait à mettre Jack sur la piste du tueur : appeler pouvait être dangereux. Depuis un moment, Kirk s'était tu. Ses supplications avaient fait place à un bruit sourd, celui d'un moteur. Un gros. Celui d'un camion, ou quelque chose comme ça. Mais il y avait un autre bruit de fond, encore difficile à distinguer… Depuis l'émetteur, Kirk continua à délirer. Ann se taisait toujours ; mais où était-elle ?

Fitzgerald fit le tri entre ses fausses et ses vraies pistes. Les mots de la fille de Waiheke étaient en fait ceux de Kirk. Il disait : « Je n'appartiens plus à Bee. »

Cela signifiait-il qu'il appartenait à quelqu'un d'autre ? Découvert, Kirk n'était plus aujourd'hui qu'un humain fragile lâché dans la nature. Sa réaction serait celle d'un désespéré, d'un suicidaire. Car, par un stratagème bien compliqué, Kirk ne savait pas qu'il était un tueur : « Ce n'est pas moi », avait-il dit, avant de rectifier « pas ma faute » — preuve qu'il réalisait alors la terrible vérité. Maintenant qu'il avait fui son île refuge de Waiheke, allait-il tuer de nouveau ? Et quel secret emportait-il avec sa folie ? Une autre phrase frappa l'esprit du flic. Celle émise par le Maori alors qu'il dialoguait avec Kirk : « Tu veux qu'on vérifie ? » Les deux hommes parlaient alors du meurtre de Carol. Que pouvaient-ils donc vérifier ? Quel était le sens de cette allusion, allusion qui avait tant effrayé Kirk ?

Fitzgerald fut alors frappé de stupeur : Carol avait eu le sexe scalpé mais on n'avait pas retrouvé le pubis. Voilà donc la « preuve » de sa culpabilité, la « vérification » dont parlait Ofengahu. Les pubis. Mais si Zinzan Bee et ses sbires savaient où Kirk cachait les preuves de ses crimes, pourquoi protégeaient-ils le jeune Polynésien, lequel était censé ne plus « appartenir » à l'étrange sorcier maori ?

Dans un éclair, les choses se mirent en place : Malcom Kirk avait subi un choc en réalisant sa culpabilité. Désespéré, il chercherait à s'enfuir, emportant avec lui son seul bien : le pubis scalpé des femmes qu'il avait assassinées. Le tueur avait une cachette, un endroit planqué dans le fond de sa mémoire. Les sexes mutilés étaient pour Kirk une sorte de trophée, un symbole quelconque dans sa pauvre tête. Il les gardait précieusement, quelque part... Jack songea à un endroit froid. C'était le seul moyen de garder les pubis en

« état ». Oui, mais où ? Pas chez lui, puisque la cachette devait être un lieu fréquenté en de rares occasions — uniquement pour alimenter son délire. Alors quoi ? Une boucherie ? Trop compliqué d'accès. Une maison qu'il louait aux alentours d'Auckland, avec une chambre froide ? Peu probable, toujours parce qu'il ne devait s'y rendre qu'en état de transe. Non, il s'agissait d'une petite chose, un coin désert où, à l'occasion des meurtres, il déposait ses monstrueux trophées : un hangar, un garage… Depuis l'émetteur, la voix de Kirk gagnait en intensité.

Jack réalisa alors qu'il avait fermé tout contact avec le central depuis ce midi : il était à la poursuite d'Eva et tenait à ce que personne ne soit au courant de ses escapades. Il pesta contre lui-même : jusqu'au bout, Eva serait sa faute. Il appela le commissariat central et demanda Osborne, d'urgence. Coup de théâtre : Osborne avait disparu depuis ce midi. Même son de cloche pour Waitura. On ne connaissait pas la raison de leur départ mais ils avaient établi une mission en code rouge. À ces mots, Fitzgerald retrouva son vieil esprit de combat : Ann avait abusé de ses pouvoirs et cherchait maintenant à le mettre sur la piste en ouvrant le contact de son émetteur.

Il glapit dans la radio du central :

— Y a-t-il eu un événement quelconque ce matin ? Fait divers, accident, fuite, n'importe quoi ayant rapport avec un lieu de stockage frigorifique…

— Attendez, je regarde, répliqua le standardiste.

Dans l'émetteur qui le reliait à Ann, Kirk délirait maintenant à plein tube : il appelait Waitura « petite fille ». Enfin, le standardiste répondit à sa demande :

— Capitaine ? J'ai peut-être trouvé ce que vous

cherchez : un camion a créé un sacré carnage à l'abattoir de Devonport. On ne sait pas qui le conduisait mais la camionnette a pris la fuite. Par contre, je ne vois aucune équipe de police lancée sur cette affaire…

— Waitura, répliqua Jack pour lui-même.

Il coupa le contact radio.

La mort d'Eva fit une brève apparition dans ses pensées. Il démarra la Toyota et s'engagea sur la route de West Coast Road. Alors un coup de feu retentit dans l'émetteur qui le reliait à Ann Waitura : on distinguait des cris et toujours le rugissement du moteur, les ondes parasitées…

Jack hésita. Tant pis, il fallait briser le silence radio. Il ouvrit le contact mais n'obtint aucune réponse : depuis l'émetteur, le bruit du moteur venait de stopper. Fitzgerald cessa de respirer : on n'entendait plus qu'un bruit. Un bruit de vagues.

La mer.

Une plage.

Il écouta. Non, pas de doute : ils roulaient sur une plage. La plage, le lieu des crimes. Le bruit des vagues était maintenant bien distinct dans l'émetteur.

Un camion qui roule sur une plage : Ninety Mile Beach.

18

La course-poursuite durait depuis des heures. Ann avait commencé par suivre l'itinéraire le plus court en direction de Whangarei. À bord de la Ford pilotée par l'agent Osborne, ils avaient roulé loin vers le nord. Silence pesant. Voyage électrique. Tension confuse. Plus de limite.

Au volant de sa voiture, Osborne rongeait son frein : la criminologue l'avait déjà envoyé sur les roses à deux reprises. Quelque chose ne tournait pas rond. Ann paraissait angoissée, vulnérable, à bout de nerfs. Et Jack n'était pas là. Il détestait ça. Quant à Wilson, Waitura lui avait simplement dit qu'il était mort. Wilson, mort. Sans autre commentaire.

Osborne encaissa sans broncher.

Ce matin, il avait appelé chez Fitzgerald. Bien que surpris de tomber sur Ann, il n'avait pas posé de question embarrassante : un camion frigorifique venait de semer un véritable carnage dans l'abattoir de Devonport. La camionnette avait défoncé la barrière de sécurité, tuant au passage Moorie, le recruteur. D'après les témoins, il s'agirait d'un fourgon frigorifique blanc avec le sigle de l'usine, conduit par un jeune homme bronzé, probablement d'origine polynésienne. Le véhicule était facilement reconnaissable : il y avait aussi du sang sur le radiateur…

Waitura avait tout de suite pensé à Kirk. Zinzan Bee avait menti, ils le savaient : Kirk n'était pas mort. Pire : il avait disjoncté et faisait là son baroud d'honneur, une sorte de suicide aux yeux du monde. Dans l'urgence, ils avaient établi un plan d'action. Avec un minimum de chance, ça marcherait : ils chasseraient l'assassin jusqu'à sa reddition.

Osborne gambergeait au volant de sa voiture. Non, quelque chose n'allait pas. Ils opéraient sans filet et, hormis l'hélicoptère qu'ils attendaient toujours, aucune force de police n'était déployée autour du tueur présumé. L'hélicoptère en approche leur livrerait des informations depuis le ciel. Code rouge. Cela signifiait qu'ils évoluaient en autonomie, coupés des ondes, et donc du central. Pourquoi Waitura avait-elle déclenché ce code d'urgence ? Il eût été plus prudent de quadriller le terrain — le camion de Kirk aurait fini par s'engluer dans la nasse des barrages. Au lieu de quoi, Osborne avait pris son véhicule personnel afin de retrouver Ann sur la route de Mission Bay, tout près de chez Fitzgerald. La criminologue attendait là, une chemise trop grande sur les épaules. Sa lèvre était tuméfiée, son visage semblait bouleversé, mais Osborne n'avait rien dit : il était trop peu gradé pour contredire la partenaire attitrée du capitaine et il y avait dans ce visage une chose qu'il ne se sentait pas de taille à affronter.

Non, Osborne n'avait jamais senti ce coup-là. Avec Fitzgerald, les choses auraient été différentes…

Ils avaient roulé deux heures, guettant les signes, les bords de route et le contact qui les reliait à l'hélicoptère. Ils finirent par atteindre Whangarei. Depuis les airs, toujours aucun signe du camion en fuite. Osborne et Waitura avaient continué, dépassant bientôt Hikurangi, Whakapara, Moerewa, petites villes perdues au large d'Auckland, derniers bastions de la civilisation avant les étendues sauvages de l'extrême Nord.

Osborne avait bien tenté un rapprochement avec Ann : ses yeux farouches faisaient plisser ses paupières lourdes, sa lèvre supérieure était salement amochée, mais elle restait confinée dans un inquiétant mutisme. Impossible de savoir ce qui s'était passé la veille.

Ils se rapprochaient du Nord. Le jeune policier mâchait un chewing-gum, dernier cadeau de Wilson, quand la voix du pilote retentit. Depuis les airs, il avait enfin repéré Kirk : le camion réfrigéré roulait sur une route secondaire en direction de Kaitaia.

L'hélicoptère le survolait de très haut.

Ann fit un bref calcul : avec un peu de chance, ils atteindraient le village de Kaitaia avant lui.

Dans un nuage de poussière, ils dépassèrent Kaeo, Mangonui et ses plages frappées par l'océan comme des sacs de sable avant le grand combat. Bientôt, ils traversèrent Cable Bay et enfin Awanui, un bled situé au-dessus de Kaitaia — le village que Kirk venait d'atteindre. Si le tueur continuait sa route (et il n'avait aucune raison de s'arrêter), il passerait forcément devant eux : apparemment, Kirk roulait sans but précis, poussé par ses dernières pulsions.

À contrecœur, Osborne déposa la criminologue sur

le bord de la route. Il voulut protester — le plan était beaucoup trop risqué — mais Ann ne voulut rien entendre. Première assistante du boss, c'est elle qui commandait la mission. Osborne n'aima pas son regard trouble mais se résigna. Au loin, les pales de l'appareil battaient l'azur.

Ann Waitura se posta sur le bas-côté : le camion passerait bientôt devant elle et la prendrait en stop. Pendant ce temps, il chercherait un endroit propice pour bloquer la route avec la voiture : un coin de campagne, loin des habitations. Alors le camion stopperait sa course éperdue. Waitura gardait un calibre .32 dans son sac à main : elle arrêterait Kirk. Osborne serait là pour la seconder, sous l'œil aéroporté du pilote dont l'ordre lui avait été donné de voler assez haut pour ne pas effrayer Kirk...

La criminologue déboutonna sa chemise trop grande et passa une main fiévreuse sur ses cheveux détachés. Osborne la trouva très jolie. Désespérée mais très jolie. Sa poitrine pointait sous le tissu de la chemise, ça l'excitait. Le policier mit ça sur le coup de la peur.

— Bonne chance, lança-t-il depuis la portière de la Ford.

Ann lui sourit tristement. Sa bouche meurtrie l'empêchait peut-être de répondre...

Osborne enclencha la première. Il fallait appeler Jack. Pas de radio dans sa voiture privée, juste un émetteur relié à l'hélicoptère. C'était risqué. Trop. Il fonça à travers le village d'Awanui : il n'avait plus une seconde à perdre.

Ann regarda partir Osborne avec un petit soupir désolé. Elle ne savait pas ce qu'elle redoutait le plus : la mort ou la vie. Seule sur le bord de la route, la jeune

femme attendait le tueur. Les minutes avaient le poids
d'un siècle sur ses épaules. Osborne absent, elle se
laissa aller à quelques sanglots quand un bruit lointain
lui fit dresser la tête : le battement des pales se rapprochait dans l'air brûlant de l'après-midi. Si Kirk
se rendait compte qu'on le suivait, il était capable de
tout…

Étranges sensations : la mort avançait, là, sur une
route de campagne inondée de soleil poussiéreux, le
vent s'était levé pour l'accueillir, tout paraissait subitement calme, le passé n'avait plus d'importance, elle
s'en allait, souillée jusqu'aux os.

Un bruit mécanique chassa les oiseaux : d'une volée
tapageuse, ils abandonnèrent les champs désolés et
s'enfuirent dans l'azur austral. Le camion arrivait. Ann
le voyait maintenant distinctement, soulevant un nuage
de poussière à chaque embardée. Un grondement sourd.
Des reflets. L'asphalte fumant, une carlingue chromée
fonçant sur elle. Dernier envol. Le cœur dans la gorge,
une masse bruyante, le soleil dans les yeux, la peur,
intacte.

Un gros bruit de freins suivi d'un hennissement
pneumatique : le camion dépassa la jeune femme et
s'arrêta un peu plus loin, sur le bas-côté. Ann retint
son souffle. Il y avait du sang sur la calandre. Trente
mètres. Les jambes qui refusent de se mouvoir. L'espace qui prend soudain tout son sens. Allez, encore un
petit effort. Ce ne sera pas long…

La portière du passager s'était déjà ouverte. Ann
courut. Bientôt, un pauvre visage apparut, encore
opaque derrière le pare-brise du truck. Son sac dans les
mains, la jeune femme grimpa sur le marchepied. Un
homme d'une vingtaine d'années lui sourit, un Polyné-

sien aux traits fins (Samoan ou Tongien d'après elle), de courts cheveux noirs sur sa tête d'ange exterminateur. Ann avait répondu à son sourire — la politesse du néant — avant de grimper à bord. Cet homme était magnifique.

Malcom Kirk : des yeux noirs imbibés de terreur, un visage à la grâce naturelle et un parfum d'innocence crasse fichée au milieu de ses traits déformés par l'effroi. En regardant loin dans les pupilles, elle éprouva le sentiment étrange d'avoir affaire à un pitre dément.

Présentation, météo, où aller : questions gênées, réponses saccadées. La mort dans le trémolo de la voix. Unisson.

Le visage de Kirk était ravagé par les larmes mais le jeune tueur faisait un bel effort pour paraître aimable. Ann apprécia son courage. La première enclenchée, le camion mordit l'asphalte en sueur. Dans l'air du temps : rien.

Une succession d'images floues : Kirk essayant de parler malgré ses phrases incompréhensibles. Pantomime humaine, les mains moites sur le volant et une voix haut perchée, semblable à celle d'une femme…

Ann ne broncha pas quand le camion quitta brusquement la route ; juste avant l'entrée du village, Kirk avait braqué plein nord, défonçant au passage une barrière réservée aux bus.

Ninety Mile Beach.

Bien sûr, là-bas ils seraient tranquilles.

Tant pis pour Osborne qui l'attendait à la sortie d'Awanui. De toute manière, le plan était trop scabreux pour réussir. Restait l'hélicoptère, quelque part au-dessus d'eux. Ann ne le cherchait même plus.

Quittant la petite route de Cape Reinga, ils atteignirent Ninety Mile Beach, l'une des plages les plus longues du monde : cent vingt kilomètres de sable mouillé battus par le bouillon du Pacifique. En suivant la marée descendante, on peut rouler sur la plage jusqu'à Cape Reinga avant que l'océan ne recouvre tout. Les bus étaient les seuls véhicules autorisés à tenter le coup.

Pour Kirk, on fit une exception.

Le camion dévala la petite pente qui menait à la plage. De gros rouleaux s'écrasaient sur le sable. D'un côté, la mer, énorme, poussée par les vents violents, de l'autre des dunes au découpage chirurgical. À l'occasion, on aperçoit quelques chevaux sauvages s'ébrouant parmi les herbes. Au milieu, le passage : des kilomètres de sable mouillé écumant de rage. Une route dangereuse pour les néophytes.

Malcom Kirk faisait preuve d'une étonnante dextérité : il passait juste après les vagues, là où le sable était encore dur. Ann le regardait s'escrimer sous les cris des oiseaux, outrés de ce passage en force sur leur territoire.

Le Polynésien semblait effondré, comme s'il venait de réaliser une chose connue de tous, une chose qui échappait encore à sa conscience. Cocufiage psychologique. Une larme épaisse coula sur sa joue. Ses lèvres se mirent à trembler, jamais ensemble. Sa voix avait changé. Elle était devenue plus grave au fur et à mesure qu'il parlait.

Malgré le vent qui hurlait par la vitre ouverte, Ann avait écouté délirer Malcom. « Petite fille » : c'est ainsi qu'il l'appelait. Sans doute ne savait-il plus très bien à qui il parlait. Tout à l'heure, alors qu'ils n'avaient parcouru qu'une poignée de kilomètres, une lame d'acier était sortie de sa chemise : ce couteau de boucher avait découpé le sexe de Carol Panuula. Mc Cleary pourrait le confirmer.

Le pauvre Malcom ne savait plus à quel saint se vouer : conduisant d'une main, menaçant de l'autre la jeune femme avec son couteau, il avait raconté sa vie, comme ça, par bribes. Ann Waitura n'était pas la première venue : elle l'avait écouté, analysant la confusion de son délire tandis qu'il déversait son fiel mêlé d'impossibles amours sur le pare-brise du camion. Certains détails avaient pris une signification, d'autres restaient flous. Il faudrait un long travail avant que Kirk ne réussisse à évacuer les maux qui torturaient son esprit malade.

La première séance eut lieu à bord d'un camion réfrigéré bringuebalant sur une plage sans fin : le patient avait un couteau dans la main, un volant dans l'autre, le spécialiste un sac de cuir posé sur ses genoux, un émetteur qu'elle venait d'enclencher à son insu.

Ann Waitura avait analysé la situation en professionnelle : cet être avait subi des traumatismes si graves qu'il pouvait à peine déterminer son sexe. Tout était parti d'un acte de violence abominable — Kirk n'avait pu l'inventer. Toutefois, cet acte commis lors de sa petite enfance ne lui laissait guère que des énigmes, un immense sentiment de frustration menant à une crise d'identité capable de le pousser à un dédoublement de personnalité — unique moyen trouvé par son inconscient pour refouler la réalité trop cruelle. Et le sort s'était acharné sur lui : disparition de la mère, impuissance, esclavage sexuel, homosexualité, viol, prostitution. Tout se mêlait : difficile de faire la part du

vrai et celle du fantasme. Parler était aujourd'hui une
souffrance. Ann l'observait du coin de l'œil. Imper-
ceptiblement, le couteau s'était rapproché de sa gorge.
Il battait l'air du camion, frôlant à deux reprises ses
beaux yeux noisette. Kirk était entré dans une phase de
délire symptomatique d'une crise aiguë.

Il allait imploser.

Le vent s'engouffrait par les vitres ouvertes mais
Ann entendit le vacarme de l'hélicoptère au-dessus
d'eux. Le pilote s'était rapproché de manière alarmante. La jeune femme paniqua : dans son délire, Malcom confondait le bruit des pales avec sa voix à elle. Il
l'implorait de ne pas crier mais elle ne criait pas ! Bon
Dieu, elle ne criait pas, ce n'était que l'hélicoptère !
Des larmes énormes coulaient sur les joues du tueur, le
couteau fendait l'air et l'appareil approchait encore.

Le visage de Malcom se déforma. Lui aussi avait
peur : ses yeux fous allaient de la plage à Ann dans un
ballet pathétique, il la conjurait de se taire, surtout ne
pas crier, non, ne pas crier ! Elle fit un geste par la vitre
ouverte signifiant à l'hélicoptère de déguerpir mais
Kirk n'était plus maître de ses gestes : il allait tuer !

Ann enfouit sa main dans son sac où le calibre .32 de
Jack attendait, six balles dans le barillet. À ses côtés,
Malcom hurlait de terreur : surtout qu'elle se taise ! La
jeune femme saisit l'arme. Les cris de Kirk emplis-
saient tout. Le diable couvait. Malcom lâcha le volant.
Le camion fit une embardée. Le .32 hors du sac. Le
couteau siffla dans l'air. Le hurlement des moteurs au-
dessus. Celui de Kirk, déchirant. « ARRÊTE ! » Un coup
de feu. Une lame qui s'enfonce. Des cris. L'hélicoptère, Malcom, Ann. Mortelle harmonie. La mer sous
les roues du camion, de l'écume plein la calandre,

noyant le sang séché de Moorie, un nouveau travers. Vite, rétablir l'équilibre.

Malcom Kirk, le ventre perforé, tira le volant vers les dunes et accéléra. Manquant de s'enfoncer dans le sable meuble, le camion effectua un bond sur le côté. Les roues filèrent sur le dur. L'équilibre était rétabli : le camion roulait maintenant à vitesse raisonnable sur la plage infinie.

Le tueur respirait avec difficulté : la balle tirée à bout portant s'était fichée dans son ventre, un flot de sang s'était répandu sur ses cuisses et clapotait maintenant sur le siège. Malcom serra les dents : avec un peu de chance, aucun organe vital n'avait été touché. À ses côtés, la fille agonisait. La lame s'était enfoncée dans le thorax avec une facilité déconcertante. Un revolver pendait sans vie au bout de sa main.

Il accéléra.

Ann ouvrit les yeux, mais tout était flou. Des larmes de douleur obstruaient sa vision, si faible qu'elle ne distinguait plus que des formes mouvantes. Le vent par la vitre la rafraîchit un peu, fouettant ses cheveux. Douce sensation. Au-delà des dunes, un couple de chevaux piétinait en toute liberté.

Sa tête cognait contre la portière. Ann pensa à Jack, et expira sans regret.

Après tout, elle était venue là pour ça…

19

Osborne pestait entre ses dents. Le plan pour bloquer le fugitif était dangereux. Les choses avaient évidemment mal tourné : l'hélicoptère s'était bien éloigné pour ne pas l'alerter, mais le camion n'était jamais apparu au point de rencontre fixé pour l'interception. Kirk avait dû bifurquer vers la plage. Ninety Mile Beach. C'était la seule route. Le pilote gambergeait : le soir allait bientôt tomber.

Il y eut un moment de flottement entre le pilote de l'hélicoptère et le policier qui trépignait dans sa Ford. Enfin Osborne l'avait sommé de se poser afin de l'embarquer. De là-haut, ils reprendraient les recherches. C'est là qu'il se trouvait maintenant, anxieux. Il assurerait seul. Avec ou sans Fitzgerald. Après tout, il le formait pour ça…

Après une longue glissade aéroportée vers la mer, le pilote repéra le fuyard : le camion avait bifurqué sur Ninety Mile Beach et roulait maintenant sur le sable mouillé. Ils s'approchèrent du véhicule en perdition, mais Waitura leur fit immédiatement signe de s'éloigner. Osborne hésita un instant, puis ordonna au pilote de grimper, se résignant à laisser Ann à son sort.

Cette fois-ci c'était trop. Il ne pouvait pas abandonner l'assistante de Jack aux mains du tueur. Désobéissant aux ordres de Waitura, il rétablit le contact avec le central.

Cinq minutes plus tard, alors qu'ils survolaient de haut le bord de mer en direction de Cape Reinga, la voix du capitaine grésilla dans la radio.

— Bon Dieu, tu es où ? !

— Je viens de rejoindre le camion en fuite, répondit Osborne sans cacher sa nervosité. On est à hauteur de Waihopo. Ann est avec lui. Elle m'a fait signe de partir mais je crois… (Le pilote lui adressa un signe du doigt désignant un point fixe sur la plage.) Je crois qu'ils viennent de stopper. Fitz ! Qu'est-ce qu'on fait maintenant ? Le camion a stoppé sur la plage mais je le distingue à peine avec la nuit qui tombe ! Je… je ne sais pas ce qui se passe ! On dirait que la marée a bloqué le camion. Fitz ?

Plus bas, sur le bord de la route, le Maori gambergeait à toute allure. Sorti de nulle part, les yeux hagards, une tête de dément, le radiateur de la Toyota fumant après un sprint effréné jusqu'à Ninety Mile Beach, il avait rejoint la route de Cape Reinga. Il visionna la carte et répondit :

— Mets les torches et trouve-les : moi je coupe par les dunes !

Osborne baragouina un « O.K. » guttural. L'adrénaline avait comme coagulé dans le fond de la gorge. La voix de Jack avait changé. Peut-être l'émission radio. En tout cas, il l'avait trouvé… détestable.

*

— Maman, j'ai mal ! Ça me glace partout, ça me glace le bide, les tripes, les entrailles ! Putain ! Maman ! Où es-tu, vieille salope ! J'AI MAL !

Malcom se tordait le ventre au volant du camion frigorifique. Le sang avait coulé jusque sur ses bottes. Y en avait partout. Et la mer continuait à rogner la plage. Malgré ses efforts, il devenait impossible de conduire le camion : les vagues grimpaient vers les dunes et gagnaient du terrain. Dans quelques kilomètres, bloqué par la marée montante, il serait obligé d'arrêter le véhicule. Avec tout ce que cela impliquait...

Sur le siège du passager, la fille semblait dormir, le corps imbibé d'un liquide vermeil. Elle était belle, seule avec sa grande mort. Malcom eut un sourire satisfait ; elle avait fini par se taire.

Il se concentra sur sa route où les vagues se faisaient plus pressantes. Un bouillon d'écume vint lécher les roues du camion. Le ciel tombait : la nature le repoussait vers les terres.

Il fut bientôt impossible de passer : la mer était montée à l'assaut des dunes et avait grappillé mètre par mètre le territoire ennemi. Malcom stoppa le véhicule. La lave blanche de la mer allait le submerger. Ses yeux fous vaquèrent alentour. L'hélicoptère avait disparu. On n'entendait plus que le requiem des vagues contre la plage vaincue.

Le ventre tordu par la douleur, Kirk mit pied à terre : les flots atteignaient déjà ses bottes couvertes de sang.

— Ah ! Maman ! Enfin tu es là ! Oh ! si tu savais comme j'ai mal... J'ai un trou dans le ventre. Ça me ronge déjà, c'est tout froid, tout froid. Il faudrait que tu viennes, comme avant, que tu me prennes contre toi,

que tu me touches, tu sais… Comme avant… Hein ?
Quoi ? Oh non ! Non ! Je t'en prie, je ne veux pas ! Oh !
non, pas ça…

D'un pas d'automate, pataugeant dans la mer montante, Malcom contourna la cabine du camion et ouvrit
la portière du passager. Le corps sans vie d'Ann Waitura tomba dans l'écume. L'eau se teinta un court instant, une caresse bleue, le temps pour le sang de se
dissoudre à l'infini. Malcom délirait, plié en mille :

— Tu la veux, tu es sûre ? Oui, bien sûr, tu la
veux… Mais j'en ai assez, maman ! Assez de combler
tous tes désirs ! Je suis grand maintenant, tu sais que
je pourrais te laisser… Oh ! je t'en prie, cesse tes jérémiades ! Je vais te la donner puisque tu la veux, mais
je te préviens : c'est la dernière fois ! La dernière fois,
tu comprends ? ! Putain, tu comprends ! !

De rage, Kirk empoigna le couteau de boucher et
tomba à genoux. Il ne sentait plus l'eau battre ses
flancs recourbés : pestant entre ses mâchoires serrées,
il déchira les vêtements d'Ann et cria dans le vent
furieux. Puis, minutieusement, il scalpa son pubis jusqu'au clitoris.

La chair se découpa facilement. Malcom lança le
couteau dans la mer, poussa un nouveau cri déchirant,
se releva enfin, le trophée sanglant dans la main.

Le ciel tournait à toute vitesse. Il tituba jusqu'aux
portes arrière du camion et les ouvrit en grand. Fou
furieux, il grogna :

— Tiens, la voilà ! Prends-la puisque tu le veux !
Prends-la, salope !

Et il jeta violemment le scalp ensanglanté d'Ann
dans la cabine arrière. Il garda le clitoris et le mit à la
bouche.

Couvrant d'insultes le fracas de la mer, le tueur se jeta à genoux et roula dans la mousse des vagues. Là il suçota un moment le petit bout de chair avant de le recracher. Après quoi il poussa un long gémissement qui se perdit dans l'ultime soubresaut de sa raison. Larve rampante, Malcom Kirk se traîna dans l'écume. Le goût du clitoris dans sa bouche lui évoqua un très vieux souvenir d'enfance mais il ne savait plus lequel : un bruit sourd faisait éclater ses oreilles. Malcom leva un regard trouble : un hélicoptère approchait, chassant le vent sous les coups de ses pales.

Au loin, les dunes s'évaporaient sous le ciel branlant.

*

Fitzgerald grimaça en stoppant son véhicule : la mer était montée plus vite que prévu. Il ne lui restait plus qu'à abandonner la Toyota à l'abri d'une dune et rejoindre le camion à pied.

L'hélicoptère tanguait dans le soir. Jack marchait vite mais sa blessure pissait le sang. Serrer les dents ne le mènerait pas loin : il tâta la poche droite de sa veste, s'empara de la cocaïne et s'envoya le fond du sachet. Flash aveuglant, suivi de frissons rapides. Ann était dans de sales draps. La rage le pousserait contre le vent.

Longeant les dunes, il prit le bon rythme, la seule foulée capable de l'emmener loin sans s'épuiser dans le sable. Du haut de son désespoir, Fitzgerald était dans une forme physique éblouissante : déjà se profilait la silhouette du camion, là-bas, droit devant. Il redoubla d'effort. La douleur lancinante de sa cuisse semblait le galvaniser. Ses jambes l'emportèrent, lui, la douleur et sa rage toute fraîche agrippée à la crosse de son arme.

Il crut d'abord distinguer une silhouette à moitié submergée. Les pneus du camion infusaient dans les flots grondants. Son pas se ralentit, inexorablement. Il rangea son arme sans s'en rendre compte, les yeux fichés sur le corps inerte. Fitzgerald parcourut les derniers mètres en apnée. Son cou se raidit. Le pressentiment de tout à l'heure ne l'avait pas trompé : c'était bien le corps d'Ann Waitura qui gisait là, bientôt emportée par la mer…

Il approcha. La jeune femme était nue, une méchante blessure au thorax. Ses chevilles étaient encore prisonnières du pantalon. Du sang coulait de la plaie à débit régulier.

Quand il remarqua la mutilation au niveau du sexe, ses jambes se mirent à flageoler. Peut-être la course de tout à l'heure. Jack détestait la pitié. Ça lui donnait parfois envie de pleurer. Il s'agenouilla, prit le corps dans ses bras et le souleva. Ann était étrangement légère.

Le poids de l'âme, se dit-il. Il paraît que quand un homme meurt, il perd instantanément trois cents grammes. Oui, c'était ça : le poids de l'âme. Lui qui ne croyait pas l'ombre d'une seconde en Dieu se sentit un peu réconforté.

Portant sa partenaire dans ses bras, il contourna le camion ; les portes étaient grandes ouvertes. Il déposa le cadavre à l'arrière, puis se rétracta : une odeur pestilentielle émanait de la cabine. Malgré le soir tombant, Jack vit très distinctement ce qu'il y avait à l'arrière du camion. Son visage vira au blanc. Dans un sac de plastique suspendu à un crochet de boucher, on distinguait encore le cadavre décomposé d'un être humain.

Le policier alluma sa lampe-torche. Sa gorge était sèche mais la curiosité l'emportait sur l'horreur : il passa un mouchoir sur son nez et monta à bord du camion réfrigéré. Par terre, trois scalps de femme. Le premier n'était qu'un amas de chair rabougrie orné de quelques poils. Le second était dans un état de conservation acceptable. Le troisième était encore sanguinolent. Celui d'Ann.

Fitzgerald manqua de vomir, déglutit, eut mal au cœur. Il était descendu en enfer, ça se passait cette nuit. Le reste n'était presque plus qu'une formalité. Il inspecta le corps humain dans le sac plastique. Malgré l'état de décomposition très avancée du cadavre, il s'agissait d'une femme : de longs cheveux secs frisaient sur sa tête rongée et, sous les bouts de chairs gelées, les hanches étaient sans conteste féminines. Par contre, aucune trace de mutilation, sexuelle ou autre. Malcom Kirk n'avait pas touché au corps. Et pour cause : c'était celui de sa mère.

Son totem.

Son tabou.

Le monstre qui le dévorait, la divinité sombre à qui il ramenait le sexe des femmes, ces créatures qu'elle lui avait définitivement interdit d'aimer.

L'odeur faillit le repousser hors du camion mais Jack tenait à observer le cadavre : à première vue, la femme était morte depuis plusieurs années. Entre trois et six : tout dépendait dans quel lieu Kirk l'avait entreposée. Une chambre froide sans aucun doute, mais ça n'avait plus d'importance. La vengeance habitait son esprit. Kirk. Il tuerait ce monstre.

Fitzgerald dégaina son arme et grimpa à bord de la cabine avant. Des traces de sang salissaient les sièges. À côté des pédales, une petite flaque commençait à coaguler...

Il se tourna vers le ciel comme s'il y voyait déjà Ann : Kirk était blessé.

*

— La lune, un soleil noir. Marcher avec le pilote automatique : droit devant et rien derrière... Mon corps se tord, maman, et la mort est proche. C'est le cimetière des dunes qui me l'a dit tout à l'heure. Et j'ai entendu ce que je ne voulais plus : être. Être. Tu m'emmerdes, maman : tu me pèses sur le ventre et j'ai mal. Regarde ! Mon Dieu, aidez-moi ! J'ai du sang plein les mains à force de retenir mon ventre de couler ! Ça me brûle de l'intérieur, ça me consume les boyaux et ça se tortille partout dans moi ! Ah ! C'est pas la mort qui fait peur, c'est la souffrance ! Une balle dans le cœur, c'est rien. Le ventre qui se vide, ça c'est autre chose ! Autre chose... Adossé à la dune, les nuages passent sous la lune et je me fous bien du gros bourdon qui gravite là-haut, avec ses yeux jaunes qui me cherchent partout. Je suis tranquille dans mon coin, bien au noir, bien au chaud. Tu n'as jamais voulu me laisser tranquille, tout est ta faute, alors maintenant viens pas te plaindre si je t'ai abandonnée. Tu vois que j'en suis capable finalement. Tu as l'air bien maligne, hein, toute seule dans la roulotte avec les filles ! Ah ! Vous allez pouvoir en raconter des trucs ensemble ! Bande de petites salopes ! Salopes ! Putain de salopes ! ! ! Oh ! Ça me tire, oh oui ! Il faut que je me tire d'ici ! Le bourdon approche avec ses gros yeux jaunes, je ne le laisse-rai pas me piquer ! Saloperie d'insecte aussi, tiens ! Tu m'auras pas, tu entends, insecte de merde ! Ah ! Bon Dieu, mon ventre : va pas tenir le coup si je gesticule comme ça. Mais j'ai mal, ah la la, c'est fou ce qu'on a mal !… Il y a des hautes herbes là-bas : si j'arrive à me traîner… Oui, ça va aller. Encore un petit effort, on y est presque ! Voilà ! Aaaah ! Je suis l'homme invi-sible, tu m'entends, l'insecte ! L'homme invisible, ça t'épate, hein, enculé d'insecte de merde dans ton cul ! Au milieu des herbes, un trou, un trou noir. Je connais bien… c'est là que je vais me cacher… en attendant que les insectes partent… en attendant que mon ventre se recouse… Tâtonner, s'engouffrer et… Ah ! Aaah ! Qu'est-ce que c'est que ça ! Maman ! Un truc m'a sauté à la gueule ! Il vient de me bouffer les lèvres ! À pleines dents ! La saloperie ! Bon Dieu, c'est quoi ce truc dans les herbes ? ! Oh non ! C'est pas possible. Non, pas possible ! Il n'y a pas de serpent en Nouvelle-Zélande, tu me l'as toujours dit ! Maman ! Tu mentais ! Regarde maintenant ! Il m'a bouffé la gueule ! Quand j'appuie dessus, ça fait du pus ! Oh non, non ! Et ça me lance, putain, le venin me monte à la bouche, je sens mes lèvres tripler de volume, ça me démange déjà, ça me grille la langue, j'ai du sang dans la bouche, mes dents vont tomber, je peux plus parler ! Maman ! J'ai la gueule emportée ! Regarde ! Maman ! Où es-tu ? ! Le serpent m'a déchiqueté le visage ! Et le frelon qui approche, ses gros yeux me regardent, ils m'aveuglent, maman, aide-moi ! J'ai mal partout ! Maman ! Et les autres au-dessus de moi, c'est pas vrai ! Je vois plus rien ! Maman, saloperie de bourdon ! Tiens ! Prends ça, salope !

*

Larve en proie aux fourmis carnivores, le tueur avait rampé jusqu'aux dunes. Soutenu par deux puissantes torches, l'hélicoptère avait fini par le débusquer. Dans la cabine, l'ambiance était électrique. Malgré le stress et le vent de sable soulevé par l'appareil, le pilote maniait le manche avec dextérité. Osborne avait confiance : Fitzgerald était là.

Il ordonna au pilote de descendre : ils tenaient Kirk sous leurs feux.

Non loin, avançant dans la nuit naissante, Jack suivait les faisceaux de l'hélicoptère. Il aperçut enfin Kirk, pris sous les projecteurs. Le sable projeté par le souffle des pales fouettait son visage. Malgré son désir d'en finir avec lui, il resterait prudent : le tueur était aux abois et probablement armé.

Sa veste protégeant son visage, Jack avança : il avait repéré la silhouette de Kirk derrière les joncs, à moitié caché par une butte de sable que l'appareil chassait dans un tourbillon. Aveuglé par la lumière blanche, Kirk cherchait à fuir. L'hélicoptère le survolait de trop près : Fitzgerald grimpa la pente sablonneuse qui le séparait du tueur. Le vacarme assourdissant rendait la scène surréaliste : Kirk, prisonnier des lumières, brandissait une arme vers l'appareil.

Fitzgerald se coucha au sommet de la dune et pointa son calibre. La fatigue faisait trembler son poignet : il ajusta le tueur dont le visage semblait déformé. Kirk visait l'hélicoptère, juste au-dessus de lui. Fitzgerald tira au moment où Kirk pressait sur la détente : la balle du .38 fusa dans l'air tourbillonnant et lui traversa le cou. Malcom Kirk lâcha son arme, tenant sa gorge dans ses mains.

Mais il avait eu le temps de tirer.

Depuis la cabine de l'appareil, Osborne sentit le coup venir, un peu tard. Il hurla :

— Attention, il a une arme ! Remonte !

Le pilote avait déjà broyé le manche à balai. En contrebas, Kirk vidait son chargeur : la première balle ricocha contre une pale, l'autre atteignit le pilote à la tête. Ses lobes frontaux se dispersèrent tandis qu'il s'écroulait sur les commandes de l'appareil. Aussitôt, l'hélicoptère partit en vrille. Dans un vacarme terrifiant, Osborne se jeta sur les commandes et tenta de dégager le pilote.

Deux secondes plus tard, ils s'écrasaient sur le sol.

En explosant, l'hélicoptère fit l'effet d'une bombe : des bouts de carlingue giclèrent un peu partout, soufflant le sol sous l'impact. Des projectiles d'acier rasèrent les environs, des flammes fusèrent dans le ciel. Jack s'était jeté au bas de la dune. Kirk, qui titubait en se tenant la gorge, fut littéralement projeté en l'air, le corps criblé de métal.

Quand Fitzgerald se releva, le corps de son plus jeune adjoint grillait avec celui du pilote parmi les morceaux de carlingue froissée…

20

Cinq heures du matin, Ninety Mile Beach. Jack Fitzgerald se taisait. Depuis la dune qui l'avait protégé de l'explosion, il regardait les corps mutilés mêlés aux amas de carcasses épurées. Les gyrophares des services de police avaient chassé cette nuit sans fond, mais ça puait toujours autant la mort. Alors il se taisait ; lui qui *la* connaissait bien avait un certain respect pour elle.

Il savait qu'il était arrivé trop tard sur les lieux. Osborne. Pauvre gamin. Un hélicoptère de secours venait d'emporter Ann vers le ciel noir. Il espérait simplement qu'ils s'y sentiraient mieux…

Après Eva, il avait fait le tour du malheur. Quel gâchis. C'était comme s'il venait de tout reperdre. Femme, fille, espoir. Le cauchemar continuait, en accéléré. Il refuserait toutes les nuits — comment désormais dormir ?

Le policier enfonça ses pouces dans ses paupières. La cocaïne lui infligeait une lente descente. Autour de lui, des infirmiers butinaient, bonshommes immaculés, rapaces sanitaires à l'ère de l'humanitaire. On tentait de reconnaître les corps parmi les débris de carlingue fumante. Les secours étaient arrivés tard sur les lieux du massacre. L'éloignement, la nuit, colporter la nouvelle aux instances responsables, l'organisation : tous ces petits détails avaient pris du temps. Mais dans l'esprit de Fitzgerald, c'était lui et lui seul le fautif : il aurait dû être là, avec Osborne et Waitura, plutôt que de s'évertuer à pourchasser deux innocents coupables de s'être aimés un peu trop fort, un peu trop mal.

Eva.

La prononciation de ce nom suffisait à le rendre à moitié fou. Comment avait-il pu, lui, perdre autant la raison ?

Le Maori faisait peine à voir avec sa mine décomposée, ses cernes lourds qui le vieillissaient de dix ans, ses taches de sang sur ses vêtements, son pas incertain et la lueur épouvantable qui naviguait dans ses yeux vides.

Dorénavant, les vivants le fuyaient : on faisait des écarts pour éviter cette affreuse chose. Et ce regard… « Un zombi », disait-on en parlant de lui. Ça faisait déjà jaser. Jack ne voyait rien.

Eva était morte — et ils ne s'étaient rien dit.

Ann, fidèle jusqu'au bout, lui avait donné un peu d'amour sans espoir de retour — et lui n'avait même pas su la remercier…

Pauvre idiot.

Pauvre fou.

Pauvre con.

Fitzgerald avait toujours fait les mauvais choix. Sa vie n'avait jamais été qu'un labyrinthe fermé, une rue sans issue où il se terrait à la recherche de son propre cadavre. La fatalité le précédait toujours d'un pas, une seconde ou un sentiment. Malgré ses beaux désirs, ses nobles pensées, il était responsable de tous ses échecs. Son attrait pour le morbide l'avait poussé à survivre dans un présent cruel et sinistre : il plongeait dans la pourriture de chaque charnier. Ce soir il n'avait plus qu'à trier les restes : son destin, son squelette.

Il y avait bien ce .38 à la ceinture…

L'instinct reprit cependant le dessus : l'histoire n'était pas terminée. Il irait jusqu'au bout. Pour eux, pour elle.

Fitzgerald se dirigea vers le corps de Malcom Kirk. Il découvrait pour la première fois le visage du tueur — du moins, ce qu'il en restait. Une souffrance aiguë se lisait encore sur ses traits pourtant si fins. L'agonie avait dû être longue : vingt-deux ans. L'âge de Kirk.

Ce type aurait pu être son fils.

Il observa attentivement le cadavre : une balle de .38 avait traversé son cou. On retrouverait le projectile quelque part dans une dune. Mais il y avait aussi un autre trou, situé dans le ventre du défunt. Il plongea la main dans la plaie et extirpa une balle dans ses doigts sanguinolents.

— .32, évalua-t-il.

Ann s'était bien défendue.

Les vêtements de Kirk avaient été en partie soufflés par la déflagration mais on distinguait encore des lambeaux de chair calcinée. Intrigué, Jack se pencha sur la victime. Il ne broncha pas. Pourtant, ce qu'il vit était plutôt effrayant : Malcom Kirk n'avait plus de testicules.

L'émasculation n'avait pas été causée par l'accident : ce type avait été castré, il y a de ça des années. Il avait été castré par sa mère. C'est elle qu'on avait retrouvée dans le sac plastique du camion, il en était sûr. Ainsi tout s'expliquait. Ann avait vu juste : le tueur avait subi un traumatisme durant sa jeunesse, la chose avait dû se passer lors de sa petite enfance. Sa mère, monstre de possession, incestueuse et définitivement malade, l'avait émasculé pour le garder. Kirk, alors trop jeune, avait refoulé cet événement. Mais depuis ce jour, ses actions intimes furent motivées par cet accident barbare...

Pauvre type, pensa Jack, vaguement humain.

Rassemblant ces informations, il élabora la théorie : Malcom avait grandi avec sa mère, qui l'avait dressé contre les autres femmes. Pourtant Kirk avait essayé de les aimer : Carol avait même accepté de le suivre sur la plage. Mais Malcom ne pouvait satisfaire ni les désirs des femmes ni les siens. Et ça le rendait fou. Alors, il tuait. Puis il les scalpait : la symbolique du trophée ramené à la mère était évidente. Bien qu'elle fût morte depuis longtemps (peut-être même Malcom l'avait-il tuée de ses propres mains), sa mère continuait à hanter son présent, son passé, et anéantissait toute forme d'avenir. Il tuait par autodestruction et entretenait son délire à travers sa mère : lors de ses crises, il lui ramenait ses offrandes. Sa course éperdue en camion n'était qu'un suicide déguisé en pèlerinage avec sa mère. C'était pour lui le seul et le dernier moyen de payer ses fautes, de dire au monde qu'il l'aimait, malgré tout. Le reste n'était que littérature, thèse et affaire de spécialiste.

Jack n'en était pas un. Sa spécialité, désormais ce serait la mort.

Il partit colporter la nouvelle.

*

Queen Street s'était mis sur son 31 pour la parade de la Whitbread. Des barrières avaient été dressées le long de l'avenue où les gens se pressaient en bon ordre. Le défilé paralysait la ville, ravie de célébrer ces marins qui se coursaient autour du monde. Même les cravatés des agences financières sortaient sur les terrasses afin d'acclamer les héros. Voitures électriques aux carrosseries déformables, orchestres et cuivres, bateaux de pirates : un joyeux cocktail d'enfantillages s'ébattait sur la plus grande avenue du pays.

Fitzgerald dut faire un détour. L'engouement de la ville contrastait singulièrement avec sa mine, les nerfs coincés sur le volant de l'automatique : Kirsty. Wilson. Helen. Osborne. Ann. Eva. Eva… Après l'effroyable série, tout son corps réclamait un lit, du silence et des rêves, même simplistes, mais cette foutue journée était loin d'être terminée. Il gara la Toyota le long d'un mur d'enceinte : plus loin, une luxueuse propriété aux murs blancs dépassait des arbres.

Ponsonby vivotait avant le Nouvel An, les enseignes tapageuses des restaurants suppliaient les gens de venir s'amuser chez eux. Dernier jour de soleil de l'année. Jack cligna des yeux en sortant de la voiture. Il n'avait plus de cocaïne et sa cuisse le faisait souffrir.

Pantin alors redoutable, il tituba jusqu'au perron de la propriété. Pendu au bout de sa main, le calibre .38 ballait au hasard de ses pas.

Bizarrement, personne ne vint interrompre sa marche. Les domestiques avaient été congédiés pour la journée, aucun vigile privé n'arpentait le jardin : on l'attendait.

Le policier respira puissamment avant de pousser la porte de bois blanc. Le hall de la maison n'était que luxe inutile, dorures en pagaille, tableaux de la Renaissance ou imitations de grands maîtres. Ses vieilles Doc couinèrent sur le marbre gris. Le silence de la propriété annonçait son arrivée.

Fitzgerald tira ses semelles sales vers le salon. La veste légère qu'il portait collait à sa chemise débraillée. Il y avait du sang partout. Un fantôme aux yeux d'acide, voilà à peu près ce qu'il restait du plus grand flic de la ville.

Une odeur de cigare alerta ses narines. Jack pénétra dans le salon, l'arme toujours collée à sa cuisse. Le bandage s'était desserré mais il n'avait pas pris la peine de le refaire. Il n'éprouvait plus qu'un curieux devoir de justice perdu au milieu d'images sinistres : parmi elles, Eva faisait l'amour à Ann, leurs corps mêlés de placenta, ou quelque chose comme ça…

— Je vous attendais, fit une voix derrière un large fauteuil de cuir.

Jack stoppa son attaque sur le tapis persan du salon. Des volutes épaisses s'envolaient mollement derrière le dossier : le gros fauteuil pivota sur lui-même. Dedans, un homme soudain très vieux inclina la tête : Hickok.

Lui aussi avait pris dix ans dans la nuit. Jack se sentit moins seul en relevant son arme. Le canon du .38 visa la tête. Entre les deux yeux. Une mort précise.

Hickok sourit, un peu las : manifestement, la punition ne lui faisait pas peur. Le procureur du district semblait même attendre le châtiment qu'il méritait — Fitzgerald. Il avait joué, et tout perdu. Le Maori avait vite soupçonné son supérieur d'être dans le coup.

Même s'il ne savait pas comment, ni pourquoi. Sans preuve, il ne pouvait rien. Hickok lui-même avait senti que Fitzgerald finirait par le débusquer. Depuis le début, les deux hommes s'étaient tendu des pièges ; au finale, un pitoyable match nul, de ces mauvaises rencontres où tout le monde sort tête basse.

Ces deux êtres réputés durs au mal souffraient et, aujourd'hui face à face, allaient jouer une funèbre partie de qui-perd-gagne.

Le canon du revolver semblait aimanté au front du procureur. Jack dit doucement :

— Maintenant racontez-moi tout ; depuis le début.

Hickok évacua un soupir, sourit jaune, ralluma son cigare pour l'inspiration et se cala dans le cuir du fauteuil. À la différence de Jack, Hickok souffrait confortablement.

— D'après ce que j'ai pu tirer de lui, dit-il enfin, et considérant le travail effectué depuis cinq années sur sa personnalité fort complexe, Malcom Kirk est issu d'une petite île de Polynésie, dans l'archipel des Samoa, Pacifique Sud. On y pratiquait encore la coutume du moetotolo, que vous connaissez peut-être… (Fitzgerald inclinant la tête, il poursuivit :) Malcom était l'esclave de sa mère. Toutefois il fit preuve d'un courage magnifique en osant la défier : comme il lui était impossible et de toute manière inconcevable de rencontrer des jeunes filles en plein jour, il décida de devenir moetotolo, c'est-à-dire l'amant d'une nuit… Sa mère, monstre de possession, l'ayant émasculé à la puberté, vous imaginez quelle fut sa déroute. Dès lors, Malcom apprit à ses dépens que la réalité confirmait les propos de sa mère : le monde était fourbe, les femmes mauvaises, sauf sa chère mère, évidemment…

— Venons-en au fait, coupa Jack, pas du tout enclin à entendre les théories d'un ethnologue de pacotille.

— Bien, rectifia Hickok. Quand j'ai trouvé Malcom, le pauvre garçon était coupé du monde, sans repères. Pourtant il émanait de lui une grâce, une sensualité…

— C'était votre gigolo.

— Bien sûr, soupira Hickok. Bien sûr, vous ne pouvez pas comprendre… Je suis tombé amoureux de lui. Je n'ai pas honte de le dire. Malcom a été la lumière dans ma vie, la seule chose véritable que j'aie jamais rencontrée… (Hickok paraissait sincère.) Malheureusement, enchaîna-t-il, Malcom était tombé entre les mains de Zinzan Bee qui avait fait de lui sa chose, une pauvre chose qu'il prostituait dans des milieux, disons, aisés…

— Et c'est là que vous l'avez rencontré.

— Oui. La première solution était d'embarquer cette canaille de Bee pour proxénétisme ou encore de le tuer, mais il y avait un obstacle de taille : Irène venait d'être assassinée et mutilée. Je n'ai jamais très bien su si Malcom a tué sa mère ou si cette vieille folle est décédée de mort naturelle : toujours est-il qu'il gardait précieusement son cadavre dans un endroit secret et, appelé par je ne sais quelle voix intérieure, lui livrait les scalps de ses victimes. Zinzan Bee savait tout de ses agissements, comme il savait tout de mes sentiments pour le jeune Polynésien. Nous conclûmes donc un pacte : je laissais filer Bee et sa clique en échange de Malcom. En quelque sorte, je le rachetais à son patron…

— Et vous vous êtes débrouillé pour étouffer l'affaire…

— En quelque sorte. J'ai alors pris Malcom sous mon aile avec pour objectif de le soigner au plus vite. Le pauvre était seul et je le répète complètement perdu. Je lui ai trouvé une maison à l'écart et commençai une thérapie avec l'aide d'un médecin personnel. Les premiers mois, tout se passa bien. Malcom apprenait la vie et la médecine l'aidait à reconstituer sa personnalité. Chacune de ses réactions était féminine : ses envies, ses désirs, ses petits actes de tous les jours… Je ne savais pas qu'il tenterait d'être un homme… Car ce que ni moi ni le médecin ne savions, c'est qu'il avait rapatrié le corps de sa mère dans les environs… Malcom entretenait son délire à notre insu…

Le procureur marqua une pause. Son visage était maintenant tout à fait gris.

— Et Carol Panuula ? reprit Fitzgerald.

— Je ne sais pas comment Malcom a rencontré cette petite traînée, fit-il sans cacher son mépris. J'ai appris la nouvelle par le biais de Zinzan Bee, personnage toujours aussi sordide qui, dès lors, assura sa protection sur les docks où la petite garce tapinait.

— Pourquoi ? Il eût été aussi simple de se débarrasser de Carol.

— Malcom l'aimait. Enfin, c'est ce qu'il disait. Je le laissais faire, croyant qu'il comprendrait vite qu'il lui était impossible de lier une relation avec une femme, mais cette petite pute l'avait embobiné. Mal lui en prit puisque Malcom eut une rechute. Je ne pensais pas qu'il tenterait ça… Je veux dire, rechercher sa masculinité perdue. Bien entendu, ce fut un fiasco. Carol morte, il fallait faire vite. J'ordonnai à Malcom, en état de choc, de rester à la maison de Waiheke avec interdiction formelle de revenir sur le continent.

Quand il me révéla l'existence des bandes où Carol enregistrait ses coïts, j'avoue avoir paniqué : et si Malcom figurait sur ces bandes ? Bien sûr ils n'avaient jamais fait l'amour mais ils avaient très bien pu essayer... Bee et sa clique se sont chargés de récupérer ce maudit dictaphone mais la piste était chaude. Kirsty, la prostituée, en savait trop, le Thaïlandais était un témoin gênant et vous touchiez au premier rouage de l'engrenage, au risque de remonter toute la filière...

— Vous oubliez Helen.

Il y eut un moment de flottement. Le canon du .38 pointé en direction du cœur, Hickok s'ébroua.

— On peut dire que l'affaire White est venue à point, dit le procureur avec une assurance suspecte — ou suicidaire. En dérobant l'une des pièces à conviction, à savoir la lame de rasoir qui avait blessé Edwyn White, et en tuant votre amie Helen à l'aide de celle-ci, nous comptions créer un choc psychologique susceptible de vous faire perdre les pédales... Et surtout de vous éloigner de la vérité. En vain.

Un voile passa sur son visage. Jack l'aurait cogné avec plaisir, jusqu'à ne plus sentir ses poings...

— Malcom est venu chez moi hier soir, reprit Hickok. Il n'avait plus sa raison, ou plutôt si : il n'en avait que trop. Il se rendait compte pour la première fois de sa vie qu'il était un meurtrier. Tout le travail effectué durant ces années, anéanti en une seule journée... Nous avons eu une violente altercation mais il était désormais impossible de le sauver.

Un voile couvrit ses yeux embués, qu'il essuya avec pudeur. Jack avait enregistré sa confession mais plusieurs détails le chiffonnaient.

— Et votre femme, elle était au courant?

L'autre eut un sourire dérisoire :

— Non. Mais vous pouvez tout lui dire. Elle est là-haut, dans son lit, fit-il en désignant le plafond. Elle aussi attend la mort… mais d'une autre nature. Cancer généralisé. La petite soirée de Noël en faveur des orphelins était son dernier cadeau… Dites-moi plutôt comment vous m'avez débusqué…

Fitzgerald n'avait pas envie de parler. Il concéda pourtant :

— Une idée d'Ann. Les disparitions soudaines de tous les témoins laissaient penser que la panique gagnait l'organisation autour du crime de Carol. Quant à l'absence de fichiers concernant les suspects, c'était la preuve même de leur culpabilité dans cette affaire. Vous avez trop joué sur la corde raide, Hickok. Tout ce que vous avez fait n'a jamais été que du bricolage. Évidemment en brouillant les cartes vous vous reposiez sur le fait qu'aucune preuve ne pourrait être retenue contre vous et votre organisation. Nous avons donc eu l'idée d'en créer. Et vous êtes tombé dans le panneau : le rapport d'autopsie de Mc Cleary était volontairement incomplet. Kirk avait bien scalpé le pubis de Carol mais comme pour Irène il avait pris soin d'ôter le clitoris à son trophée. Et ce clitoris, il le jetait sur les lieux du crime. J'ai retrouvé celui de Carol dans le sable. Et ça, vous ne pouviez pas le savoir puisque je ne l'ai pas mentionné dans mon rapport. Or je n'ai retrouvé aucun clitoris dans l'appartement d'Helen. Celui qui avait commis le meurtre n'était donc pas le meurtrier de Carol. Sans compter qu'Helen a réussi à mordre la cagoule de son agresseur. Mc Cleary a retrouvé un fil de nylon de couleur kaki entre ses dents.

Jamais le tueur de Carol n'aurait utilisé de cagoule, pour la simple et bonne raison qu'il connaissait la victime… Comme je vous ai personnellement remis le rapport d'autopsie, personne d'autre que vous ne pouvait maquiller le meurtre. Mais j'ai commis deux terribles erreurs. D'abord je n'aurais jamais pensé que vous prendriez Helen pour cible. Ma deuxième erreur, je n'en parlerai pas…

Le regard du policier resta suspendu au vide. Il releva le canon du .38 et visa la tête.

— Mais vous allez payer pour elle. Pour elle et pour Eva…

Fitzgerald allait presser la détente quand le glissement d'une semelle sur le marbre le fit sursauter. Sans bouger d'un centimètre, il grogna :

— Bouge pas, Bashop : j'ai la cervelle de ton patron au bout du doigt.

Dans son dos, le sergent le tenait en ligne de mire. Il venait d'arriver et, alerté par la présence de l'automatique poussiéreuse devant la propriété du procureur, avait pénétré dans l'enceinte sur la pointe des pieds. Jack savait que ce misérable était le complice obligé d'Hickok dans cette affaire. Il avait même retrouvé sa cagoule kaki dans le coffre de sa voiture. Imbécile. Hickok avait besoin d'un homme de confiance, un type sans scrupule qu'il payait grassement. Cette taupe faisait le lien entre lui, les services de police, Kirk et Zinzan Bee…

Bashop. C'est lui qui avait dérobé la lame de rasoir, lui qui secondait Tuiagamala dans ses missions, lui qui trafiquait les fichiers de la police avec l'accord du procureur. Et c'était lui qui avait tué Helen en faisant croire à un tueur en série…

Il pensait l'abattre après Hickok. Il était là, dans son dos. Soit.

— Lâche ton arme, Fitz, ou je te descends ! menaça Bashop.

— Va te faire foutre, connard ! rétorqua Jack sans prendre la peine de changer quoi que ce soit dans son plan de destruction. Tu sais que je ne baisserai pas mon arme devant une merde comme toi. Tu n'es pas de taille et puis tu es tellement con que tu dois avoir ton arme de service…

Bashop gambergea une seconde. De trop : Jack se jeta subitement à terre. Bashop tira quand même. Le fauteuil d'Hickok pivota et, sous l'impact, fit un tour complet sur lui-même.

Un nouveau coup de feu. Une giclée de liquide frais aspergea la joue de Fitzgerald tandis qu'il roulait à terre : l'encrier du bureau, soudain réduit à une flaque bleu marine. Dans l'élan, Jack se projeta contre une table basse et réussit à se tourner vers Bashop. Une nouvelle balle fusa dans l'air et vint griffer méchamment son épaule. À son tour il tira.

Le bras du sergent cherchait la cible idéale : il la trouva enfin mais deux projectiles lui brisèrent le visage.

La tête de Bashop sauta en arrière, perforée au niveau de l'œil gauche, éjectant en tombant un lit pourpre sur le marbre du salon. Il rebondit à terre, tressauta une seconde et s'immobilisa à jamais.

Par les vitres ouvertes, les oiseaux émettaient leurs stupides gazouillis.

Jack essuya son visage couvert d'encre et se releva en grimaçant — toujours cette satanée cuisse. Une odeur de poudre se répandait dans la pièce. Il renifla

Haka

dans sa barbe de trois jours : ça sentait presque bon. Il se dirigea lentement vers le fauteuil où Hickok attendait soi-disant le verdict de la justice.

La balle tirée quelques secondes plus tôt l'avait manifestement déclaré coupable : Hickok geignait, de l'acier chaud dans l'abdomen. Jack releva le menton du procureur afin qu'il voie la mort bien en face.

La mort. Fitzgerald l'avait dans son dos : il s'en rendit compte trop tard. Une présence, un parfum, juste derrière lui.

Un coup qui part : à la détonation, un petit calibre. Le Maori n'avait pas prévu que la femme d'Hickok était accompagnée dans son cancer final par une infirmière, une fille au service du procureur : c'était elle, le médecin qui avait assisté Malcom durant toutes ces années.

Rosemary Shelford.

Il ne l'avait jamais vue mais elle travaillait à l'institut psychiatrique de Wellington — Wilson et Ann l'avaient interrogée trois jours plus tôt, la piste était donc brûlante. Hickok l'avait fait rappliquer dare-dare, non seulement pour s'occuper de sa femme, mais surtout de Malcom, alors en pleine phase de délire... Et cette femme venait de lui tirer dans le dos.

Jack se retourna. Une douleur aiguë lui barrait le ventre. Le bras de Shelford avait un peu tremblé avant de tirer. À cinq mètres, dans l'embrasure de la grande porte vitrée du salon, elle n'était pas sûre de toucher sa cible.

Quand il lui fit face, la main de l'infirmière tremblait encore. Ce n'était pas une tueuse, juste un être vénal qui garnissait joliment son compte en banque depuis quatre ans au service d'Hickok.

Fitzgerald l'abattit d'une balle en plein cœur. Propulsée contre le mur du salon, Shelford poussa un bref cri avant de s'écrouler de tout son poids, comme une danseuse sans forces.

Silence.

Jack serra les dents et se tourna vers Hickok, qui agonisait dans son fauteuil de cuir. Ses cheveux grisonnants étaient déjà couverts de sueur froide, ses yeux bleu acier se révulsaient tandis que ses paupières papillonnaient. Il voulut parler mais des bulles de sang envoyaient des messages simplifiés à l'enfant qu'il n'était plus. Mais alors plus du tout : Jack ramassa l'arme de Bashop et l'acheva d'une balle dans le front.

21

Le coroner Mc Cleary n'avait pas dormi depuis deux jours. Il avait envoyé sa famille chez ses beaux-parents et ne les rejoindrait pas avant d'en avoir terminé. Comme Fitzgerald, il commençait à ne plus rien supporter. Même pas sa famille.

Plongé dans un état proche de l'épuisement, Mc Cleary se demandait encore comment les choses avaient pu aller jusque-là. Depuis le début, cette histoire de fémur le froissait : pourquoi Tuiagamala (ou d'autres types à la solde de Zinzan Bee) avait-il pris le temps de soutirer l'os de Pete Loe ?

Suite à l'appel de Jack, le coroner s'était rendu avec une équipe à Waikoukou Valley. Là, ils avaient découvert un charnier abject au milieu d'une clairière enfoncée loin dans la pinède. Des tas d'os humains blanchissaient, mêlés au dépeçage d'animaux divers — des cochons, le plus souvent.

Le cadavre de Wilson fermentait parmi tout ça : on l'avait éventré de haut en bas après qu'un coup violent lui eut à moitié emporté le visage. À partir de là, les policiers avaient fait leur travail. Leur sale travail : trier les corps du charnier pour vérification de l'identité des victimes. Mc Cleary avait assisté au sinistre spectacle et c'est sans surprise qu'il avait constaté l'absence de fémur sur chaque cadavre tiré du charnier. L'opération, longue et fastidieuse, dura toute la journée. Sous les ordres du médecin légiste, on assembla les os. Les squelettes se reconstituaient. Deux hommes, deux femmes — sans doute Kirsty et Katy Larsen. Même Wilson n'avait plus de fémur...

Mc Cleary commençait à savoir pourquoi : l'inspection de la cabane où vivaient Tuiagamala et ses sbires n'avait fait que confirmer ses hypothèses. Accrochés aux murs de la bicoque, les heï-tiki aux figures grimaçantes étaient en os. Mc Cleary les avait amenés au labo pour expertise. Des os humains.

Comme dans les vieilles traditions maories, on avait sculpté les os de ses ennemis pour confectionner le précieux pendentif...

Il téléphona plusieurs fois chez Jack mais ça ne répondait pas. Tout allait de mal en pis.

Le coroner n'était pas au bout de ses mauvaises surprises : il était midi quand on lui apporta un nouveau corps. Celui d'une femme.

Maintenant, et pour la première fois de sa vie, Mc Cleary répugnait à exercer son métier. Quand, deux jours plus tôt, il avait dû découper le cadavre d'Helen, la maîtresse de son meilleur ami, il avait frôlé la crise de nerfs. Mais Ann Waitura, mon Dieu, non...

Malgré ses blagues un peu creuses, il avait toujours aimé cette fille. Depuis le début. Ses pupilles étincelantes, cet air de ne pas y toucher, la fureur qui l'animait, ce n'était pas de l'amour à proprement parler — Mc Cleary aimait sa femme bien qu'il ne rechignât pas à quelques «extra» — mais cela avait le parfum puissant du désir : Ann Waitura était jeune, superbement faite, et son visage clos sur le marbre de la morgue avait l'air presque vivant. Cette vision le torturait.

Et puis il y avait cette saloperie au milieu du corps, ce pubis manquant qui laissait une blessure à vif au niveau du sexe. Ce détail anatomique qui changeait tout...

Mc Cleary cligna si fort les yeux que deux larmes pures s'en échappèrent : Ann était allongée sur la table d'autopsie, les bras posés contre les hanches, dans la position qui lui faisait si peur la première fois qu'elle était venue ici... Le coroner se sentait vraiment mal : beaucoup plus que lors des premières leçons à l'école de médecine, quand il fallait découper ses premiers macchabées en faisant le désinvolte un peu dragueur... Il avait toujours considéré la mort comme une chose abstraite. Sa logique était chirurgicale, il ne matérialisait jamais les corps qu'on lui amenait mais ce soir Ann lui renvoyait en pleine face les symboles de la vie, de la jeunesse, et de la mort... Il saisit malgré lui un scalpel. Ses mains tremblaient comme quelques feuilles abandonnées. Non, jamais il ne pourrait triturer ce vagin, tout chez elle était si émouvant... Oui, c'était décidé, ce soir, il donnerait sa démission.

Fitzgerald arriva à cet instant précis.

Sur le coup, Mc Cleary eut un geste de recul : quelle tête il avait ! Il le connaissait depuis longtemps mais l'humanité avait comme disparu de son visage : ses yeux rougis lançaient des éclairs hagards, le pas était chaotique, saccadé, sans but précis. Ses lèvres semblaient psalmodier. Une épave. Sa chemise ouverte était maculée de sang, sa veste ne valait guère mieux, arrachée au niveau de l'épaule gauche, quant à sa cuisse, une auréole de sang grandissait sur son pantalon.

— Salut, Jack ! lança-t-il dans un pauvre sourire où l'ironie tombait à plat. Dis donc, t'as vu ta gueule ?

— Une fois ou deux, il répondit dans un souffle. Désolé, j'ai pas le cœur à la plaisanterie.

— Moi non plus…

Le coroner se tourna alors vers Ann, tout à fait morte sur son lit de marbre. Ses seins magnifiques faisaient un monticule de chair sans vie. Jack passa devant elle, mâchoires scellées pour éviter de geindre. Mc Cleary remarqua qu'un mouchoir avait été bourré sous sa chemise. Le tissu regorgeait de sang frais. Fitzgerald ne disait rien : la balle de Shelford lui avait troué le ventre sur le côté mais ça ne l'empêchait pas de marcher.

« Ce type est increvable ! » songea le coroner avec un brin d'admiration bornée.

Le visage dégoulinant de sueur, Fitzgerald posa ses mains sur la table d'autopsie. Oui, il était fatigué. Rétamé. Complètement vidé.

Il regardait maintenant la tête inerte de son équipière, ses lèvres qui ne souriaient plus… Une larme de tendresse passa dans ses yeux. D'une certaine manière, Jack avait aimé Ann. Pas beaucoup, pas longtemps, mais suffisamment pour lui devoir quelque chose.

Et puis soudain le drame.

Le coup de canon dans le dos.

Une épouvantable montée d'adrénaline, le cœur comme coincé dans la gorge : Jack frémit de tout son corps. La violence était si vive qu'il manqua d'en vomir. Comment cracher ses poumons pour contenir l'implosion de la vie qui fuyait sous ses yeux, là, devant lui, juste devant lui, cette tache de naissance à l'intérieur de sa cheville gauche et cette cicatrice reconnaissable entre mille ? Non, c'était impossible ! Comment ne l'avait-il jamais vu auparavant, cette petite tache si particulière, avec sa forme oblique, surmontée d'une marque originale, celle occasionnée par le vaccin d'urgence administré alors que le nourrisson était frappé d'une maladie qu'on craignait incurable ? Cette marque, il n'en existait qu'une au monde : celle que portait sa fille.

En l'espace d'une ou deux secondes, tout explosa dans l'esprit de Fitzgerald. Ann était sa fille. Ann Waitura, sa fille.

Sa fille.

Comment elle avait survécu, qui l'avait recueillie, comment était morte sa mère, il n'en savait rien : elle non plus peut-être. Sans doute était-ce la raison pour laquelle Ann, ou plutôt Judy, était devenue experte en criminologie. Et lui, pauvre fou cherchant chez toutes les femmes la marque qui lui permettrait de reconnaître sa fille n'avait même pas su voir qu'elle était sous son nez, vingt-cinq ans après !

Bien sûr tout collait, même l'âge. Et lui qui croyait qu'Eva était cette femme, tout ça parce qu'ils avaient la même chose dans le sang ! Des leurres. Le monde n'était qu'un leurre. Ann avait découvert l'ignoble supercherie après avoir couché avec lui, dans le bureau elle avait vu les photos, ses photos, et les dossiers qu'il menait depuis toutes ces années, elle s'était rendu compte qu'il était son père et c'est pour ça qu'elle s'était jetée dans la gueule du loup, Malcom Kirk.

Osborne avait téléphoné au pire moment. Le tueur enfui en camion, Ann avait monté l'opération en code rouge pour l'exclure lui. Son but était bien de mourir sans qu'il apprît jamais la vérité. Car elle l'aimait. Pas comme un père, non, pas comme un père… Évidemment, c'était un suicide. Comment pouvait-elle vivre avec pareille horreur dans ses entrailles, et jusque dans son sexe ? Aucun doute n'était possible. Aucun sursis non plus : elle venait de coucher avec Jack Fitzgerald. Son père. Voilà donc ce qui l'effrayait tant chez cet homme, ce qui l'attirait aussi…

Zinzan Bee et le vieux Maori avaient jeté un sort sur le monde, sur ceux qui avaient envahi leur île. Le malheur arrivait, nu.

Jack se tordit en mille. Il ne reconnut pas la petite Judy dans le visage exsangue d'Ann Waitura mais réalisa l'impossible : il avait couché avec sa fille, aujourd'hui morte, le sexe scalpé, par sa faute.

Une poignée de secondes : c'est le temps qu'il lui fallut pour tout comprendre.

Vingt-cinq ans d'obsession pour arriver à ça. Fitzgerald empoigna son calibre .38, le fourra dans sa bouche et se fit sauter la tête. Sans hésiter.

Ce n'est pas la mort qu'on craint, c'est la douleur. Une poignée de secondes : Jack ne s'en était pas si mal tiré.

*

Mc Cleary n'eut pas le temps de retenir le geste de son ami. Tout s'était passé trop vite — une poignée de secondes.

Il lâcha un cri pour l'arrêter dans sa folie destructrice mais la tête de Jack avait déjà volé en morceaux. Ann en était recouverte.

Le coroner tendit les mains comme pour le rattraper mais Fitzgerald venait de s'écrouler contre la table de marbre, aux pieds de sa fille. Il ne souffrait plus du tout maintenant.

Silence.

Un râle. Le sien ; Mc Cleary s'affaissa malgré lui. Anéanti, il prit sa tête entre ses mains et sanglota doucement. Ses épaules tressautaient, secouées d'un petit rire hystérique, les larmes sautaient à cloche-pied sur ses moustaches. L'enfer était ici. Cette fois-ci, il n'avait plus rien à faire sur ce coin de terre. Partir. Loin. N'importe où, avec sa famille, un peu d'argent, quoi d'autre...

Il quitta le bloc comme dans un cauchemar. Par endroits, les murs le retenaient. La peau rougie de larmes, il marcha sous le regard atterré des infirmières, droit devant lui. Il ne répondit à aucune question. Déjà des cris s'échappaient depuis la morgue : une femme venait de s'évanouir dans la salle d'autopsie, les autres détournaient les yeux en se voilant la face. Ça n'avait plus beaucoup d'importance.

La Honda attendait, toute bête, sur le parking de l'institut médico-légal où les palmiers se dandinaient. Le médecin tituba jusqu'à la portière, s'essuya le visage d'un revers et s'y prit à trois fois avant d'ouvrir la serrure. Sa tête tanguait dans l'après-midi, il suffoquait, sa gorge cherchait le bon air mais tout empestait ici-bas. Enfin, il s'affala sur le siège et fila sur la route de Devonport, déjà ailleurs, loin, très loin.

Oui, partir, c'était la seule solution à peu près valable. Fuir. Disparaître.

Un gros paquet de larmes afflua de nouveau. Ses yeux vomissaient en de violents sursauts que rien ne semblait calmer. Ann, Jack. C'était trop, trop dur. Il pensait à tout, à rien, ses différences. Les larmes et la douleur l'aveuglaient : il ne vit pas le camion qui venait de couper la route. La Honda fonça droit dessus.

Sans un cri, Mc Cleary s'encastra sous la remorque de la citerne.

*

On ne retrouva jamais le conducteur du camion volé. L'accident s'était produit à la sortie de Devonport, un 31 décembre où les forces de sécurité encadraient le défilé de la Whitbread. Mais quand les policiers vinrent constater l'accident, ils notèrent qu'une chose manquait parmi l'amas de chair écrasée dans le moteur de la Honda : un fémur.

PREMIÈRE PARTIE

Extraire le dard d'une guêpe en vol   13

DEUXIÈME PARTIE

Rest in peace   239

DU MÊME AUTEUR

Aux Éditions Gallimard

Dans la collection Série Noire

MAPUCHE, 2012.

ZULU, 2008, Folio Policier n° 584

UTU, 2004, n° 2715 et Folio Policier n° 500.

PLUTÔT CREVER, n° 2644, 2002 et Folio Policier n° 423.

Dans la collection Folio Policier

LA JAMBE GAUCHE DE JOE STRUMMER, 2007, n° 467.

SAGA MAORIE, Haka-Utu avec un chapitre inédit, 2011, n° 634.

Dans la collection Folio 2 €

PETIT ÉLOGE DE L'EXCÈS, 2006, n° 4483.

Aux Éditions Baleine

HAKA, 1998, et Folio Policier n° 286.

Dans la collection Le Poulpe

D'AMOUR ET DOPE FRAÎCHE, 2009, coécrit avec Sophie Couronne.

Chez d'autres éditeurs

NOUVEAU MONDE INC, La Tengo éditions, 2011.

FOND DE CALE, Éditions Après la lune, collection « Invitation au noir (1 livre, 2 auteurs, 4 textes) : Caryl Férey invite Sophie Couronne, 2010.

QUEUE DU BONHEUR, édité par le MAC/VAL, 2008, d'après l'œuvre du plasticien Claude Clotsky.

RACLÉE DE VERTS, Éditions La Branche, collection Suite noire, 2007.

COLLECTION FOLIO POLICIER

Dernières parutions

465.	Ken Bruen	*Toxic Blues*
466.	Larry Beinhart	*Le bibliothécaire*
467.	Caryl Férey	*La jambe gauche de Joe Strummer*
468.	Jim Thompson	*Deuil dans le coton*
469.	Jim Thompson	*Monsieur Zéro*
470.	Jim Thompson	*Éliminatoires*
471.	Jim Thompson	*Un chouette petit lot*
472.	Lalie Walker	*N'oublie pas*
473.	Joe R. Lansdale	*Juillet de sang*
474.	Batya Gour	*Meurtre au Philharmonique*
475.	Carlene Thompson	*Les secrets sont éternels*
476.	Harry Crews	*Le Roi du K.O.*
477.	Georges Simenon	*Malempin*
478.	Georges Simenon	*Les rescapés du Télémaque*
479.	Thomas Sanchez	*King Bongo*
480.	Jo Nesbø	*Rue Sans-Souci*
481.	Ken Bruen	*R&B – Le Mutant apprivoisé*
482.	Christopher Moore	*L'agneau*
483.	Carlene Thompson	*Papa est mort, Tourterelle*
484.	Leif Davidsen	*La Danois serbe*
485.	Graham Hurley	*La nuit du naufrage*
486.	John Burdett	*Typhon sur Hong Kong*
487.	Mark Henshaw / John Clanchy	*Si Dieu dort*
488.	William Lashner	*Dette de sang*
489.	Patrick Pécherot	*Belleville-Barcelone*
490.	James Hadley Chase	*Méfiez-vous, fillettes !*
491.	James Hadley Chase	*Miss Shumway jette un sort*
492.	Joachim Sebastiano Valdez	*Celui qui sait lire le sang*
493.	Joe R. Lansdale	*Un froid d'enfer*
494.	Carlene Thompson	*Tu es si jolie ce soir*

495.	Alessandro Perissinotto	*Train 8017*
496.	James Hadley Chase	*Il fait ce qu'il peut*
497.	Thierry Bourcy	*La cote 512*
498.	Boston Teran	*Trois femmes*
499.	Keith Ablow	*Suicidaire*
500.	Caryl Férey	*Utu*
501.	Thierry Maugenest	*La poudre des rois*
502.	Chuck Palahniuk	*À l'estomac*
503.	Olen Steinhauer	*Niet camarade*
504.	Christine Adamo	*Noir austral*
505.	Arkadi et Gueorgui Vaïner	*La corde et la pierre*
506.	Marcus Malte	*Carnage, constellation*
507.	Joe R. Lansdale	*Sur la ligne noire*
508.	Matilde Asensi	*Le dernier Caton*
509.	Gunnar Staalesen	*Anges déchus*
510.	Yasmina Khadra	*Le quatuor algérien*
511.	Hervé Claude	*Riches, cruels et fardés*
512.	Lalie Walker	*La stratégie du fou*
513.	Leif Davidsen	*L'ennemi dans le miroir*
514.	James Hadley Chase	*Pochette surprise*
515.	Ned Crabb	*La bouffe est chouette à Fatchakulla*
516.	Larry Brown	*L'usine à lapins*
517.	James Hadley Chase	*Une manche et la belle*
518.	Graham Hurley	*Les quais de la blanche*
519.	Marcus Malte	*La part des chiens*
520.	Abasse Ndione	*Ramata*
521.	Chantal Pelletier	*More is less*
522.	Carlene Thompson	*Le crime des roses*
523.	Ken Bruen	*Le martyre des Magdalènes*
524.	Raymond Chandler	*The long good-bye*
525.	James Hadley Chase	*Vipère au sein*
526.	James Hadley Chase	*Alerte aux croque-morts*
527.	Jo Nesbø	*L'étoile du diable*
528.	Thierry Bourcy	*L'arme secrète de Louis Renault*
529.	Béatrice Joyaud	*Plaisir en bouche*
530.	William Lashner	*Rage de dents*
531.	Patrick Pécherot	*Boulevard des Branques*
532.	Larry Brown	*Fay*
533.	Thomas H. Cook	*Les rues de feu*

534. Carlene Thompson — *Six de Cœur*
535. Carlene Thompson — *Noir comme le souvenir*
536. Olen Steinhauer — *36, boulevard Yalta*
537. Raymond Chandler — *Un tueur sous la pluie*
538. Charlie Williams — *Les allongés*
539. DOA — *Citoyens clandestins*
540. Thierry Bourcy — *Le château d'Amberville*
541. Jonathan Trigell — *Jeux d'enfants*
542. Bernhard Schlink — *La fin de Selb*
543. Jean-Bernard Pouy — *La clef des mensonges*
544. A. D. G. — *Kangouroad Movie*
545. Chris Petit — *Le Tueur aux Psaumes*
546. Keith Ablow — *L'Architecte*
547. Antoine Chainas — *Versus*
548. Joe R. Lansdale — *Le mambo des deux ours*
549. Bernard Mathieu — *Carmelita*
550. Joe Gores — *Hammett*
551. Marcus Malte — *Le doigt d'Horace*
552. Jo Nesbø — *Le sauveur*
553. Patrick Pécherot — *Soleil noir*
554. Carlene Thompson — *Perdues de vue*
555. Harry Crews — *Le Chanteur de Gospel*
556. Georges Simenon — *La maison du juge*
557. Georges Simenon — *Cécile est morte*
558. Georges Simenon — *Le clan des Ostendais*
559. Georges Simenon — *Monsieur La Souris*
560. Joe R. Lansdale — *Tape-cul*
561. William Lashner — *L'homme marqué*
562. Adrian McKinty — *Le Fils de la Mort*
563. Ken Bruen — *Le Dramaturge*
564. Marcus Malte — *Le lac des singes*
565. Chuck Palahniuk — *Journal intime*
566. Leif Davidsen — *La photo de Lime*
567. James Sallis — *Bois mort*
568. Thomas H. Cook — *Les ombres du passé*
569. Mark Henshaw - John Clanchy — *L'ombre de la chute*
570. Olen Steinhauer — *La variante Istanbul*
571. Thierry Bourcy — *Les traîtres*
572. Joe R. Lansdale — *Du sang dans la sciure*
573. Joachim Sebastiano Valdez — *Puma qui sommeille*

574. Joolz Denby — *Stone Baby*
575. Jo Nesbø — *Le bonhomme de neige*
576. René Reouven — *Histoires secrètes de Sherlock Holmes*
577. Leif Davidsen — *Le dernier espion*
578. Guy-Philippe Goldstein — *Babel Minute Zéro*
579. Nick Stone — *Tonton Clarinette*
580. Thierry Jonquet — *Romans noirs*
581. Patrick Pécherot — *Tranchecaille*
582. Antoine Chainas — *Aime-moi, Casanova*
583. Gabriel Trujillo Muñoz — *Tijuana City Blues*
584. Caryl Férey — *Zulu*
585. James Sallis — *Cripple Creek*
586. Didier Daeninckx — *Éthique en toc*
587. John le Carré — *L'espion qui venait du froid*
588. Jeffrey Ford — *La fille dans le verre*
589. Marcus Malte — *Garden of love*
590. Georges Simenon — *Les caves du Majestic*
591. Georges Simenon — *Signé Picpus*
592. Carlene Thompson — *Mortel secret*
593. Thomas H. Cook — *Les feuilles mortes*
594. Didier Daeninckx — *Mémoire noire*
595. Graham Hurley — *Du sang et du miel*
596. Marek Krajewski — *Les fantômes de Breslau*
597. François Boulay — *Traces*
598. Gunnar Staalesen — *Fleurs amères*
599. James Sallis — *Le faucheux*
600. Nicolas Jaillet — *Sansalina*
601. Jean-Bernard Pouy — *Le rouge et le vert*
602. William Lashner — *Le baiser du tueur*
603. Joseph Bialot — *La nuit du souvenir*
604. Georges Simenon — *L'outlaw*
605. Kent Harrington — *Le serment*
606. Thierry Bourcy — *Le gendarme scalpé*
607. Gunnar Staalesen — *Les chiens enterrés ne mordent pas*
608. Jo Nesbø — *Chasseurs de têtes*
609. Dashiell Hammett — *Sang maudit*
610. Joe R. Lansdale — *Vierge de cuir*
611. Dominique Manotti — *Bien connu des services de police*
612. Åsa Larsson — *Horreur boréale*
613. Saskia Noort — *Petits meurtres entre voisins*

614. Pavel Kohout — *L'heure étoilée du meurtrier*
615. Boileau-Narcejac — *La vie en miettes*
616. Boileau-Narcejac — *Les veufs*
617. Gabriel Trujillo Muñoz — *Loverboy*
618. Antoine Chainas — *Anaisthêsia*
619. Thomas H. Cook — *Les liens du sang*
620. Tom Piccirilli — *La rédemption du Marchand de sable*
621. Francis Zamponi — *Le Boucher de Guelma*
622. James Sallis — *Papillon de nuit*
623. Kem Nunn — *Le Sabot du Diable*
624. Graham Hurley — *Sur la mauvaise pente*
625. Georges Simenon — *Bergelon*
626. Georges Simenon — *Félicie est là*
627. Ken Bruen — *La main droite du diable*
628. William Muir — *Le Sixième Commandement*
629. Kirk Mitchell — *Dans la vallée de l'ombre de la mort*
630. Jean-François Vilar — *Djemila*
631. Dashiell Hammett — *Moisson rouge*
632. Will Christopher Baer — *Embrasse-moi, Judas*
633. Gene Kerrigan — *À la petite semaine*
634. Caryl Férey — *Saga maorie*
635. James Sallis — *Le frelon noir*
636. Gabriel Trujillo Muñoz — *Mexicali City Blues*
637. Heinrich Steinfest — *Requins d'eau douce*
638. Simon Lelic — *Rupture*
639. Jenny Siler — *Flashback*
640. Joachim Sebastiano Valdez — *Les larmes des innocentes*
641. Kjell Ola Dahl — *L'homme dans la vitrine*
642. Ingrid Astier — *Quai des enfers*
643. Kent Harrington — *Jungle rouge*
644. Dashiell Hammett — *Le faucon maltais*
645. Dashiell Hammett — *L'Introuvable*
646. DOA — *Le serpent aux mille coupures*
647. Larry Beinhart — *L'évangile du billet vert*
648. William Gay — *La mort au crépuscule*
649. Gabriel Trujillo Muñoz — *Mezquite Road*
650. Boileau-Narcejac — *L'âge bête*
651. Anthony Bourdain — *La surprise du chef*